Marjorie M. Liu

Der Ruf der Sirene

Buch

Kitala Bell kann die Zukunft vorhersagen – allerdings nur Todesfälle, nur Gewaltverbrechen. Doch nun ist Kitalas eigene Zukunft in Gefahr, denn aus den Tiefen des Ozeans erhebt sich eine uralte und gefährliche Macht. Ein Wesen, dessen Stimme Sinnbild für Verführung ist. Ein Wassermann, der mit einem einzigen Lied ganze Leben zum Schwingen bringen kann. M'cal ist der Prinz des Meeres, aber auch der ergebene Sklave einer Wasserhexe, die ihn mit einem Bann verflucht hat. Diese beauftragt ihn, ausgerechnet Kitalas Seele zu stehlen, weil sie es auf die Gabe der hochbegabten Geigerin abgesehen hat, um noch mächtiger zu werden und Unheil zu verbreiten. Doch anstatt Kitalas Leben zu nehmen, verliebt sich M'cal in sie und scheint für immer verloren. Wird die Liebe der schönen Kitala Bell ihn retten und vom Fluch der Hexe befreien können?

Autorin

Marjorie M. Liu ist eine außergewöhnlich optimistische junge Frau, die fest daran glaubt, allem im Leben mit einem Lächeln begegnen zu können. In ihrer Freizeit betreibt sie einen Taxiservice für Pudel.

Mehr über die Autorin: www.marjorieliu.com

Marjorie M. Lius Romane bei Blanvalet:

Tiger Eye (24497), Shadow Touch (26555), Die Geliebte des Feuers (26620), Gefährtin der Dämonen (26646), In den Armen der Finsternis (26647)

Marjorie M. Liu

Der Ruf der Sirene

Roman

Aus dem Amerikanischen
von Wolfgang Thon

blanvalet

Die Originalausgabe erschien unter dem Titel
Soul Song bei Dorchester Publishing, New York, 2007.

MIX
Papier aus verantwortungsvollen Quellen
FSC® C014496

Verlagsgruppe Random House FSC-DEU-0100
Das FSC-zertifizierte Papier *Holmen Book Cream*
für dieses Buch liefert Holmen Paper, Hallstavik, Schweden.

1. Auflage
Deutsche Erstveröffentlichung Januar 2011
bei Blanvalet, einem Unternehmen
der Verlagsgruppe Random House GmbH, München

Dieses Werk wurde vermittelt durch
Interpill Media GmbH, Hamburg.
ED Redaktion: Joern Rauser
Herstellung: sam
Satz: Uhl + Massopust, Aalen
Druck: GGP Media GmbH, Pößneck
Printed in Germany
ISBN 978-3-442-37532-5

www.blanvalet.de

Für meine Mutter, für die Musik.
Für meinen Vater, für das Meer.

Full fathom five thy father lies;
Of his bones are coral made;
Those are pearls that were his eyes:
Nothing of him that doth fade,
But doth suffer a sea-change
Into something rich and strange…

William Shakespeare, aus *The Tempest*

IN SICHERHEIT?

Ein Schatten bewegte sich. Dutch ließ Kit los. Eine Pistole erschien in seiner Hand. Sie trat einen Schritt zurück, er aber machte keinerlei Anstalten, nach ihr zu greifen. Keiner der Männer versuchte es. Sie starrten in die Dunkelheit, während ihre Hände zu den Waffen unter ihren Hemden glitten. Kit trat einen weiteren Schritt zurück, und dann noch einen. Aber sie rannte nicht. Sie konnte es einfach nicht. Sie hörte Musik. Irgendjemand sang.

Ein Mann löste sich von dem Container. Kit sah sein Gesicht nicht, aber das spielte jetzt auch keine Rolle. Sie lauschte seiner Stimme: Es war, als würde sie in einer rauen See voll von stillem Donner Mozart hören – die Finsternis als Lied. Sie wollte mit ihrer Geige gegen diesen klagenden Gesang anspielen und sich dann vielleicht hinlegen und sterben. Denn wenn dies hier endete, nachdem dies vorbei war, wäre nichts mehr so wie vorher. Nichts würde mehr eine Rolle spielen. Kit fühlte sich vernichtet, so als hörte sie, wie ihr Herz brach, während sie sich verliebte, beides zur selben Zeit; ein Gefühl, so unmöglich, so furchtbar und wunderbar zugleich, dass sie schreien und weinen wollte.

1

Sie sagte, ihr Name sei Elsie, und dass sie eine Pistole in ihrem Auto habe.

Ein albernes Geständnis, weder als Schuldbekenntnis noch aus Angeberei gemacht. Nur die Wahrheit, ausgesprochen von einer Frau, die viel zu ängstlich für irgendwelche Tricks war. M'cal konnte ihre Furcht während der kurzen Verhandlung über Preis und Dauer in jedem Wort spüren. Er wusste, ohne einen Grund dafür nennen zu können, dass es ihre erste Begegnung mit der Art von Mann war, für den sie ihn hielt. Ein Prostituierter, ein Fremder von der Straße. Und auch wenn ihr seine Dienste wichtiger waren als ihre Sicherheit – M'cal wirkte groß und stark und hätte sie mit den bloßen Händen verletzen können.

M'cal war das alles aber völlig gleichgültig. Seine Kraft einzusetzen würde einfach sein, falls es dazu käme. Er vermutete allerdings, dass es nicht dazu kommen würde. Eingezwängt saß er auf dem engen Beifahrersitz von Elsies kleinem rotem Jetta, seine Beine verkrampft, eine Schulter gegen die regennasse Seitenscheibe gepresst. Er war einfach zu groß für dieses Auto. Er musste sich verbiegen, um sie nicht zu berühren, auch nicht aus Versehen. M'cal wollte sie nämlich nicht berühren. Sogar auf gar keinen Fall. So lange nicht, bis er es würde tun müssen.

Er erwartete, dass Elsie mit ihm sprechen werde. Die meisten Frauen in ihrer Situation taten dies. Er hatte sich an die Aufmerksamkeit gewöhnt, die seine Position als Objekt der Begierde mit sich brachte. Er hatte auch gelernt, es als eine weitere Bestrafung zu akzeptieren, die er ertragen musste. Aber Elsie sagte überhaupt nichts, und ihr Schweigen kam M'cal sehr merkwürdig vor.

Er blickte zur Seite, sah ihr sanftes Gesicht und ihren vollen Mund, unregelmäßig beleuchtet durch die vorbeigleitenden Straßenlaternen. Hübsch, stämmig, blass. Das war keine Frau, die für Sex bezahlen musste. Sie gehörte nicht zu der Art von Frauen, die für Sex bezahlen wollten.

Und sie war auch keine Frau, die jung sterben wollte.

M'cals Handgelenk schmerzte. Er bewegte das silberne Armband, das auf seiner Haut scheuerte. Das Metall war warm, ein leichtes Prickeln strahlte von seinen Fingern bis in seine Knochen aus. Es wurde noch schlimmer, als er die erhabene Gravierung berührte.

Elsie machte ein leises Geräusch; es klang atemloser als ein Schluckauf, schien aber genauso unfreiwillig zu sein. Schnell schloss sie ihren Mund wieder, sah M'cal an und sagte: »Ich habe gar nicht nach deinem Namen gefragt.«

»Nein«, antwortete er ruhig. »Die meisten tun das nicht.«

Sie wandte ihren Blick wieder von ihm ab, zurück auf die Straße. »Wie heißt du?«

M'cal zögerte. »Michael.«

»Michael«, wiederholte sie, ihre Stimme zitterte vor Furcht. »Wie lange machst du das schon?«

Lange genug, dachte er.

Elsie fuhr die Georgia Street hinunter. Coal Harbor lag auf der rechten Seite, die Küstenlinie war mit hohen Wohntürmen vollgestopft. M'cal starrte zwischen den Gebäuden hindurch und bekam dabei flüchtige Eindrücke von der glänzenden Skyline von Vancouver City am anderen Ufer hinter dem kabbeligen Wasser. Eine nasse und windige Nacht. Schlechte Sicht.

»Etwas länger als ein Jahr«, log er und starrte aufs Wasser hinaus.

Elsies Finger zeichneten sich weiß auf dem Lenkrad ab. »Du bist älter als die anderen Jungs. Deshalb habe ich dich ausgewählt.«

M'cal sah nach wie vor auf das Wasser. »Die meisten Jungs in der Gegend sind unter zwanzig. Der Jüngste ist dreizehn.«

Elsie sagte nichts. Das Auto wurde nicht langsamer. Die Georgia Street machte eine Biegung nach rechts, schwenkte in Richtung Stanley Park hinüber. Sie passierten das lange Dock und anschließend das im Tudorstil erbaute Gebäude des Vancouver Ruderklubs. Zwischen der Straße und der Küstenbefestigung aus rohen Steinen konnte er späte Jogger und Radfahrer beobachten, die auf dem gepflasterten Fußweg unerschrocken dem Regen trotzten. Hinter ihnen, jenseits des Hafens, war die ganze Ausdehnung des Stadtzentrums zu sehen. Sie schwebte wie ein Kleinod aus Neon am Rand des Wassers, ihr Licht spiegelte sich in den Wellen.

Elsie fuhr an dem ersten Parkplatz vorbei und bog dann auf den zweiten ein. Acht Totempfähle bildeten die Grenze zu einer landschaftlich gestalteten Gartenanlage, die in der abendlichen Dunkelheit nur aus Schatten bestand. Es war zehn Uhr abends – und der Parkplatz fast leer. M'cal sah einige beschlagene Autoscheiben.

Elsie parkte das Fahrzeug in der einsamsten Ecke, nahe den Totems. M'cal saß ruhig da, wartete, starrte aufs Wasser hinaus. Der Motor erstarb. Regen prasselte auf die Windschutzscheibe.

»Ich weiß nicht, ob ich das hier tun kann«, sagte Elsie.

»In Ordnung«, entgegnete M'cal, obwohl ihre Gefühle nichts ändern würden. Elsie ließ das Lenkrad los und starrte ihn an. Er starrte zurück. Sie konnte seinem Blick nicht standhalten und schüttelte sich das lange Haar aus dem Gesicht.

»Es tut mir leid«, murmelte sie und fragte dann etwas leiser: »Warum machst du … machst du das?«

Ja, warum machst du es eigentlich?, fragte sich auch M'cal selbst, schwieg jedoch.

Er wollte diese Frau nicht kennenlernen. Er wollte auch nicht ihr Freund sein. Er wollte gar nicht verstehen, welche Art von Schmerz jemanden wie sie dazu gebracht hatte, Leib und Leben zu riskieren, indem sie einen Fremden von der Straße auflas und für Sex bezahlte. Das war doch ein Todeswunsch, eine Art Selbstmord; nur langsamer und viel bitterer.

»Michael?«, flüsterte Elsie zögernd. M'cal schloss die Augen. Das Armband brannte auf seinem Handgelenk, und das Gefühl wanderte seinen Arm hinauf bis zu seiner

Kehle – und weckte das Monster. M'cal fühlte eine Welle von Hass gegen sich selbst, so abgrundtief, dass er fast daran erstickt wäre. Er versuchte sein Herz mit Erinnerungen an sein altes Leben zu füllen und kämpfte mit ganzer Kraft, um den Zwang, den er schon in seinem Mund aufsteigen fühlte, doch noch herunterzuschlucken. Er hörte eine Frau lachen, irgendwo weit entfernt in seiner Erinnerung, hoch und voller Heiterkeit. Und er musste einen Schrei verschlucken.

Lauf, Elsie, dachte er und presste seinen Kopf gegen das kalte Fenster. Lauf weg. Bitte.

Aber sie war keine Gedankenleserin. Er hörte, wie sie sich bewegte, hörte das Rascheln von Kleidern. Er hielt den Atem an. Einen Augenblick später berührte ihn Elsie an der Schulter, und obwohl es nur eine leichte Berührung ihrer Fingerspitzen war, fühlte es sich für M'cal wie ein Pistolenschuss an, direkt ins Herz. Wie ein Schlag mit einer menschlichen Faust. Schmerz. Viel Schmerz. Gefolgt von dem entsetzlichen Zwang, den Mund weit zu öffnen und harte und raue Atemzüge zu machen.

Elsie atmete hörbar ein. M'cal umfasste ihr Handgelenk. Seine Hand brannte, aber er ließ nicht locker, konnte nicht loslassen, obwohl er es versuchte. Er starrte in ihre erschrockenen Augen, in ihre dunklen und verängstigten Augen, und lehnte sich so weit vor, dass er den schwach wahrnehmbaren Schatten ihrer Seele am Rand ihrer Lippen erkennen konnte.

Und dann nahm er diese Seele – dazu brauchte er nur ein Lied.

Wenn ein Messer in der Nähe gewesen wäre, hätte er sich anschließend am liebsten die Hand abgetrennt. Wieder einmal. Ein rascher Schnitt am Handgelenk, direkt oberhalb des Armbandes. Sinnlos, der trotzige Wunsch eines Verlorenen – letztlich aber alles, was ihm blieb.

Stattdessen saß M'cal da, hielt Elsie in seinen Armen und litt durch den Schmerz ihrer Berührung. Denn er verstand es jetzt, auch wenn er wünschte, dass es nicht so wäre. Er nahm in ihrem Kopf die Jahre des Missbrauchs wahr. Ein verschwendetes Leben. Unerfüllt. Nichts, wovon man träumen würde. Und nun, nach einem so kurzen Leben, das Verlangen nach mehr, danach, wieder etwas zu fühlen. Eine Frau zu sein, wild, begehrenswert und frei. Frei auch dazu, sich selbst zu hassen. Frei, sich in Extreme zu stürzen. Alles oder nichts. Leben oder Tod.

Sie suchte auf der Straße danach. An einer regennassen Straßenecke voller Männer und Jungen. Eine Wahl. Der Start zu einem neuen Selbst, weg vom Pfad der Sicherheit und hin zu der Haltung, die rief: *Zum Teufel damit!* Freiheit für Erniedrigung.

M'cal hätte sich sehr gewünscht, dass Elsie eine andere Wahl getroffen hätte.

Sie sprach kein Wort, sondern saß nur an ihn gelehnt im Auto, sehr still, und starrte durch die Windschutzscheibe auf den Hafen hinaus. Ihr Gesicht war schlaff, ihre Augen wirkten dunkel und leer. All ihre Lebendigkeit war fort, dahingeflossen in einem Hauch, übrig blieb nur eine leere Hülle, die nichts mehr von der Welt erwartete. Ihr übelster Albtraum war Wahrheit geworden.

»Geh nach Hause«, murmelte M'cal. Er schob sie vorsichtig von sich weg. »Geh nach Hause und vergiss mich. Vergiss diese Nacht.«

Elsie drehte den Zündschlüssel, um den Motor zu starten. M'cal stieg aus dem Wagen. Die kühle Luft und der feine Regen fühlten sich auf seinem Gesicht gut an. Er entfernte sich, ging über den Parkplatz in Richtung des Wassers. Er sah nicht zurück, obwohl er kurz ins Scheinwerferlicht getaucht war, als der Jetta in Richtung der gewundenen Straße davonbrummte.

In seinem Inneren konnte er fühlen, dass Elsie weinte.

M'cal überquerte den nassen Grasstreifen und dann den Fußgängerweg und stieg schließlich auf die Kaimauer. Er sah sich um und stellte fest, dass er vollkommen allein war. Unter ihm hatte das Hochwasser das Ufer erreicht, und das Geräusch der Wellen, die gegen die Kaimauer schlugen, war voll von Geflüster, voll von alten Rätseln und Träumen. Es waren seine eigenen Träume, so weit entrückt sie inzwischen auch sein mochten. M'cal konnte unterhalb der seichten Wellen Steine fühlen, scharf und gefährlich. Er kickte seine Schuhe weg und stand einen Moment lang nur da; seine Zehen fühlten den Stein, und er starrte auf die Stadt, die sich im Wasser spiegelte.

M'cal sprang. Kopfüber, in einem gigantischen Bogen, der ihn einen Moment lang nahezu parallel zur kabbeligen Wasseroberfläche fliegen ließ. Er schoss dann durch die Wellen, glitt in eine sanfte kühle Stelle knapp über den zackigen Felsen. Das war ein atemloser Aufprall gewesen, gefolgt von einem kurzen heftigen Gefühl der Freude. Für einen flüchtigen Moment kam es ihm so vor, als wäre alles genauso wie vor langer, langer Zeit. Er konnte es sich fast vorstellen.

Aber dann brannte das Armband, und mit ihm das Wasser – und die Vorstellung, etwas zu sein, was er schon längst nicht mehr war, schien vergangen. Er schwamm mit langen, gleichmäßigen Zügen in tieferes Wasser, riss sich das Seidenhemd herunter und zog auch die Jeans aus. Er sank wie ein Pfeil, die Zehen gestreckt, die Arme vor der Brust gekreuzt; endlich erlaubte er seinem Körper die dringend nötige Verwandlung.

M'cal verlor seine Beine. Seine Schenkel verschmolzen, dann seine Knie und Waden, seine Füße verwandelten sich in einen dünnen Fächer metallisch glänzenden Fleisches, lang, flach und geschuppt. Feine silberne Bänder kräuselten sich von den Hüften bis zur Schwanzflosse, und an seinem Genick gab es ebenfalls eine Veränderung: In der Haut bildeten sich tiefe Schlitze.

Er hielt die Luft nicht länger an. Blasen sprudelten aus seiner Kehle. Er schmeckte Metall, Chemikalien, die Abfälle der Menschheit, versenkt im Meer. Die verschiedenen Gerüche ließen ihn erschaudern, doch er atmete trotzdem weiter ein, mit langen und tiefen Zügen, und er genoss und verabscheute diese Flüssigkeit, die ihn durchflutete, gleichermaßen. Das Meer brannte. Salzwasser brannte in seinen Lungen, in seinen Augen und Nasenlöchern, fühlte sich wie Nadelstiche an den Schwimmhäuten zwischen seinen Fingern an, an seinem Unterleib und an den Schuppen seines Schwanzes. Am übelsten von allem brannte das Armband. Nicht, dass M'cal eine Ermahnung gebraucht hätte.

Er zwang seinen Instinkt, an die Oberfläche zu kommen, und tauchte tiefer in den Hafen hinab, empfand auch ein wenig Vergnügen bei einer der seltenen Möglichkeiten, etwas aus freiem Willen zu tun: Er reinigte seine Seele im Feuer des Ozeans, rüttelte an den Gitterstäben seines Gefängnisses. Er war er selbst, wenn auch nur für kurze Zeit.

Stimmen wirbelten um ihn herum: das sanfte Gemurmel der Fische. Sie waren weit entfernt, nur ein goldenes Summen, getragen von der Strömung, nur eine Ahnung, die M'cal mit seinem Geist wahrnahm. Diese Musik verschwand und wurde von einer sanften Schwingung abgelöst, die über seine Haut glitt und sich mit dem Brennen des Meeres vermischte. Er nahm eine Bewegung zu seiner Linken wahr, einen geschmeidigen Körper. M'cal folgte diesem, sein Herz klopfte, und er sah in einen klaren Blick hinein, dunkel und traurig. Bruder Seehund, kleiner Spion. Die Kreatur verschwand wieder flink in den Schatten des tieferen Wassers. M'cal wollte ihn schon zurückrufen, aber sein Mund blieb geschlossen.

Nur ansehen, nicht berühren, erinnerte er sich. *Sehen, aber nicht sprechen.*

Das Armband pochte. Er hatte sich zu weit entfernt. Er versuchte dagegen anzukämpfen, aber nach einer kurzen Anstrengung verspannten sich seine Muskeln, und er war gezwungen, in die Richtung des Hafens zurückzuschwimmen. Er war eine Marionette, von unsichtbaren Fäden gezogen.

M'cal schwamm schnell. Er hatte ja keine Wahl. Als er sich der Küste näherte, hörte er das Dröhnen der Stadt im Geräusch des Wassers: ein spürbares Zittern durch Felsen und Erde hindurch, das Knarzen von Stahl und Glas, und dann Tausende von Körpern, die sich bewegten, sich um sich drehten oder umherwanderten. Es war ein Irrgarten von Geräuschen, und über ihm befand sich ein weiteres Labyrinth, als er zwischen den Booten hindurchschwamm, die an den kreuz und quer verlaufenden Kais festgemacht waren.

Sein Körper kannte den Weg, wurde durch das Armband gezwungen; das Boot hatte sich seit dem Morgen an eine andere Stelle bewegt. Das war ein Vorgang der letzten Zeit, der sich regelmäßig wiederholte: alte Gewohnheiten aufgeben, sich am gleichen Platz niemals zweimal aufhalten. M'cal hätte solche Aktionen auch als Anzeichen von Paranoia werten können, wäre er zuversichtlich genug gewesen. Trotzdem war es sonderbar.

Endlich fand M'cal das Boot oder genauer gesagt: Das Boot fand ihn. Er streckte den Kopf aus dem Wasser und starrte die lange weiße Motoryacht an, die wie eine glänzende schnittige Burg aus Perlmutt aussah. Kein einziges Licht brannte darauf. Das Boot lag ruhig da und verbreitete den Eindruck von Leere. M'cal konnte dies jedoch nicht täuschen.

Er schwamm näher heran, und erst im letzten Moment verwandelte er seinen Körper; nur widerwillig nahm er wieder menschliche Gestalt an. Sein Schwanz teilte sich, die Rückenflosse schwand, die Füße zuckten kurz, die Kiemen verloren sich im Fleisch. Aber das Meer brannte weiter, Elsie weinte noch immer. Und er hatte nichts, gar nichts aufzuweisen, außer dass er noch am Leben war und sein Herz nach wie vor kämpfte.

M'cal zog sich aus dem Wasser, nackt und tropfend und sehr stark. Er kletterte die kurze Leiter am Heck hinauf, doch als er das Deck erreichte, gaben seine Beine nach, als hätte sie jemand auf Kommando unter ihm weggeschlagen. Er fiel hart auf die Knie, versuchte dann vergeblich aufzustehen. Er war gezwungen, auf allen vieren zu bleiben, den Kopf gebeugt, mit zitternden Muskeln. Er hörte das Klacken von High Heels, roch Parfüm: weiße Lilien, weiße Rosen, weißer Flieder. Der Duft brannte in seinen Nasenlöchern.

»Oh«, säuselte eine leise Stimme. »Oh, der gefallene Gigant. Mein Mann des Meeres.«

M'cal schwieg. Elfenbeinfarbene Stilettos klackerten in sein Sichtfeld hinein. Schlanke Knöchel, zart und glatt. Er schloss die Augen – und eine kalte Hand fuhr durch seine Haare, die Nägel bohrten sich in seine Kopfhaut. Das Meerwasser, das von seinem Körper tropfte, brannte noch immer.

Und dann gab es nur noch Luft neben ihm, nichts, woran er sich festhalten konnte, und er fiel zur Seite, schlug hart auf dem Rücken auf. Der Nachthimmel drehte sich vor seinen Augen, Regen tropfte ihm auf den Körper. Und über ihm stand eine Frau, in weiße Seide gekleidet, mit langem glattem Haar, leuchtend wie flüssiges Silber. Er konnte nichts anderes mehr ansehen, nur noch sie.

Die Hexe stand oberhalb seines Brustkorbs. Ihr Kleid war sehr kurz, zeigte lange Beine, keine Unterwäsche. M'cal hätte sich am liebsten übergeben.

»Du hast etwas für mich«, murmelte sie und sank dabei langsam auf die Knie. Ihre Schenkel pressten sich gegen seine Rippen, die Berührung ihrer Haut nahm ihm den Schmerz, den das allmählich wegtrocknende Meerwasser verursachte. M'cal wünschte, dass es nicht so wäre. Lieber würde er Schmerzen verspüren als diese Gefühle. Er versuchte sich zu bewegen und sie abzuwerfen. Doch sein Körper weigerte sich. Wie üblich.

Die Hexe lächelte, ihre langen Finger tanzten über seine Brust und seinen Hals. Sie beugte sich vor, um seinen Mundwinkel zu küssen, und er fühlte, wie ihre Macht an Elsies Seele zerrte.

»Mein Prinz«, flüsterte die Hexe. »Gib mir deine Stimme.«

M'cal sprach nicht. Die Hexe griff zwischen ihre Körper, berührte seinen Bauch und streichelte ihn mit geschickten Bewegungen. M'cal wollte nicht darauf reagieren, aber in ihren Fingern war Magie, und zwar im wahrsten Sinne des Wortes. Seine Selbstkontrolle versagte. Sein Geschlecht wurde in nur wenigen Augenblicken ganz hart, sein menschlicher Körper war ein Verräter, und die Hexe glitt mit einem Seufzer auf seinen Schaft.

»Deine Stimme«, wiederholte sie und bewegte sich dabei auf ihm … hin und her. »Gib mir deine Stimme, und ich werde aufhören.« Ein listiges Lächeln umspielte ihren Mund. »Es sei denn, du möchtest, dass ich bis zum Ende weitermache. Es sei denn, du willst *mich*.«

M'cal versuchte, zur Seite zu sehen, aber die Hexe hielt seinen Blick fest und bewegte sich noch heftiger auf ihm, weckte eine schreckliche Lust in seinem Körper. Widersprüchliche Empfindungen zerrten an ihm. Widerlich, erregend: Sein Trotz war wie eine Niederlage, der übliche

Ablauf ihres Tanzes. Ihn sanft umzubringen, ihm eine unmögliche Wahl anzubieten, wo sie doch nur zu befehlen brauchte, wenn sie etwas haben wollte.

Aber die Hexe überraschte ihn. Sie stellte ihre Bewegungen ein, gab ihr Vergnügen und seine Erniedrigung auf, um ihn lange und schweigend anzustarren, nachdenklicher als er sie jemals gesehen hatte. Es beunruhigte ihn – ein Kunststück, wenn man die hoffnungslosen Umstände in Betracht zog.

M'cal erwiderte ihren Blick, betrachtete ihr makelloses Gesicht, die kristallklare Vollendung ihrer Augen, kalt wie zwei blaue Kugeln arktischen Eises. Er versuchte, sich daran zu erinnern, warum er sie geliebt hatte, vor so langer Zeit, und kam zu dem Schluss, dass es allein wegen ihrer Schönheit gewesen sein musste. Er konnte sich dessen nicht mehr richtig entsinnen. Er wollte es auch nicht.

Hinter der Hexe walzte gerade ein Schatten heran: ein grauer Hüne mit einem fetten bleichen Gesicht und großen roten Flecken auf den Wangen; silberne Augen wie Haifischzähne und dazu ein spitzer Mund. Der Hüne betrachtete M'cal genauso sorgfältig wie die Hexe. Er leckte sich einmal über die Lippen.

Die Hexe lehnte sich vor, silbernes Haar quoll über M'cals Gesicht. Er versuchte seinen Kopf zu bewegen. Keine Chance. Er konnte nichts tun, außer zu beobachten. Seine Augen schloss er nicht.

Die Hexe küsste ihn. In seinem Kopf schrie Elsie. M'cal schrie mit ihr, lautlos, und wollte die gestohlene Seele der Frau mit seiner ganzen Kraft festhalten. Er kämpfte und kämpfte. Seine Schuld, seine Schuld – aber diesmal würde es anders ausgehen; er würde es einfach anders ausgehen lassen.

Die Hexe atmete ein, und es war, als würde er von einem Hurrikan geküsst werden. Für einen kurzen Augenblick fühlte es sich an, als wäre in seinem Körper nichts mehr an seinem Platz: Herz, Knochen, Lungen. Alle lebenswichtigen Elemente schwammen in Blut, trieben orientierungslos umher. Elsie trieb ebenfalls davon, wurde ihm entrissen. Bis sie fort war, gestohlen. Schon wieder. Wie all die anderen. So einfach war das. Die Hexe ließ es immer so einfach aussehen. Und er: nutzlos, unfähig, sich reinzuwaschen. Nichts als ein Werkzeug.

Die Hexe lehnte sich heftig atmend zurück. Sie schauderte. Ihre Augen waren geschlossen und sie berührte ihren Mund, zog ihre Fingerspitzen über die Lippen.

»Ivan«, murmelte sie. Der hünenhafte Mann kam näher. Er hielt eine weiche silberne Robe bereit und half ihr dabei, sie über ihre schmalen Schultern zu legen. Seine Hand, groß wie ein Fußball, senkte sich auf ihren langen blassen Hals. M'cal sah ein silbernes Band an dem dicken Handgelenk glänzen, glatt und nahtlos. Es war nicht ganz ein Zwillingsstück seines eigenen Armbandes, aber sehr ähnlich.

Die Hexe erhob sich langsam von M'cals Körper. Energie strömte durch ihre Haut; es fühlte sich kratzig an, als würden Kletten oder Stahlwolle an ihm reiben. Das Gefühl ließ auch nicht nach, als sie ihn nicht mehr berührte. Distanz schien das einzige Heilmittel zu sein, wie bei den meisten Dingen in seinem Leben.

Die Hexe starrte M'cal an. »Auf, mein Prinz. Auf, jetzt sofort.«

Kein Zwang. Nicht sofort. Und nachdem Elsie fort war, gab es keinen Grund mehr zu schweigen. Nicht, dass die Hexe seine Stimme nötig hätte, um von ihm zu bekommen, was sie wollte.

»Nein«, sagte M'cal. Seine Kehle schmerzte.

»Nein«, spottete die Hexe. »Nein, immer und ewig, nein. Nein und nein. Das Wort ermüdet mich.«

»Das ist mir egal«, erwiderte M'cal. »Das weißt du aber auch.«

»Und ich weiß, dass du mir gehörst.« Die Hexe schnippte mit den Fingern. Das Armband brannte. M'cal kämpfte gegen den Zwang an, doch seine Muskeln zitterten; er stand auf. Ungeschützt. Hilflos. Wütend. Der Hüne, Ivan, beobachtete ihn mit zusammengekniffenen Augen; seine Mundwinkel verzogen sich leicht.

»Ich habe eine neue Aufgabe für dich«, sagte die Hexe sanft. »Diesmal ist es ein bestimmtes Ziel. Du wirst die Seele dieser Frau nehmen und mir bringen. Und zwar wirst du es jetzt tun, heute Nacht. Ich muss sie noch heute Nacht haben.«

M'cal lauschte ihrer Stimme. »Etwas hat dir Angst gemacht.«

Die Hexe neigte den Kopf, und Ivan setzte sich in Bewegung, sehr schnell für einen Mann seiner Größe, fast zu schnell, um es überhaupt zu sehen. Seine Faust holte M'cal von den Füßen und ließ ihn über das Deck schlittern. M'cal schmeckte Blut; ein Zahn wackelte.

»Zieh dich an«, schnappte die Hexe, drehte sich mit

einer schwungvollen Bewegung aus Seide und silbernem Haar schnell herum. »Ivan? Gib ihm den Namen.« Sie ging davon.

Ivan kniete nieder und lächelte. Seine Zähne waren scharf wie Messer. Er versuchte, M'cals blutige Lippe zu berühren, aber der Zwang war vergangen, und M'cal packte den fleischigen Zeigefinger des großen Mannes. M'cal riss ihn sogar so weit zurück, bis der Knochen brach, drehte ihn, bis er fast waagerecht zu den anderen Fingern stand. Seine Kraft war fürchterlich; er begann, den Knochen zu zerquetschen.

Ivan rührte sich nicht einmal. Achselzuckend warf er ein Stück Papier neben M'cal auf das Deck, stand dann langsam auf und setzte M'cal seinen Absatz auf die Schulter, zwang den Mann aus dem Meer mit nur einem Schubser und einem leichten Ruck, ihn loszulassen. M'cal knirschte mit den Zähnen, war wachsam, aber Ivan wollte keine Vergeltung üben. Sein Ausdruck veränderte sich nie, nicht einmal, als er seinen gebrochenen Finger mit einem widerwärtigen Knirschen in die richtige Stellung zurückbog.

Ivan drehte sich um und walzte davon, folgte der Hexe. M'cal beobachtete, wie er fortging, leckte seine Lippen und schmeckte wieder Blut. Eine sanfte Brise strich über sein pochendes Gesicht; neben ihm raschelte das Stück Papier. Er dachte kurz daran, es nicht aufzuheben, aber jede Weigerung würde das Unvermeidliche nur noch hinauszögern. Die Hexe würde ihn dazu zwingen, wie sie es schon seit Jahren tat. M'cal zog es vor, die Dinge so zu tun, wie er es wollte – auch wenn das nur eine Illusion war.

Auf dem Papier standen eine Hoteladresse und die Orte, wo sich das Opfer in den nächsten Stunden aufhalten würde. Außerdem war da ein Name. M'cal sprach den Namen laut aus, genoss dabei den Wohlklang der Worte. Es war jedoch nur ein kurzes Vergnügen: Er fühlte sich von Schuldgefühlen geplagt, von Selbsthass, von einer so fürchterlichen Wut, dass es ihn schauderte. Er grub die Finger in seine Oberschenkel. Das Silberarmband glänzte an seinem Handgelenk, die Haut kurz über dem Metall war mit dünnen weißen Narben bedeckt. Wieder dachte er an ein Messer, ein Gewehr, irgendetwas, egal was, nur um sich selbst aufzuhalten. Oder um die Hexe aufzuhalten.

Aber es gab nichts. Nichts, was er tun konnte. Nichts, was er nicht schon versucht hätte.

»Kitala Bell«, murmelte er und blickte wieder auf das Papier in seiner Hand. »Vergib mir.«

2

Die Frau, die bei Kit Bells Konzert in der ersten Reihe saß, hatte ein Messer im Auge.

Ein großes Messer. Blut bedeckte ihr jugendliches Gesicht, floss in Strömen auf ihr tief ausgeschnittenes weißes Kleid und verfärbte die Spitzen ihrer langen blonden Haare. Es tropfte auf den Teppichboden und auf den alten Mann neben ihr. Niemand bemerkte etwas. Nicht einmal die Frau selbst schien die entsetzliche Wunde in ihrem Kopf wahrzunehmen. Sie lächelte unter dem Blut, wiegte ihren Kopf und klatschte mit den Händen zu der schnellen Musik. Sie amüsierte sich, denn es war eine großartige Nacht. Einfach wunderbar.

Kit, die nicht darauf vorbereitet war, da sie seit fast einem Jahr keine Todesahnungen mehr gehabt hatte, hätte beinahe ihre Geige fallen lassen. Sie fing sich gerade noch rechtzeitig, ließ die kurze Pause in ihrem Vortrag wie einen besonderen Effekt wirken. Sie überspielte ihre Übelkeit mit einer Grimasse, von der sie hoffte, dass sie als Lächeln durchging. Sie hatte keine andere Wahl. Die eintausendfünfhundert Besucher, die in dem eleganten *Queen Elisabeth Theater* saßen, hatten pro Karte fünfzig Dollar bezahlt, um das letzte Konzert ihrer Nordamerika-Tour zu erleben. Einfach *O Gott* zu schreien, wie eine Verrückte von der Bühne zu stürzen, um sich zu übergeben, das kam einfach nicht in Frage. Kit war schließlich Profi.

Also biss sie die Zähne zusammen und verbeugte sich. Sie blickte fort von der sterbenden Frau, sah überallhin, nur nicht auf den Sitz unmittelbar vor ihr. Sie füllte den Raum mit wundervollen hohen Tönen, kämpfte die Dämonen in sich nieder, zupfte und strich, legte ihre Seele in die schnelle Musik, die sie ihrer Geige entlockte, immer schneller und schneller, bis sich ihre Haut wie die Saiten selbst anfühlte … und die Welt zu einem Bogen aus Licht wurde, bis die Musik schließlich so sehr zu einem Teil ihrer Person geworden war, dass jeder Atemzug zu einer Note und jeder Herzschlag zu einer Melodie wurde.

Sie war allein auf der Bühne, brauchte keine Begleitung. Wenige Musiker auf der Welt konnten das von sich sagen, und es war ein Teil ihrer Anziehungskraft. Wenn Kit spielte, konnte niemand auf der Bühne mit ihr mithalten. Sie gab alles, wenn sie spielte. Eines Tages würde ihr vielleicht das Herz beim Geigespielen brechen, aber es wäre der vollkommene Tod: alles zu geben und zu sterben wie ein langer gestrichener Ton, der die Luft, die Ohren und die Seelen durchdrang. Keine Reue. Nur Musik. Für immer und ewig Musik.

Jetzt war es ganz ähnlich. Kit vergaß Tod, Blut und Messer; sie überließ sich ihrem Instinkt. Niemand konnte mit dem Herzen spielen und gleichzeitig denken, niemand solche Musik machen, ohne ein bisschen wahnsinnig zu sein.

Das Konzert ging zu Ende. Das Publikum begann zu applaudieren, bevor der letzte Ton ganz verklungen war, aber ihr war der Applaus gleichgültig. Das Messer war immer noch da.

Kit verbeugte sich und lief von der Bühne. Sie wollte sich übergeben, ein Aspirin nehmen, in ihr Hotel gehen, eine heiße Dusche nehmen und sich einen lustigen Trickfilm ansehen, um das Abscheuliche aus ihrem Kopf zu vertreiben. Aber als sie schließlich mit klopfendem Herzen und gesenktem Kopf hinter der Bühne stand, spürte sie den donnernden Applaus in ihren Adern, und sie konnte nicht fortlaufen. Noch nicht.

Kit machte einen tiefen Atemzug und hastete auf die Bühne zurück. Sie begann schon zu spielen, während sie aus den Kulissen trat – Mozarts Violinkonzert in D-Dur, in einem halsbrecherischen Tempo. Ihr Bogen flog nur so über die Saiten, bis sie die Mitte der Bühne erreichte und dort stehen blieb, das Rondo in etwas Bodenständigeres verwandelte und die Noten mit einigen irischen Tönen verschnitt und auf diese Weise einfach einen Freudentanz daraus machte. Das Publikum schrie und pfiff, Männer und Frauen stampften mit den Füßen, klatschten den Rhythmus mit.

Alle, außer zweien. Die junge Frau war fort. Der alte Mann neben ihr war ebenfalls verschwunden. Ihre Abwesenheit war keine Erleichterung. Es bedeutete lediglich, dass die Frau gegangen war, um zu sterben. Früher oder später, in einem Jahr oder nach einem langen Leben, aufgrund einer entsetzlichen Gewalttat. Ein Messer in ihrem Auge.

Und es gibt überhaupt nichts, was du dagegen tun kannst, dachte Kit verbittert.

Sie endete mit einem eleganten Schwung. Das Publikum bettelte um mehr. Kit erhörte sie jedoch nicht. Sie lächelte und winkte, warf ihnen einige Luftküsse zu, drehte sich mit einer anmutigen Bewegung um und eilte in ihrem smaragdgrünen Patchwork-Seidenkleid leichtfüßig von der Bühne.

Ihr Geigenkasten lag auf einem Stuhl direkt hinter den Vorhängen, genauso wie auch ihr Mantel und ihre Handtasche. Griffbereit, um schnell verschwinden zu können. Kit hatte keine Garderobe; sie war gleich vom Hotel ins Theater gekommen, und obwohl der Inspizient noch versucht hatte, ihr eine der zahllosen Suiten des *Queen Elisabeth Theaters* aufzudrängen, hatte sie dies nur mit einem Achselzucken abgetan. Alles, was Kit brauchte, war ihre Geige; weder Tafelwasser noch Blumenarrangements waren für ihre psychische Verfassung von Bedeutung. Sie war nicht wählerisch, was das Wie und Wo betraf. Wichtig war ihr nur, dass sie spielen konnte.

Der Inspizient des *Queen Elisabeth Theaters* war ein älterer Herr namens Alec Montreuil, der in Quebec geboren und aufgewachsen war. Er und Kit kannten sich schon seit ein paar Jahren, lange genug jedenfalls, dass keine Worte nötig waren, als sie sich zum Abschied umarmten. Seine Stirn war gefurcht, während er ihr in die Augen sah. Sie schüttelte den Kopf.

»Ich werde es dir ein anderes Mal erklären«, sagte sie.

»Bald«, bat er mit schwerem Akzent. »Dein Vater wäre über den Ausdruck deines Gesichtes bestimmt besorgt, vermute ich. Aufgesetztes Lächeln funktioniert bei mir nicht, Kitala.«

»Und ich dachte, ich wäre eine gute Schauspielerin.« Kit schüttelte den Kopf. »Ich werde dich besuchen, bevor ich die Stadt verlasse, Alec.«

»Ja«, erwiderte er feierlich. »Das wirst du tun. *Bonne nuit, ma belle fille.*«

»Gute Nacht«, sagte Kit und ging davon. Sie konnte spüren, wie Alec ihr nachsah, drehte sich aber nicht um. Sie versuchte, sich wegen ihres schlechten Benehmens nicht schuldig zu fühlen, aber sie hatte keine Wahl. Sie musste hier weg. Sie musste sich beeilen. Das Messer steckte noch immer im Auge der Frau, in Kits eigenem Auge, baumelnd wie ein Angelhaken. Überall war Blut.

Sie konnte gerade noch die Tür des Bühneneingangs aufstoßen und trat würgend auf die schwach beleuchtete kleine Straße. Sie musste sich gegen die glatte, feuchte Steinmauer lehnen, als sich ihr Körper aufbäumte. Es kam aber nichts hoch, da sie niemals vor den Konzerten aß. Doch es schmerzte und füllte ihre Augen mit Tränen. Sie wischte sie mit dem Handrücken weg, wischte sich den Mund ab und machte einen tiefen Atemzug. Die Luft war klar und süß, fühlte sich wie Medizin in ihren Lungen an. Sie hörte leise Stimmen und sah nach links, blickte in die aufgeschreckten Gesichter einiger Bühnenarbeiter, die auf der Laderampe standen und rauchten. Sie winkten ihr stirnrunzelnd zu.

Kit winkte zurück, wartete aber nicht auf eine Reaktion. Sie drehte sich um und entfernte sich schnell, versuchte zu ignorieren, dass die Männer immer wieder ihren Namen riefen. Nur Gott allein wusste, was sie sagten und dachten. Nicht, dass es eine Rolle spielte. Schließlich musste sie ihr Image verteidigen.

Kits Übelkeit ließ nach, als sie den Bürgersteig erreichte.

Sie wandte sich nach rechts, Richtung Cambie, vermied dadurch das Gedränge der Theaterbesucher, die auf die Straße strömten. Niemand bemerkte sie – oder falls doch, dann war er höflich genug, sie in Ruhe zu lassen. Abseits von Bühne und Rampenlicht war Kit nur eine Frau mit brauner Haut und braunen Augen; durchschnittlich, normal. Die Magie erwachte ausschließlich in der Geige, allein im Theater zum Leben.

Das Hotel Georgia lag ein paar Blocks weiter die Straße hinauf, geradewegs vom Theater aus. Aber Kit entschied sich wegen der Menschenmassen für einen anderen Weg. Es war noch so früh am Abend, dass sie sich in den Straßen sicher fühlte. Das war kein besonderer Wagemut; sie hatte den Vormittag damit verbracht, die Gegend zu erkunden und sich sowohl mit den besten Wegen als auch mit den gefährlichsten Stellen vertraut zu machen. Sie kannte ihren Weg; ein Taxi würde nicht viel schneller sein, und sie brauchte die frische Luft. Ihr Magen fühlte sich besser an, aber die Erinnerung war immer noch wie Gift; sie wollte sich diese Frau von der Seele schaffen.

Wahrscheinlich war das unmöglich. Die Gabe des Vergessens war etwas, das Kit nie gelernt hatte. Zu stur, zu betroffen, um dieses eigenartige Vorhersehen eines gewalttätigen Todes vergessen zu können, das wie eine Krankheit über sie kam. Zu wissen, wie Leute sterben würden, war eine schwer zu tragende Bürde.

Denk nicht darüber nach, sagte sie sich und umklammerte ihren Geigenkasten fester. *Denk nicht darüber nach. Jeder muss sterben. Jeder muss irgendwann abtreten. Du kannst nichts daran ändern. Du kannst es einfach nicht.*

»Genau«, murmelte Kit kläglich.

Es war noch nicht ganz halb zwölf. Vancouver fühlte sich nachts sowohl wunderschön als auch gefährlich an, mit einem städtischen Glanz, modern und strahlend. Die elektrische Beleuchtung der Türme und Wolkenkratzer funkelte wie ein Sternenmeer. Eine trügerische Schönheit. Kit wusste sehr wohl von den Schattenseiten der Stadt, von der rauen Seite samt Drogenhandel, Geldwäsche und Prostitution. Das Strahlen konnte dies zwar nicht verdecken, aber die natürliche Umgebung half etwas. Alles wirkt vor einem Hintergrund von Meer und Bergen besser und sauberer.

Sieh nur nicht zu genau hin, dachte Kit und hob die Hand, um ihr Auge zu berühren. Sie ertappte sich dabei, dass ihre Fingerspitzen um ihre Wimpern herumfuhren. Sie erschauderte. *Sieh nicht zu genau hin, sieh nicht zu genau hin.* Sonst riskierte man, Dinge zu sehen, die man nicht vergessen konnte. Leiden. Tod. So nachklingend wie eine tiefe Wunde.

Wie die Frau in Weiß, die sterbende Frau, die Frau, die bereits ermordet wurde, mit einem Messer im Auge. Diese Vision verursachte einen weiteren Stich in ihrem Herzen, eine weitere Wunde, eine von vielen. Flüsternd, wie all die anderen, *könnte passieren* und *könnte passiert sein* und dann noch das tödliche *was, wenn.*

Kit bog rechts in die Georgia Street ein, passierte Coffee-Shops und große saubere Schaufensterscheiben, die trendy Kleidung und Handtaschen zeigten, bunt wie Pfauenfedern. Yuppiehaft, nicht besonders originell. Sie hörte einen Ruf vor sich und sah zwei Männer an einer roten Ampel zu einem der haltenden Fahrzeuge springen. Einer hielt einen Eimer in der Hand, der andere einen Wischer. Guerilla-Scheibenreinigung für Kleingeld. Die Männer spritzten etwas Wasser auf die Frontscheibe, verteilten es mit dem Wischer, brüllten den Fahrer an, bis er die Scheibe etwas herunterdrehte und ihnen ein paar zusammengeknüllte Scheine gab. Die Ampel schaltete auf Grün um. Das Auto schoss davon.

Kit überquerte die Straße vor der Kreuzung. Die Männer sahen sie vorübergehen, und sie sah ihre Blicke, hart und gierig. Sie folgten ihr aber nicht. Weitere Fahrzeuge näherten sich: lohnendere Beute.

In der Nähe des Hotels, nur einen Block von der touristenfreundlichen Robson Street entfernt, begegneten Kit wieder mehr Fußgänger. Sie versuchte ihre Blicke auf den Boden zu richten, aber etwas zwang sie dazu, prüfend in die Gesichter zu sehen. Alles, was sie sah, schien irgendwie normal, ungezwungen und fröhlich: kein Mord, keine Körperverletzung, keine Waffen. Nur Männer und Frauen, die unterwegs waren, um sich einen netten Abend zu machen.

Schön. Genau das, was sie jetzt brauchte.

Bis sich knapp vor ihr die Tür eines Starbucks öffnete und eine blonde Frau in einem weißen Kleid auf die Straße trat. Der alte Mann war bei ihr, schwang einen Gehstock.

Kit blieb stehen und starrte sie an. Kein Blut und kein Messer, nichts mehr davon. Aber das bedeutete noch nicht, dass sich das Schicksal der Frau wirklich verändert hatte. Nachricht gesendet, Nachricht erhalten: Das war das Einzige, was zählte.

Die junge Frau und ihr Begleiter standen an der Verkehrskreuzung und warteten darauf, dass die Ampel umschaltete. Kit ging auf sie zu. Zuerst langsam, dann schneller. Die Frau und der ältere Mann überquerten die Kreuzung. Kit folgte ihnen. Sie wusste nicht, was sie tun sollte; sie hatte weder einen Plan noch eine Ahnung, was sie sagen sollte. Was konnte sie schon sagen? *Hallo, entschuldigen Sie, Sie sollen umgebracht werden.*

Sie hatte es schon einmal versucht und nichts als Hohn für ihre Mühe geerntet. Was für sich gesehen nicht einmal so schlimm war, aber jetzt musste sie auch an ihre Karriere denken. Schließlich stand sie im Blickpunkt der Öffentlichkeit. Schweigen, wie sehr es auch schmerzte, war seit Jahren ihr Grundsatz.

Und alle diese was wenns? *Was war davon zu halten? Bist du dabei, dich selbst zu verraten, lässt du eine Frau, die deine Hilfe braucht, so einfach im Stich? Sogar Leute, die vollkommen übergeschnappt sind, können Geige spielen. Niemand kann dir deine Musik nehmen.*

Kit holte tief Atem. Also gut. Sie würde es tun, dieses eine Mal. Es würde die Frau wahrscheinlich ausflippen lassen, würde ihr auch keinerlei Schutz bieten, aber wenigstens würde sie selbst ruhig schlafen können, weil sie eine Warnung ausgesprochen hätte, weil sie versucht hätte, das Schicksal zu beeinflussen.

Ihre Großmutter kam ihr in den Sinn. Braune Haut, die in der Sonne von New Orleans glänzte. Kräftige Finger, die Minze zerkleinerten. Eine rauchige Stimme, die über Dinge wie Vorbestimmung, Veränderbarkeit von Chancen und Zukunft sprach. Granny, die Spielchen mit dem Tod spielte.

Nichts und niemand kann das Auge wieder schließen, wenn es sich dir erst einmal geöffnet hat, hatte die alte Jazz Marie immer und immer wieder heiser wiederholt. *Also verschwende keine Energie damit, es überhaupt zu versuchen, Kitty Bella, oder du wirst bald einmal dahintersehen können. Und das ist etwas, für das du nicht stark genug bist, jedenfalls noch nicht.*

Kit ließ alle Vorsicht beiseite und schloss zu der blonden jungen Frau und ihrem älteren Begleiter auf. Ihre Gesichter waren einander zugewandt; sie lachten nicht, unterhielten sich nur ruhig. Friedlich und gelassen.

Fast wäre sie stehen geblieben. Fast hätte sie aufgegeben und sich umgedreht. Kein Rückgrat, keine Courage – oder vielleicht, wie ihre Großmutter gesagt hätte, zu viel gesunder Menschenverstand. Die alte Jazz Marie würde keine schlafenden Hunde wecken.

Und Kit wollte gerade – entgegen ihrer eigenen Überzeugung – genau das tun, als die junge Frau plötzlich langsamer wurde und über ihre Schulter hinweg Kit direkt in die Augen sah.

Kit stockte, die Frau ebenfalls. Aus der Nähe wirkte die Blondine sehr jung, äußerst charmant. Ihr Blick sprach von schneller Auffassungsgabe, als sich ihre hellen Augen auf Kit richteten.

»Ich kenne Sie«, sagte sie sanft. »Sie sind Kitala Bell.«

»Die bin ich, ja«, sagte Kit, während sie versuchte, ruhiger zu wirken, als sie sich fühlte. »Und Sie?«

»Alice.« Sie zögerte und streckte dann doch ihre Hand aus. Kit hatte keine Wahl, als sie zu ergreifen, und der erste körperliche Kontakt verursachte ihr heftige Übelkeit. Blut tropfte vom Handgelenk der Frau – Geisterblut – und bedeckte Kits Hand; sie konnte die Wärme des Blutes fühlen. Kit blickte in das Gesicht der Frau, aus dem das Messer zitternd herausragte.

Alice runzelte die Stirn. »Ist alles in Ordnung mit Ihnen?«

»Ja«, murmelte Kit und zog ihre Hand vorsichtig zurück. Die Vision verschwand, die Übelkeit aber nicht. Sie musste heftig schlucken.

»Meine Liebe«, sagte der alte Mann neben ihr. »Sie sehen nicht gut aus.«

Alice blickte ihn an. »Onkel John, ich glaube, sie hat etwas in ihrem Auge.«

Kits Herz pochte schmerzhaft. »Was haben Sie gesagt?«

»Ihr Auge«, wiederholte Alice fast traurig. »Ihr Auge.«

»Oh«, sagte der alte Mann, der sie anstarrte. »Oh, tatsächlich.«

Kits Hand griff zu ihrem Hals; sie berührte das Lederband mit dem Gris-Gris und das Gold ihres Kreuzes, Amulette, die sie auf das Drängen ihrer Großmutter hin trug. Ihr Körper war von einem Kribbeln umgeben, das sie seit Jahren nicht mehr gefühlt hatte, tatsächlich nicht mehr, seit die alte Jazz Marie gestorben war. Das Gefühl war schockierend. Sie trat zurück und beobachtete Alice und den alten Mann, erstaunt über ihr eigenes Pech.

Versuch nicht, den guten Samariter zu spielen. Das geht jedes Mal daneben.

»Warten Sie«, sagte Alice und streckte die Hand aus. »Sie müssen keine Angst haben.«

»Hab ich auch nicht«, log Kit. »*Sie* sind diejenige, die sich fürchten muss.«

Alice und der alte Mann tauschten einen Blick. »Wie meinen Sie das?«

»Sie werden ermordet werden«, sagte Kit, und die Worte kamen so leicht aus ihrem Mund, als würde sie über ein Dessert oder über das Wetter sprechen. Männer und Frauen, die an ihnen vorbeikamen, sahen interessiert zu ihnen hin.

»Könnten Sie das vielleicht näher erklären?«, fragte der alte Mann und blickte wieder Alice an. Er wirkte ziemlich blass. Kits Vision veränderte sich. Sie sah Blut auf seiner Brust. Seine Augen verdrehten sich.

Sie sah zur Seite und hoffte, dass ihr nicht schon wieder übel wurde. Zu viel war das alles, kam zu schnell und fühlte sich zu sonderbar an. Diese Fremden, Alice und ihr Onkel John, waren in großen Schwierigkeiten. Mehr als Kit bewältigen konnte, ohne sich selbst zur Zielscheibe zu machen. Aber das hinderte sie nicht daran, sich zu zwingen, den alten Mann wieder anzusehen, nach mehr zu suchen, weiteren Anhaltspunkten. Er starrte zurück, zwischen seinen Augen bildete sich eine Furche, ein weiteres Zeichen der Bestürzung in einem sorgenvollen Gesicht. Kit dachte, dass sie ihn mögen würde, wenn sie ihn näher kennenlernte. Elegant, gepflegt. Alte Schule. Er erinnerte sie an Tennessee.

»Sie müssen vorsichtig sein«, flüsterte sie; sie konnte nicht anders. »Sie beide, sehr vorsichtig.«

Alice kam einen Schritt auf sie zu. Kit wich nicht zurück. Sie stand aufrecht, ihr Geigenkasten hing wie ein Schild auf ihrem Rücken. Eine Melodie wand sich wie ein scharfes Schwert durch ihren Kopf. Sie sah, wie Alice den Mund öffnete, um zu sprechen.

Kit hörte einen sanften Aufschlag. Es sandte Kälteschauer durch ihren Körper, obwohl sie das Geräusch nicht einordnen konnte. Einen Augenblick später taumelte der alte Mann zurück und griff sich an die Brust. Er starrte an sich herab; sie hatten alle drei die Augen aufgerissen, und Kit sah mit Furcht und Grauen, wie sich ein roter Fleck auf seinem weißen Hemd ausbreitete. Sie wollte es nicht glauben, verschwendete wichtige Zeit, in der sie sich sagte, es sei nur eine weitere Vision: die Zukunft in Farbe.

Aber dann begannen die Leute schreiend, zu schieben und zu laufen, und sie wusste, dass es ganz real war. Die Zukunft hatte schon begonnen.

Der alte Mann brach zusammen. Alice sank auf die Knie, tastete auf seiner Brust herum, wiegte das Gesicht des alten Mannes in ihren Händen. Er reagierte nicht auf ihre Berührungen. Kit wusste, dass er nicht reagieren würde. Sie hatte ihn schon einmal sterben sehen, und ein Einschussloch im Herzen ließ keinerlei Abschied oder letzte Worte mehr zu. Genauso wenig wie ein Messer im Auge.

In ihren Ohren war ein Summen; gestrichene Geigen, die sich zu einem Aufschrei steigerten. Kit knirschte mit den Zähnen und ergriff Alice' Arm, riss sie heftig zu Boden. Keine Zeit für langes Überlegen oder Entschuldigungen, keine Zeit auch für Fragen. Sie sah in Alice' entsetzte Augen und sagte: »Sie müssen jetzt weglaufen.«

»Wir beide werden laufen«, sagte Alice tonlos, und als Kit sie perplex anstarrte, kickte die junge Frau ihre Stöckelschuhe weg und sah noch ein letztes Mal zu dem alten Mann, hin- und hergerissen, schmerzerfüllt und zugleich hart. Kit fühlte, wie sich ihre Kehle zuschnürte, durch einen fremden Kummer, der ihrem Herzen aber sehr bekannt vorkam.

Die Haare in ihrem Nacken begannen zu kribbeln; sie drehte sich nicht um, zog stattdessen an Alice' Arm. Die Frau ließ es geschehen. Sie ergriff Kits Hand, und die beiden tauchten in der drängelnden, verängstigten Menschenmenge unter. Kit spürte Augen, die sie beobachteten. Und sie kam sich vor, als befände sie sich genau in der Mitte eines Fadenkreuzes.

Nicht du, sagte sie zu sich selbst. *Nicht jetzt.*

Aber bei der Frau neben ihr war es anders. Es konnte zwar sein, dass bis zu ihrem Tod noch ein ganzes Leben vor ihr lag, aber nach dem, was dem alten Mann gerade passiert war, sollte man lieber auf Nummer sicher gehen. Nicht, dass Kit etwas am Schicksal ändern konnte. Nicht, dass irgendjemand das vermochte.

Der harte Geigenkasten schlug gegen ihren Rücken. Kit hatte das absurde Verlangen zu spielen – konnte in ihrem Kopf die Noten hören, stark und klar. Sie lief mit der Musik und suchte einen sicheren Ort, hell beleuchtet und bevölkert. Aber die Geschäfte hatten bereits geschlossen, und es schien, dass alle Coffee Shops plötzlich verschwunden waren, in dem Augenblick, da sie einen suchte. Aber genau vor sich entdeckte sie die Fassade ihres Hotels. Einfach großartig.

Kit hörte das Heulen von Sirenen. Schnelle Reaktion. Zwei Streifenwagen jagten über eine nahe gelegene Straßenkreuzung links von ihnen; ein weiterer Streifenwagen erschien genau vor ihnen und stoppte mitten auf dem Fußgängerüberweg, rotes und blaues Licht blitzte. Kit ging langsamer, Alice tat es ihr gleich. Die zwei Frauen tauschten zwar einen kurzen Blick, gingen aber weiter.

Eine Polizistin stieg aus dem Streifenwagen: eine kleine, adrette Frau mit harten dunklen Augen und einem kurz geschnittenen schwarzen Bob. Sie sah direkt zu Kit und Alice hin und warf keinen Blick auf die anderen Passanten. Es gab keine Unsicherheit in ihrem Blick, nur ein festes, standhaft fokussiertes Starren. Kit fühlte sich, als würde sie mit hundertsechzig Kilometern pro Stunde auf eine Steinmauer zurasen. Dann stieß sie Alice mit dem Ellenbogen an, und die beiden bogen in einen Durchgang, der nach rechts führte.

Die Polizistin machte einen schnellen Schritt auf sie zu und griff nach ihrer Waffe. »Bleiben Sie sofort stehen«, sagte sie laut und deutlich. »Keine Bewegung.«

Alle Passanten in der näheren Umgebung der Polizistin erstarrten, einschließlich Kit und Alice. Gesetzestreues Handeln, auch wenn sämtliche Instinkte Kit sagten, dass sie weglaufen sollte. Alice bewegte sich auf den Durchgang zu. Ihr Gesicht war gerötet, ihre Augen rot gerändert und glänzend. Aber der harte Zug um ihren Mund und die Spannung in ihrer Körperhaltung ließen Kit denken, sie würde alles ruinieren.

»Sie wissen, was das bedeutet«, murmelte Kit.

»Tut mir leid«, sagte Alice. »Sie haben nur versucht zu helfen.«

Die Polizistin kam näher. Sie hatte ihre Waffe gezogen und hielt sie auf Kit gerichtet. Alle um sie herum begannen wieder, sich zu bewegen, traten zur Seite, flüsterten und starrten sie an. Kit fragte sich, ob sie von irgendjemandem erkannt wurde.

Es war keine Zeit zu verlieren. Alice schnappte sich Kits Hand, zog sie mit überraschender Kraft in den Durchgang und machte einen kurzen Sprint mit ihr. Kit versuchte, sich von Alice zu lösen, aber Alice ließ nicht locker, ihr Griff war schmerzhaft, ihre Finger fühlten sich wie kleine Zangen aus Stahl an. Kit hörte einen Ruf hinter ihnen, Schritte, die ihnen folgten. Ihre Schulterblätter prickelten. Sie war ein perfektes Ziel.

Ihre Atmung pfiff los. Sie steckte tief in der Klemme. Vor der Polizei wegzurennen, auch wenn es sich richtig anfühlte, das fühlte sich schrecklich an.

Die kleine Gasse war eine bevorzugte Müllkippe und ein Drogendepot. Leere Flaschen aller Art sowie gebrauchte Injektionsspritzen und Glasscherben bedeckten den Boden. Alice fluchte, ging aber weiter. Kit blickte zurück und sah die Polizistin, die Beine leicht gespreizt, die Waffe im Anschlag.

»Mist!«, murmelte sie vor sich hin.

Ein scharfer Knall hallte durch die Gasse. Alice schrie auf und stürzte zu Boden. Kit fiel mit ihr zusammen und war nicht in der Lage, ihre Hand zu befreien. Sie zerkratzte sich die Knie, fühlte das Brennen durch ihren ganzen Körper rasen. Sie wollte schreien, wollte sofort weiterlaufen; ein Allegro heulte in ihr auf, ihre Geige jammerte ihr im Kopf.

Endlich löste sich Alice' Griff doch noch, aber Kit rannte nicht fort. Das Bein der anderen Frau blutete. Sie versuchte aufzustehen, fiel aber wieder hin.

»Gehen Sie«, zischte sie; Tränen liefen über ihre Wangen. »Bitte gehen Sie.«

Aber es war schon zu spät. Die Polizistin war jetzt bei ihnen. Kit sah Blaulicht am Ende der Gasse. Scheinwerfer blendeten sie, fast ebenso wie die weißen Zähne der lächelnden Polizistin.

»Ende der Straße«, sagte sie und hob ihre Waffe. Kit erstarrte, doch es wurde nicht geschossen. Stattdessen wurde ihr die Waffe hart auf den Kopf geschlagen. Schmerz schoss durch ihren Schädel, überwältigte sie, allerdings nicht so stark, dass sie das Bewusstsein verlor. Bedauerlicherweise. Kit versuchte sich zu bewegen, aber ihr Körper funktionierte nicht so, wie er sollte. Sie konnte nur kriechen; ihre Wange war auf den kalten harten Zementboden gepresst, während sie sich durch den Abfall voranschob. Es war ihr aber gleichgültig. Ihr Kopf schmerzte. Sie musste vor allem hier weg.

Dann hörte sie eine andere Stimme, die eines Mannes, tief und barsch. Sie konnte ihn nicht sehen und wurde immer noch von den Scheinwerfern geblendet. Alice schrie wieder auf, setzte sich zur Wehr; das Geräusch eines Schlages auf Fleisch ließ sie zusammenzucken. Eine Autotür wurde geöffnet und wieder zugeschlagen. Kit kroch weiter, und dann griff plötzlich eine Hand in ihr Haar und riss ihren Kopf so heftig zurück, dass sie würgen musste.

»Diese hier?«, polterte eine harsche Männerstimme.

»Halt sie fest. Sie könnte Probleme machen.«

»Ich wüsste nicht, wie«, murmelte der Mann, aber Kit wurde von einem Paar fleischiger Arme umschlungen. Sie versuchte sich zu wehren, aber der einzige Erfolg war, dass sie sich übergeben musste. Es kam zwar nur Gallenflüssigkeit heraus, doch es brachte ihr trotzdem einen weiteren Schlag auf den Kopf ein. Sie wurde auf den Rücksitz eines Polizeiwagens gestoßen und landete hart auf Alice, die sehr still gegen die andere Tür gelehnt lag. Kit fühlte, wie sich Alice' Brust hob und senkte. Sie lebte also noch. Jetzt noch … jedenfalls.

»Das Miststück hat mein Hemd nass gemacht«, knurrte der Mann, während er vorn in den Wagen stieg. Ein Polizist, registrierte Kit. Oder zumindest trug er eine Polizeiuniform. Die Polizistin stieg auf der anderen Seite ein. Ihre Haare waren zerzaust. Sie atmete heftig.

»Als Erstes zu den Docks«, befahl sie.

Kits Geigenkasten drückte gegen ihren Rücken. Sie versuchte sich den Weg zu merken und sich die Gesichter der Polizisten einzuprägen, aber ihr Schädel pochte, als würde jemand mit einem Axtstiel darauf herumhämmern, und ihr Sehvermögen wurde durch die vorbeirauschenden Straßenlaternen getrübt. Ihre Augenlider fühlten sich immer schwerer an.

Dies ist eine Entführung, keine Verhaftung, sagte Kit zu sich selbst und versuchte, nicht das Bewusstsein zu verlieren. *Sie werden dich umbringen.*

Gezeichnet. Tod und Schicksal. Kein Weg zurück. Sie griff unter ihr Kleid und berührte ihr Gris-Gris, fühlte, wie die Teile in dem kleinen Lederbeutel gegen ihre Handfläche rollten. Musik floss in ihr Bewusstsein – *T'Aimse'Im Chodladh.* Sie summte das keltische Lied lautlos, konzentrierte sich, verlangsamte ihren Herzschlag. Der Schmerz ließ nach. Ihre Sehkraft wurde wieder besser.

Es gab keine Türgriffe im Fonds des Streifenwagens, dafür aber ein Gitter, das sie von dem vorderen Bereich trennte. Das Einzige, was sie tun konnte, war sitzen und abwarten. Die Gegend veränderte sich; in den Randbezirken wirkten die Gebäude älter und heruntergekommener. Kit sah mehr Obdachlose auf den Straßen; einige von ihnen verschwanden schnell, als der Streifenwagen auftauchte. *Gute Idee,* dachte Kit. *Ich wünschte, ich könnte es genauso machen.*

In einiger Entfernung sah Kit ein Kreuzfahrtschiff. Sie leckte sich über die Lippen und sagte: »Sie sind gar keine Polizisten, oder?«

Die Frau sah sie amüsiert an. »Natürlich sind wir Polizisten. Denken Sie etwa, wir würden in diesen Uniformen herumlaufen und in diesem Wagen herumfahren, wenn wir keine wären? Polizisten kennen sich gegenseitig. Falsche Polizisten würden in dieser Stadt schnell auffallen.«

Falsch genug, dachte Kit. »Und was haben Sie jetzt vor? Warum wollten Sie unbedingt diese Frau?«

»Nicht wir haben sie gesucht«, polterte der Mann los. Die Frau berührte ihn an der Schulter und er klappte den Mund zu.

»Keine weiteren Fragen«, sagte sie und drehte sich zu Kit um. »Sie wollen die Antworten ja sowieso nicht hören.«

»Man wird mich vermissen«, sagte Kit. »Ich bin sehr bekannt. Sie können Lösegeld für mich bekommen. Ich kann mir nicht vorstellen, dass Sie als Polizisten allzu viel verdienen.«

Der Mann zuckte, aber die Frau blieb kalt und zeigte keinerlei Gefühlsregung. »Wir werden schon bezahlt.«

»Ich bin aber Millionen wert«, erwiderte Kit. »Und lebend noch mehr, das ist sicher.«

Jetzt sah der Mann interessiert in den Rückspiegel. Kit begegnete seinem Blick, ohne zu blinzeln. Wieder berührte ihn die Frau an der Schulter. Sie holte ihre Waffe aus dem Holster und entsicherte sie.

»Das Gitter ist für die Mündung dieser Waffe grob genug«, sagte sie kalt. »Ich werde schießen, falls Sie nicht endlich still sind.«

»Nein, das werden Sie nicht tun«, sagte Kit. Ihre Gedanken rasten, aber sie versuchte, gelassen zu klingen. »Das würde ein Blutbad ergeben, das Sie beseitigen müssten, was zu riskant wäre; außerdem würde die Kugel durch mich durchschlagen und das Fahrzeug beschädigen. Sie aber wollen diesen Job ohne Probleme erledigen. Es soll schließlich keiner herausfinden, was Sie getan haben.«

Die Frau lächelte. »Vertrauen Sie mir. Ich glaube, wir

werden mit einer guten Geschichte durchkommen. Im Zweifel spricht alles zu unseren Gunsten.«

Kit knirschte mit den Zähnen. »Schön. Sie werden mich also auf jeden Fall umbringen. Dann können Sie mich ja auch lange genug am Leben lassen, um etwas zusätzliches Geld zu verdienen.«

»Jess«, murmelte der Mann. »Lass es uns tun. Niemand wird etwas merken.«

»Leck mich«, erwiderte die Frau und starrte ihn an. »Wir werden das hier genauso durchziehen wie geplant.«

»Wie geplant?« Kit versuchte, ihre Verzweiflung zu verbergen. »Sie kümmern sich wirklich um das, was Ihnen jemand vorschreibt?«

»Achten Sie auf das, was Sie sagen, oder Sie werden sterben«, sagte die Frau. Sie steckte ihre Waffe wieder weg. »Scheint so, als sähe das mein Partner hier anders.«

»Nein«, murmelte er. »Aber das Geld ...«

»Halt den Mund«, sagte die Frau. Sie war der Diskussion überdrüssig. »Und fahr langsamer. Du wirst noch die Straße verpassen.«

Der Mann tippte auf die Bremse und bog hart rechts ein. Alice rutschte über den Sitz auf Kits Schoß. Sie machte keinerlei Geräusch, aber ihre Hand zuckte. Vielleicht war sie gar nicht mehr bewusstlos. Kit stemmte sie hoch, roch Blut. Alice' Bein. Diese beiden Polizisten würden heute Nacht doch noch einiges zu putzen haben.

Etwas Kleines wurde in Kits Hand gedrückt. Es fühlte sich wie eine Visitenkarte an. Sie hielt den Atem an und beobachtete, wie die Polizisten die Straße im Auge behielten. Sie ließ die Karte vorsichtig in ihre Manteltasche gleiten. Keine Reaktion auf den Vordersitzen. Sie blickte auf Alice hinab und sah das schlaffe Gesicht der blonden Frau, die Augen geschlossen, etwas Speichel in einem Mundwinkel. Das Mädchen verdiente tatsächlich einen Oscar.

Zwischen den Gebäuden vor ihnen tauchten orangefarbene Kräne und Schiffscontainer auf. Etwas entfernter ragten zu ihrer Rechten zwei Kreuzfahrtschiffe auf, und zu ihrer Linken lag ein langer dunkler Frachter. Es gab so gut wie keine Sicherheitsvorrichtungen, nur einen Maschendrahtzaun, dessen Eingangstor weit geöffnet war. Wohin sie auch sah, keine Wache war zu entdecken. Es gab nur wenige Lampen, und die auch nur am Eingang.

Ihre Kidnapper schienen sich keine Sorgen darüber zu machen, dass sie jemand beobachten könnte. Der Streifenwagen fuhr mit unveränderter Geschwindigkeit auf die Hafenanlage, bog scharf um einen Stapel von orangefarbenen Containern, dann um einen zweiten und schließlich auf einen Weg, der sich durch das Labyrinth in Richtung Wasser schlängelte. Am Rand der Kaianlage standen einige Männer und rauchten. Der Streifenwagen hielt neben ihnen an, die Polizistin kurbelte ihre Scheibe herunter.

Nur einer der Männer kam näher. Er war groß und breit, hatte einen kahlrasierten Schädel und einen tückischen Blick. Obwohl es ziemlich kühl war, hatte er sein Hemd nicht ganz zugeknöpft. Er trug keine Jacke, und man konnte einen großen Teil der Tätowierung sehen, die seinen Hals und seinen oberen Brustbereich bedeckte. In dem schwachen Licht wirkte sie wie eine Frau mit gespreizten Schenkeln.

Er starrte Kit auf dem Rücksitz an. »Können wir irgendetwas für Sie tun, Officer Yu?«

»Plan B«, sagte die Polizistin.

»Bezahlung wie üblich?«

»Mit jedem von euch wird man sich morgen in Verbindung setzen.«

Der Mann dehnte seine Muskeln und lächelte. »Irgendwelche Instruktionen?«

»Nein.« Sie drehte sich zu Kit um. »Du kannst mit ihr machen, was du willst, Dutch. Hauptsache, am Ende lebt sie nicht mehr.«

»Nein«, sagte Kit.

Die Frau sah sie lange und fest an. »Du kannst ja versuchen, Dutch und seine Freunde zu bestechen. Aber, um ehrlich zu sein, ich glaube, du würdest viel lieber sterben, als bei ihnen zu leben.«

Die Hintertür wurde geöffnet. Dutch griff nach ihr. Kit kämpfte los, schrie und versuchte, so viel Lärm zu machen, wie sie nur konnte. Hinter ihr bewegte sich Alice endlich. Sie schlang ihre Beine um Kits Taille, zog sie zurück und zwang Dutch auf diese Weise dazu, mit dem Gewicht von zwei Frauen fertig zu werden.

»Verdammter Mist«, brummte der schwere Mann, als Kit ihren Absatz in sein Gesicht rammte, so dass er einen Schritt zurückstolperte. »Kann mir mal jemand helfen?«

Hinter Alice öffnete sich die Tür. Sie schnappte nach Luft, Kit hörte einen dumpfen Aufschlag, und Alice wurde wieder vollkommen schlaff. Diesmal wirkte es nicht wie Schauspielerei.

Dutch griff in den Wagen, packte Kits Knöchel und zog fest daran. Sie hielt sich an dem Trenngitter fest, saugte sich sogar wie ein Blutegel daran fest, bis ihr Officer Yu mit dem Kolben ihrer Waffe auf die Finger schlug. Sie musste zweimal zuschlagen, bevor Kit losließ. Mit dem Rücken schlug Kit hart auf den Boden, strampelnd und schreiend. Dutch fluchte und sah Officer Yu an. »Sind Sie sicher, dass Sie sie nicht sofort erschießen wollen?«

Sie zuckte die Achseln. »Wir haben einen engen Zeitplan. Aber du hast doch eine Waffe. Mach es selbst.«

Dutch grunzte und trat die Tür mit dem Fuß zu. Der Streifenwagen schoss mit quietschenden Reifen um die Container herum davon.

Kit hörte einen Moment lang auf, sich zu wehren, sah sich um, verschaffte sich einen Überblick – der ergab, dass sie allein gegen fünf Männer war, die nun herübergeschlendert kamen und dabei ihre Zigaretten mit einer Endgültigkeit wegwarfen, die besagte, dass es für längere Zeit ihre letzten waren.

Verdammt. Sie steckte tief in der Scheiße.

»Ich vermute, dass ich Sie nicht dafür bezahlen kann, mich am Leben zu lassen?« Kit reckte ihren Hals, um in Dutchs kleine engstehende Augen zu sehen.

»Nein«, polterte er. »So habgierig bin ich nun auch wieder nicht.«

»Nein, natürlich nicht«, murmelte sie und stieß einen durchdringenden Schrei aus. Dutch fluchte, wich ihrem Knie aus, das auf seine Lendengegend zielte, und fegte mit seinem Fuß ihre Beine unter ihrem Körper weg. Sie fiel hart auf den Straßenbelag und landete auf ihrem Geigenkasten. Dann versuchte sie, tief Luft zu holen, stellte aber fest, dass ein Fuß auf ihrer Kehle stand.

»Na, was haben wir denn da für ein braunes Zuckerstückchen«, murmelte ein Mann, der gerade näher kam, während Dutch den Druck auf ihre Stimmbänder verstärkte. Kit fühlte, wie jemand an ihrem Haar zog. Sie fletschte die Zähne, trat und strampelte, versuchte die starken Hände, die nach ihren Händen und Füßen griffen und sie unten hielten, abzuschütteln. Nun würde sie sterben. Langsam und schrecklich.

Also kämpfte sie noch heftiger. Die Männer lachten. Dutch sagte: »Bringt sie zu dem Container.«

Eine Hand legte sich über ihren Mund. Sie schmeckte nach Zigaretten und Urin. Kit wurde hochgehoben und weggeschleppt. Sie hörte ein lautes schepperndes Geräusch; eine Containertür schwang auf. Die Männer lachten noch immer und unterhielten sich, als wäre es Samstagabend und gleich begänne ein Fußballspiel. Kit fragte sich, ob es wohl auch Bier und Chips dazu gäbe.

Der Container kam bedrohlich näher. Der Mann, der die Tür geöffnet hatte, verschwand in seinem Inneren. Der Strahl einer Taschenlampe blitzte in dem dunklen Inneren auf, allerdings nur für einen kurzen Augenblick. Kit hörte einen merkwürdig dumpfen Schlag, der aber so laut war, dass er das Gelächter der Männer und das Rauschen des Blutes in ihren Ohren durchschnitt. Der Taschenlampenstrahl erlosch. Kit hörte einen weiteren Schlag, gefolgt von einem Knirschen, das von Knochen herzurühren schien.

Etwas Großes flog aus dem Container heraus und schlug hart auf dem Boden auf. Es war der Mann, der in den Container hineingegangen war. Er war tot, das stand außer Frage. Das lange Rohr, das aus seiner Brust herausragte, ließ keinen Zweifel zu. Genauso wie die Haltung seines Kopfes, der so weit nach hinten verdreht war, dass er eine gute Aussicht auf seinen Hintern haben musste.

»Scheiße«, stieß einer der Männer hervor. Die Hand, die auf ihrem Mund lag, ließ los, aber Kit schrie nicht, sondern stand ganz ruhig da und starrte in die dunkle Öffnung des Containers.

Ein Schatten bewegte sich. Dutch ließ Kit los. Eine Pistole erschien in seiner Hand. Sie trat einen Schritt zurück, doch er machte keine Bewegung, um sie wieder zu greifen. Die anderen auch nicht. Sie starrten alle in die Dunkelheit, während sie nach den Waffen unter ihren Hemden griffen. Kit trat einen Schritt zur Seite, und dann noch einen. Aber sie lief nicht weg. Sie konnte gar nicht. Sie hörte Musik. Jemand sang.

Ein Mann trat aus dem Container. Kit vermochte sein Gesicht nicht zu sehen, aber das spielte jetzt auch keine Rolle; es war seine Stimme, der sie lauschte, und sie klang, als hörte man in dem stillen Tosen einer rauen See Mozart, begleitet von einem Lied voller Dunkelheit. Sie wollte mit ihrer Geige gegen diesen klagenden Ruf anspielen, sich dann vielleicht hinlegen und sterben, denn wenn es aufhörte, wenn es endete, dann würde es niemals wieder etwas Vergleichbares geben. Nichts würde mehr eine Rolle spielen. Kit fühlte sich, als höre sie, wie ihr Herz brach und verliebe sich gleichzeitig, beides zur selben Zeit – ein Gefühl, so unmöglich, so fürchterlich und dabei so wunderbar, dass sie lachen und schreien wollte.

Sie tat jedoch keins von beidem, stand nur einfach da und lauschte; Wärme breitete sich in ihrem Körper aus. Sie sagte sich, dass sie jetzt fortlaufen sollte. Aber sie tat es nicht.

Dutch stöhnte. Er stolperte zurück, nur einen Schritt, aber während er zurückwich, torkelten die anderen Männer so steifbeinig wie Zombies auf den Container zu. Der Mann trat zur Seite, als sie durch die dunkle Öffnung gingen und in der Dunkelheit verschwanden. Kit beobachtete sie atemlos. In ihrem Herzen bemerkte sie eine Veränderung in dem Lied.

Mündungsfeuer zerriss die Luft und hallte wie Kanonenschüsse aus dem Container wider. Männer schrien. Kit stellte sich vor, wie sie sich gegenseitig erschossen, einander aus kürzester Entfernung niedermetzelten. Und obwohl es unmöglich war, wusste sie, dass es so sein musste.

Die Schießerei dauerte nur wenige Sekunden. Kit beobachtete den Mann im Schatten, dessen Stimme weiter summte. Sie fühlte, wie sich sein Lied schon wieder veränderte, hörte in ihrem Geist eine andere, eine herzzerreißende Melodie. Sie fühlte sich irgendwie richtig an, die vollkommene Harmonie; lautlos sang sie mit.

Die Stimme des Mannes stockte. Dutch schauderte, seine Schultern sackten herunter. Er hob den Arm, die Waffe in der Hand. Er legte an.

Kit stieß Dutch genau in dem Augenblick zur Seite, als er den Abzug durchzog. Der Schuss ging ins Leere.

Er schlug mit der Faust nach ihr, aber sie war darauf vorbereitet und duckte sich. Allerdings hatte sie keine Zeit mehr, dem zweiten Versuch auszuweichen. Seine Faust kam auf ihr Gesicht zu.

Sie traf es aber nicht. Eine Hand schoss dazwischen und fing die Faust des großen Mannes ab. Kit stolperte zur Seite. Das Einzige, was sie sehen konnte, war ein langer, hagerer Rücken, in schwarze Seide gekleidet. Ein hochgewachsener Mann, größer als Dutch. Sein dichtes Haar war rabenschwarz.

Er sprach nicht, er sang nicht, aber sein Schweigen war überwältigend. Kit hörte Knochen brechen, und Dutch ging zitternd in die Knie. Seine Hand, in der sich die Waffe befand, kam hoch, aber der dunkle Mann ergriff sein Handgelenk und bog es so weit zurück, dass seine Knöchel beinahe seinen Unterarm berührten. Dutch schrie. Seine Waffe polterte zu Boden.

»Du hättest sie nicht anfassen dürfen«, sagte der Fremde. Er sprach ruhig und sanft, mit kraftvoller Stimme. »Du hättest nicht einmal daran denken sollen.«

Dutch' Schrei erstarb zu einem Wimmern. Kit wich zurück. Sie achtete nicht darauf, wohin sie ging. Sie wusste nur, was jetzt geschehen würde, konnte es in ihrem Kopf sehen, sah es auch auf Dutch' rotem Kopf geschrieben. Sie brauchte Abstand. Keine weitere Gewalt. Auch wenn er es verdient hatte.

Dann ging sie weiter, sah, wie der Mann in Schwarz seine Hände an beide Seiten von Dutch' Kopf legte. Sie schloss im letzten Moment die Augen und hörte nur das laute Krachen, als ein Genick brach.

Kit öffnete die Augen. Dutch lag auf dem Boden. Als Toter wirkte er überhaupt nicht stark oder groß. Sie mochte ihn so lieber. Nicht atmend.

Sein Mörder, ihr Retter, starrte eine geraume Zeit auf Dutch' Körper herab. Kit hatte nun nicht mehr das Gefühl, sich in Gefahr zu befinden. Die Gewalt, die sie gerade eben erlitten und beobachtet hatte, lag so weit jenseits aller Erfahrungen, die sie bis jetzt gemacht hatte, dass ihr der Gedanke an eine weitere Bedrohung irgendwie banal vorkam. Dennoch hielt sie ihren Mund geschlossen, und ihr Blick war auf den langen, kräftigen Rücken gerichtet, auf die Umrisse dieses Körpers, der eine Stimme hatte, die jemandem gehören musste, der nicht menschlich sein konnte.

Und als sich der Mann umdrehte, um sie anzusehen, kam ihr die Bezeichnung *nicht-menschlich* gänzlich angebracht vor.

Er war schön. Schlichtweg märchenhaft schön. Selbst im schwachen Licht der Hafenanlage schien seine Haut noch zu leuchten, blass und makellos; sein Gesicht zeigte elegante, klassische Linien. Atemberaubend männlich.

Ihre Ehrfurcht hielt jedoch nicht lange an. Sie blinzelte und entdeckte Blut. Blut, das aus seiner Kehle strömte, aus einem Loch, so groß wie ein Baseball: ein Todesurteil, sah sie in ihrer Vision. Der Mann vor ihr würde ermordet werden. Das Schicksal wartete schon auf ihn. Wie auf sie selbst auch.

Reiner Kummer ergriff ihr Herz. Das brachte das Fass zum Überlaufen. Dieser Mann, der ihr Leben gerettet hatte, ganz gleich, wer er auch sein mochte, verdiente ein solches Ende nicht. Und sie verdiente nicht, das sehen zu müssen. Nicht, nachdem der Klang seiner Stimme solche Gefühle bei ihr ausgelöst hatte; nicht, nachdem der Anblick seines Gesichtes und das, was er gerade für sie getan hatte, sie etwas ganz anderes fühlen ließ.

Du kannst ihn nicht retten. Du kannst auch Alice nicht retten. Gib es auf. Denk einfach nicht mehr daran.

Aber Kit konnte nicht wegsehen. Sie stolperte zurück und starrte in die Augen des Fremden. Es war nicht möglich, die Farbe der Augen zu erkennen, aber sein Blick wirkte heiß und durchdringend. Die harte Linie seines Mundes wurde allmählich etwas weicher.

»Sind Sie verletzt?«, fragte er. Und wieder versetzte ihr seine Stimme einen Stich ins Herz. Sie versank, sank ganz tief. Die tödliche Wunde an seiner Kehle verschwand, aber die Erinnerung daran blieb. Sie schob sie trotzdem beiseite. Sie hatte früher am Abend Alice gegenüber die Wahrheit ausgesprochen, allen Mut dafür zusammengenommen – aber das war etwas ganz anderes gewesen. Dieser Mann war ein anderer Fall. Sie konnte ihm einfach nicht verraten, dass er sterben werde.

»Nein«, hauchte Kit. Sie kämpfte gegen den Drang, den Abstand zwischen ihnen zu verringern. »Und Sie?«

Er schüttelte den Kopf und sah zu Dutch hinüber. »Ich fühle mich besser als der dort.«

Kit fiel keine passende Entgegnung ein. Sie hatte auch gar keine Chance, eine zu äußern, da sie eine Bewegung zu ihrer Linken wahrnahm. Jemand stand im Schatten eines anderen Containers. Ihr Gehirn registrierte das Blinken von Metall in Hüfthöhe: ein langer Lauf. Sie dachte: *nicht noch einmal*. Und stolperte zurück.

Der Mann vor ihr bewegte sich. Er rannte auf sie zu. Er war sehr schnell, aber Kit hörte noch das Mündungsfeuer, fühlte ein Brennen an der Seite ihres Halses. Sie fiel.

Kräftige Arme fingen sie auf und hoben sie hoch. Kit betastete ihren Hals. Er war feucht, heiß. Sie blutete.

Und dann stürzte sie ins Meer.

3

Einsamkeit war immer ein notwendiger Teil von M'cals Leben gewesen, um unter Menschen zu überleben. Er hatte den größten Teil seiner Jugend an Land verbracht. Ein freiwilliges Exil, wegen seiner Blutsbande, die von den meisten anderen abwichen und nach den Standards anderer, weniger toleranter Krackeni unrein waren. Und obwohl diese Isolation zeitweise eine Bürde für ihn dargestellt hatte, konnte er nun, mit dem Wissen eines deutlich härteren Mannes, zurückblicken und es als das einschätzen, was es gewesen war.

Frieden. Freiheit. Sicherheit.

Aber trotz seiner Erziehung, der Jahre voller Fürsorge und Warnungen, hatte er alles mit einem Herzschlag aufgegeben. Eine einzige Fehlentscheidung. Für die Liebe. Oder für die Illusion der Liebe. Und von allen Fehlern, die er hätte machen können, war dies der schlimmste gewesen. Eine Geste apokalyptischer Tollkühnheit, ein Akt extremen Wahnsinns. Er hatte seine Seele durch die Liebe verloren. Und er hatte auch die Seelen anderer verloren.

Bis er Kitala Bell sah, hätte er bei seinem Leben geschworen, diesen Fehler nie wieder zu machen.

Er war zum *Queen Elisabeth Theater* gefahren. Sich Zugang zum Theater zu verschaffen, war einfach gewesen – seine Stimme gab ihm einen unfairen Vorteil gegenüber einfachen Gemütern – aber er war auf das, was ihn erwartete, als er den kalten, dunklen Zuschauerraum betrat, nicht vorbereitet gewesen.

Energie. Energie und Schönheit. M'cal hatte nie zuvor etwas Ähnliches gehört, nicht einmal bei den Krackeni. Er rief sich den Auftritt von Kitala auf der Bühne ins Gedächtnis, wie ein Symbol einer altertümlichen Religion. Ihr ganzes Wesen strahlte wie ein Diamant, stark, lebendig und glänzend. Seine Augen und sein Herz waren von diesem schrecklichen Strahlen geblendet.

Er stand da, starrte sie an, umgeben von wilden Klängen, die wie Herzschläge tanzten, mitreißend und gewaltig. Ihr zuzuhören ließ ihn Dinge fühlen, die er nicht fühlen sollte. Und erinnerte ihn an Dinge, die schmerzten. An die Hexe… und warum er sie so geliebt hatte; wegen ihres Lächelns, ihres Gesichts, ihres Körpers, wegen der oberflächlichen Begierde, die ihn überwältigt hatte und für die er sich jetzt schämte.

Aber die Musik dieser Frau, Kitala, ging weit über Schönheit hinaus, sie erreichte das Elementare – und das war noch gefährlicher. Weil es nicht oberflächlich war. Und er schämte sich nicht dafür, die Musik zu lieben, jeden Ton zu lieben wie die Freiheit, den Frieden, wie das kalte, süße Rauschen des Meeres, den Donner oder das Mondlicht. Ihre Musik erinnerte ihn daran, dass er noch immer nicht ganz tot war. Sie verlieh ihm Hoffnung, und das war eine grausame Droge.

Er konnte Kitalas Musik noch immer in seinem Kopf hören, während er sie zum Rand der Kaianlage trug und sich umdrehte, während sie fielen, damit er den Aufprall auf der Oberfläche des Wassers abfangen konnte, das fünf Meter tiefer gegen die Mauer schlug. Er hielt sie fest in seinen Armen, diese Frau, die er eigentlich umbringen sollte.

Sie schrie zwar nicht, aber er erinnerte sich an dieses Geräusch. Das war wie Mord. Wie Angst und Abscheu und all die Emotionen, von denen er wünschte, er könnte sie ausdrücken, wenn die Hexe seinen Körper berührte. Jedes Mal, wenn sie ihn zwang zu jagen.

Er schlug hart auf dem Wasser auf und versank in den Wellen. Kitala versuchte sich zu befreien, aber M'cal weigerte sich, sie loszulassen. Mit gutem Grund. Ein kleines Objekt zischte an seinem Ohr vorbei – eine Kugel. Also schoss jemand auf sie. Er ließ sich tiefer sinken.

Das Meer brannte auf seiner Haut. Kitalas Berührung ebenso. Er ignorierte den Schmerz, gab seine Lungen der Verwandlung hin und fühlte, wie sich an seinem Nacken, kurz unter dem Haaransatz, Kiemen bildeten. Kits Augen waren fest geschlossen, der Mund ebenso fest zusammengepresst. Luftblasen strömten aus ihrer Nase. Er konnte die Spannung in ihrem Körper fühlen, ihr heftiges Ausatmen, als sie sich gegen ihn presste. Sie ertrank ganz langsam.

M'cal holte Luft, ertrug die Qual des Salzwassers und ergriff mit seiner freien Hand ihre Nase, um sie zuzuhalten. Er umschloss ihren Mund mit seinem eigenen. Wartete, dass ihr die Luft ausging.

Es geschah ganz schnell. Schwache Lungenkapazität, gepaart mit zu viel Stress. Sie öffnete ihren Mund, er presste sich gegen sie und atmete in ihren Körper. Sie kämpfte noch für einen kurzen Moment dagegen an; er hielt sie geduldig fest und wartete darauf, dass sie sich daran gewöhnte, auf so ungewöhnliche und intime Art zu atmen.

Kit schmeckte wie Minze. Ihr Mund war so weich und warm wie ihr ganzer Körper. Es spielte keine Rolle, dass sie zu berühren sich anfühlte, als wäre er von Quallengift umgeben. Er konnte sie hinter dem Schmerz spüren; er konnte auch ihre bemerkenswerte Musik hören. Sie erklang in seiner Seele.

Denk nicht lange nach. Keine Gefühle. Ihre Seele gehört dir. Du musst sie dir nehmen. Auf die eine oder andere Art wird dich die Hexe dazu zwingen.

Er könnte es jetzt tun, es wäre so einfach. Nur ein Atemzug. Ein Lied, das aus seiner Kehle käme. Er konnte das wartende Monster spüren.

Aber der Zwang war nicht da. Noch nicht. Die Hexe gab ihm immer noch die Möglichkeit zu wählen – diese entsetzliche Wahl, die ihr so viel Vergnügen bereitete. Kitala hatte immer noch eine Chance, käme sie von ihm weg. Schnell und weit weg, das war die einzige Möglichkeit. Vorausgesetzt, sie würde lange genug leben, um die Stadt zu verlassen. Das war ein weiteres Rätsel: Noch jemand wünschte sich ihren Tod. Alles, was er gerade gesehen, verfolgt und verhindert hatte, sah wie eine sehr zielgerichtete Hinrichtung aus. Und wenn der letzte Schütze merkte, dass Kitala immer noch lebte, während ihre vermeintlichen Mörder dies nicht mehr taten …

M'cal umfasste ihre Hüfte fester. Kitalas Augen öffneten sich einen Spalt. Er bezweifelte sehr, dass sie irgendetwas sehen konnte, aber er verhielt sich so, als könnte sie es, und hoffte, dass sie ihn wiedererkannte und er nicht allein war. Und als sich ihr Mund an seinem bewegte, stellte er sich vor, dass sie sich küssten. Dass es um mehr ging als um das reine Überleben.

Kitalas Finger gruben sich in seine Schulter. Sie schmeckte sehr gut. Wenigstens keine Schmerzen. Er wünschte, er würde welche spüren. Er fühlte Dinge, die vollkommen ungesund waren. Und unvorhersehbar.

Vorsichtig trat er mit den Beinen und trieb sie dadurch voran. Er konnte ihren Herzschlag hören, im Takt mit dem Puls der Stadt und seinem eigenen Blut. Er fühlte ihren Geigenkasten gegen sein Handgelenk schlagen. Er brachte sie hinaus in den Kohlehafen, weg von den Docks mit all den Geistern und Schusswaffen. Langsam tauchten sie wieder an die Oberfläche.

In dem Moment, als ihre Köpfe aus dem Wasser stießen, riss sich Kitala von seinem Mund los, schnappte nach Luft und blinzelte das Wasser aus ihren Augen. M'cal sorgte dafür, dass sie sich nicht weit entfernen konnte; er hielt sie locker in den Armen und trat Wasser, während sie sich an ihn klammerte und sich zu orientieren versuchte. Ihr Hals sah schlimm aus, aber der Rest von ihr war einfach großartig. Eine wilde Pracht aus klatschnassen Locken umrahmte ein graziles Gesicht. Hohe Wangenknochen, dunkle Augen, Haut in der Farbe von Karamell. Natürlich, wild und reizvoll. Genauso wie ihre Musik.

Ich wünschte, ich hätte dich nie zu sehen bekommen,

dachte er. *Ich wünschte, ich wüsste nicht einmal, dass du existierst.*

Er erwartete, dass Kitala reden wollte, aber sie schwieg. Sie starrte ihn an, als wäre er ein Gespenst. Sie zitterte in seinen Armen, und er erkannte seinen Fehler. Ihr war kalt. Das Meer war eiskalt. Er musste sie aus dem Wasser bringen, und zwar schnell. Einen Moment lang konnte er dennoch nur in ihre Augen sehen und beobachten, wie sich die Furcht in Intelligenz und Scharfsinn verwandelte.

»Sie haben mir da unten das Leben gerettet«, sagte sie schwach. »Sie und nichts anderes.«

Sehr scharfsinnig. M'cal ignorierte ihre unausgesprochene Frage, wandte sich von ihr ab und studierte die Küstenlinie. Sein Auto hatte er bei den Docks geparkt, aber die Gegend schien ihm zu gefährlich. Der Yachthafen war noch weiter entfernt und kaum besser. Die Hexe würde seine Nähe spüren und ein weiteres großes Risiko darstellen. M'cal zog Kitala näher an sich. Ihr Körper bereitete ihm Schmerzen, aber er genoss den Kontakt. Es war, als umarme er das Meer, was aber weit größere Qualen verursachte.

»Legen Sie Ihre Arme um meinen Nacken«, sagte er sanft und versuchte, seine Stimme möglichst fest klingen zu lassen. »Schlingen Sie Ihre Beine um meine Hüfte.«

Kitala starrte ihn an. »Was?«

»Unterkühlung«, erklärte er. »Das Wasser ist zu kalt für Sie. Ich muss mit Ihnen ans Ufer schwimmen. Es war töricht von mir, Sie hier herauszubringen.«

»Es gab doch gar keine Alternative.« Sie berührte ihren

Hals mit einer zitternden Hand. »Dort war eine Schusswaffe.«

M'cal schob ihre Hand zur Seite und legte seine eigene auf ihr Schlüsselbein. Seine Handfläche brannte, als er die lange rote Schramme berührte. Sie war tief genug, um zu bluten. Er versuchte, nicht weiter darüber nachzudenken, auch nicht über die Kugel. Er blickte in ihre dunklen Augen. »Warum wollten diese Männer Sie töten?«

Kitalas Kiefer verspannten sich. »Ich habe etwas gesehen, das ich nicht hätte sehen sollen. Ich wurde mit hineingezogen.«

»War das der einzige Grund?«, drängte er.

»Ist das nicht genug?« Kitala sah von ihm weg, zurück zum Ufer. »Werden Sie wieder für mich atmen?«

M'cal strich mit seinem Daumen über ihren Hals. Das brannte, aber er ertrug den Schmerz und sagte: »Halten Sie sich fest.«

»Habe ich überhaupt eine Wahl?«, fragte sie, doch ihre Arme legten sich um seinen Nacken, und ihre langen Beine umschlossen seine Hüften. Er zog sie fester an sich. »Ist das nicht ein bisschen zu intim?«

Ja, dachte M'cal, aber alles, was er sagte, war: »Sie sollten sich die Nase zuhalten.«

Sie tat es, nach einem kurzen Zögern und einem tiefen Atemzug. M'cal ließ sich mit ihr nach unten sinken.

Er küsste sie sofort. Sie leistete auch keinen Widerstand. In dem Moment, da er seine Lippen auf ihre presste, öffnete sie die Lippen und begann, vorsichtig zu atmen. Er verlor sich einen Augenblick lang, musste sich darauf konzentrieren, gleichzeitig zu schwimmen und sie zu halten. Er wünschte, er könnte seinen Körper verändern, aber die Kleidung hinderte ihn daran genauso wie Kitalas Gegenwart. Dass er für sie atmete, würde schon genug Fragen aufwerfen.

Nicht, dass es eine Rolle spielte. Das erste Mal seit Jahren wollte er jemanden halten. Er wollte *sie* halten. Er wollte sie in Sicherheit bringen. Er wollte die Furcht aus ihren Augen vertreiben. Die kalte Furcht, die diese Männer sie fühlen ließen. Er verstand solche Gefühle nicht. Vertraut, und irgendwie doch nicht. So viel war ihm genommen worden.

Es war schwer für ihn, den Kontakt zu halten. Der Schmerz wurde stärker, genauso wie sein Unbehagen. Jeden Augenblick konnte die Hexe Zwang auf ihn ausüben, wie sie es schon früher in der Nacht wegen Elsie getan hatte. Sie trieb ständig ihr Unwesen, immer wieder von einem Opfer zum nächsten wechselnd. Die Hexe konnte weder seine Gedanken lesen, noch wusste sie, was er tat, aber das würde sie nicht davon abhalten, ihre Macht einzusetzen. Sie schien Kitala dringend zu brauchen. Das war ein Rätsel. Eins, von dem er ganz kurz durch eine flüchtige Bewegung neben ihnen abgelenkt wurde. *Bruder Seehund spioniert noch immer.*

M'cal brachte Kitala nicht zu den Docks zurück, sondern zu einer schmalen Bucht an deren Rand. Dort gab es einen Strand, einen Park mit einfachem Zugang zu dem Platz, wo er sein Auto abgestellt hatte. Es war zwar möglich, dass der letzte Schütze dort nach ihnen suchte, aber M'cal war darauf vorbereitet – wie schon bei den anderen.

Sie tauchten zehn Meter vor dem Ufer auf, hielten ihre Köpfe wie Seehunde über Wasser. Es waren nur wenige Leute am Strand, und die, die M'cal sah, waren so beschäftigt, dass sie sich nicht darum kümmern würden, wenn sich ein Mann und eine Frau aus dem Wasser zogen.

Das letzte Stück war schwierig. Mit seinem anderen Körper, dem Körper, der von seiner Geburt herrührte, hätte er wahrscheinlich länger durchgehalten. Aber seine Haut fühlte sich an, als brenne sie, als schwimme er in Säure, und das war einfach zu viel. Er musste Kitala loslassen. Sie war eine bessere Schwimmerin, als er vermutet hatte, und hielt mit ihm mit, bis ihre Knie gegen die Steine stießen und sie stehen konnten.

Kitala fiel einige Male hin, bevor sie ihr Gleichgewicht wiederfand. M'cal vermutete, dass es weniger mit Erschöpfung als mit dem plötzlichen Fehlen des Adrenalins und dem Stress zu tun hatte. Wie auch immer, beim letzten Stolpern war es dann ziemlich klar, dass sie aufgeben und kriechen würde. Das aber konnte M'cal nicht mit ansehen. Er legte seinen Arm um ihre Taille, stützte sie und hielt sie fest.

»Danke«, murmelte sie. Mit ihrer Hand klammerte sie sich an sein Hemd. Ein Zittern lief durch ihren Körper, ein heftiges Frösteln. Ihr Geigenkasten stieß gegen seinen brennenden Arm.

Er ächzte. »Können Sie gehen? Mein Auto …«

»Ich kann es schaffen«, unterbrach sie ihn, vor Kälte schlotternd. »Zeigen Sie mir nur die richtige Richtung.«

Triefend nass kamen sie aus dem Wasser, gingen vom

Strand zu der Rasenfläche und durch den kleinen Park zur Straße. M'cal ließ Kitala los, als er dachte, sie könne allein stehen. Zwar wollte er die Distanz nicht, aber er brauchte sie. Er berührte sein Armband. Das Metall war warm.

Als sie auf die Straße kamen, wandten sie sich nach links. M'cal konzentrierte sich darauf, aufrecht zu stehen. Seine Kleidung war von Meerwasser durchnässt. Bevor er sie nicht ausgezogen und sich abgetrocknet hatte, würde er sich unwohl fühlen.

»Wie heißen Sie?«, fragte Kitala. Ihre Zähne klapperten.

»M'cal«, antwortete er, ohne nachzudenken.

»Interessant«, sagte sie und rieb sich die Arme. »Das klingt nicht wie ein Name aus dem Westen.«

»Ich habe ihn mir nicht ausgesucht.«

»Ich meine ja nur.« Sie sah ihn merkwürdig an, ihr Blick wanderte zu seiner Kehle. Sie schien zusammenzuzucken, was aber auch an der Kälte liegen konnte. Den Blick von ihm abwendend sagte sie: »Ich heiße Kit. Kit Bell.«

Nicht Kitala?, wollte M'cal schon fragen, aber er sagte nichts.

Die Straße war dunkel. M'cal hörte Männerstimmen, die sich unterhielten, das Klirren von Gläsern, aber nichts in ihrer Nähe. Kein Zeichen, das auf den letzten Schützen hingewiesen hätte. Er rückte etwas dichter an Kitala heran. Sie sah zu ihm auf, mit fragendem Blick. Keine Angst. Nichts in der Art. Er dachte an die Gewalt, die sie erlebt hatte, an die Gewalt, die er angewandt hatte, und wunderte sich darüber, wie sie so ruhig sein konnte. Wie sie ihn als Mann, als Person betrachten konnte, was doch niemand sonst zu tun schien.

»Danke sehr«, sagte sie ruhig. »Für alles.«

Er konnte das Monster in seiner Kehle spüren, das schon wartete.

»Danken Sie mir lieber nicht.«

Wieder dieser scharfe Blick. »Warum nicht?«

Er gab keine Antwort. Er sah seinen Wagen, der dort unter einem Baum geparkt stand, zwischen einem Lastwagen und einem rostigen Kleinbus. Er fuhr einen Porsche, einen glänzenden schwarzen Cayman. Ein Geschenk der Hexe – für geleistete Dienste. Sie kaufte ihm alles, was er brauchte, aber nur weil sie wusste, dass er es hasste. Seine Kleidung, das Auto – all das waren Erinnerungen daran, dass er ihr gehörte. Dass er ihr Spielzeug war.

M'cal entriegelte den Wagen und gab Kitala die Schlüssel. »Nehmen Sie es. Fahren Sie.«

Sie stand nur da und starrte ihn an. »Kommen Sie denn nicht mit?«

Er öffnete die Fahrertür. »Ohne mich ist es sicherer für Sie.«

Kit sah ihn erstaunt an. »Sie haben doch mein Leben gerettet.«

M'cal ergriff ihren Arm. Seine Handfläche brannte, aber er hielt sie trotzdem fest und versuchte, sie in den Porsche zu schieben, indem er seine Kraft erbarmungslos einsetzte. Kit stieß sich mit einem Fuß an der Seite des Autos ab und drückte dagegen. M'cal beugte sich zu ihrem Ohr. Sie roch wie das Meer.

»Ich wurde hierhergeschickt, um Sie zu töten«, sagte er mit rauer Stimme, drehte sie herum, damit sie ihn ansah. »Ich soll Sie töten, verstehen Sie? Und das werde ich auch tun, wenn Sie diesen Ort nicht verlassen. Jetzt sofort.«

Sie blinzelte nicht, obwohl er ihr Herz wie verrückt schlagen hörte. »Sie haben mich aber gerettet.«

»Nein«, murmelte er, »glauben Sie das nicht.«

»Ich glaube, was ich sehe.« Kits Stimme wurde härter. »Ich traue meinen Gefühlen.«

»Sie sollten ihnen aber nicht trauen. Augen trügen. Herzen trügen ebenfalls.«

M'cal unterdrückte ein Frösteln, Verzweiflung stieg in ihm hoch. Sein Herz schmerzte. Das Armband wurde immer wärmer. »Fahren Sie zurück in Ihr Hotel. Packen Sie Ihre Sachen. Verlassen Sie diese Stadt. Gehen Sie so weit fort, wie Sie nur können.«

Entsetzen flackerte in ihrem Blick auf. Er wappnete sich dagegen und schob sie wieder zum Auto hin. Aber sie leistete weiterhin Widerstand.

»Nein«, flüsterte sie mit angsterfüllter Stimme. »Nein, ich lasse mich nicht einschüchtern. Erzählen Sie mir, was das soll. Gehören Sie zu der Gruppe, die Alice entführt hat?«

»Ich kenne keine Alice«, erwiderte M'cal resigniert. »Nur Sie. Sie waren mein Ziel. Ich wollte Sie nach dem Konzert im Hotel fassen. Ich habe dort geparkt und auf Sie gewartet. Ich hatte eine gute Sicht auf die Straße. Ich konnte alles beobachten und bin Ihnen gefolgt.«

Kitala schauderte. M'cal griff hinter ihr ins Fahrzeug.

Sie trat zur Seite, aber das war auch alles. Sie war so dickköpfig. Es würde sie noch umbringen.

Er hatte einen Mantel auf dem Rücksitz. Er brauchte zwar keinen, da ihm die Kälte eigentlich nichts ausmachte, aber er war beim Verlassen des Wassers schon so oft nackt überrascht worden, dass es ganz praktisch schien, Ersatzkleidung im Auto zu haben. Er fand die Plastiktüte mit der Hose und dem Hemd. Er legte den Mantel über Kits schlanke Schultern. Sie ließ ihn ohne Kommentar gewähren. Der schwarze Wollstoff hing schlaff und viel zu groß an ihr herunter. Seine Hände lagen auf ihren Schultern und brannten. Sie brannten bis zu seinem Herzen.

»Wer hat Sie angeheuert?«, fragte sie regungslos.

M'cal antwortete nicht. Dies dauerte hier alles viel zu lange. Er öffnete den Mund und sang.

Er stahl ihre Seele nicht. Dieses Monster schlief noch. Aus seinem Mund kam eine andere Art von Grauen, elegant und voll von einer alten dunklen Tiefe. Ein Sirenengesang, ein gesungener Albtraum, ein Lockruf für Felsen, Stürme und Träume. Sein Herz schlug drei Mal, unmenschlich, schnell und stark.

Kitala schwankte mit flatternden Augenlidern. Ihre Lippen öffneten sich. M'cal erinnerte sich an den Geschmack ihres Mundes und fand sich dicht über sie gebeugt. Er summte nach wie vor das wortlose Lied und wickelte ihren Geist in sein Begehren ein – *geh, geh jetzt, vergiss mich, vergiss mich und sei in Sicherheit.* Sein Wunsch war, sie möge ins Auto steigen und davonfahren.

Ich kenne dich nicht, dachte er. *Aber ich werde dich vermissen.*

Er konnte nicht anders. M'cal küsste sie noch einmal, diesmal richtig. Es schmerzte zwar, aber ihre Lippen waren wärmer als das Brennen, und ihr Mund schmeckte nach Minze. Er drängte sie nicht; es gab nur einen ganz zarten Kontakt, doch sie lehnte sich gegen ihn, und hinter seinem Lied hörte er eine zweite Melodie, eine Konterharmonie. Kitala sang leise, kaum lauter als sein Summen, das tief aus der Kehle kam.

Er erinnerte sich daran, sie schon an den Docks singen gehört zu haben. Es hatte ihn abgelenkt, ihn zögern lassen. Jetzt geschah dasselbe. In ihrer Stimme lag etwas, das er nicht näher benennen konnte, etwas Ähnliches wie in den Tönen, die von ihrer Geige herrührten: eine starke, aber sanfte, und doch mitreißende Musik. Es beruhigte ihn, es war ebenso wie das, was er mit ihr tat. Doch sie bewegte sich nicht, gehorchte nicht. Und ganz plötzlich merkte er, dass er keine Schmerzen mehr hatte.

Er berührte sie. Sie war noch nass vom Meerwasser. Keine Schmerzen.

Er löste den Kuss und taumelte zurück. Kitala öffnete die Augen und hörte auf zu singen. Der Schmerz kehrte zurück, aber nur beinahe. Er war nur noch ein dumpfes Echo dessen, was er einmal gewesen war.

»Was hast du mit mir gemacht?«, flüsterte M'cal und starrte sie an. Das Armband vibrierte auf seiner Haut.

Kitala berührte ihren Mund, die Augen waren geweitet. »Gar nichts.«

M'cal tat einen Schritt, hielt an, zögerte. »Du hast gesungen.«

»Das hast du doch auch getan.« Ihre Stimme zitterte. Sie nickte mit dem Kopf zum Hafen hinüber. »Du hast es sogar ziemlich oft getan, heute Abend. Und eine Menge eigenartige Dinge auch.«

Keine eigenartigeren Dinge als du, dachte er und befingerte sein Armband. Es ließ seine Haut prickeln. Das Gefühl ging durch bis auf die Knochen. In seiner Kehle rührte sich das Monster.

Die Hexe. Er hatte zu lange gebraucht, um zurückzukehren.

»Geh«, murmelte M'cal. Er schloss die Augen und kämpfte gegen ihren Zwang an. Er widerstand jedoch nur für einen kurzen Augenblick. Welchen Schutz ihm Kitala auch gegeben hatte, er löste sich schnell wieder auf. Viel zu schnell.

Und sie war ihm wesentlich zu nahe. Sie sagte seinen Namen. Er konnte fühlen, wie sie die Hand nach ihm ausstreckte, um ihn zu berühren.

Nein. Nein, nein, nein …

»Lauf!«, schrie er. Kitala zuckte zusammen, er stürzte mit erhobenen Fäusten auf sie zu und stoppte erst kurz vor ihr. Diesmal begann sie nicht wieder zu argumentieren. Sie schlüpfte rückwärts in den Wagen, schlug die Tür zu und verriegelte sie. Sie sah ihn eine ganze Weile lang an, mit Bestürzung und Wut in den Augen. M'cal deutete mit zitternder Hand auf die Straße, und sie ließ den Wagen an. Sie sah noch einmal zu ihm hin, mit einem Blick, der sein Herz schmerzen ließ.

Dann parkte sie aus und fuhr davon. Schnell. M'cal sah den Rücklichtern nach, die sich entfernten. Der einzige

Hoffnungsschimmer in all den Jahren, und er ließ sie einfach wegfahren.

Besser, als ihre Seele zu stehlen.

Der Drang, ihr zu folgen, war überwältigend. Obwohl er schon seit Jahren damit konfrontiert war, verstand er den Fluch der Hexe nicht. Er wusste nur, dass sie ihn wie einen Hund auf die Fährte gesetzt hatte, und obwohl ein ausreichend großer Abstand den Zwang, Kitala zu jagen, verringerte, würde das Verlangen doch bestehen bleiben, so lange die Hexe es wollte. Unglücklicherweise gab es auch einen Teil von M'cal, der sie zu finden trachtete. Hoffentlich aber, ohne ihr auch wehtun zu wollen. Die Chance war allerdings sehr klein.

Er ging die Straße hinunter. Es war spät, die Luft war still. Er wollte stehen bleiben, aber seine Beine wurden geradezu gezwungen weiterzugehen. Er trug noch immer den Beutel mit der Ersatzkleidung. Im Gehen zog er sein Hemd über den Kopf, warf es achtlos auf den Boden und zog das neue Hemd an. Das Material war trocken und weich. Seine Haut fühlte sich schon besser an, obwohl die untere Körperhälfte noch auf die trockene Hose warten musste, bis der Zwang nachließ. *Falls* er nachließ. Er traute der Hexe durchaus zu, dass sie ihn bis zum Morgen herumwandern ließ.

M'cal konnte sich Schlimmeres vorstellen, womit man seine Zeit verbrachte. Zwischen den Bäumen konnte er die Container sehen und in der Ferne die großen Kreuzfahrtschiffe. Hier gab es keine Straßenlaternen. Die Luft war kühl und roch nach Öl und Metall. Der Straßenbelag war von dem Regen am Abend noch nass.

Er tat so, als würde er das leise Geräusch der Schritte hinter sich nicht hören. Er drehte sich auch nicht um, als etwas Kaltes, Hartes gegen seinen Hinterkopf gedrückt wurde. Ein langer, starker Arm griff nach seiner Schulter und hielt ihn fest. M'cal schaffte es gerade noch, stehen zu bleiben, aber seine Beine zuckten, und seine Füße schlurften über den Boden.

»Du zappelst ja«, sagte eine leise Stimme an seinem Ohr. »Schlechtes Gewissen?«

»Nein«, antwortete M'cal.

»Du hast ein paar Freunde von mir gekillt«, sagte der unsichtbare Mann. »Ich weiß nicht, wie du das geschafft hast, aber es war gute Arbeit. So gut, dass ich dir den Arsch aufreißen werde, mit ein paar Kugeln.«

»Okay«, sagte M'cal.

»Okay«, wiederholte der Mann und lachte leise. »Ganz genau. Aber zuerst wirst du mir etwas über dieses Weibsstück erzählen. Erzähl mir, wo sie wohnt. Vielleicht werde ich die Pistole dann nur in deinen Mund schieben.«

»Wer will denn, dass sie stirbt?«, fragte M'cal.

»Ich will es«, erwiderte der Mann. »Gehört alles zum Job.«

»Sicher kannst du mir darüber mehr erzählen.«

»Sicher kannst du mir darüber mehr erzählen«, äffte ihn der Mann nach. »Verdammt. Du klingst ja wie eine Schwuchtel. Vielleicht solltest du mir für diese Information einen blasen, was? Ich wette, das würde dir gefallen.«

»Zuerst sollten wir etwas wegen der Waffe unternehmen«, sagte M'cal.

Und dann fing er an zu singen.

4

Kit erinnerte sich an das erste Mal, als sie einen Mord gesehen hatte.

Sie war sechs Jahre alt gewesen. Ihr Schlafzimmer lag im oberen Stockwerk eines Hauses in den Außenbezirken von Nashville, das ihre Eltern gemietet hatten. Wie sie später herausfand, lag es im gefährlichsten Teil der Stadt, was sie damals aber nicht wusste, da sie zu jung gewesen war. Es war das erste Mal, dass sie im Winter eine Heizung und bei jeder Mahlzeit ausreichend Essen auf dem Tisch hatten. Und ihre Mutter weinte nicht mehr regelmäßig, wenn sie nach ihrem Nachtjob nach Hause kam. Nashville war an sich ein guter Ort. Die Leute mochten Jazz genauso wie Country, auch wenn die Sängerin eine schwarze Frau aus Louisiana sein mochte. Und auch dann, wenn ihr Mann ein weißer Geiger aus den Great Smokey Mountains sein mochte. Selbst dann, wenn es solche Ehen eigentlich gar nicht geben sollte.

Es war Nacht. Kit saß in ihrem Bett, direkt neben dem Fenster, aus dem man die Montgomery Street überblicken konnte. Der Mond war schon aufgegangen. Sie sah eine Frau allein den Bürgersteig entlanggehen. Ein Mann rannte hinter ihr her. Die Frau drehte sich nicht um. Er rief etwas, vielleicht ihren Namen, sie blieb stehen und sah sich um.

Dann starb sie. Durch einen Schuss ins Gesicht. Der Mann lief weg.

Später wurde Kit von Polizisten befragt. *Eine Beziehungstat,* erzählten diese ihren Eltern, aber das bedeutete gar nichts. Nicht, wenn sie immer noch sah, wie der Kopf der Frau im Mondlicht explodierte, wie Blut und Hirnmasse aus ihrem Kopf spritzten.

Danach hatte sich alles verändert. Oder zumindest eines hatte sich geändert: ihre Vision.

Kit fuhr schnell. Ihr Hals pochte, als bohre jemand mit glühenden Nadeln in der Wunde herum. Ein Arzt kam nicht in Frage. Jeder mit einem wachen Auge konnte den Streifschuss erkennen, und sie durfte nicht riskieren, dass ein Polizeibericht geschrieben wurde.

Du steckst sehr tief in der Scheiße, sagte sie zu sich selbst. *Ganz tief. Und es kann nur noch schlimmer werden.*

Sehr viel schlimmer, wenn ihre Instinkte nicht trogen. Und das taten sie gewöhnlich nicht.

Kit entdeckte die Straße, die in die Innenstadt führte, rief sich die Stadtpläne und bekannte Gebäude in Erinnerung und fand nach wenigen kleinen Umwegen das Hotel Georgia – nachdem sie einige Zeit gebraucht hatte, um sich an das Schaltgetriebe des Porsche zu gewöhnen. Sie parkte M'cals Wagen auf der gegenüberliegenden Straßenseite, wo immer noch einige Nachtschwärmer unterwegs waren. Weiter unten an der Straße, wo der alte Mann gestorben war, und wo Kit und Alice weggerannt waren, wirkte der Bürgersteig nun ruhig und leer. Der Leichnam war verschwunden, nur in Kits Erinnerung gab es noch ein Abbild von dem, was hier geschehen war. Sie fragte sich, ob wohl Officer Yu die Scharfschützin gewesen war. Oder jemand anders. Die dunkle Gasse schien sie anzustarren, und Kit wandte den Blick ab, sah ihre Hände an, die ein ungewohntes Lenkrad umklammerten. Sie versuchte nicht zu zittern.

Ihre Finger schmerzten, als sie es endlich schaffte, sie vom Lenkrad zu lösen. Obwohl sie am liebsten weggelaufen wäre, nahm sie sich die Zeit, das Auto nach irgendetwas Aufschlussreichem zu durchsuchen. Sie fand aber nichts, außer der Zulassung im Handschuhfach, die einen Michael Oberon als Besitzer des Wagens auswies.

»Michael Oberon«, murmelte sie. Nicht M'cal.

Aber das war sein Name. Das war genau der Name, der zu ihm passte.

Wie auch immer. Es spielte keine Rolle. Nach der heutigen Nacht würde sie ihn nie wiedersehen, und das war auch gut so. Er war nämlich ein Todgeweihter. Genauso wie alle anderen Wesen auf diesem Planeten. Aber die Vision, die sie gehabt hatte, die Gewalt und die Gewissheit darin, das war mehr, als sie ertragen konnte. Sie hatte ein Leben lang versucht, unempfindlich dagegen zu werden, und eine einzige Nacht hatte alles zunichtegemacht.

Sie versuchte, ihr Herz zu verhärten. Eigentlich sollte es ganz einfach sein. Der Mann hatte unverblümt zugegeben, dass er den Auftrag hatte, sie umzubringen. Sie hätte schon weglaufen sollen, als er es zum ersten Mal sagte. Stattdessen war sie geblieben, hatte sich auf ihn eingelassen, hatte ihm Fragen gestellt, weil seine Augen etwas anderes sagten als seine Stimme. Auch die Art, wie er sie berührt hatte, wie er sie beschützt hatte, sprach nicht die Sprache des Todes.

Und falls ihn tatsächlich jemand beauftragt hatte, sie zu töten, war es ihr ein Rätsel, wer der Auftraggeber und was der Grund dafür sein konnte. Kit kannte keine Stalker, hatte nie obszöne Briefe erhalten, wurde auch nur selten um Autogramme gebeten. Abseits der Bühne war sie eher langweilig, uninteressant und durchschnittlich.

So uninteressant nun auch wieder nicht. Nicht, wenn die Leute genau hinsahen.

Kit dachte darüber nach, ob es vielleicht irgendjemanden gab, der ihr Geheimnis kannte. Nur ihre Eltern und ihre Großeltern fielen ihr ein; allen anderen gegenüber war sie immer sehr vorsichtig gewesen. Und ihre Familie würde geheim halten, wozu sie imstande war. Nicht, dass dies ihren Tod verhindern könnte.

M'cal hätte dich nicht getötet, flüsterte eine innere Stimme. *Er hat dich doch sogar gerettet. Er hat immer noch versucht, dich zu retten, als er dich schon von sich stieß.*

Kit hätte gerne verstanden, warum. Sie konnte noch die Wärme und den Druck seines Mundes fühlen, die Stärke seiner Arme. Das alles war in ihre Erinnerung eingebrannt. Genau wie sein Gesicht. Und seine bevorstehende Ermordung.

Blut erschien vor ihrem geistigen Auge. Sie wollte an etwas anderes denken.

Blaue Augen, dachte sie. Der Mann – Michael M'cal – hatte blaue Augen. So blau wie ein kalter Winterhimmel, klar und scharf. Augen, die nichts vergeben würden, harte Augen, in denen selten Gefühle aufblitzten. Aber trotz dieser Erinnerung konnte sie spüren, dass sich ihr Herz nach ihm sehnte. Sie verstand ihre Gefühle selbst nicht. Den Mangel an Furcht konnte sie sich noch dadurch erklären, dass er ihr Leben gerettet hatte, aber diese anderen Gefühle …

Etwas für ihn zu fühlen war gefährlich. M'cal bot ihr keine Sicherheit.

Genug Sicherheit, um dein Leben zu retten. Bei den Docks und im Wasser. Ein weiteres Rätsel, über das Kit grübeln konnte.

Sie legte den Autoschlüssel in das Handschuhfach und verriegelte den Porsche. Dann ging sie in ihr Hotelzimmer, wobei sie die ganze Zeit über ihre Schulter betrachtete. Sie zog sich um, packte ihre Sachen. Sie checkte telefonisch aus und bat die Rezeption, ihr ein Taxi zu rufen. Dann merkte sie, dass sie immer noch M'cals Mantel hatte. Es war ein schöner großer Mantel. Ihr eigener war noch nass. Sie zögerte kurz, steckte dann ihre Arme in die weiten langen Ärmel. Sie stellte sich einen Augenblick lang vor, es wäre sein Körper, der sie wärmte. M'cal hatte eine große Wärme ausgestrahlt. Auch daran konnte sie sich erinnern. Wie an die dunkleren Dinge.

Kit fuhr nicht zum Flughafen. Sie dachte zwar immer wieder daran, ließ sich stattdessen aber nur fünf Blocks weiter absetzen und stieg vor dem Hyatt aus, wo sie ein Zimmer bar bezahlte. Der Rezeptionist sah sie scharf an, sagte aber nichts. Kit erhielt den Schlüssel und floh in den Aufzug. Als sie ihr Zimmer erreichte, fing sie an zu zittern. Nachdem sie die Tür verriegelt hatte, ging das Zittern in ein Zähneklappern und dann in heftigen Schüttelfrost über.

Kit warf ihre Sachen auf den Boden und brach auf dem Bett zusammen. Ihr Herz schlug wie wild, ihr war schwindlig, sie konnte kaum atmen. Sie hatte das Gefühl, sich übergeben zu müssen. Mord, Entführung, Körperverletzung – das alles holte sie jetzt ein. Kit fühlte sich einem Herzanfall nahe. Oder so, als würde sie ertrinken. Ihr Körper gehorchte ihr nicht länger. Das fürchterliche Pochen an ihrem Hals machte es auch nicht besser. Wahrscheinlich hatte sie irgendeine Infektion.

Das ist nur Panik, sagte sie sich. Sie versuchte zu atmen. *Nur Panik, nichts sonst. Ganz ruhig. Denk in Ruhe nach.*

Aber positive Gedanken halfen auch nicht, ebenso wenig wie die Melodie, die sie summte. Nach einem kurzen inneren Kampf kroch sie aus dem Bett und griff nach ihrer Handtasche. Sie fand das kleine Fläschchen mit den Pillen gegen Reisekrankheit. Immerhin besser als gar nichts. Kit brach eine Tablette durch und steckte sich die Hälfte in den Mund. Sie ließ sie im Mund zergehen und verzog wegen des bitteren Geschmacks das Gesicht.

Es half tatsächlich. Ihr Herz begann allmählich, sich zu beruhigen. Sie hörte auf zu zittern. Ihre Atmung wurde gleichmäßiger. Das beängstigende Gefühl von Enge und auch der Brechreiz ließen nach. Außerdem machte sie das Medikament schläfrig. Sie schloss die Augen und schlief ein.

Sie träumte. Es waren intensive, heftige Träume: eher Visionen als eine Fantasie, was ihr Angst machte. Sie träumte, als wäre sie wach, und sie wusste auch, warum: Es war ein blutiges Vermächtnis, wie ihre flüchtigen Eindrücke von den Morden.

Sie träumte von M'cal. Es war kein guter Traum. Er lag nackt auf dem Rücken in einem Kreis aus Sand, aber seine untere Hälfte war nicht menschlich. Er hatte den Schwanz eines Fisches, schimmernd, mit langen gewellten Muskeln. Auf seinem Körper glitzerten Wassertropfen, sein Haar war nass, klebte an seinem Gesicht, umrahmte seine angsterfüllten, todunglücklichen Augen. Kit fühlte seinen Schmerz wie einen Schlag in den Magen.

Auf seinem Körper war Blut. Bisswunden. Nichts hielt ihn fest, und trotzdem konnte er sich nicht aufrichten. Kit hörte ihn schreien. Sie fühlte, wie sie selbst schrie.

Dann veränderte sich der Traum. Kit schwankte, hörte nichts außer M'cals Stimme in ihrem Kopf, die um Hilfe bat. Allerdings nicht um ihre Hilfe. Nicht um die Hilfe einer bestimmten Person. Nur um Hilfe. *Hilfe, bitte!*

Kit musste ihre Tränen zurückhalten, ein furchtbarer, untröstlicher Kummer erfasste sie. Durch seine Qual fühlte sie sich zutiefst betroffen, ebenso durch seine unmögliche Erscheinung, der nichts vergleichbar war, was sie jemals gesehen hatte – auch wenn es nur ein Traum war. Sie wusste, dass es ein Traum war. Es konnte nichts anderes sein, bei dem, was sie gerade gesehen hatte. Es war einfach unmöglich.

Kit roch Minze. Ihr Traum veränderte sich wieder. M'cals Stimme wurde von John Fogertys *Born on the Bayou* verdrängt, das aus einem Radio kam. Sie hörte, wie ihre Großmutter den Song mitsang.

Old Jazz Marie, eine wohlgerundete Frau, saß auf einem Stuhl auf der Terrasse. Der heiße Sommerwind blies durch die Zypressen im Sumpf. Kit hielt den Atem an und starrte sie an. Es war lange her, seit sie von ihrer Großmutter geträumt hatte. Genaugenommen ein Jahr. Das letzte Mal in der Nacht, in der sie gestorben war.

»Ein Sturm zieht auf«, sagte die alte Frau, die eine dicke Nadel aus Knochen in der Hand hielt. Sie zog eine dünne Lederkordel durch ein Stück Tierhaut. Vor ihr auf dem abgenutzten Tisch sah Kit Kräuter und Wurzeln, einen Hühnerfuß, ein paar Stücke Fell, einen Becher, randvoll mit weicher fruchtbarer Erde. Kleine Kiesel. Kleine Puppen. Winzige Knochenstücke.

Kit beobachtete das Gesicht ihrer Großmutter, betrachtete die hohen Wangenknochen und den bernsteinfarbenen Unterton ihrer dunklen Haut. Ihr Haar war schon seit Jahren grau, so stahlgrau wie eine Gewitterwolke. Sie trug es offen, nur gebändigt durch ein dunkelrotes Kopftuch.

»Das sagst du doch immer«, sagte Kit. »Immer kommt ein Sturm.«

»Schweig. Verdreh einer alten Frau nicht die Worte im Mund.«

Ihre Großmutter hörte mit den Näharbeiten auf und sah sie an, offen und klar. »Du hast seine Aufmerksamkeit auf dich gezogen, Kitty Bella. Er beobachtet dich, ganz sicher. Ich wusste, dass das passieren würde. Frauen wie wir können nicht herumlaufen, ohne Aufmerksamkeit auf sich zu ziehen. Das hat gute und schlechte Seiten.«

»Ich bin aber nicht wie du«, sagte Kit sanft. »Trotz dem, was ich sehe.«

»Gerade wegen dem, was du siehst.« Old Jazz Marie spuckte auf das Leder, rieb es mit ihrem Daumen fest. »Wichtig ist, was du tust. Du hast Macht bekommen, kleine Katze. Und du wirst sie brauchen.«

»Erzähl mir davon. Ich verstehe dich nicht.«

»Du verstehst es nie. Du hast genug Talent, um einen Vulkan zu ersticken, aber du kannst deinen Hintern nicht von einem Loch in der Erde unterscheiden. Zum Teufel, Kind. Komm her.«

Kit trat näher und beobachtete, wie sich ihre Großmutter mit der Nadel in den Daumen stach. Blut quoll hervor. Gerade genug, um es um Kits Halswunde zu streichen. Old Jazz Maries Atmung wurde schneller, sie murmelte eine Abfolge von Worten in einem undefinierbaren Dialekt. Dann endete sie mit einem hohen, mächtigen Schrei, der Kit bis in die Knochen fuhr.

Die alte Frau sank in sich zusammen, schloss die Augen. Sie wirkte müde, abgekämpft, als hätte sie nur noch wenige Tage zu leben. Kit versuchte, sie zu berühren, aber ihre Großmutter schlug ihre Hand weg. Ihre Augen waren noch immer geschlossen.

»Geh jetzt«, murmelte sie. Ihr Atem pfiff durch ihre Zähne. »Geh. Du hast viel zu lange geträumt.«

»Nein«, sagte Kit. »Ich vermisse dich.«

»Keine Zeit.« Die Schultern der alten Frau krümmten sich noch mehr. »Du wirst stark sein, Mädchen. Stark im Herzen. Vertrau dir selbst. Vertrau *ihm.*«

»Ihm?«, wiederholte sie erschrocken. Aber es war schon zu spät. Ihre Großmutter starb noch einmal, verschwand mit einem Seufzen. Kit erwachte und öffnete die Augen. Ihre Wangen waren feucht. Sie weinte noch immer.

Vormittag. Draußen war es hell. Kit starrte an die Decke, es zog ihr das Herz zusammen. »Raglan Road« klang durch ihr Bewusstsein, während sie die Wunden heilte, die der Anblick ihrer Großmutter verursacht hatte. Und die von M'cals Anblick.

Suchend berührte sie ihren Hals. Sie entdeckte kein Blut. Auch keine Wunde. Ihre Haut war vollkommen glatt. Der Schmerz war verschwunden.

Kit schloss die Augen; sie fröstelte und spürte tiefen Kummer. Sie machte sich nicht die Mühe, in den Spiegel zu sehen. Es war nicht die erste Heilung, die Old Jazz Marie an ihrer Enkelin vollbracht hatte. Allerdings hatte sie das letzte Mal noch gelebt.

Granny, Granny, rief Kit lautlos. Sie berührte das Gris-Gris, das sich mit dem Kreuz verheddert hatte. *Was geht hier nur vor?*

Niemand antwortete. Natürlich nicht.

Kit trocknete ihr Gesicht und rollte sich herum, um auf die Uhr zu sehen. Es war acht. Sie hatte die ganze Nacht geschlafen. So viel Zeit verschwendet. Alice könnte schon tot sein.

Sie ist es bereits: tot – heute, morgen oder in der nächsten Woche. Du kannst das Schicksal nicht ändern. Geh einfach weg.

Sie hätte gleich weggehen sollen. Wie sie es auch vorher schon so oft getan hatte, genau wie bei M'cal, der ihr das Leben gerettet hatte. Sie hatte den Weg des kalten Herzens gewählt, weil es zu viele Leute gab, die Hilfe brauchten. Und keiner von ihnen hätte ihr die Wahrheit geglaubt, die unangenehm und wenig hilfreich war. *Lassen Sie sich nicht umbringen* – das waren nicht gerade die Worte, die einem Hoffnung machten.

Aber diesmal war es anders. Kit hatte den Schritt gewagt, und Alice hatte ihr geglaubt.

Kit setzte sich langsam auf. Ihre Muskeln schmerzten, sie hatte einen unangenehmen Geschmack im Mund. Sie hockte einen Augenblick auf der Bettkante und starrte aus dem Fenster. Die Stadt wirkte im Tageslicht ganz grau. Grauer Himmel, graue Gebäude. Sie konnte den Kohlehafen zwischen den Hochhäusern sehen und fragte sich, wie viele Leute von sich sagen konnten, dass sie in dem kalten Wasser fast ertrunken wären. Wahrscheinlich mehr, als sie wissen wollte.

Kit fand ihren Geigenkasten und öffnete den Verschluss. Die wasserundurchlässige Dichtung verursachte ein schmatzendes Geräusch, aber das ließ sie nur lächeln. Für ihre Geige kaufte sie nur das Beste. Sie hatte einen weichen, lieblichen Klang, dank eines genialen Geigenbauers aus Tennessee, der sich eigentlich schon in den Ruhestand begeben hatte. Aber für besondere Kunden stellte er gelegentlich noch Instrumente her. Der alte Earl, der zufällig ein Freund ihres Vaters war, konnte Geigen herstellen, die es mit jeder Stradivari aufnahmen. Doch der Mann neigte nicht zur Prahlerei. Kits Geige war ein Geschenk zu ihrem zehnten Geburtstag. Sie war aus dem Blut und den Knochen der Smokey Mountains gefertigt und hatte einen entsprechend kraftvollen Klang.

Der Samt im Inneren des Kastens, violett wie eine

Iris, war immer noch trocken. Gott sei Dank hatte sie auf eine wasserdichte Konstruktion und eine passgenaue Ausstattung bestanden. Die Geige lag wie ein Schmuckstück aus Bernstein in ihrem Schaumstoffbett, einer Königin würdig. Und wenn Kit darauf spielte, fühlte sie sich auch wie eine solche. Sie nahm das Instrument heraus, machte es sich bequem und legte sich die Geige auf den Bauch. Sie zupfte eine Melodie, während sie an die Decke starrte.

Also. Männer hatten versucht sie umzubringen. Männer, die für korrupte Polizisten arbeiteten. Korrupte Polizisten, gedungen, um zu morden und zu entführen. Sie fragte sich, ob Officer Yu und ihr Partner überhaupt wussten, wer sie war. Ob sie zu ihr kämen, wenn sie herausfanden, dass sie noch lebte.

Natürlich werden sie kommen. Du hast schließlich alles gesehen.

Und ebenso musste sie über M'cal nachdenken. Darüber, was er ihr erzählt hatte. Noch jemand anders wollte sie töten.

Vertrau dir selbst. Vertrau ihm.

Ihm. M'cal. Kit rief sich ihren Traum noch einmal in Erinnerung, ihre Vision: ein Loch in seiner Kehle, aus dem Blut kam, seine Augen, die vor Leid brannten, sein Körper, der sich verwandelt hatte.

Er hat unter Wasser geatmet, sagte eine leise Stimme. *Er hat für euch beide geatmet.*

Kit hatte noch immer seinen Mantel an. Sie vergrub ihr Gesicht in dem dicken Wollkragen, nahm einen Duft wahr, stark und männlich. Aber es war nichts, was sie identifizieren konnte. Nur, dass es warm und dunkel roch und sie an das Meer denken ließ.

Kit legte die Geige zur Seite und wickelte sich fester in M'cals Mantel. Sie umgab sich mit dem Schatten seiner Gegenwart, stellte sich wieder vor, es wären seine Arme, sein langer schlanker Körper. Sie fühlte sich geborgen. Und zugleich albern. Dieser Mann war ein Killer. Seine Beweggründe spielten keine Rolle.

Vertrau ihm, sagte die Stimme ihrer Großmutter. Das war einfacher gesagt als getan. *Falls* er der Mann war, für den sie ihn hielt.

Kit zwang sich, aufzustehen und nach ihrer Jacke zu suchen. Sie war noch nass. Sie durchsuchte die Taschen und fand die durchnässte Visitenkarte, die ihr Alice zugeschoben hatte. Sie gehörte Alice Hardon, Youth Counselor, 300 Templar Street.

Eine junge Anwältin, die es wert war, umgebracht zu werden? Die es wert war, dass Polizisten Gesetze brachen?

Kit stieß den Atem aus. Alice hatte ihr die Karte aus einem bestimmten Grund gegeben. Vielleicht wusste jemand in ihrer Firma, in welchen Schwierigkeiten sie steckte. Vielleicht sogar, wie man sie finden könnte. Nicht, dass Kit mit dieser Information zur Polizei gehen konnte. Sie war sich nicht sicher, ob sie Polizisten überhaupt noch trauen konnte.

Kit trommelte mit ihren Fingern auf das Bett und überdachte die Möglichkeiten, die sie hatte. Es gab nur zwei: weglaufen oder kämpfen. Beides war nicht gut. Sie war keine Rambo Tomb Raider Amazone, die in ihrer Freizeit Leuten den Arsch versohlte.

Aber sie war auch kein Feigling.

Kit griff nach dem Telefon. Sie zögerte kurz, wählte dann eine Nummer. Sie hielt die Luft an. In schlechten Zeiten war es immer gut, eine beste Freundin zu haben. Auch wenn es tatsächlich ihre einzige Freundin war, da Kits gesellschaftliches Leben dem eines Felsens entsprach. Delilah Reese war ebenfalls eine ausgezeichnete Künstlerin, aber ihr Gebiet war nicht die Musik, sondern die Welt der Metalle. Nicht, dass das eine Rolle spielte. Ihre Großmütter waren Freundinnen gewesen und hatten die Mädchen zusammengebracht, als sie zwölf und dreizehn Jahre alt waren. Seitdem waren sie befreundet.

Aber Dela war mehr als nur eine gute Freundin. Sie war eine Freundin mit Beziehungen. Mit Beziehungen zu Leuten, die Waffen trugen.

Beim dritten Klingeln nahm sie ab, klang ruhig, aufmerksam. Wahrscheinlich steckte sie bis zu den Ellenbogen in heißem Metall. Demnächst würde sie eine Ausstellung haben.

Kit atmete aus. »Es ist schön, deine Stimme zu hören.«

»Hallo, gleichfalls«, sagte Dela langsam. »Aber warum habe ich das Gefühl, dass es sich hier nicht um einen Höflichkeitsanruf handelt?«

»Weil es keiner ist«, erwiderte Kit. Und nachdem sie sicher war, dass sich ihre Freundin hingesetzt hatte, erzählte sie ihr die ganze Geschichte. Das meiste jedenfalls. Sie ließ aus, warum sie wusste, wie Alice sterben würde. Sie erwähnte auch nicht, wie M'cal unter Wasser für sie geatmet hatte, oder wie er nur mit seiner Stimme Männer dazu gebracht hatte, sich gegenseitig umzubringen. Das war alles einfach zu … seltsam. Und zu beunruhigend. Etwas, was Dela nie glauben würde. Etwas, was Kit nicht erklären wollte. Sie hatte ihre Geheimnisse, genauso wie Dela vermutlich welche hatte.

Ihre Freundin schwieg eine ganze Zeit. Kit räusperte sich. »Hallo?«

»Hallo. Wäre es unhöflich von mir zu fragen, ob du betrunken bist?«

Kit verdrehte die Augen. »Sonst fällt dir nichts ein?«

»Du musst aus der Stadt verschwinden?«

»Ich will es ja auch.«

»Gut, dann buche einen Flug. Ich werde für das Ticket aufkommen.«

»So einfach ist es nicht, Dela. Ich kann hier nicht verschwinden, bevor ich weiß, dass die Frau in Sicherheit ist.«

»Blödsinn. Mit diesem Anruf hast du deine Pflicht getan. Die Agentur wird den Rest erledigen. Sie sind die Besten, Kit.«

Sie, das waren Dirk & Steele, die Detektivagentur, die Delas Großeltern gegründet und den größten Teil der letzten sechzig Jahre geleitet hatten. Dela zufolge hatten sie eine der besten Reputationen auf der Welt. Und Kit glaubte das. Sie hatte sich vor einiger Zeit mit einem der Agenten getroffen, mit Blue Perrineau, einem echten Pfadfinder. Alle Agenten gehörten auf ihrem jeweiligen Gebiet zu den Besten. Sie vermutete, mit weniger würde sich Delas Familie auch nicht zufriedengeben.

»Ich muss aber … mit einbezogen werden«, beharrte Kit.

»Du bist in Gefahr. An mehr als einer Front.«

»Das ist mit egal. Ich fühle mich für Alice verantwortlich. Du würdest das Gleiche empfinden, wenn du dabei gewesen wärst. Sie waren brutal, Dela. Skrupellos. Aber trotzdem hat sie versucht, mir zu helfen. Diese Männer wollten mich aus dem Wagen ziehen, und sie …« Kit verstummte, musste erst mal schlucken. »Ich muss das tun.« Diesem einen Menschen helfen, stellvertretend für alle anderen. Und wenn sie Alice half, warum nicht auch M'cal? Warum hatte sie ihm nichts gesagt?

Er sagte, dass er dich umbringen sollte. Was schuldest du ihm dafür?

Die Antwort war einfach. Sie schuldete ihm ihr Leben. Kit zählte ihre Herzschläge. Sie hörte den Wind um das Hotel herum auffrischen. Ein Sturm würde kommen.

Schließlich seufzte Dela. »Wir werden herausfinden müssen, worin Alice Hardon und ihr Onkel verwickelt waren.«

»Ich hoffe, ihr werdet die Polizei nicht mit einbeziehen«, sagte Kit.

»Nein. Jetzt noch nicht. Nur die Revolverhelden.« Das war Delas Spitzname für die Männer und Frauen der Detektivagentur.

M'cals Mantel war noch immer an ihre Wange gepresst. Sie legte ihn nicht zur Seite. In ihrem Kopf formte sich eine Passage aus Mussorgskijs *Night on Bald Mountain* und vereinigte sich mit ihrem Herzschlag. Die Musik erinnerte sie an M'cals Augen. Sie holte tief Luft und zog den Mantel enger um sich.

Übergeschnappt. Du bist so verdammt übergeschnappt, dass du seinen Geruch immer noch um dich haben willst.

Aber er wirkte wie ein Schild. Besser, als an diese Männer zu denken, an das, was sie ihr angetan hatten. An das, was sie noch getan hätten. Es war besser, sich an M'cal und seinen Geruch zu erinnern. An seinen Mund. Seine Arme. Seine Hände.

Hände, die Dutch das Genick gebrochen hatten. Hände, die zu einem Mann gehörten, der Menschen zu Tode gesungen hatte, und der einen von ihnen mit einem langen Rohr aufgespießt hatte.

Kit schloss die Augen. »Ich weiß deine Hilfe zu schätzen, Dela. Mehr als ich jetzt sagen kann.«

»Du bist meine Freundin«, sagte Dela ruhig. »Ich würde selbst kommen, wenn ich könnte. Aber Mahari ist krank, und selbst wenn ich jemanden finden würde, der sich um ihn kümmert, sollte ich nicht gerade jetzt verreisen. Ich sollte nicht einmal am Schmiedeofen stehen.«

»Es sind noch drei Monate, nicht wahr?« Kit lächelte wehmütig. »Ich bin überrascht, dass du überhaupt noch gehen kannst.«

»Ich glaube, ich hätte gern eine Sänfte«, gestand Dela mit so wenig Humor in der Stimme, dass Kit den Witz, der ihr durch den Kopf schoss, lieber für sich behielt. »Warte nur, bis es dich trifft.«

»Niemals«, erwiderte sie mit leichter Stimme. »Das wird niemals passieren.«

Zum Glück war Dela Freundin genug, um nicht mit den üblichen Worten zu antworten, wie: *Es wird nie passieren, wenn du dir keine Zeit dafür nimmst,* oder: *Es passiert, wenn du am wenigsten damit rechnest.* Sie ließ es einfach so stehen. Ging darüber hinweg.

»Zufällig ist Hari gerade übers Wochenende in Seattle«, sagte sie. »Er ist da mit einigen von den anderen Jungs. Sie haben so eine Art Wiedersehenstreffen.«

Hari war Delas Mann, ein Hüne, der wie ein Krieger aus einem Märchen aussah. Aber er hielt Delas Hand, als wäre sie aus Schnee und Glas, kostbar und zerbrechlich. Dela hatte ihn unter mysteriösen Umständen in China kennengelernt – über die sie nach wie vor nicht sprach – und ihn wie eine Kriegsbeute mit nach Hause geschleppt. Seitdem waren die beiden untrennbar miteinander verbunden.

Kit konnte sich vorstellen, in welche Schwierigkeiten ihn die anderen Jungs hineinziehen würden. »Haben die Männer Teddybären und passende Schlafanzüge dabei?«

»Du kannst es dir nicht vorstellen.«

»Verdammt«, sagte Kit. »Das würde ich zu gerne sehen.«

Dela schnaubte. »Sie können in weniger als drei Stunden bei dir sein, vielleicht sogar in zwei. Kannst du so lange an Ort und Stelle bleiben?«

»Sicher.«

»Kit!«

»Entspann dich«, sagte Kit und spielte mit Alice' Visitenkarte. »Wo könnte ich schon hingehen?«

Nachdem sie das Telefongespräch mit Dela beendet hatte, ging sie unter die Dusche. Sie spülte die Nacht weg, betastete ihren Hals, prüfte die Haut. Es gab keinerlei Anzeichen einer Verletzung mehr, auch nicht auf ihrem Kopf, wo sie der Schlag getroffen hatte. Ein Kälteschauer durchzog ihren Körper. Sie dachte an ihre Großmutter, und die Kälte verwandelte sich in Wärme.

Ihre Haare bildeten immer noch ein leichtes Durcheinander, sie waren mehr gekräuselt als gelockt. Kit band sie mit dem roten Halstuch zusammen, das auf ihrer Jeansjacke lag. Schatten von Jazz Marie. Sie überlegte einen Moment und setzte dann ihre Lesebrille mit dem Schildpattgestell auf, versuchte, es Clark Kent nachzumachen. Geheime Identität. Sie sah in den Spiegel und studierte ihr Gesicht. Sie hatte das Gefühl, ihre Großmutter starre sie an. Sie hatte die Augen der alten Frau.

Unheimlich, hatte ihr Vater einst gesagt. *Unheimlich und auch schön.*

Fast hätte Kit ihre Eltern angerufen. Sie wollte ihre Stimmen hören, etwas Vertrautes, Warmes. Jemanden, der ihr Mut machte. Jemanden, dem sie Lebewohl sagen konnte, nur für den Fall …

Sie überprüfte ihr Handy. Es war feucht, wie alles in ihrer grünen Lederhandtasche. Sie versuchte es einzuschalten, aber nichts passierte. Mist. Sie legte es in ihre Tasche zurück, sah zum Hoteltelefon, entschied sich aber dagegen. Schließlich nahm sie ihren Geigenkasten und verließ das Hotelzimmer.

In der Marmorlobby stand ein Geldautomat. Sie hob so viel Geld wie möglich ab und bezahlte für eine weitere Nacht. Dann steckte sie den Rest ein und nahm sich eines der freien Taxis, die in der überfüllten Auffahrt des Hotels standen.

Der Fahrer war ein dunkelhäutiger Mann, mit schwarzem Bart, scharfen Augen und weißem Turban. Er hatte einen indischen Akzent, sah auf die Adresse auf Alice' Visitenkarte und sagte: »Das ist bei East Hastings. Keine besonders gute Gegend. Sind Sie sicher, dass Sie dahin wollen?«

»Ich muss«, erwiderte Kit. »Wollen Sie mich nicht fahren?«

»Doch, natürlich«, versicherte er und gab ihr die Karte zurück. »Das war nur eine Warnung. Sie wohnen hier. Sie haben Geld. Leute, die Geld haben, fahren nicht in diese Gegend. Nicht ohne Grund. Zu viele Probleme.«

Kit antwortete nicht. Sie kannte die Armut. Armut machte ihr keine Angst. Dagegen: Alice tot mit einem Messer im Auge zu finden, das ängstigte sie. Noch mehr Angst hatte sie davor, selbst wie Alice oder noch schlimmer zu enden.

Der Taxifahrer fuhr schnell. Das Stadtzentrum zog rasch an ihnen vorbei. Glatt, glänzend, hochgewachsen und modern. Es war Samstag, die Bürgersteige waren voller sportbegeisterter Jugendlicher, voll frechen Charmes. Vancouver fühlte sich wie eine junge Stadt an. Kit hätte gerne an einer Straßenecke gestanden und Musik gemacht, so wie sie es schon auf den Bürgersteigen von New York und Nashville mit ihrem Vater zusammen gemacht hatte.

Gutes Training, hatte er immer gesagt. *Nichts lässt einen Künstler besser werden als der Versuch, Leute zum Zuhören zu bewegen, die gar nicht zuhören wollen.*

Kit fragte sich, was sie noch alles tun musste, um besser zu werden. Vielleicht Kickboxen. Schwimmen. Laufen wie der Teufel. Oder lieber noch: ihren Verstand so auszuschalten, dass sie in ihrem Leben niemals wieder ermordete Männer oder Frauen sah.

Sie fuhren durch Gastown. Überall Ziegel und Kopfsteinpflaster, Gebäude, die nach Geschichte rochen, voll von Läden und Restaurants; malerisch, angesagt, vornehm. So wie jede Touristenmeile in jeder Stadt dieser Welt. Kit dachte, hier fehlte Musik.

Dann veränderte sich die Gegend. Mehrmaliges Einbiegen in schmale Straßen, und die Stadt zerbröckelte vor ihren Augen, verwandelte sich wie Aschenputtels Kürbiskutsche um Mitternacht in Straßen mit verfallenen Gebäuden, zerbrochenen Fenstern, zugenagelten Restaurants, die jetzt mit unzähligen Plakaten für Konzerte und Filme beklebt waren. Es gab auch noch Zeichen von Leben. Diverse 99-Cent-Läden, einige Schnellimbisse, einen Schnapsladen. Reklametafeln an höheren Gebäuden erklärten diese zu Hotels. Die Zimmer konnten wochen- oder stundenweise gemietet werden. Nichts, was Kit nicht vorher schon gesehen hatte. Oder worin sie nicht schon gewohnt hatte.

Templar Street lag im Herzen des Hasting-Distriktes. Einen Block entfernt stand eine Reihe Obdachloser an einer Suppenküche Schlange. Es war kühl und trübe. An der Straßenecke harrten Frauen in kurzen Kleidern und Stöckelschuhen aus, die Mantelkragen aus falschem Pelz hochgeschlagen. Einige von ihnen waren vom Tode gezeichnet – sie mochten erwürgt, geschlagen, erschossen werden. Sie konnte kaum hinsehen; Visionen von Mordtaten brannten heiß in Kits Kopf.

Sie entdeckte den Zuhälter, der auf einem Klappstuhl

kurz hinter der bogenförmigen Türöffnung eines Apartmenthauses saß. Er hatte lange blonde Haare, ein blasses mageres Gesicht und harte, eng stehende Augen, die sie an Dutch erinnerten. Sie sah keinen zukünftigen Mord an ihm, aber das musste nicht viel bedeuten. Ein Mädchen stand neben ihm. Er beobachtete das Taxi, als sie vorbeifuhren. Kit hatte das Gefühl, er beobachte auch sie.

Der Taxifahrer stoppte knapp dreißig Meter weiter neben einem verblassten weißen Gebäude mit flachem Dach und hohen Fenstern. Es schien alt, wahrscheinlich historisch. Ein klappbarer Werbeständer stand außen vor den Eingangstüren aus Milchglas. JUGENDZENTRUM stand darauf geschrieben, aber das hätte man wegen der fröhlichen Luftballons, Herzen und Blumen darauf auch so erkannt.

»Soll ich warten?«, fragte der Taxifahrer. »Es könnte schwierig werden, hier ein anderes Taxi zu bekommen.«

»Das werde ich schon schaffen«, erwiderte sie. »Aber trotzdem, vielen Dank.«

Die Luft außerhalb des Taxis roch nach Urin und Erbrochenem. Nach großen Mengen davon. Kit sah die Straße hinunter. Der Zuhälter beobachtete sie. Ihr Gesichtsausdruck verhärtete sich, und dann betrat sie das Jugendzentrum.

Innen war es so groß und sauber wie in einem Warenhaus. Es roch nach Vanille, Süßigkeiten und Tennisschuhen. Die Wände waren allesamt in riesige Wandgemälde verwandelt worden. An einem arbeiteten gerade einige Teenager, deren Dreadlocks wahrscheinlich mehr wogen als sie selbst. Es gab eine kleine Bücherecke, und in einer anderen Ecke standen ein paar Flipperautomaten. Auf mehreren langen Tischen lagen Brettspiele, und zur Linken befanden sich einige Türen, von denen Kit vermutete, dass sie zu Büroräumen führten.

Am Eingang des Zentrums, direkt zu ihrer Linken, stand ein Schreibtisch, hinter dem eine blasse magere Brünette saß, deren Lächeln so strahlend war, dass sie entweder sehr unglücklich oder etwas gestört sein musste. Sie trug ein Namensschild in der Form eines Clowns. Darauf stand in großen Buchstaben MOLLY!

»Hallo«, sagte Molly. »Sind Sie wegen des Schwangerschaftstests gekommen?«

Kit starrte sie an. »Äh, nein. Ich möchte mit jemandem über Alice Hardon sprechen.«

»Alice ist heute nicht hier.« Mollys Lächeln erstarb ein wenig. »Sie wird am Montag wieder zurück sein.«

Hoffentlich. »Ich muss auch nicht *mit* Alice sprechen. Nur …«

»Über sie. Ja, das habe ich schon verstanden.« Molly lehnte sich vor, die Hände gefaltet. »Aber verstehen Sie bitte, wir lassen niemanden hier schlecht reden, schon gar nicht über unsere Kollegen. Das verstößt gegen unsere Richtlinien. Falls Sie ein Problem mit Alice haben …«

»Das ist es ja gar nicht …«

»… dann dürfen Sie sehr gerne einen Brief an unsere Anwältin Edith schicken, die wird dann entscheiden, ob sie mit Ihnen über Alice sprechen will oder nicht.«

Kit zügelte ihr Temperament. »Sie haben mich nicht richtig verstanden. Ich muss wirklich dringend mit jemandem reden.«

»Sie sprechen doch gerade mit mir«, sagte Molly. Ihr Lächeln war vergangen. »Und Sie sind diejenige, die nicht zuhört.«

»Dies ist ein Notfall.«

»Das ist es bei Menschen wie Ihnen immer«, erwiderte die Frau kalt und griff zu ihrem Buch.

Okay, zum Teufel damit. Kit holte Alice' Visitenkarte hervor und lehnte sich über Mollys Schreibtisch, hielt sie ihr unter die Nase. »Sie hören mir jetzt zu«, sagte sie mit schneidender Stimme. »Alice hat mir diese Karte in der letzten Nacht gegeben. Sie bat mich, hierherzukommen. So, und jetzt werden Sie mir gefälligst sofort sagen, mit wem ich sprechen kann, oder ich werde Alice, wenn ich sie das nächste Mal sehe, erzählen, was für einen Mist ihre Sekretärin verzapft. Haben Sie das verstanden?«

»Das war ja nicht misszuverstehen«, sagte eine vertraute Stimme, die wie die Ausläufer fernen Donners klang.

Kit fühlte, wie ihr sämtliches Blut aus dem Gesicht wich. Sie drehte sich herum.

M'cal stand hinter ihr, hielt die Eingangstür mit einer Hand auf. Seine Mundwinkel waren etwas hochgezogen, aber es war ein trauriges Lächeln.

»Sie hätten meinen Rat lieber annehmen sollen«, sagte er.

5

Die Hexe hatte ihn in Bewegung gesetzt. Glücklicherweise hatte sie den Zwang nur dazu eingesetzt, Kitala zu finden, und da M'cal dies ohnehin vorhatte, allerdings so langsam und vorsichtig wie möglich, konnte er die Richtung selbst bestimmen, in die seine ruhelosen Beine gingen. Entschlossen war er den wenigen Informationen nachgegangen, die ihm ein toter Mann gegeben hatte, der jetzt mit sieben anderen blutigen Körpern zusammen erschossen in einem Container lag.

Eines war jedenfalls klar: Kitala Bell, diese außergewöhnliche Musikerin, hatte sich ziemlich große Probleme eingehandelt, und M'cal wollte wissen, warum. Seine Gründe dafür waren nicht rational. Er musste es einfach wissen. Er hatte das Gefühl, eine Frage werde zu der nächsten führen. *Warum diese Männer? Warum gerade sie? Warum er? Und warum jetzt?* Weil die andere Frau, die er der Hexe gebracht hatte, genauso wie Elsie, nur Nahrung war. Zufällige Opfer. Bei Kitala war das jedoch anders. Die Dringlichkeit war eine andere. Die Hexe brauchte sie…

Er hielt inne, von der Intensität seiner Gedanken erschrocken. Er konnte sich nicht vorstellen, jemals zu vergessen, aber er konnte den Unterschied fühlen, der in seinem Inneren brannte. Wilder Hunger.

Normalerweise kämpfst du härter dagegen an, sagte er sich und hörte immer noch Elsies Schrei in seinem Kopf. *Früher hast du immer alles Mögliche versucht, um Leben zu retten, um der Hexe zu trotzen. Und inzwischen entschuldigst du alles damit, dass sie dir Befehle gibt. Nun behauptest du, dass es keine Rolle spiele, weil es sowieso geschehen werde, da sie dich zwingen wird. Du gibst die Verantwortung für deine Handlungen ab. Das ist aber keine Art zu leben.*

Doch es war die einzige Art zu leben, die ihm möglich war, die einzige Art, die er jemals zur Verfügung haben würde, für den Rest seines Lebens. Der kurze Geschmack von Freiheit, den Kitala ihm gegeben hatte, glich eher der Folter als der Freude.

Ivan fand ihn erst eine Stunde vor dem Morgengrauen, drei Blocks vom Hotel Georgia entfernt. Eine schlechte Tageszeit für den großen Mann. Es war ein Zeichen der Verzweiflung, die die Hexe empfinden musste, dass sie ihn zu so später Stunde ausschickte, um M'cal zu holen.

Ivan fuhr einen schwarzen Jaguar. Der Motor war ziemlich laut, weil der Helfer der Hexe seine Wagen stets ohne jegliche Wartung fuhr, so lange, bis sie auseinanderfielen. Autos zu kaufen war ein Sport für ihn, den er genauso liebte wie Mord.

Er hörte Ivan schon, als er noch einen Block entfernt war. Er wartete an einer Straßenecke, bis der riesige Mann neben ihm anhielt. Ivan ließ den Motor laufen. Er öffnete das Fenster auf der Fahrerseite und starrte mit seinen scharfen und funkelnden Haiaugen M'cal an.

»Ich glaube, sie weiß schon, dass etwas schiefgegangen

ist«, sagte M'cal. »Ihr das persönlich zu erzählen, ist doch überflüssig.«

Ivan beobachtete ihn weiter, ohne zu blinzeln. M'cal berührte das Armband. »Sag ihr, sie muss mich dazu zwingen.«

Ivan nahm sein Handy in die Hand, sein Armband lugte unter dem dunklen Ärmel hervor. Er begann, eine SMS zu schreiben. Es war kaum zu ertragen, dies mit ansehen zu müssen. Es wirkte, als versuche eine Seekuh, mit einer Flosse etwas in Zeichensprache auszudrücken. Und M'cal fragte sich wieder einmal, wo die Macht der Hexe an ihre Grenzen stieß. Wenn sie einen Mann aus dem Meer, einen Krackeni, an sich binden, ihn verhexen, ihn quälen konnte, und wenn sie menschliche Seelen trinken konnte wie den Wein, den sie bei jeder Mahlzeit so genoss, dann musste sie eigentlich auch in der Lage sein, in Ivans winzigem Gehirn aus einer Entfernung von mehreren Kilometern zu lesen.

Oder auch nicht. Ivan setzte den mühseligen Prozess des Eintippens fort. M'cal, den es juckte, sich wieder zu bewegen, versuchte nicht an Kitala zu denken, wo auch immer sie sein mochte.

Er sah sich um, suchte nach irgendjemandem, der sie beobachtete. Im Stadtzentrum war es zu dieser Tageszeit ruhig; er hatte lediglich einen Streifenwagen gesehen und fragte sich, ob es der gleiche war, der Kitala bei den Docks ausgeladen hatte.

M'cal schien es, als wenn er ein knarrendes Geräusch gehört hätte, ziemlich entfernt und schlecht einzuordnen, gefolgt von einem merkwürdigen Knall, als entfalte sich ein Segel. Suchend sah er sich um. Sein Blick glitt zu den Wolkenkratzern hoch. Er sah eine Bewegung, hoch über seinem Kopf. Ein gleitender Schatten. Kein Vogel. Kein Flugzeug. Er verschwand hinter einem Gebäude. M'cal wartete und hielt nach dem Schatten Ausschau, aber er tauchte nicht wieder auf.

M'cal sah Ivan an und bemerkte, dass der große Mann zu der gleichen Stelle am Himmel emporsah. Seine Augen waren nur noch Schlitze, seine Hängebacken zitterten, rote Flecken leuchteten auf ihnen, als seien sie aufgemalt.

Ivan gab keine Warnung von sich. Er jagte den rasselnden Motor des Jaguars hoch, legte einen Kavalierstart hin und ließ M'cal in einer Abgaswolke zurück.

Interessant. Sehr merkwürdig.

M'cal suchte den Himmel erneut ab; seine Finger berührten das dicke Armband. Er versuchte sich an seine Vergangenheit zu erinnern, an die Legenden und das Wissen. Es war seinem Vater so wichtig gewesen, dass er sich damit vertraut machte. Mehrere Möglichkeiten zu handeln, schossen ihm durch den Kopf, alle mit geringer Aussicht auf Erfolg. Keine davon ließ sich auf seine Situation anwenden.

Irgendetwas hatte die Hexe in Angst versetzt. Etwas, das sie glauben ließ, sie brauche Kitala Bell und die Macht von Kitalas Seele. Welche Art Macht das auch sein mochte.

Genug Macht, um dein Leben zu retten. Stark genug, um dich von der Hexe zu befreien.

Hoffentlich. M'cal schluckte den bitteren Geschmack

herunter, kämpfte gegen eine aufsteigende Reue an. Er hatte heute Nacht das Richtige getan. Das erste Mal seit langer Zeit. Was auch immer geschehen mochte, damit konnte er leben. Und wenn Kitala einigermaßen bei Verstand war, dann hatte sie die Stadt schon lange verlassen, war sicher und gesund und in der Lage, wieder diese wunderbare, berauschende Musik zu spielen.

Aber M'cal nahm schon lange nichts mehr als gegeben an. Deshalb hatte er geplant, ein letztes Problem für sie zu lösen. Das einzige Geschenk, das er ihr machen konnte, auch wenn sie niemals davon erfahren würde: Er wollte für ihre Sicherheit sorgen. Er wollte die Leute finden und töten, die ihre Ermordung in Auftrag gegeben hatten. Er wollte die Hintermänner finden, sie vernichten, verbrennen und ihre Asche verstreuen. Er wollte es alle wissen lassen. *Nicht berühren, nicht töten, nicht zu nahe kommen.* Er würde alles tun, um sie davon abzuhalten, Kitala zu jagen, wo auch immer sie sich hinwandte.

Was tatsächlich gar nicht so weit entfernt war.

Kitala war schön. M'cal hatte es nicht vergessen, aber jetzt, in dem klaren und hellen Tageslicht, blendeten ihn ihre Vitalität und ihr Strahlen geradezu. Er hielt den Atem an, als sie sich umdrehte, um ihn anzusehen. Seine Welt begann zu schlingern, brach schließlich in sich zusammen. Aber in dem Moment, als sich ihre Blicke trafen, erinnerte er sich an die Gefahr, und das nahm ihm die Freude. Seine schockierende, überraschende Freude.

»Wie haben Sie mich gefunden?«, fragte Kitala. Sie starrte ihn an. M'cal stellte fest, dass er sich genau darüber auch wunderte. Er sah die Frau an dem Schreibtisch hinter ihr. Sie starrte ihn mit überraschtem Ausdruck an, fast verträumt, ihr Mund stand halb offen. Ihre blassen Wangen erröteten. Kitala blickte über ihre Schulter und verdrehte die Augen. Sie sah wieder ihn an, diesmal mit einem kleinen ironischen Lächeln. Es fühlte sich gut an. Ungewohnt zwar, aber gut.

Doch es musste etwas geschehen. Einer von ihnen musste diesen Ort verlassen. Und zwar plötzlich. Das Armband war kühl, der Zwang hatte nachgelassen. Er war jedoch noch vorhanden, pochte in seiner Kehle. Die Hexe hatte ihn nur gelockert. M'cal war überrascht, dass sie ihn nicht verstärkt, das Monster nicht freigelassen hatte. Andererseits hatte er noch nie im Tageslicht für sie gejagt. Und genauso wie Ivan zog die Hexe die Dunkelheit vor.

Es war wie bei Elsie. Aber wenn Kitala ihn berühren würde, und wenn auch nur versehentlich …

»Entschuldigen Sie uns einen Augenblick«, sagte M'cal zu der Frau am Schreibtisch, die so breit grinste, dass er schon befürchtete, ihr Gebiss könnte einen Sprung bekommen. Für Kitala hielt er die Eingangstür auf. Ohne ein Wort ging sie aus dem Jugendzentrum hinaus und stand auf dem Bürgersteig. Der Gurt ihres Geigenkastens lag genau zwischen ihren Brüsten. Sie war schlicht gekleidet. Um ihren Hals hingen ein goldenes Kreuz und ein kleiner Lederbeutel, mit Perlen bestickt. Er mochte ihre Brille.

Sie standen da und sahen sich an. Kit tat einen Schritt auf ihn zu, M'cal wich schnell zurück.

»Berühren Sie mich nicht«, sagte er fest. »Nicht, wenn Sie an Ihrem Leben hängen.«

In ihren Augen blitzten unterschiedliche Gefühle auf, Verwirrung, vielleicht auch Schmerz. M'cal wünschte, er könnte sie wieder in die Arme nehmen. Er wollte ihre Wärme spüren. Er wollte wissen, ob es sich so gut anfühlte wie in seiner Erinnerung, abgesehen von dem Schmerz.

»Giftig, wie?«, sagte Kitala. Sie musste schlucken.

»Es ist einfach nicht sicher«, erwiderte er und kämpfte mit sich. »Und Sie sollten nicht hier sein. Es gibt Leute, die Ihnen Schmerzen zufügen wollen – wenn sie können.«

»Wie Sie?« Sie senkte ihr Kinn, sah ihn über die Brillengläser hinweg an, die auf ihre Nase heruntergerutscht waren.

»Wie ich«, stimmte er heftig zu.

Ihre Stimme wurde zögerlich. »Sind Sie hier, um den Job zu Ende zu bringen?«

M'cal zögerte. Er wusste nicht, was er sagen sollte, außer der Wahrheit. »Ich hatte nicht erwartet, Sie noch einmal zu sehen.«

Niemals, nicht einmal in seinen wildesten Träumen. Die letzte Nacht hätte für jeden eigentlich eine Warnung sein müssen. Was bedeutete, dass Kitala Bell entweder sehr dumm, sehr mutig oder vollkommen übergeschnappt war. Ein guter Nährboden für ein schlechtes Ende. Doch M'cal wollte nicht für ihren Tod verantwortlich sein.

Fast hätte er sich umgedreht und wäre weggegangen. Es wäre eine Heldentat gewesen, wenn er es geschafft hätte.

Er hatte Kitala gefunden – wenn auch unbeabsichtigt. Der erste Teil des Zwangs war erfüllt. Seine Füße weigerten sich, sich weiter zu bewegen.

Aber sein Herz fühlte sich etwas besser an. Er erinnerte sich an die Männer, die Kitala ermorden wollten. Sie waren zwar tot, aber es gab bestimmt noch mehr von ihrer Sorte, und es war gefährlich für sie, hier allein zu sein. Gefährlich auch für ihn, mit ihr hier zu sein.

Aber wenn du vorsichtig bist, sehr vorsichtig, dann könntest du das kleinere von zwei Übeln sein.

Jedenfalls wenn er sie nicht überreden konnte, die Stadt zu verlassen. Sie musterte ihn noch immer. Er konnte die Anspannung spüren, die ihr Körper ausstrahlte. Bereit davonzulaufen, vielleicht. Er hoffte es jedenfalls.

»Sie sind mir gefolgt«, sagte sie.

»Ich hatte einen Zusammenstoß mit dem letzten Schützen, nachdem Sie losgefahren sind«, berichtigte er sie. »Ich … habe ihn überredet, mir alles zu erzählen, was er wusste.«

»Und?«

»Und er war nicht besonders helle, ein bezahlter Strolch für die schmutzige Arbeit. Er wusste nicht allzu viel, hatte nur ein paar Informationen über die Frau, die Sie erwähnt haben. Ihre Privatadresse. Ihre Arbeitsstelle. Dies hier«, er deutete auf das Jugendzentrum, »lag näher. Ich beschloss also, hierherzukommen und Fragen zu stellen.«

Kit kniff die Augen zusammen, die kein Vertrauen, nur eine Zwiespältigkeit ausdrückten. Enttäuschung durchfloss ihn. Die Frau hatte keinen Grund, seinen Absichten zu trauen. Es war auch besser so, besser, wenn sie auf der Hut und ängstlich war. Aber ein Teil von ihm stand immer noch in dem dunklen Zuschauerraum, verliebte sich in ihre Musik, und dieser Klang war tief in ihn eingedrungen, öffnete etwas in ihm, der ganz vergessen hatte, dass es zarte Gefühle überhaupt gab. Zu ihr konnte er nicht grausam sein.

M'cal suchte nach den richtigen Worten. Es war schwierig. Es war auch viel zu lange her, dass er eine richtige Unterhaltung geführt hatte. Frauen in Autos zählten nicht. Die Hexe erst recht nicht.

Er wich einen weiteren Schritt vor Kitala zurück und suchte die Umgebung danach ab, ob etwas Gefährlicheres als er selbst zu sehen war. Das Einzige, was er entdeckte, war ein Eichhörnchen, das an einer der auf dem Bürgersteig herumliegenden Injektionsspritzen schnüffelte. »Sie sollten fortgehen, Kitala«, sagte er mit leiser Stimme. »Finden Sie irgendwo einen sicheren Ort und bleiben Sie dort.«

Kitala bemerkte das Eichhörnchen und bewegte ihren Fuß in seine Richtung, um es von der Nadel zu vertreiben. »Wer hat Sie angeheuert, um mich zu töten?«

M'cal zögerte. »Das ist sehr kompliziert.«

»Natürlich ist es das.« Sie versuchte um ihn herumzugehen, zurück zum Jugendzentrum. M'cal ließ sie aber nicht vorbei. Furcht und Zorn schnürten ihm die Kehle zu, das Monster rührte sich. Er presste sich eine Faust gegen den Schenkel, kämpfte mit sich selbst. Er sah Kitala direkt in die Augen. »Bitte. Ich habe Ihnen in der letzten Nacht doch nicht geholfen, damit Sie Ihre Sicherheit sofort wieder aufgeben, als würde sie nichts bedeuten. Als bedeute es gar nichts, diese Männer umgebracht zu haben.«

Das wirkte. Ihre Atmung beruhigte sich, sie blieb stehen. Schuldgefühle waren in ihren Augen zu lesen, was ihm sofort wieder leidtat. Aber er entschuldigte sich nicht. Er hielt nur ihren Blick.

Kitala trat näher. M'cal konnte sich nicht schnell genug bewegen, um ihr zu entkommen. Sie war nur um Haaresbreite von ihm entfernt, sah mit einer versteckten Begierde in seine Augen, die er dennoch bis in die Knochen spürte. Sein Herz sehnte sich nach ihr.

»Warum machen Sie sich Sorgen?«, flüsterte sie. »Warum haben Sie mir das Leben gerettet?«

M'cal schwieg. Er fand keine Worte, konnte auch keinen Grund nennen. Er hatte es einfach tun müssen. *Bring sie in Sicherheit,* waren die Worte gewesen, die in seiner Seele erschienen waren. Diese Worte – und Wut. Wut darüber, dass jemand sie verletzen könnte. Kitala, die Musik hervorbringen und mit dem Gesang der Sirenen konkurrieren konnte.

Aber das vermochte er ihr nicht zu sagen. Er wünschte, seine Stimme benutzen zu können, um sie dazu zu bringen zu gehen. Das hatte jedoch in der letzten Nacht schon nicht funktioniert, und er hatte Angst vor dem, was passieren könnte, wenn er es wieder versuchte.

Kitala blickte ihm noch immer in die Augen. Sie schauderte. »Schön. Dann erzählen Sie es mir eben nicht. Aber ich werde nirgendwohin gehen, M'cal. Nicht, bevor ich Alice gefunden habe. Bitte. Ich muss sie finden, tot oder lebendig. Ich muss es einfach wissen.«

»Ich dachte, Sie kannten sie gar nicht.«

Ihr Ausdruck wurde weicher. »Sie haben selbst eine Menge auf sich genommen – für eine Fremde. Sie werden dadurch doch auch Probleme bekommen, oder nicht?«

»Ja«, sagte er ruhig. »Aber ich werde von meinen Problemen nicht umgebracht. Sie wahrscheinlich schon.«

Jetzt schwieg sie. Doch es war ein dickköpfiges Schweigen. Kein Ärger, sondern Entschlossenheit. *Kleines Kriegerherz, so stark.* Sie erinnerte ihn an die alten Sagen und Geschichten aus der menschlichen Welt, die ihm sein Vater erzählt hatte. Die vergangene Zeit, als die Krackeni ihre Gesichter und Körper noch den Menschen gezeigt hatten, und Krackeni und Menschen sich, wenn auch selten, untereinander vermischten. Eine Zeit, während der Götter und Monster gemeinsam auf der Erde wandelten.

Damals, heute. Die Zeiten hatten sich geändert. Größtenteils.

Er zeigte auf die Tür des Jugendzentrums. »Kommen Sie, wir verschwenden so viel Zeit.«

Kitalas Augenlider zuckten. »Sie bleiben bei mir?«

»Solange ich kann«, versprach M'cal. »Wenn Sie es wünschen.«

»Wir müssen zusammenarbeiten.« Ihre Stimme war sanft, besaß aber einen Unterton von Herausforderung. »Falls das kein Problem ist.«

»Wenn ich Sie töte, wird es ein Problem werden.«

»Sie sagen das so, als wenn Sie keine Kontrolle über Ihr Tun hätten.«

»Das habe ich auch nicht«, erwiderte er ruhig. »Jedenfalls nicht genug.«

Dies ließ sie stutzen. Er konnte es daran erkennen, wie sich ihre Körperhaltung veränderte und ihr Gesichtsausdruck gefror. Kitala studierte sein Gesicht. Er dachte, sie würde endlich verstehen; es erleichterte ihn, aber gleichzeitig schmerzte es ihn auch. Doch sie nickte nur langsam, ihre dunklen Augen waren nachdenklich, und sie sagte mit leiser Stimme: »Ich denke, ich werde das Risiko eingehen.«

M'cal machte einen Schritt fort von ihr. Er wäre am liebsten weggerannt. Er hatte einen scharfen, bitteren Kloß in der Kehle, den er nicht herunterschlucken konnte.

»Was auch immer geschehen mag«, sagte er mit heiserer Stimme, »berühren Sie mich aber nicht.«

»Okay«, erwiderte sie. Diesmal hatte er das Gefühl, dass sie ernst nahm, was er sagte.

Sie betraten das Jugendzentrum zum zweiten Mal. Die Frau am Schreibtisch betrachtete sie, dieses Mal etwas misstrauischer. M'cal wartete darauf, dass Kitala etwas sagte, aber sie zog nur eine Augenbraue hoch, während ein leichtes Lächeln um ihre Lippen spielte, und murmelte: »Fragen Sie jetzt. Ich glaube, sie mag Sie mehr als mich.«

Er wusste, wie er schnell zum Ziel kam. »Alice Hardons Chef, bitte«, sagte er mit sanfter Stimme. Er flocht in jede Silbe genug Spuren seines Gesangs, um sicherzugehen, dass sein Anliegen den richtigen Nachdruck bekam.

Die Frau blinzelte einmal. »Bitte folgen Sie mir.«

Kitala sah ihn scharf an. Der Ausdruck von Humor in ihrer Miene verwandelte sich in interessierte Neugier. Er fragte sich, ob sie wohl die Musik in seiner Stimme gehört hatte. Er fragte sich, was sie über die letzte Nacht dachte, über die Dinge, die er getan hatte, um sie zu retten. Er hatte Gewalt angewendet, aber darüber hinaus hatte er mit seiner Stimme getötet. Und er vermutete, dass sie sich gerade daran erinnerte.

Mit einer Geste bedeutete er ihr voranzugehen. Die Frau führte sie an einer Flucht von Türen vorbei, durch einen langen engen Flur, der so dunkel wie ein Käfigtunnel war. M'cal zwang sich, nicht an die Wände zu denken, und konzentrierte sich stattdessen auf Kitalas schlanken, wohlgeformten Rücken. Sie hatte auch ein sehr entzückendes Hinterteil.

Am Ende des Flurs blieb die Frau vor einer geschlossenen Tür stehen und klopfte. M'cal hörte eine dumpfe Stimme antworten, dann wurde die Tür geöffnet. Sie sahen in das chaotische Durcheinander eines kleinen Büros. Bücherregale, die sich gefährlich durchbogen, säumten die Wände, Aktenordner waren zu Säulen aufgetürmt, die die Höhe des Schreibtisches hatten. Der Schreibtisch selbst bot gerade genug Platz für einen Laptop und einen Kaffeebecher.

Eine Frau saß hinter dem Schreibtisch. Sie war grauhaarig und rundlich und trug eine getönte Brille von der Größe einer Teetasse. Vergoldete Ohrringe in der Form von Katzen mit Cowboyhüten baumelten von ihren Ohren bis zu ihren Schultern. Sie trug ein knallrotes Halstuch, in dessen Mitte ein riesiges Auge prangte. Es starrte M'cal an.

Die alte Frau lächelte nicht. Sie sah vielmehr so aus, als sei sie bereit, jemanden zu erschießen.

»Edith«, sagte die Sekretärin. »Dies sind Freunde von Alice. Sie wollen mit Ihnen über sie sprechen.«

Die alte Frau richtete sich in ihrem Stuhl auf und starrte sie an. »Gehen Sie hinaus und schließen Sie die Tür, Molly.«

Ediths Stimme klang scharf, und Molly blinzelte heftig, um M'cals hypnotisierende Kraft abzuschütteln. Sie wurde so rot, dass ihre Haut beinahe die Farbe von Ediths Kopftuch annahm. Dann ging sie schnell hinaus, den Kopf gesenkt, und ließ M'cal und Kitala vor dem Schreibtisch zurück. Edith bot ihnen keine Sitzgelegenheit an. M'cal verspürte auch keinerlei Neigung, sich zu setzen. Und Kitala schien es ihrem Gesichtsausdruck nach genauso zu gehen.

»Nun«, sagte Edith und betrachtete dabei Kitalas Halsschmuck. »Ich hoffe, Sie haben einen guten Grund für Ihr Eindringen.«

»Das kommt darauf an, was Sie erwarten«, erwiderte M'cal.

»Sicher nicht einen so hübschen Jungen wie Sie.« Edith nahm einen Schluck aus ihrem Becher und leckte sich die Lippen. »Sie, junger Mann, sind ja wirklich ein Prachtkerl.«

Kitala runzelte die Stirn. »Wir sind aber gar nicht hergekommen, um über uns zu sprechen.«

»Nur über Alice, wie?« Edith lächelte grimmig. »Und wer sind Sie, wenn ich fragen darf?«

»Kit«, sagte sie und streckte ihre Hand aus. »Und dies ist…«

»Michael«, unterbrach er sie. »Michael Oberon.« Er

reichte Edith nicht die Hand. Die alte Frau schrieb sich die Namen auf, schnaubte und ergriff wieder ihren Becher. Ihre Fingerknöchel waren weiß.

Stress. Wut. Angst? M'cal sah zu Kitala hinüber und bemerkte, dass ihr Blick auf die angespannte Hand der Frau gerichtet war. Wenn Edith den Becher noch etwas fester drückte, würde er zerbrechen.

»Molly sagte, Sie wären Freunde von Alice«, sagte die alte Frau. Hinter den getönten Gläsern waren ihre Augen wachsam. »Freunde, meine Güte! Sie beide würden Alice doch nicht einmal von einem Hundehaufen unterscheiden können.«

»Sie hat mir ihre Karte gegeben«, sagte Kit und brachte das, was davon übrig geblieben war, zum Vorschein. Edith sah es sich oberflächlich an und wedelte es dann fort.

»Das bedeutet nicht das Geringste. Alice hat ihre Visitenkarten andauernd verteilt. Sie können sie von jedem bekommen haben.«

»Nicht von jedem«, erwiderte Kitala.

Edith runzelte die Stirn, trommelte mit einem kurzen dicken Finger gegen ihre Wange. »Sie kommen mir irgendwie bekannt vor.«

Kitala zog eine Grimasse, bückte sich und nahm eine CD von einem der Aktenstapel. Sie hielt sie neben ihr Gesicht, und M'cal sah ein sehr gutes Foto von Kitala, die gerade mit einem Ausdruck wilder Freude auf ihrer Geige spielte.

»Oh«, sagte Edith.

»Alice ist entführt worden«, fuhr Kitala mit ausdrucksloser Stimme fort. »Man hat uns zusammen geschnappt. Ich konnte mich losreißen, sie aber nicht. Sie hat mir ihre Karte zugeschoben, bevor ich entkam. Ich denke, das hat irgendetwas zu bedeuten.« Sie zögerte, holte dann kurz Luft. »Sagen Sie mir, dass es etwas bedeutet, Edith.«

Edith senkte den Blick. »John?«

»Tot«, sagte Kitala. »Ein Schuss in die Brust. Es tut mir leid.«

Die alte Frau nickte mit ausdruckslosem Gesicht. Ihre Hand umklammerte den Becher noch stärker. »Ich vermute, dass Sie nicht die Polizei verständigt haben.«

»Zwei Polizisten waren daran beteiligt.« Kit hielt kurz inne, studierte dann das Gesicht der alten Frau. »Sie sind nicht überrascht, oder? Alice war es auch nicht.«

Edith zuckte lediglich die Achseln, blickte aber immer noch nach unten. »Man wird herausfinden, dass Sie entkommen sind. Sie werden nach Ihnen suchen.«

»Ja«, sagte Kitala und blickte zu M'cal hinüber. »Können Sie uns erzählen, um was es hier überhaupt geht?«

»Nein«, sagte Edith.

M'cal schien über die Antwort nicht besonders überrascht zu sein, aber ihre Zurückhaltung war nur eine weitere Zeitverschwendung, die er sich nicht leisten konnte. Wenn ihn die Hexe zwingen würde, zu ihr zurückzukehren, dann würde er kaum eine andere Wahl haben, als zu gehorchen. Und Kitala ohne Schutz zurückzulassen. Er wunderte sich ohnehin, dass sie den Befehl dazu noch nicht gegeben hatte.

»Erzählen Sie uns, was Sie wissen«, forderte M'cal. Er ließ in jedes seiner Worte Kraft fließen, sodass die einzelnen Silben fast wie ein Lied klangen. Einfaches Sprechen genügte nicht. Es war eine Einschränkung seiner Art, eine manchmal tödliche Schwäche, nur an Land, nie im Meer. Er fühlte, dass Kitala ihn ansah, und er fragte sich abermals, ob sie die Veränderung in seiner Stimme bemerkte.

Schließlich sah Edith hoch. Sie nahm ihre Brille ab. Ihre Augen waren kalt wie Eis, grau und starr. Nun sah sie M'cal unverwandt an, mit durchdringendem, stechendem Blick, und ein unbehagliches Gefühl durchfloss ihn.

Dann veränderte sich ihr Ausdruck, wurde betrübt, ruhig und zurückhaltend, als wäre sie eine Frau, die in ihrem Leben schon so viel hatte erdulden müssen, dass ihr Herz nicht stark genug war, weiteren Kummer zu ertragen.

»Alice ist schon so gut wie tot«, sagte die Frau mit brüchiger Stimme. Sie löste ihre Hand von dem Becher; die Hand wirkte wie eine Klaue. »Ich vermute, dass ihr niemand mehr helfen kann.«

Kitala und M'cal tauschten einen kurzen Blick. Ein Zittern lief durch ihren Körper, und er stellte sich vor, wie er eine Hand nach ihr ausstreckte, das war nur eine kleine Geste des Trostes. Er sah, wie ihre Hand zuckte, und verlagerte sein Gewicht, um einen Schritt nach hinten zu machen. Falls sie es vergessen hatte, falls sie ihn berühren wollte.

Aber sie versuchte es gar nicht. Kitala sah Edith an. »Sie hören sich an, als wenn Sie alle Hoffnung aufgegeben hätten.«

Die Wangen der alten Frau erröteten. Wieder sah sie auf

ihre Hände herab und spreizte die Finger auf der Schreibtischplatte. Ihr Unterkiefer zitterte.

»Wir haben hier eine gefährliche Nachbarschaft. Eine Menge schlimme Dinge passieren in dieser Gegend. Wir tun unserer Bestes, um auf der sicheren Seite zu bleiben, halten uns aus den Geschäften heraus, die uns nicht betreffen, aber…« Sie hielt inne und deutete auf ihr Büro. »Wir haben eine der höchsten Erfolgsquoten in der ganzen Stadt, wenn es darum geht, Jugendliche auf den rechten Weg zurückzubringen. Kinder kommen zu uns, und wenn sie uns wieder verlassen, haben sie sich verändert. Egal, wie verdorben sie vorher waren. Alle diese Ordner sind einzelne Leben.«

Edith hielt sich am Rand des Schreibtisches fest, ihre Nägel gruben sich in das Holz. »Alice fing an, in etwas herumzustochern, das sie lieber hätte lassen sollen. Sie hat mir nie erzählt, um was oder wen es dabei ging. Sie erwähnte nur, dass einige Leute in Schwierigkeiten waren. In großen Schwierigkeiten. So groß, dass sie ihren Onkel um Hilfe bat. Der Mann war wohl früher mal ein Privatdetektiv. Sie sagte, falls sie jemals verletzt werden sollten…«

Die alte Frau beendete den Satz nicht. Kitala sagte: »Es tut mir leid. Es tut mir sehr leid, diejenige zu sein, die Ihnen diese schlechten Neuigkeiten bringt. Aber ich versuche, Alice zu finden. Ich muss sie finden. Glauben Sie, dass Sie mir dabei helfen können? Vielleicht etwas herumhorchen, herausfinden, was und gegen wen sie ermittelt hat?«

»Ja«, flüsterte Edith. »Ich glaube, dass ich das tun kann.«

»Wegen der Polizei«, begann Kitala vorsichtig, aber die Frau warf ihr einen scharfen Blick zu.

»Ich bin nicht dumm, Miss Bell.« Edith griff in ihre Handtasche, die an dem Stuhl hing. Sie holte eine Visitenkarte daraus hervor und gab sie Kitala. »Meine Handy-Nummer steht darauf. Rufen Sie mich ruhig jederzeit an. Wie kann ich Sie erreichen, wenn ich etwas herausgefunden habe?«

Kitala zögerte, während sie die Karte in ihrer eigenen Handtasche verstaute. »Mein Handy funktioniert nicht, und ich werde die Hotels wahrscheinlich laufend wechseln. Ich werde Ihnen mitteilen, wo Sie mich erreichen können, wenn ich wieder eine feste Telefonnummer habe.«

»Wenn Sie auch nur etwas Verstand besitzen, dann verlassen Sie die Stadt«, sagte Edith. »Sie schulden Alice überhaupt nichts.«

Das ist eine armselige Freundin, dachte M'cal. Er fragte sich, ob Kitala wohl dasselbe dachte. Sie sah die Frau lange und nachdenklich an. Dann bedankte sie sich ruhig und verabschiedete sich. M'cal folgte ihrem Beispiel, allerdings weniger charmant, und sie gingen hinaus.

Molly saß an ihrem Schreibtisch. Sie ignorierten einander. Draußen hatte es zu regnen begonnen.

Kitala griff sich mit einer Hand ins Haar, verzog das Gesicht und seufzte. »Warum habe ich das Gefühl, wir hätten unsere Zeit vergeudet?«

M'cal sah zum Himmel hinauf und genoss die Regentropfen, die sein Gesicht trafen. »Es war nicht ganz und gar eine Zeitverschwendung.«

»Glauben Sie, dass Edith uns etwas verheimlicht hat?«

Stirnrunzelnd sah er sie an. »Was meinen Sie?«

»Ich weiß es nicht.« Kitala trat auf den nassen Gehweg und schüttelte den Kopf. »Alice hat all diese Schwierigkeiten auf sich genommen, um mir ihre Karte zu geben, und alles, was wir bis jetzt haben, sind nur noch mehr Rätsel. Wir müssen etwas übersehen haben. Es sei denn, der Grund, weshalb sie mich hierhergeschickt hat, war nicht der, dass ich ihr helfen sollte, sondern dass jemand erfahren sollte, dass sie verschwunden ist.«

»Diese Möglichkeit beunruhigt Sie, oder?«

»Natürlich.« Kitala sah zu ihm auf, und es bedurfte wiederum all seiner Willenskraft, sie nicht zu berühren. Sein Verlangen erschreckte ihn. Kitala schien zwar überhaupt nicht so wie die Hexe zu sein, doch er war schon einmal betrogen worden. Das Risiko war furchtbar. Er selbst war furchtbar, auch nur daran zu denken, obwohl er die Gefahr für sie kannte. Das Monster in ihm schlief, aber der Fluch der Hexe hatte verschiedene Abstufungen. Wenn sie den Zwang ausübte, konnte er weder von jemandem berührt werden noch jemanden berühren, ohne dass es tödliche Folgen hatte. Ohne eine leere Hülle aus menschlichem Fleisch zu hinterlassen. Seelendieb, Seelensänger. Kaum besser als ein Dämon.

Kitalas Haut war weich, sie hatte hohe Wangenknochen, ihre Augen waren hinter der Brille dunkel und groß. Das Hemd, das sie unter ihrer Jeansjacke trug, war eng geschnitten. Die Wölbung ihrer Brüste ließ M'cals Mund trocken werden. Er versuchte sie nicht anzusehen, aber er schaffte es lediglich, seinen Blick auf ihren merkwürdigen Schmuck, ihren Hals und ihren Nacken zu richten.

Ihr Nacken.

M'cal beugte sich weiter vor, als es aus Sicherheitsgründen ratsam war. Sein Blick glitt über ihre dunkle glatte Haut. Kitala stand sehr ruhig da und starrte ihn an.

»Was tun Sie da gerade?«, fragte sie langsam.

Sie roch sehr gut. Sauber, frisch. »Ihr Hals. Sie sind letzte Nacht verwundet worden. Da sollte doch wenigstens eine Schramme zu sehen sein.«

»Ach so.« Kitala fühlte sich unbehaglich. »Ich heile schnell.«

M'cal zog eine Augenbraue hoch. »Aber doch nicht *so* schnell.«

Kitala schlug ihren Kragen hoch. Ihre langen, eleganten Finger lagen neben ihrem Hals. »Ich wundere mich auch über einiges. Dort drinnen haben Sie etwas mit den Frauen getan. Sie haben sie … irgendwie manipuliert. Mit Ihrer Stimme.«

Also hatte sie es bemerkt. M'cal setzte sich in Bewegung. Kitala hielt mit ihm Schritt; ihr Blick hing an seinem Gesicht. »Mit mir haben Sie in der letzten Nacht etwas Ähnliches versucht. Aber als ich anfing mitzusingen …«

»Sie waren schon gefeit vor mir, bevor sie mitsangen«, unterbrach er sie in schroffem Ton. »Aber Ihre Stimme … Ihre Stimme hat etwas ganz anderes bewirkt.«

Kitala blieb stehen. »*Was* … sind Sie, M'cal?«

Er wandte sich zu ihr um. »Spielt das eine Rolle?«

»Ja«, antwortete sie leise. »Ich … hatte in der letzten

Nacht einen Traum. In diesem Traum waren Sie nicht menschlich.«

Er versuchte die Fassung zu bewahren. »Glauben Sie immer das, was Sie in ihren Träumen sehen?«

»Manchmal schon«, gestand sie. »Ich hatte gute Gründe, an den Traum der letzten Nacht zu glauben.«

M'cal betrachtete ihren Hals. »Was war ich denn in Ihrem Traum?«

Es war nicht zu erkennen, ob sie errötete, aber ihre Wangen zeigten plötzlich einen leichten pinkfarbenen Unterton. Ihr Blick wurde unsicher. »Sie waren ein… Mann aus dem Meer.«

Mann aus dem Meer. Ein Schauer lief durch seinen Körper. Er konnte nicht mehr denken. Er konnte auch nicht sprechen. Alles, was er konnte, war sie anzustarren, während das eine Wort in seinem Kopf nachklang. Es war unmöglich, dass sie es wusste. Unmöglich.

Er schwieg zu lange. Kitalas Ausdruck veränderte sich, wirkte erst bestürzt, dann beunruhigt. Und danach schlich sich noch etwas anderes in ihre Augen, etwas wie Mitgefühl, was genauso unerwartet schien wie alles andere, was sie hätte sagen können. So erstaunlich wie der *Mann aus dem Meer.*

»M'cal«, hauchte sie. Ihr Blick wanderte zu seiner Kehle, und es lag so viel Qual in ihrer Stimme, so wenig Furcht, dass er sich selbst vergaß. Er vergaß alles außer Kitala, und sein Herz schmerzte, es schmerzte so schrecklich, weil sich zum ersten Mal seit sehr langer Zeit jemand um ihn sorgte. Jemand sorgte sich um ihn.

Der Moment verging schnell. Er war nicht vorsichtig

genug, er passte nicht auf. Kitala berührte ihn, ihre Finger schlossen sich um seine Hand. Schmerz lief durch seine Muskeln.

Das Monster erwachte.

6

Kit erinnerte sich, aber viel zu spät. Sie ergriff M'cals Hand aus einem Impuls heraus und wegen des Ausdrucks auf seinem Gesicht, das Erschütterung und Furcht widerspiegelte. Sie erinnerte sich an seine Schreie in ihrem Traum und war jetzt sicher, dass sie real gewesen waren. So real wie sein Körper, der für immer in ihr Bewusstsein eingebrannt war.

M'cal zuckte zusammen, taumelte fort von ihr, schlang seine Arme fest um seinen Körper. Hielt sich selbst fest, hielt sich selbst zurück. Sein Gesicht wurde kreidebleich. Seelenqual war in seinen Augen zu entdecken.

»Lauf!«, zischte er nur. Aber was sie in diesem einen Wort hörte, ließ ihre Haut kribbeln. Ihre Nackenhaare richteten sich auf. Sie konnte nur dastehen, während er schrie, mit hohem, klagendem Ton. Es klang wie ein Lied, und es war voller Macht.

Es war, als werde sie von der harten Kante eines sich drehenden Karussells getroffen, schnell, verwirrend, und als sie dann die Augen schloss und sich den Kopf hielt, sah sie in ihrem Bewusstsein so viele Lichter, als sähe sie von einer Achterbahn aus in den Nachthimmel. Es war wie ein Sturzflug: heraus aus ihrer Welt.

Ihre Welt. Ihr Leben. Ihre Erinnerungen. Sie sah, wie

ihr Leben an ihr vorbeizog, flackernd und verblassend wie Sternschnuppen. Von denen sie ein Schwarm durchdrang, der nichts mehr zurückließ. Sie konnte sie nicht greifen, auch nicht gegen sie kämpfen. Sie konnte überhaupt nichts anderes tun, als M'cals Stimme zu lauschen, deren furchtbare Schönheit wie ein dunkler Regenbogen in ihre Seele drang. Und obwohl Kit wusste, dass sie Angst empfinden sollte, verursachte jeder einzelne unirdische Ton in ihr so viel liebevolle Zuneigung, so viel verwirrendes Entzücken, dass sie fühlte, wie ihre eigene Musik zu wachsen begann, und hörte, wie die Saiten ihrer Geige Bögen aus Licht in ihrem Geist schufen. Bis ganz plötzlich die Sterne verschwanden, und sie M'cals Stimme nicht mehr hören konnte. Sie konnte überhaupt nichts mehr hören, außer dem Rauschen ihres Blutes in ihren Ohren und dem Schlagen ihres Herzens an ihren Rippen. Ihr Körper bewegte sich, oder wurde bewegt. Ihr Nacken schmerzte.

Kit öffnete die Augen. Es war schwierig, etwas zu erkennen. Die Welt neigte sich in einem schwindelerregenden Winkel. Ganz entfernt hörte sie in ihrem Bewusstsein die Saiten einer Geige singen, einen klagenden Ruf.

Sie drehte ihren Kopf erneut und erblickte M'cal. Er sah sie nicht an, aber sie konnte sein Gesicht deutlich erkennen. Es drückte Verwirrung aus, war nass von dem Regen; sein schwarzes Haar klebte an seiner blassen Haut. Seine Augen wirkten gequält, waren von Schatten umrahmt. Er trug sie.

Was ist geschehen?, fragte sich Kit. Aber als sie versuchte, ihn zu fragen, konnte sie nicht deutlich sprechen und brachte nur Unsinn heraus. M'cal blickte sie flüchtig an, sein Mund bildete eine harte Linie. Er sagte nichts. Er sah umwerfend aus, und zugleich grausam.

Sie hörte Pfiffe und Rufe. Flüchtig erblickte sie Schenkel und hohe glänzende Stiefel, Netzstrümpfe, Dekolletés, roten Lippenstift. Einen blonden Mann mit einem vertrauten schmalen Gesicht und stechendem Blick. M'cal sagte etwas zu ihm und setzte sie lange genug ab, um ein Bündel Geldscheine aus seiner Tasche zu holen. Und dann bewegten sie sich plötzlich wieder, hinein in ein Gebäude, das nach Zigaretten und schmutziger Bettwäsche roch. Es war völlig dunkel darin; keine Lampen, nur Schatten. Benommen schloss sie die Augen. Sie fühlte, wie M'cal die Treppe hinauflief, schnell und anmutig, und sie hing an ihm, atmete seinen Duft ein, ihre Finger griffen in den weichen Stoff seines schwarzen Hemdes. Er roch wie sein Mantel, warm, und sein Körper war fest und stark.

In Sicherheit, dachte sie matt, *vertrau ihm.*

M'cal blieb stehen. Kit öffnete die Augen. Sie standen vor einer Tür, die er mit dem Fuß aufstieß. Es gab zwar keine Lampen, aber Fenster. Die Wände waren pinkfarben. In dem Raum standen eine Couch und ein Bett, beide schmal und alt. M'cal legte Kit auf eine gesteppte Bettdecke, die einmal weiß gewesen sein mochte, aber nun – nach langer Benutzung – eine Tarnfarbe aus Grau- und Brauntönen angenommen hatte.

Kit versuchte sich aufzusetzen, aber sie war doch zu geschwächt. M'cal wollte ihr helfen, hielt aber inne. Er schien plötzlich Angst zu haben, sie zu berühren. Nach einem kurzen Augenblick wich er zurück, so weit, bis er mit dem Rücken an die gegenüberliegende Wand stieß. Er sank in sich zusammen und kauerte auf dem Boden. Seine Haltung war schlaff, sein Blick wirkte gequält. Er atmete heftig.

Kit versuchte zu sprechen, aber ihre Stimme kam nicht über ein Flüstern hinaus. Ihre Kehle schmerzte. »Was ist passiert?«

»Beinahe hätte ich deine Seele gestohlen«, krächzte er, und die Qual in seinen Augen war schrecklich anzusehen.

Aber seine Worte hallten in ihr wider und wider, und sie wusste, dass sie der Wahrheit entsprachen. Unmöglich, aber wahr. Kit fragte sich, ob man ihre Bestürzung wohl erkennen konnte. M'cal stand auf, wandte sich von ihr ab, presste seinen Kopf und seine Hände gegen die pinkfarbene Wand. Sein ganzer Körper zitterte, seine Finger ballten sich zu Fäusten.

»M'cal«, murmelte sie verzweifelt. »M'cal, bitte.«

»Ich habe dich verletzt«, flüsterte er.

»Ich bin immer noch hier«, sagte sie. »Bitte.«

M'cal drehte sich herum, stand zwischen Licht und Schatten. Er war groß und schlank. Sein nasses Haar kräuselte sich um sein hartes Gesicht. Seine Augen funkelten wie ein Hauch blauen Himmels hinter einer Gewitterwolke.

Er ging auf sie zu, und zum ersten Mal nahm sie wahr, dass er sich wie ein Tänzer bewegte, der seinen Körper vollkommen unter Kontrolle hatte, elegant und geschmeidig. Gefährlich.

Sie versuchte wieder, sich aufzusetzen. Er war augenblicklich bei ihr, seine Hand schwebte über ihrer Schulter. Er berührte sie nicht, aber er war nahe. So nah.

Kit ließ ihn nicht entkommen. Sie ergriff seine Hand. Er zuckte zusammen, aber nichts geschah. Langsam, sehr langsam strichen seine Finger über ihre Handfläche. Sie stieß einen Seufzer aus. M'cal schluckte hart und setzte sich neben sie. Er saß so weit auf der Kante des Bettes, dass sie schon fürchtete, er werde gleich herunterrutschen.

»Sprich mit mir«, sagte sie.

»Und was soll ich dir erzählen?« erwiderte er sanft, starrte dabei auf ihrer beider Hände, die sich umschlossen. »Dass ich ein Mörder bin? Dass ich dir fast das Leben genommen hätte?«

»Du sagtest: Seele.«

»Das ist dasselbe. Du kannst ohne Seele nicht leben. Der Körper ... würde es nicht aushalten.« Er sah ihr in die Augen; sein Blick war kalt und hart und wild. »Ich hatte keine Wahl, Kitala. Wenn du mich nicht aufgehalten hättest ...«

Er konnte den Satz nicht beenden, sondern versuchte, seine Hand wegzuziehen. Aber Kit ließ nicht los. Sie wusste, dass es gefährlich war, sie konnte es in ihrem geschwächten Körper fühlen, an seiner Stärke. Aber ein Teil von ihr nahm diesen Augenblick als etwas Lebenswichtiges, als etwas von unendlicher Bedeutung wahr. Etwas, worum man kämpfen musste.

Selbst wenn es zu nichts führt. Selbst wenn es dir das Herz bricht. Kit sah M'cals langen kräftigen Hals an und stellte fest, dass seine Haut glatt war, ohne Spuren von Blut oder Wunden. Die Erinnerung kam zurück. Tod. Sie hatte flüchtige Eindrücke davon schon vor dem Jugendzentrum und in Ediths Büro wahrgenommen. Seine Ermordung irgendwie gewittert.

Aber er ist noch nicht tot. Denk nicht an das Wie, das Warum oder das Wann. Du wirst die Antwort ohnehin erst erhalten, wenn es zu spät ist. Konzentrier dich auf das Hier und Jetzt.

Jetzt. Was für ein Konzept. Die Zukunft außen vor zu lassen, war nicht so einfach.

Kits Rücken schmerzte. Sie trug immer noch den Geigenkasten, versuchte, den Gurt über ihren Kopf zu ziehen. Diee Arme waren nicht mehr so schwach, aber es war doch ziemlich anstrengend. M'cal lehnte sich vor, um ihr zu helfen. Nahe genug, um seine Wärme an ihrem Körper zu spüren, nahe genug auch, um seinen Geruch wahrzunehmen, nahe genug für einen Kuss.

»Wie habe ich mich gerettet?« Ihre Stimme klang tief und heiser.

M'cal brauchte etwas Zeit, um den Gurt über ihren Kopf zu ziehen. Sie lehnte sich gegen ihn. Sein Blick huschte über ihr Gesicht. »Deine Musik, Kitala. Es liegt eine Macht in deiner Musik. Du hast dich damit selbst verteidigt.«

»Es fühlte sich aber nicht so an, als wenn ich mich selbst verteidigt hätte.« Im Gegenteil: Kit hatte gefühlt, dass sie die beste Musik ihres Lebens machte.

Der Gurt verfing sich in dem Wust ihrer Haare. Sie legte ihre Hand auf seine Brust, drehte ihren Kopf so, dass er den Geigenkasten abnehmen konnte. Die sanfte Wölbung ihres Nackens war unbedeckt. M'cal zögerte. Seine eine Hand glitt auf ihren Rücken und stützte sie. Die andere hielt nach wie vor den Geigenkasten.

Kit begegnete seinem Blick, und für einen Moment dehnte sich die Zeit wie ein Mondstrahl, der durch eine Wolke scheint. Sie hörte sanfte Klänge in ihrem Kopf, die von einer Stimme zu kommen schienen, von seiner Stimme, wie von einem unsichtbaren Geist. Musik, die man lieben musste, auch wenn alles andere äußerst sonderbar war. Musik wie Leib und Leben, aus einem anderen Herzen. Musik, die ihre Seele berührte.

M'cals Blick wanderte wieder zu ihrem Hals. Sie sah aber nicht zu seinem hin, sondern blickte ihm weiter ins Gesicht, spürte Verwirrung, Verlangen, Furcht und noch etwas anderes, Tieferes: wieder das Gefühl, dass dieser Moment viel mehr bedeutete als jeder andere zuvor. Dass ihr Leben, wie sie es bisher kannte, vorbei war, gestorben, verändert.

Er küsste ihren Hals. Kit schloss die Augen, genoss die Wärme seines Mundes, fühlte, wie sie sich in ihr ausbreitete, sich in ihrem Herzen konzentrierte, einer langsamen Rhapsodie ähnelnd. Er küsste sie noch einmal, und dann noch einmal. Seine Lippen wanderten an ihrem Hals hinauf. Und als sie gerade dachte, dass er als Nächstes ihren Mund küssen werde, zog er sie an sich, ganz dicht, zu der sanftesten Umarmung ihres Lebens.

»Das kann nicht dauern«, murmelte er. »Was immer du getan hast, es wird nicht andauern.«

Kits Hand glitt zu seiner Schulter. »Ich verstehe nicht.«

M'cal wollte sich von ihr lösen. Kit hielt ihn an der Vorderseite seines Hemdes fest. Er umschloss ihre Hände – eine seiner Hände war groß genug, um ihre beiden zu wärmen – und verzog den Mund zu einem kurzen, schwachen Lächeln.

»Ein gewagtes Spiel«, sagte er. »Das könnte gefährlich werden.«

»Nur, wenn du mir nicht ein paar Dinge erklärst«, erwiderte sie. Es war schwierig für sie, zu denken und zu sprechen, wenn er ihr so nah war. »Tu es einfach, M'cal. Ich bin schon verwirrt genug.«

M'cal presste seine Lippen auf ihre Stirn. »Nichts ist einfach, Kitala.«

»Bitte erzähl es mir.«

»Bitte«, sagte er mit rauer Stimme. »Du hast dieses Wort schon häufiger zu mir gesagt als jede andere Person in den letzten Jahren. *Bitte.* Niemand sagt das sonst zu mir, Kitala. Niemand.«

»Das sollten sie aber tun, die anderen«, murmelte sie. »Ich sehe es in deinen Augen, aber ich will es von deinen Lippen hören. Du bist nicht menschlich.«

»Nicht menschlich«, wiederholte er stockend. »Nicht ganz jedenfalls.«

»Zeig es mir.«

Er atmete heftig aus. »Ich glaube, du hast bereits genug gesehen.«

Kit sah ihm in die Augen. »Bitte, M'cal.

Sein Kiefer spannte sich an. Er hielt seine Hand hoch. Zuerst geschah gar nichts, aber während sie ihn unbewegt beobachtete, bildeten sich seltsame schwache Linien auf seiner blassen Haut, leichte Erhebungen, die einen schimmernden Glanz annahmen, einen Schimmer wie zermahlene Perlen. Schuppen, wie klitzekleine Juwelen. Sie breiteten sich aus, wuchsen und wuchsen, bis sich Schwimmhäute zwischen seinen Fingern gebildet hatten. Seine Fingernägel wurden länger, kleine, scharfe Haken entstanden daraus und nahmen einen dunklen, silberblauen Farbton an.

Atemlos berührte Kit seine Hand. Hier war der lebendige Beweis, falls sie ihren Augen und ihrem Tastsinn trauen konnte. Erstaunlich, schockierend und unfassbar. Seine Hand umschloss ihre, und die Hitze war erstaunlich. Sie konnte ihn nur anstarren, ihr Bewusstsein war für einen kurzen Augenblick vollkommen leer. Dann erwachte etwas in ihr, und sie berührte ihn und untersuchte die Glätte seiner Haut, die der einer Schlange glich. Sie hatte keine Angst vor Schlangen. Es dauerte trotzdem einen Moment, sich zu vergegenwärtigen, dass sie gerade das Fleisch eines Mannes berührte, eines Mannes, der nicht menschlich, aber trotzdem voller Menschlichkeit war.

»Du bist erst die Zweite, der ich mich so gezeigt habe«, sagte M'cal. Sie sah ihn an. Sein ganzer Körper war angespannt, seine Augen wirkten kalt und hart. Einen Moment lang fühlte sie sich bedroht, aber als sie dann seinem Blick begegnete, sah sie einen Schatten des Zweifels über sein Gesicht ziehen, und sie wusste ganz sicher, dass er einfach nur mit den Nerven am Ende war.

Sie drückte seine Hand. Er zuckte zurück, als hätte er Schmerzen, und starrte sie an. Seine kalte Maske zerbrach.

»Wer war denn die Erste?«, fragte sie. Seine Haut glänzte immer noch, nicht menschlich, sondern schillernd.

Seine Finger zuckten. »Eine andere Frau. Es nahm ein schlimmes Ende mit uns.«

»Wie schlimm war es?«

M'cal sah in eine andere Richtung und entzog ihr seine Hand. »So schlimm, dass ich oft genug gedacht habe, es wäre besser gewesen zu sterben, als sie jemals getroffen zu haben.«

Die Schreie – Kit konnte immer noch seine Schreie hören. Sie würde sie wahrscheinlich bis in alle Ewigkeit hören. »Was hat diese Frau dir angetan, M'cal?«

»Sie besitzt mich.« M'cals Lächeln war rau und bitter. »Ich gehöre ihr. Sie kontrolliert mein Handeln. Sie schickt mich auf die Jagd.« Er hob seinen Arm und rollte den Ärmel seines Hemdes hoch. Sie sah ein silbernes Armband, das die Hälfte seines Unterarms bedeckte. In das Metall waren sonderbare Figuren und Symbole eingraviert, von denen Kit kein einziges erkannte. Die Haut oberhalb des Armbandes wies eine Vielzahl weißer Narben auf. »Das stellt die Verbindung dar. Es bindet mich an sie. Ich kann es nicht entfernen. Ich habe sogar versucht, meinen Arm abzutrennen, aber die Klinge kann nicht weit eindringen, und dann werde ich gezwungen aufzuhören.«

Kit starrte ihn an. Unter anderen Umständen hätte sie ihn für einen Lügner gehalten. Aber sie hatte zu viel gesehen und gefühlt, was sie sich nicht erklären konnte. Nun berührte sie das Armband und bemerkte, dass das Metall warm war. »Was sonst noch?«

Er sagte einen Moment lang gar nichts, studierte einfach nur ihr Gesicht. Sie drängte ihn nicht, hielt seinem Blick stand, erlaubte ihm ohne Furcht, alles zu sehen, was sie fühlte. Langsam hob sie ihre Hand und strich mit ihrem Daumen über seine Wange. Er nahm ihre Hand, küsste ihre Handfläche und schloss die Augen.

»Die Frau, die mir das angetan hat, ist eine Hexe«, stieß er hervor. »Oder wie auch immer du eine Frau bezeichnen willst, die die Magie so ausübt, wie sie es tut.«

Hexe. Magie. Worte, die schwer zu schlucken waren. Eigentlich hätte sie nichts schockieren dürfen – nicht bei ihrer Herkunft, ihrer Großmutter, den Dingen, die sie tun konnte. Aber irgendwie tat es das doch.

Wenn Granny hier wäre, würde sie einfach die Ärmel hochkrempeln und sich darum kümmern. Nichts davon würde auch nur ein Wimpernzucken bei ihr verursachen.

Verdammt, Old Jazz Marie hatte sicher von all diesen fantastischen Dingen gewusst und sie für sich behalten. Die alte Frau sah ihr wahrscheinlich gerade über die Schulter und schüttelte den Kopf.

Dieser Gedanke ließ Kit tief Atem holen, kräftig herunterschlucken und ihren ganzen Mut zusammennehmen. *Mach einfach einen Schritt nach dem anderen. Lass dich von der Strömung tragen. Handle spontan.*

Mit langsamer, vorsichtiger Stimme sagte Kit: »Diese … Hexe. Sie ist doch diejenige, die meinen Tod will, nicht wahr?«

M'cals Miene verfinsterte sich. »Sie hat gezielt nach dir verlangt. Ich weiß nicht, woher sie von deinen Fähigkeiten erfahren hat, Kitala, aber nachdem ich etwas von dem gesehen habe, was du zu tun vermagst, verstehe ich ihr Interesse.«

»Meine Fähigkeiten«, wiederholte sie. Sie musste an Mord und Tod denken. An M'cal – mit einer Wunde in der Kehle. »Was glaubst du denn, was ich bewirken kann?«

Er zögerte. »Magie.«

»Magie.« Jetzt versuchte sich Kit von ihm zu lösen, aber M'cal hielt sie fest. Und sie kämpfte nicht dagegen an. Sie seufzte nur und schloss die Augen. Sie fühlte sich erschöpft und benommen. »Ich weiß etwas über Magie, M'cal. Aber was ich tue, ist keine Magie. Ich weiß nicht, wie du es nennen würdest, aber ich bin gar keine … Hexe.« Anders als ihre Großmutter.

»Du besitzt Macht, Kitala. Eine ganze Menge sogar. Und auch wenn du nur deinen Instinkt nutzt, um sie zu steuern, ist dein Potenzial doch riesig. Sonst wärst du gar nicht in der Lage gewesen, dich selbst zu schützen. Niemand kann diesem Ruf widerstehen. Nicht einmal die Hexe kann es. Deshalb schützt sie sich hiermit.« Er berührte das Armband.

»Das habe ich nicht getan«, protestierte Kit. Aber während sie noch sprach, hörte sie im Geist die Geigensaiten klingen, und sie fühlte etwas Neues darin: eine Leichtigkeit, wie von einem Sonnenstrahl in ihrer Seele. So als würde sie am Rand einer Klippe stehen, bereit zu fliegen.

M'cals Augen verengten sich, er legte seinen Arm um ihre Taille. »Was denkst du denn, was du tust, Kitala? Worin bist du ganz sicher?«

»Tod«, sagte sie. Das Wort entglitt ihren Lippen. Sie

konnte nicht glauben, wie einfach es geschehen war. Einen Moment lang dachte sie noch, sie hätte sich das nur eingebildet. Aber nein. *Tod.* Sie hatte es ausgesprochen, und M'cal sah sie stirnrunzelnd an.

Er hatte keine Gelegenheit mehr nachzufragen. Kit hörte ein leises Klopfen. Beide zuckten zusammen, aber es war nicht genug Zeit, sich zu bewegen, bevor die Tür geöffnet wurde. Ein Junge steckte seinen Kopf in den Raum. Er konnte nicht älter als sechzehn sein, aber in seinen Augen lag etwas, das uralt wirkte. Er war entsetzlich mager, trug ein locker herunterhängendes T-Shirt und schwarze Jeans mit einem Nietengürtel, der lose um seine Hüften geschlungen war. Er hatte einen Irokesenschnitt mit blauen Spitzen und eine Tätowierung auf seinem Unterarm. Ein Drache, der sich um den Arm herumwand. Eine Zigarette hing aus seinem Mundwinkel.

»Scheiße«, sagte er und starrte M'cal an. »Du bist es wirklich.«

»Billy«, erwiderte M'cal ruhig, was Kit schockierte. Er sagte nichts weiter, befreite sich aber sehr vorsichtig aus ihrer Umarmung und fuhr damit fort, den Gurt des Geigenkastens über ihren Kopf zu ziehen. Als das erledigt war, erhob er sich und wandte sich dem Jungen zu. Jede Bewegung wirkte vorsichtig, methodisch und kontrolliert. Er blickte Kit nicht an. Sein Gesicht war völlig ausdruckslos, bar aller Gefühle. Es machte sie ängstlich – und neugierig zugleich.

Billy betrat den Raum und zog die Tür hinter sich zu. Er warf Kit einen vorsichtigen Blick zu und fragte M'cal: »Ich störe doch nicht, oder?«

M'cal antwortete nicht und Billy zuckte die Achseln. »Gut, okay, ich verstehe. Ich störe also doch. Aber ich dachte, ich sah dich hier reingehen, und es schien mir… übel auszusehen. Irgendwie nicht normal. Und es ist schon eine Weile her. Du bist weggegangen.«

Etwas Vorwurfsvolles klang aus diesen drei Worten, etwas Verletztes. Eine Reihe von Gefühlsregungen zeigte sich in M'cals Augen: Schmerz, Bedauern. »Ich *musste* gehen, Billy. Ich hatte keine Wahl.«

»Du hast woanders… .«

»Wie ich gesagt habe.«

»Ja, ist schon okay.« Billy scharrte mit seinen Tennisschuhen auf dem Boden herum und warf Kit einen scharfen Blick zu. »Bist du Mikeys Freundin?«

M'cal zögerte. Kit sagte: »Ja. Ich bin seine Freundin.«

»Bist du krank?«

»Nicht mehr.« Kit sah M'cal an. Er weigerte sich aber, sie auch anzusehen.

Der Junge schien mit der Antwort zufrieden zu sein und machte einen Schritt auf M'cal zu; zögerlich, wie ein geschlagener Hund, jederzeit bereit wegzulaufen. Kit suchte nach Einstichstellen an seinen Armen. Sie entdeckte keine, aber der Junge hatte etwas so Nervöses an sich, was entweder angeboren oder das Ergebnis irgendwelcher Drogen sein musste. Er kratzte sich die Arme, dann die Seite seines Kopfes, und zappelte herum.

»Cooley ist tot«, platzte es aus ihm heraus.

»Tatsächlich?«, erwiderte M'cal.

»Reena sagte, dass du mit ihm gesprochen hättest, in der Nacht, als er starb.«

»Ich kann mich nicht daran erinnern.«

»Gut.« Der Junge verzog einen Mundwinkel. Es war ein erstaunlicher Anblick, reizend und unheimlich zugleich. »Ich wollte mich nur bedanken.«

M'cal zuckte nicht mit der Wimper. »Wer ist der neue Anführer?«

»Niemand. Wir, äh, wir passen selbst aufeinander auf. Gegenseitig.«

»Was ist mit dem Typen unten?«

»Er wird nichts versuchen. Er befasst sich nur mit Frauen. Schwuchteln machen ihn krank.«

»Lebst du hier in der Gegend?«, fragte Kit. Der Junge schien überrascht, dass sie sprach, nickte aber. Er bearbeitete weiter den Fußboden, sein eines Bein schwang vor und zurück. »Bist du jemals in dem Jugendzentrum in der Templar Street gewesen? Hast du mit einer Alice Hardon gesprochen?«

Billy sah beleidigt aus. »Verdammt, nein. Diese Miststücke habe ja überhaupt keine Ahnung.«

»Hast du jemals etwas von Alice gehört?«, fragte M'cal.

Die Augen des Jungen verengten sich. »Um was geht es denn überhaupt?«

»Sie ist entführt worden«, bemerkte Kit. »Wenn man ihrer Freundin glaubt, hat sie ihre Nase in etwas gesteckt, das sie nichts anging.«

»Die Leute sollen sich doch gefälligst um ihren eigenen Scheiß kümmern«, murrte Billy. »Man kann sonst in alle möglichen Schwierigkeiten kommen.«

»In etwas, wo die Bullen ihre Finger drin haben?«

Billy schnaufte. »Raten Sie mal!«

Kit hoffte, dass er übertrieb.

M'cal trat einen Schritt auf den Jungen zu. »Wenn du etwas hörst, wirst du es mich wissen lassen?«

Billy antwortete nicht sofort. Er sah erst M'cal mit einem harten, klaren Blick an und betrachtete dann Kit mit der gleichen Intensität.

»Du bist fertig, oder?«, fragte er M'cal. »Du gehst jetzt.«

»Wenn ich kann«, erwiderte M'cal, ohne zu zögern. »Du solltest auch lieber verschwinden.«

Für einen kurzen überraschenden Augenblick riss der Vorhang auf, und Kit erkannte in Billys Gesicht einen großen Kummer, aber der Ausdruck verschwand sofort wieder, und er wurde erneut zu einem schlurfenden Punker.

»Ich werde mich mal umhören«, murmelte er mit gesenktem Blick. »Ich schulde es dir.«

»Nein, du schuldest ...«, begann M'cal, aber der Junge ging zur Tür. Er verharrte kurz, bevor er losging.

»Wo kann ich Sie erreichen?« fragte er Kit.

»In meinem Hotel«, sagte sie. »Im Hyatt. Ich werde dort wahrscheinlich nicht mehr lange wohnen, aber ich werde eine Nachricht hinterlassen. Frag einfach nach Kit Bell, Zimmer 2610.« Sie hatte ihre Hoteladresse ganz beiläufig herausgegeben. Bei Edith war es noch anders gewesen. Irgendetwas hatte sie in dem Fall bewogen, diese Information zurückzuhalten.

Billy nickte, warf M'cal einen langen letzten Blick zu und verschwand.

Kit beobachtete, wie er ging. Sie sagte kein einziges Wort, saß einfach nur da und starrte die Tür an, während sie sich schloss. Sie saß noch weiter da, dachte über alles nach, was sie soeben gesehen und gehört hatte. Sie blickte M'cal an und stellte fest, dass er zurückstarrte. Sie konnte seinen Gesichtsausdruck nicht ergründen. Er wirkte, als wäre er der Sache überdrüssig, aber sie wusste, dass der Eindruck täuschte. Er war einfach nicht der Typ eines Mannes, der einer Sache jemals überdrüssig wurde. Dafür war er zu intelligent, dafür war sein Leben zu schwierig.

»Billy scheint ein netter Junge zu sein«, sagte sie vorsichtig.

»Das ist er auch«, erwiderte M'cal.

»Außerdem ist er ein Stricher.«

Langes Schweigen, dann: »Ja.«

»So wie du.«

M'cal senkte den Blick. »Ich habe so etwas schon gemacht, ja. Hier in der Gegend und auch woanders. Deshalb wusste ich, dass er herkommen würde, um sich auszuruhen und zu verstecken. Ich habe ... diesen Raum schon vorher benutzt.«

Kit versuchte aufzustehen. Ihre Beine gaben nach, und M'cal war sofort bei ihr. Seine Arme umschlossen ihre Taille, zogen sie wieder hoch und hielten sie fest.

»Die Hexe hat dich dazu gezwungen«, murmelte sie – und ein Zittern lief durch seinen Körper. Seine Kontrolle schwand dahin. Die Arme strafften sich, und er trug sie zu dem Bett zurück. Sie lagen nebeneinander, eng umschlungen, wie in einem Kokon, der allein aus ihren Körpern gebildet wurde. Die Maske war gefallen. Seine Augen wirkten gehetzt, aber nicht gebrochen. Sie sah Entschlossenheit, Duldung. Zorn.

»Es war ein Teil der Jagd«, erzählte er ihr. »Es war aber auch eines der Mittel der Hexe, mich zu demütigen. Mich zu brechen.«

»Durch Sex mit Fremden?«

»Es gab keinen Sex«, sagte M'cal mit einer Trostlosigkeit in der Stimme, die sie ganz krank machte. »Sex war nicht ihr Ziel. Nicht in diesen Situationen. Was sie haben wollte, was sie schon immer hatte haben wollen, war meine Seele. Und weil sie sie mir nicht nehmen konnte, fand sie andere Wege, mich zu beschämen. Oder zu verderben.«

»Indem sie dich dazu brachte, dich wie ein Gegenstand zu fühlen, wie ein käufliches Objekt. Nichts als Fleisch. Keine Seele, kein Herz, nichts, was von Bedeutung wäre.«

»Du hast verstanden.«

Sie merkte, dass sie wünschte, diese Frau zu finden und das Leben aus ihr herauszuprügeln. Grausamkeiten waren für Kit nichts Ungewöhnliches. Davon hatte sie genug in ihrem Leben gesehen. Aber dies hier, wenn es auch verrückt oder unmöglich erschien, war doch mehr, als ihr Gerechtigkeitssinn ertragen konnte. Es war einfach zu entsetzlich.

Vielleicht zeigte sich ihr Zorn, ihr Abscheu in ihrer Miene. Ein mattes, trauriges Lächeln erschien kurz auf seinem Gesicht.

»Kleines Kriegerherz«, murmelte er. »Ich wünschte, ich hätte dich zuerst getroffen.«

Kit schloss die Augen. Keine Worte, keine Gedanken, nur Gefühle. Und was sie spürte, war eine bekannte

Mischung aus Einsamkeit und Kummer, ihren geheimen Begleitern. Sie bildeten einen Knoten, den nur die Musik auflösen konnte. Immer auf dem Sprung, immer auf sich allein gestellt, ihre Geige als einzige Freundin.

Aber diesmal fühlte sie es nicht nur selbst, sondern auch für M'cal, und empfand seine Isolation, sein Leid, den Verrat an seiner Würde und seinem Herzen. Sie hatte Mitleid mit ihm, war so voller Emotionen, dass sie gar nicht sprechen konnte.

Stattdessen berührte sie ihn. Sie öffnete ihre Augen und fuhr mit ihrem Daumen über seine Lippen. Er schien es zu genießen, mehr als sie erwartet hatte, als wenn er solche Berührungen nicht gewohnt war. Vielleicht stimmte das sogar. Seine Augen wurden dunkler, seine Hand wanderte langsam und vorsichtig an ihrer Hüfte hinauf.

Berühre mich nicht, erinnerte sich Kit an seine Worte vor dem Jugendzentrum. Sie fragte sich, wie es wohl wäre, damit leben zu müssen, dass eine einzige Berührung den Tod bringen konnte.

Du weißt es doch, sagte sie sich. *Ein einziger Blick, und du weißt Bescheid. Jedes Mal, wenn du jemanden ansiehst, riskierst du, seinen Tod zu sehen. Alice, M'cal und so viele andere.*

Aber zumindest musste sie niemanden umbringen. Nicht mit eigener Hand. Obwohl sie sich fragte, ob ihr Schweigen nicht die gleichen Folgen hatte. Eine distanziertere Art zu töten. Ihre Schuld war, einfach zu schweigen.

Sie hätte es ihm fast erzählt. Hätte ihm fast gesagt, er werde sterben. Aber die Worte wollten nicht über ihre

Lippen kommen, und ihre eigene Kehle fühlte sich rau und verletzt an.

Du akzeptierst seinen Tod mit deinem Schweigen. Obwohl er deinen Tod nicht hingenommen hatte. Obwohl du für Alice, eine Frau, die du kaum kanntest, dein Leben riskiert hast. Bei ihr hast du es gewagt. Warum nicht auch bei ihm?

Weil Alice eine Fremde für sie war, wurde ihr plötzlich klar. Eine Unbekannte. Selbst jetzt noch war Alice in ihrem Kopf wenig mehr als eine Karikatur. Jemand, der Probleme hatte und Hilfe brauchte. Hilfe, die Kit schon um ihrer selbst willen nicht verweigern konnte. Bei M'cal hingegen …

Es betrifft dich persönlich. Du machst dir Sorgen.

Sie machte sich sogar überraschend große Sorgen. Es war eine unwillkürliche Empfindung, so ähnlich wie: sich in Mozart zu verlieben oder in die schnellen Töne eines Banjos, in den Sonnenaufgang an einem rosigen Frühlingsmorgen in den Smokey Mountains, mit dem Glitzern des Taus, wie von Diamanten, auf den frischen, grünen Blättertrieben. Natürlich, großartig und einfach. Und obwohl sie dagegen angekämpft hatte, diese Emotionen aufkommen zu lassen, stiegen sie in ihrem Herzen auf, wie Gelächter, wie Säure, wie ein Schluchzen. Die Wahrheit schmerzte. Die Wahrheit überwältigte sie.

Sie wollte es M'cal nicht sagen, weil erst das Aussprechen es ganz wahr machen könnte. Sie wollte es ihm nicht erzählen, weil sie das erste Mal in ihrem Leben, nach all der Einsamkeit, nach all den Versuchen, ihr Herz vor den vielen Verwicklungen zu schützen, die, wie sie wusste, alle mit Gewalt enden würden, jemanden gefunden hatte. Jemanden, bei dem sie Angst hatte, ihn wieder zu verlieren, und von dem sie wusste, dass er verloren war. Eher früher als später. Gegen seinen Willen.

Ich muss dir etwas erzählen, sagte sie in Gedanken, aber die Worte blieben wie festgefroren auf ihrer Zunge kleben. Keine Kraft.

Später, dachte sie. *Du hast noch genug Zeit. Er geht nirgendwohin. Noch nicht.*

Aber bald. Sie musste es ihm schnell erzählen. Sie hoffte nur, dass er ihr glaubte, dass er sie nicht für verrückt hielt, für eine Lügnerin, für übergeschnappt. Wie es vor langer Zeit schon andere getan hatten.

Von wegen!, sagte eine schwache Stimme. *M'cal wird dir glauben.*

Kit betrachtete seine Augen: so blau, so unvergesslich. Unmenschlich. »Die Frau, die … dich besitzt. Sie lässt dich Leute umbringen. Warum denn nur?«

»Macht. Mein Volk hat die Gabe zu singen. Musik ist der Kern unserer Kultur. Aber einige von uns können mit dieser Gabe mehr tun als andere.«

»Zum Beispiel Seelen stehlen?«

»Ja«, antwortete er ernst. »Und noch anderes. Es ist eine Eigenschaft der Krieger, von Generation zu Generation weitergegeben, seit der Zeit, als überall auf der Welt große Kriege stattfanden. Es gab so viel Streit, dass er auch mein Volk erreichte: tief im Meer. Meine Urahnen konnten ganze Armeen mit nichts anderem als ihrer Stimme zurückschlagen. Sie vermochten mit einem Lied zu töten.«

M'cal ließ seine Finger über ihre Wange gleiten. Leicht wie eine Feder, zart und vorsichtig. »Ich entnehme Menschen die Essenz, alles das, was ein Individuum leben lässt. Es ist furchtbar, dies zu tun, Kitala. Ich glaube, es wäre sogar besser, sofort zu sterben. Aber diese Lebenskraft ist von immenser Macht. Es ist die Essenz des ganzen Lebens. Und die Hexe hat gelernt, sie sich zunutze zu machen. Sie nimmt, was ich stehle, und es lässt sie jung und stark werden. Es gibt ihr zumindest zeitweise die Fähigkeiten und das Wissen der Bestohlenen.«

Verbitterung lag in seinem Blick, als er hinzufügte: »Das enthält aber eine große Ironie, Kitala. Was ich den Leuten antue, ist genau dasselbe, was die Hexe mit mir gemacht hat. Die Frauen im Jugendzentrum zum Sprechen zu bringen, oder die Männer, die dir wehgetan haben, dazu zu zwingen, sich gegenseitig umzubringen.«

Sie ergriff seine Hand, hielt sie fest. »Du hast für mich gekämpft. Du hast angedeutet, dass das unmöglich wäre.«

»Es hat mit dem Zwang zu tun, mit der Gemütsverfassung der Hexe. Dennoch würde ich lügen, würde ich nicht zugeben, dass sie etwas … entspannter ist, wenn es darum geht, mich zu kontrollieren.«

»Was hat das zu bedeuten?«

»Es bedeutet, dass ich, als sie mich damals gefangen nahm, ständig dagegen angekämpft habe. Immer. Ich nehme an, dass ich immer noch davon überzeugt war zu kämpfen.« M'cal schüttelte den Kopf. Ein Hauch von Zweifel erschien auf seinem Gesicht. Seine Stimme wurde weicher, während er den Kopf ungläubig schüttelte. »Jetzt erkenne ich, dass das nicht der Fall war. Die Hexe hat meinen Widerstand allmählich gebrochen, und ich habe es nicht einmal erkannt, bis ich dich getroffen habe.«

»M'cal…«, begann Kit, aber er hatte sich schon umgedreht und sah zum Fenster hin.

»Ich kann sie noch immer hören«, sagte er mit tödlicher Ruhe. »Fremde, nach dem Zufallsprinzip ausgewählte Einzelpersonen, die ich für die Hexe getötet habe. Vorzutäuschen, dass ich ein Stricher war, das gehörte dazu. Die Männer und Frauen, die für meine Zeit bezahlt haben, waren immer meine Opfer – und eine weitere Möglichkeit der Hexe, mir ihre absolute Kontrolle zu beweisen. Es sollte mir zeigen, wie aussichtslos es war, gegen sie anzukämpfen. Also sagte ich mir, dass ich keine Wahl habe, oder dass ich selbst bestimmen könne, was wichtig ist. Wie bei dir, als sie mir deinen Namen nannte.«

Selbst bestimmen, was wichtig ist. Die Erinnerungen an Gesichter und Stimmen. Etwas, das Kit sehr gut verstehen konnte. Sie zwang ihn sie anzusehen. Legte ihren ganzen Zorn und ihre ganze Entschlossenheit in ihren Blick und sagte mit leiser, aber harter Stimme: »Wir werden das beenden.« *Ich werde das beenden. Ich werde dein Leben retten.*

Er antwortete nicht. Kit zog sich in sich selbst zurück, lauschte auf ihren Herzschlag, hörte das Echo von singenden Saiten. Weiter entfernt: um sie herum hupende Autos, ein schreiendes Baby. Irgendwo über ihnen: das Knarren eines Bettes, Gelächter, Schreie. Es wimmelte von Leben. Alles war Musik.

»Wir sollten gehen«, sagte M'cal leise.

»Ja.« Sie befeuchtete ihre Lippen, bemerkte, wie er ihren Mund ansah. »Was immer ich mit dir gemacht habe … wie lange, glaubst du, wird es anhalten?«

»Ich habe keine Ahnung.« Er kam etwas näher. Kit erinnerte sich daran, wie er seine Lippen im Wasser auf ihren Mund gepresst hatte. An die Wärme, an die Kraft seines Körpers, als er sie gerettet hatte. Sie trat dichter zu ihm hin, küsste ihn aber nicht. Zögernd und atemlos wartete sie auf M'cal.

Er küsste sie. Zuerst ganz sanft, mit elektrisierender Zärtlichkeit. Eine leichte Berührung, nur ein Hauch. Kit stockte der Atem, als er den Kuss vertiefte und seinen Mund hart auf ihre Lippen presste. Seine Intensität wirkte verzweifelt, wie ausgehungert. Kit fühlte ihre Augen von ungeweinten Tränen brennen, als sie mit ihm rang, von derselben Leidenschaft ergriffen, während ihr Herz in ihrer Kehle singend emporstieg.

Sie lösten sich voneinander, keuchend, zitternd. Ihre Lippen berührten sich noch leicht. M'cals Hand fand den Weg unter ihr T-Shirt. Seine Finger glühten auf ihrem Rücken. Ihre Hand war in seinem Haar vergraben. Sie lockerte ihren Griff nicht. Ein Teil von ihr fürchtete, dass er ihr entschlüpfen werde, wie ein Traum. Es konnte einfach keinen Mann wie ihn auf der Welt geben, genauso wenig wie es Magie geben konnte.

Sie bot M'cal ihre Mundwinkel mit den Lippen, dann ihre Wangen, den Hals, die Ohren.

»Ich muss dich noch einmal schmecken«, flüsterte er. »Nur sicherheitshalber.«

»Du hast mich in der letzten Nacht berührt. Du hast keinen Zwang verspürt, mich zu verletzen.«

»Aber du erinnerst dich auch, dass es nicht andauerte.« M'cal ließ seinen Finger an ihrer Kehle entlanggleiten. »Es ist kompliziert, Kitala. Viel komplizierter, als du wahrhaben willst.«

Sie nahm seine Hand und küsste sie. Es fühlte sich irgendwie selbstverständlich und richtig an. So, als wenn sie ihre Geige hielt und mit dem Bogen über die Saiten strich. Musik war in ihrem Herzen und in ihren Ohren. Sie sah in M'cals Augen; er lehnte sich vor und küsste sie wieder. Er roch sauber, leicht salzig.

Sie lösten sich voneinander und kletterten aus dem Bett. M'cal stützte Kit. Sie war nicht mehr so schwach; ihre Knie zitterten kaum noch. Er reichte ihr den Geigenkasten.

»Ich möchte, dass du für mich spielst«, sagte er.

»Heute Nacht«, erwiderte sie. Das Versprechen sandte einen leichten Nervenkitzel durch ihren Körper.

Dann gingen sie. Es war wirklich ein heruntergekommener Raum – und dann dieser fürchterliche Pinkton... Trotzdem fühlte Kit einen Stich, als sie die Tür hinter sich schlossen. Sie hätten länger bleiben können. Es gab Dinge, die sie so gerne getan hätte, und ein Blick auf M'cal zeigte ihr, dass er genauso fühlte.

Als sie die knarrenden Holzstufen hinabstiegen, erzählte ihm Kit von dem Angebot ihrer Freundin Dela, ihr zu helfen. Sie berichtete ihm, was sie über Dirk & Steele wusste.

»Und, du vertraust ihnen?«, fragte er. Langsam gingen sie nebeneinander her. Die eine Seite war vollkommen frei, auf der anderen stand eine Mauer, zerfurcht von

Schusslöchern, mit großen ausgefransten Bruchstellen, freiliegenden rostigen Leitungen, die vollkommen vergammelt waren. Küchenschaben liefen zwischen Zigarettenkippen, leeren Whiskyflaschen und gebrauchten Kondomen herum. Ein dürrer Kater machte auf der Jagd nach Insekten eine Pause und setzte einen Spritzer genau vor ihnen an die Wand. Die Duftmarke roch widerlich.

»Ja«, sagte Kit. »Und so etwas sage ich nicht unbedacht.«

M'cal zögerte. »Und mir?«

Sie blieb stehen, drehte sich um, damit sie ihm in die Augen sehen konnte. Dazu musste sie zwei Stufen hinaufsteigen; er war wirklich ziemlich groß. »Erzähl mir, warum es dich interessiert, wie ich antworte.«

»Ich glaube, das weißt du«, sagte er. »Es ist doch offensichtlich.«

Es war zwar nicht vollkommen offensichtlich, aber Kit konnte sich nicht dazu durchringen, das Thema zu vertiefen. »Wirst du meine Antwort glauben?«

»Ich werde es in deiner Stimme erkennen.«

»Ich vertraue dir«, sagte Kit ruhig.

M'cal schloss kurz die Augen. »Aber du fürchtest dich trotzdem.«

»Du etwa nicht?«

»Entsetzlich«, flüsterte er.

Zwei Stockwerke tiefer, am Ende der Treppe, hörte Kit eine Tür schlagen, gefolgt von lautem Protest, von Schreien. Eine der Stimmen klang wie diejenige Billys. Sie und M'cal sahen sich an und blickten über das Geländer.

Kit sah ein weißes T-Shirt, eine schwarze Bobfrisur und eine geschmeidige Gestalt, die die Treppe heraufgerannt kam. Sie trug keine Uniform, aber Kit erkannte sie sofort. Sie hielt eine Pistole in der Hand.

»Lauf«, sagte M'cal.

7

Im Laufe der Jahre hatte Kit den Überblick über die genaue Anzahl von Morden, die sie gesehen hatte, verloren. Als Kind hatte sie ein spezielles Tagebuch geführt, mit Daten und Beschreibungen. Ihre Mutter hatte es entdeckt, als sie zehn Jahre alt gewesen war, und dann war das kleine Buch verschwunden. Danach hatte Kit aufgehört Dinge aufzuschreiben.

Sie hatte weder ihren eigenen Tod vorausgesehen noch ihren möglichen Mörder. Und auch wenn das eine gute Sache war, fragte sie sich, als sie die Treppe mit M'cal an ihrer Seite hinauflief, ob es vielleicht lediglich ein Versehen innerhalb ihrer Gabe war. Ob ihr ein grässliches Schicksal bestimmt war und sie durch eine fremde Hand sterben würde?

»Kannst du sie nicht einfach ansingen oder so etwas?«, keuchte sie.

»Zu viele Leute in diesem Gebäude würden mich hören«, erwiderte M'cal mit harter Stimme. »Ich treibe keine Spiele mit Seelen.«

Und was ist mit uns? Aber Kit verstand ihn und wollte ihm nicht die Verantwortung zuschieben. Sie lief schneller, versuchte ihren erschöpften Körper vor der Frau, die sie jagte, in Sicherheit zu bringen.

»Hier.« M'cal öffnete eine Tür und schob Kit in ein leeres Zimmer. Dann schloss er sie ein und ging zum Fenster. Er bewegte sich so geschmeidig und anmutig wie ein Tier. Das Fenster war durch zu viel Farbe verklemmt, aber M'cal grunzte und riss es nach oben, ohne zu zögern. Kalte, feuchte Luft wehte herein. Direkt unter ihnen, nur einen Meter tiefer, befand sich ein langes flaches Dach.

Er half Kit hinaus und folgte ihr dann schnell. Hinter sich hörte sie die Tür krachen, und eine bekannte Stimme bellte: »Halt!«

M'cal blieb stehen, aber nur, um zu singen. Als die ersten Töne seinem Mund entströmten, nahm Kit aus dem Augenwinkel eine Bewegung wahr. Sie sah sich nach einer Feuerleiter um, die auf das Dach führte, und entdeckte einen Mann. Es war Officer Yus Partner, ebenfalls in Zivil. Auch er hatte eine Pistole. Er war überrascht, sie zu sehen, aber das war nur eine kurze Verzögerung. Dann schoss er M'cal durch die Kehle. Die Austrittswunde explodierte. Blut spritzte in Kits Gesicht.

Die Zeit stand still. Visionen der Zukunft wurden wahr. Sie schrie, als M'cal zusammenbrach, fiel neben ihm auf die Knie. Sie konnte es nicht fassen, konnte es einfach nicht fassen. Aber er war bleich und still, starrte blicklos gen Himmel. Die ganze Energie, all die Kraft und Anmut, rann aus ihm heraus und bildete eine rote Lache um seinen Körper herum, an ihren Knien. Sie berührte ihn. Seine Brust war noch warm.

Zu spät. Du hast zu lange gewartet.

Schuldgefühle überkamen sie, wurden aber schnell durch Zorn verdrängt. Der Verlust war so groß, dass sie das Gefühl hatte, ein Teil ihrer Seele fließe mit M'cals Blut zusammen davon. Eine Hand griff in ihr Haar. Kit wurde hart auf ihr Hinterteil zurückgerissen und ein paar Meter über den Boden gezerrt, während man ihr eine Pistolenmündung gegen die Wange drückte. Officer Yu starrte sie mit kalten Augen an. Kit spürte in ihrem Inneren eine immer größere Kälte. Diese Frau war schon so gut wie tot. Tot – und wenn dies das Letzte war, was sie jemals tat.

»Hoch«, sagte Yu.

»Leck mich«, flüsterte Kit.

»Dick!«, rief die Frau. Ihr Partner erschien und steckte seine Waffe ins Holster. Seine Selbstbeherrschung war nicht so groß wie diejenige Yus, aber er schaffte es immerhin, gelangweilt zu wirken, als er in Kits Armbeugen griff und sie hochzog. Sie kämpfte dagegen an, hatte aber keine Chance gegen ihn. Alles, was sie tun konnte, war auf M'cal und das Blut zu starren. Sie konnte ihre Scham fühlen. Kit krümmte sich zusammen, würgte, aber Yu griff wieder in ihre Haare und zog sie von M'cal fort.

Die Gebäude in der Hastings Street waren alt und unmittelbar aneinandergebaut, die Dächer aus Teerpappe hatten alle die gleiche Höhe und waren miteinander verbunden. Rauch strömte aus Schornsteinen. Kit trat in Pfützen. Niemand sprach. Yu und Dick waren vollständig bei der Sache. Es gab einen Notausgang, der mit einem Vorhängeschloss gesichert war. Dick zerschoss das Schloss. Dann trieben die beiden sie eine enge Treppe hinunter, stießen sie so brutal vorwärts, dass Kit bei jedem Schritt Angst hatte, zu stolpern und die Treppe hinunterzufallen. Geigentöne erklangen in ihrem Kopf, Musik, stechend und keuchend, ein Stück von *Danse Macabre*, ein Hauch von Wagners *Walkürenritt*… und etwas vollkommen Neues.

Das Gebäude, in dem sie sich befanden, war eins der halb verlassenen Häuser, die die Straße säumten. Kit sah ein paar Zeichen von Leben: leere Konservendosen, benutzte Spritzen, Flaschen, Kleidung, batteriebetriebene Lampen. Sie hörte das Knarren und Ächzen des Gebäudes, das Echo von entfernten menschlichen Stimmen. Das hatte alles keine Bedeutung mehr. Sie war mit zwei korrupten Polizisten ganz allein. Es brach ihr das Herz.

»Wie haben Sie uns gefunden?«, fragte Kit schließlich. Sie erkannte ihre eigene Stimme nicht wieder.

»In dieser Gegend hier?« Yu drückte ihre Waffe fester in Kits Rücken. »Was glauben Sie, wie viele Leute zu uns gehören?«

Viel zu viele jedenfalls, dachte Kit. »Wann haben Sie herausgefunden, dass ich noch am Leben bin?«

»Heute Morgen«, sagte Dick barsch über seine Schulter blickend. »Tut mir leid mit ihrem Freund.«

Kit musste schlucken. »Sie hätten es nicht tun müssen.«

»Doch«, sagte Yu. »Mussten wir.«

Tränen rannen über Kits Wangen. Sie konnte sie nicht zurückhalten, konnte nicht dagegen ankämpfen. Sie spürte höllische Schmerzen, direkt in ihrem Herzen. So, als drehte und stocherte eine Gabel mit dem Gift einer Schwarzen Mamba darin herum. Seit dem Tod ihrer Großmutter hatte sie keine so furchtbaren Schmerzen mehr gespürt. Sie konnte nicht glauben, wie sehr sie litt.

Du hast ihn umgebracht. Du hast ihn nicht gewarnt. Du warst selbstsüchtig, und jetzt ist er tot.

M'cal, flüsterte ihr Herz. *M'cal, bitte.*

Sie dachte an ihre Großmutter – daran, wie sie aus dem Jenseits erschienen war, um die Wunde an ihrem Hals zu heilen. Wenn Jazz Marie das konnte und es so oft getan hatte, als sie noch lebte, dann konnte Kit es wahrscheinlich auch. Heilen. Ins Leben zurückholen. Ein Konzert der Wunder veranstalten.

Aber nur, wenn sie rechtzeitig zu ihm zurückkam. Jetzt sofort.

Kit wirbelte herum, versetzte Yu einen Bodycheck. Das Überraschungsmoment war auf ihrer Seite; die Frau ächzte und fiel hart auf die Stufen. Kit stolperte hinter ihr her, aber die Polizistin ergriff ihren Knöchel und hielt ihn fest. Kit fiel, landete auf ihren Händen, trat um sich und schrie. Sie erwischte Officer Yu im Gesicht, die Frau lockerte ihren Griff, aber dann war Dick da, und sie wurde zum zweiten Mal innerhalb von zwei Tagen hart am Kopf getroffen. Der Schmerz explodierte – *seine Kehle, das Blut, beeil dich* – aber Kit bewegte sich, kämpfte weiter. Dick hielt sie fest, und Yu schlug ihr in den Magen. Kits Lesebrille, die noch an ihrem einen Ohr hing, fiel herunter.

»Verdammtes Miststück«, murmelte Yu. Sie strich ihr Haar mit einer zitternden Hand zurück, schlug Kit noch einmal, aber Dick ging im letzten Moment dazwischen, und sie traf nur Kits Hüfte statt ihres Magens.

»Langsam«, sagte er zu Yu. »Einen kühlen Kopf behalten, weißt du noch? Das sagst du doch immer zu mir.«

Yu nahm einen tiefen Atemzug und starrte ihn mit dem kältesten Lächeln an, das sie jemals bei einer Frau gesehen hatte. Nach einem kurzen Moment nickte Yu und ging weiter die Stufen hinunter. Sie drehte sich nicht mehr um.

Dick atmete aus und schleppte Kit hinter seiner Partnerin her. Sie konnte sich nicht mehr wehren. Ihr Körper schmerzte zu sehr. Sie wäre sicher gefallen, wenn der Mann nicht neben ihr gegangen wäre. Seine Berührung wirkte fast genauso schlimm, wie geschlagen zu werden.

»Erschießen Sie mich doch gleich hier«, nuschelte Kit. Wegen des Schmerzes in ihrem Kopf konnte sie kaum sprechen. »Bringen wir es doch hinter uns.«

»Tut mir leid«, sagte Dick. »Sie haben Staub aufgewirbelt. Diesmal sollen wir Sie lebend bringen.«

Kit stammelte: »Wohin?«

»Zum großen Boss«, erwiderte Dick.

»Hör auf, mit ihr zu sprechen«, rief Yu. Dick schloss den Mund.

Sie erreichten das Ende der Treppe und gingen durch einen engen Flur. Kit hörte Schritte, die vor ihnen flohen, sah Zeichen von Leben – Hausbesetzer, Drogenabhängige. Schließlich öffnete Yu eine Tür, und Kit schloss die Augen vor dem grauen Tageslicht.

Sie traten in eine Gasse. Die Luft roch nach vergammelnden Abfällen und Fäkalien. Yu sagte: »Ich hole den Wagen«. Dann lief sie davon, verschwand um die Ecke.

Kit dachte daran, wie M'cal sie gehalten und geküsst

hatte. An sein Gesicht, sein zaghaftes Lächeln. Ihr Herz brach noch einmal, und sie musste einen Kloß herunterschlucken.

»Mein Angebot gilt noch«, stieß sie hervor. »Sie können Geld bekommen, wenn Sie mich gehen lassen.«

Dick scharrte mit den Füßen. Er war ein großer Mann mit lederartigen Händen. Sein blondes Haar war für die Größe seines Kopfes, der zerklüftet und voller Dellen war, zu kurz geschnitten.

»Wie viel Geld?«, fragte er.

»Genug, um sich zur Ruhe zu setzen und bis an Ihr Lebensende bequem leben zu können. An manchen Orten sogar mehr als nur bequem.«

»Mexico?«

»Da wären Sie ein König.«

Er zögerte. »Sie wird mich umbringen.«

»Yu?« Kit vergaß ihren Schmerz und sah ihm in die Augen. Sie stellte sich vor, ihn mit seiner eigenen Waffe zu erschießen – peng, peng, genau in den Hals. »Sie sind ein großer Mann. Sie können zuerst zuschlagen.«

»Wir sind Partner«, sagte er.

»Sie sind der Überlebende«, erwiderte Kit. »Und Sie haben Ihre Prioritäten, genau wie sie. Geld. Macht. Sonst würden Sie dies hier ja wohl kaum tun. Sie bekommen doch nur Trinkgelder, oder? Die sind doch nicht den Aufwand wert, den Sie treiben.«

Dick starrte sie an, in seinen Augen lag etwas Wildes. »Nennen Sie eine Summe.«

»Zwei Millionen.« Kit log nicht. Sie hatte so viel auf der Bank. Einnahmen aus Plattenverträgen, Lizenzgebühren und Werbeeinnahmen. Es hatte sich einfach angesammelt, und sie gab nicht viel aus. Sie war bereit, alles wegzugeben, wenn es ihr Leben rettete.

Dick gefiel die genannte Summe. Kit konnte es deutlich auf seinem Gesicht ablesen. Aber er wartete zu lange mit seiner Antwort. Eine dunkelrote Limousine bog in die Gasse. Sie sah wie ein Privatwagen aus. Kit prägte sich das Nummernschild ein.

Dick schob Kit auf den Rücksitz und setzte sich neben sie. Yu saß vorne. Sie fuhr nicht sofort los. Sie hatte ein Handy am Ohr, hörte ihrem Gesprächspartner zu. Sie sprach sehr wenig, nickte nur einige Male. Ihr Gesicht wirkte abgespannt, blass.

»Ja«, sagte sie. »Ja, wir kommen jetzt gleich.« Und dann, mit einer Spur von Überraschung in ihrer Stimme: »Nein, wir haben seinen Kopf nicht abgetrennt.«

Kit hielt die Luft an. Neben ihr wurde Dick sehr ruhig. Yu sagte: »Ja, natürlich«, und beendete das Gespräch. Sie sah über ihre Schulter zurück.

Dick sagte: »Nein, auf gar keinen Fall.«

»Einer von uns beiden muss noch mal zurückgehen.«

»Du wirst es tun«, sagte Dick, seine Hand hielt Kits Arm fest. »Ich habe ihn erschossen. Es ist deine Aufgabe, den schmutzigen Teil zu erledigen.«

Yu antwortete nicht. Sie sah ihn grimmig an, entriegelte den Kofferraum und stieg aus, kam mit einer Axt und einem Plastikbeutel zurück. Kit knurrte wütend, kämpfte mit Dick, schlug mit den Fäusten gegen das Fenster. Yu ignorierte sie jedoch und verschwand wieder in dem Gebäude.

Dick griff in Kits Haar und zog ihren Kopf so weit zurück, dass ihr Genick knirschte. Sie kümmerte sich nicht darum.

»Für wen, zum Teufel, arbeiten Sie?«, stieß sie hervor. Sie versuchte, sich wieder unter Kontrolle zu bekommen, wieder zu atmen.

»Jess regelt die Sache«, sagte Dick. »Alles, was ich weiß, ist, dass sie verdammte Arschlöcher sind. Haben ihre Hände in allen Arten von dreckigen Geschäften. Nett zu einer Person zu sein, glauben sie, bedeute schon, ihr die Weichteile abzuschneiden, statt ihr eine Kugel ins Gehirn zu schießen.«

»Wollen Sie die zwei Millionen immer noch?«, fragte Kit.

»Verdammt, ja«, murmelte er und ließ ihr Haar los. Der Schlüssel steckte in der Zündung. Dick sah sie misstrauisch an und kletterte nach draußen. In dem Moment, als er ausstieg, zog Kit den Gurt ihres Geigenkastens über ihren Kopf. Schnell und einfach. Dick stieg vorn ein, in der einen Hand die Pistole, die andere am Zündschlüssel. Er startete den Motor und drehte sich zu ihr um.

»Denken Sie daran«, sagte er. »Wenn Sie irgendetwas versuchen, werde ich Ihnen wehtun.«

»Ich verstehe«, erwiderte Kit. Ihr rannen immer noch Tränen über die Wangen. Das verstärkte die Wirkung.

Dick nickte und legte einen Gang ein. Er trat auf das Gaspedal. Kit wartete die erste Beschleunigung ab und schlang dann den Gurt des Geigenkastens über Dicks Kopf und um seinen Hals. Sie warf sich mit ihrer ganzen Kraft nach hinten. Dick ließ das Lenkrad los. Das Auto brach aus. Kit stemmte ihren Fuß gegen den Vordersitz und stützte sich ab, als sie in einen Müllcontainer rasten.

Alles flog vorwärts. Der Gurt löste sich gerade weit genug, so dass Dick etwas Luft bekam und seine Pistole nach hinten richten konnte. Kit ließ sich nach unten fallen und hielt den Geigenkasten fest. Dick drückte ab. Die Kugel verfehlte sie und schlug in der Rückbank neben ihr ein. Kit warf sich nach hinten und zog fester an dem Gurt. Dick machte ein glucksendes Geräusch. Er schoss wieder, aber diesmal traf die Kugel die hintere Scheibe. Glas zersplitterte. Kit ließ nicht locker. Sie dachte an M'cal und biss die Zähne zusammen. Sie ruckte und zerrte und riss und schob ihren Arm zwischen den Rücksitz und ihren Geigenkasten. Sie fühlte, wie sich sein Körper vor ihr krümmte und wand.

Bis er aufhörte, sich zu bewegen.

Kit ließ den Geigenkasten los. Sie zitterte. Sie zitterte so heftig, dass sie das Klappern ihrer Zähne laut in ihrem eigenen Kopf hörte. Ihr Herz pochte hart gegen ihre Rippen. Sie konnte außer dem Rauschen in ihren Ohren nichts hören. Sie schluckte und griff an Dicks Hals. Er lebte noch. Er war nur bewusstlos. Kit griff sich den Geigenkasten und zog den Gurt wieder über ihren Kopf. Dann sah sie Dicks Pistole auf seinem Schoß liegen und streckte sich, um sie zu erreichen.

Die hintere Wagentür wurde geöffnet. Kit umklammerte die Waffe; sie drehte sich um und richtete die Pistole, die Hand am Abzug, nach hinten.

Sie starrte M'cal an. Er lebte, war mit Blut bedeckt und hatte eine üble tiefe und rote Wunde an der Kehle. Aber es war keine klaffende Wunde mehr. Er war am Leben. Er atmete. Er sah sie an.

Kit hätte ihn beinahe erschossen. Ihr Finger hatte aus einem Reflex heraus schon begonnen, den Abzug durchzuziehen. Er nahm ihr die Pistole ab. *Oh, mein Gott!* Sie streckte die Hand aus, um ihn zu berühren. M'cal nahm ihre Hand, küsste sie ungestüm und zog sie von dem Wagen fort. Er versuchte, zu sprechen, aber seine Stimme brachte nichts heraus.

Kit fragte nicht, wie er es geschafft hatte. Keine Zeit. M'cal zögerte, sah die Gasse hinauf und hinunter und schob Kit wieder in den Wagen. Er schloss die Tür hinter ihr, öffnete die Vordertür und zog Dick heraus. Dann warf er den Mann auf den Boden, sprang hinter das Steuer, wendete, beschleunigte, und schon waren sie unterwegs, aus der Gasse hinaus. Kit blickte zurück. Kein Zeichen von Officer Yu.

Unbeholfen kletterte sie über die Lehne des Vordersitzes, stieß sich beim Versuch, sich aufzurichten, die Schulter am Armaturenbrett. M'cal blickte sie an. Blut war an seinem Mund – und überall in seinem Gesicht. Er schien damit übergossen zu sein, wie darin gebadet. Kit berührte seinen Arm, seine Schulter, griff nach oben und presste ihre Fingerspitzen an sein Gesicht.

»Wie?«, murmelte sie, konnte es immer noch nicht glauben.

M'cal versuchte zu sprechen. Diesmal brachte er ein gurgelndes Geräusch hervor, den Schatten eines Wortes nur, mehr nicht. Mit frustriertem Gesichtsausdruck tippte er auf das Armband an seinem Handgelenk.

»Ist das ein Teil deiner … Gefangenschaft?«, fragte Kit fassungslos. »Du kannst nicht getötet werden?«

Er zuckte die Achseln, als wenn das nicht ganz stimmte. Aber wie auch immer, für sie war es gut genug. Wichtig war doch nur, dass M'cal noch am Leben war.

Kit presste ihre Stirn gegen seinen Arm, genoss seine Wärme und seine Stärke. Sie versuchte die Tränen zurückzuhalten, aber es gelang ihr nicht. Still weinte sie vor sich hin, aber M'cal berührte ihr Haar, und das ließ sie noch heftiger zittern. Das war alles einfach zu viel für sie.

»Wenn ich das nur gewusst hätte«, murmelte sie mit gebrochener Stimme. »Ich dachte, du wärst tot. Du kannst dir nicht vorstellen, wie sich das anfühlte.« *Wie es sich anfühlte zu wissen, dass ich dich hätte warnen können.*

Er berührte ihre Schulter und brachte sie dazu, ihn anzusehen. Sein Blick war sehr ernst, dann berührte er sein Herz. Er zeigte auf sie. Er machte mit seinem Finger eine Pistole nach und zielte damit auf sie. Er berührte seinen Kopf und zeigte wieder auf sie. Er legte seine Hand zum zweiten Mal auf sein Herz.

Kit wusste nicht genau, was er ihr sagen damit wollte, also riet sie einfach drauflos. »Du hast gedacht, dass ich vielleicht auch tot bin? Dass sie mich erschossen haben?«

M'cal nickte mit zusammengebissenen Zähnen. Heftige Gefühle zeigten sich in seinen Augen, die plötzlich blutunterlaufen und glänzend waren. Kit wischte die Tränen weg, die wieder zu fließen begonnen hatten, und legte ihre Hand auf sein Herz. M'cal umschloss sie mit seiner Hand und drückte so fest, dass sie schon glaubte, seine Seele auf ihrer Haut zu spüren.

»Tu das nie wieder mit mir«, sagte sie leise. »Bitte.«

»Das gilt auch für dich«, flüsterte er heiser.

Sie fuhren nicht weit. M'cal saß am Steuer eines gestohlenen Wagens, der vermutlich einem Polizisten gehörte – und das war denkbar ungünstig.

Außerdem waren sie blutüberströmt und ohne Aussicht, die Kleidung wechseln zu können. Einfach in ein Kaufhaus zu gehen, um sich schnell neue zu kaufen, kam nicht in Frage, und in ihr Hotel zurückzukehren, während sie wie Opfer in einem Horrorfilm aussahen, ebenfalls nicht. Wahrscheinlich würde jemand die Polizei rufen.

Kits Handy war noch nass von der letzten Nacht, und M'cal hatte keines bei sich. Sie fuhren nach Chinatown und suchten und fanden eine Telefonzelle. Kit, die zumindest etwas weniger furchtbar aussah, sprang aus dem Wagen und meldete ein R-Gespräch mit Dela an. Sie beobachtete die Straße, während sie wählte, aber bis auf einige neugierige Blicke von diversen Bettlern, die sich ihr näherten, das Blut bemerkten und sich dann wieder abwandten, schien sich niemand zu wundern oder mit den Fingern auf sie zu zeigen. Bis jetzt jedenfalls noch nicht.

»Hari ist in dem Hotel«, sagte Dela. »Und du bist nicht dort.«

»Äh, ja... das stimmt«, sagte Kit. »Ich bin im Augenblick in Chinatown, blutüberströmt und im Besitz eines gestohlenen Wagens, der der korrupten Polizistin gehört, die mich umbringen wollte. Ich könnte etwas Hilfe brauchen. Am besten sofort.«

»Oh, Kit«, murmelte Dela. »Was an *Bleib wo du bist* hast du nicht verstanden?«

»Heb dir die Standpauke für später auf.« Es gab ein Parkhaus in ihrer Nähe – Kit konnte es von ihrer Telefonzelle aus sehen. Sie bat Dela, Hari zu fragen, ob er und seine Leute sie dort auf der obersten Ebene treffen könnten. Sie bat auch um saubere Kleidung zum Wechseln für sich und M'cal.

»Du bist also nicht allein?«, fragte Dela. Sie klang überrascht.

»Das ist eine lange Geschichte«, erwiderte Kit. »Danke, Dela. Ich erzähl sie dir später.«

Kit hängte den Hörer auf und stieg wieder in den Wagen. M'cal fuhr direkt zu dem Parkhaus, wo sie auf das oberste Deck fuhren. Kit sah aus dem Fenster, suchte nach einer Überwachungskamera. Sie konnte keine entdecken, aber das war nur ein schwacher Trost. M'cal parkte den Wagen auf einem Eckplatz, wo man die zerbrochene Scheibe nicht sofort bemerkte, und stellte den Motor ab. Nun konnten sie nur noch warten.

Kit verstaute Dicks Pistole in ihrer Handtasche. M'cal beobachtete sie.

»Das hast du gut gemacht«, sagte er heiser. Er schauderte und schluckte heftig. Kit zuckte vor Mitgefühl zusammen. Sie berührte sein Gesicht, ihre Finger schoben seinen Kragen vorsichtig beiseite, damit sie seinen Hals besser sehen konnte. Er war schon fast geheilt, bis auf einen geldstückgroßen Abdruck, der noch als Einziges an das Loch in seinem Hals erinnerte.

»Du warst tot«, sagte sie.

»Aber die Hexe ist es nicht«, erwiderte er. »Ich sagte dir doch, dass das alles sehr kompliziert ist.«

»Gibt es noch weitere Überraschungen?«, fragte sie scharf.

Er zögerte. »Ich kann das Meer nicht berühren, ohne Schmerz zu empfinden. Ich kann, außer der Hexe, überhaupt keinen Menschen berühren, ohne Schmerz zu empfinden.«

Kits Hand ließ seine Kehle sofort los. Er ergriff sie und führte ihre Handfläche an seine Lippen.

»Ich fühle jetzt keinen Schmerz«, erklärte er ruhig. »Das war dein Geschenk an mich, als du mich daran gehindert hast, deine Seele zu nehmen.«

»Aber du glaubst nicht, dass es so bleiben wird.«

»Das Armband ist noch immer vorhanden.«

»Wir müssen es entfernen.«

»Vielleicht kannst du deine Magie benutzen.«

Kit schüttelte den Kopf. »Ich weiß nicht, was ich tue, aber jedenfalls ist es keine Magie.«

»Kitala …«

»Ich wusste, dass du sterben würdest«, unterbrach sie ihn. »Ich wusste es und habe es dir nicht gesagt.«

M'cals Blick verfinsterte sich, und ihr Magen fühlte sich an, als würde sie gleich stürzen. Aber als er sprach, lagen weder Schuldzuweisung noch Wut in seiner Stimme. Er fuhr mit seinem Daumen über ihre Wange und sagte: »Du hast den Tod schon öfter vorhergesehen.«

Jahre des Todes. Viel zu viel davon. Sie hätte es fast laut ausgesprochen, tat es jedoch nicht, suchte nach den richtigen Worten. Sie wusste nicht, warum es eine Rolle für sie spielte. Sicher würde nichts, was sie sagte, M'cal überraschen; aber für sie war es wichtig, wie es sich anhörte. Zu viel Stolz, viel zu viel Angst. Und auch zu viel Schuld.

»Manchmal«, sagte Kit langsam, »sehe ich, dass Leute sterben werden. Wenn sie … ermordet werden sollen.«

M'cals Gesicht wirkte ausdruckslos. »Nur Mordtaten?«

Sie nickte. »Aber es ist zu nichts nütze. Ich kann nicht sehen, wann es stattfindet oder wer den Mord begeht. Nur wie es geschieht. Nur, dass es gewalttätig und grausam sein wird, unabhängig davon, ob es ein guter Mensch ist, wie freundlich er ist – das wird ihn in den letzten Momenten seines Lebens erwarten. Keine Liebe. Keine Familie. Nur Schmerz. Furcht. Ein gebrochenes Herz.« Sie musste hart schlucken und versuchte nicht an die zahllosen Leute zu denken, denen sie begegnet war. Die mit ihr sprachen, mit Kugeln in ihren Gehirnen, Stricken um den Hals, zerschmetterten Schädeln oder tödlichen Wunden im Bauch.

M'cal berührte ihre Schulter, ihren Hals, und sie zuckte zusammen. »Jedes Mal, wenn ich jemanden treffe, jedes Mal, wenn ich ein Konzert gebe oder die Straße entlang gehe … muss ich damit rechnen, einen gewaltsamen Tod vorauszusehen. Die mögliche Ermordung meiner Freunde, derjenigen, die ich liebe. Deshalb ist es einfacher, allein zu sein. Ich gebe meine Konzerte, ich reise. Aber immer ganz allein. Niemand außer mir. Weil ich nie genau weiß, wann es geschieht. Manchmal dauert es Wochen, Jahre – und dann …« Kit verharrte angewidert. »So viele Leute werden in dieser Welt verletzt, M'cal. So viele Leute verletzen sich gegenseitig.«

»Ja«, stimmte er sanft zu. »Manchmal scheint es so, als wenn Schmerz der Preis sei für die Zeit, die wir haben. Wir leben, wir brennen hell auf, aber am Ende …«

»… werden wir verbrannt«, beendete sie den Satz.

M'cal seufzte. »Du wusstest, dass Alice' Ermordung vom Schicksal bestimmt war.«

»Sie hat mein Konzert besucht. Sie saß in der ersten Reihe. Ein Messer steckte in einem ihrer Augen.«

»Und du hast sie gewarnt.« Er zögerte. »Aber mich nicht.«

Kit sah weg. »Ich kann nicht von dir erwarten, dass du es verstehst.«

»Vielleicht wirst du überrascht sein.« Er berührte ihre Wange, seine Handfläche war groß und warm, so sanft wie seine Stimme. »Erklär es mir, Kitala.«

Erzähl es ihm. Sprich es aus.

Ihre Schultern verspannten sich, ihre Wangen wurden ganz heiß. »Ich hatte Angst. Angst, es dir zu erzählen, Angst es zuzugeben.«

»Denkst du, dass ich dir wehgetan hätte? Dass ich dir nicht geglaubt hätte?«

»Nein, das war es nicht.« Kit sah ihm endlich in die Augen. »Du hattest mir erzählt, dass du es aufgegeben hast, anderen zu helfen. Weil du weißt, dass es sinnlos ist, dass – ganz egal, was du tust – das Ergebnis dasselbe ist. Bei mir ist es nicht anders, aber ich habe nie … ich habe niemals jemanden getroffen, bei dem ich so viel Angst hatte, ihn wieder zu verlieren.« Ihre Stimme wurde zu einem Flüstern. »Ich bin nie mit jemandem zusammen gewesen, der wusste, dass er verloren war.«

M'cal schwieg, und sie schloss die Augen, frustriert und beschämt. »Es tut mir leid. Es ist so schwierig … und schwer zu erklären.«

Sein Daumen streichelte ihre Wange. Einen Augenblick später war sie überrascht, seine Lippen auf ihrer Stirn zu spüren. Aber immer noch Schweigen. Nichts, außer seinen langsamen, regelmäßigen Atemzügen, während er sie näher zu sich heranzog, sie vorsichtig an seine Brust drückte. Sein Herz schlug neben ihrem Ohr, wie ein Sturm in den Bergen, Donner, der auf Wolken, Bäume und Gestein traf.

»Wir beide sind uns viel zu ähnlich«, murmelte M'cal. »Gelenkt von Kräften, über die wir keine Kontrolle haben, gezwungen, den Schmerz von anderen zu ertragen. Ich morde, weil ich dazu gezwungen werde. Du siehst Mordtaten, ohne die Möglichkeit, sie zu verhindern. Und wir beide fühlen uns schuldig und schämen uns dafür.« Er rückte so weit von ihr ab, dass er ihr in die Augen sehen konnte. »Warum war es bei Alice anders?«

»Ich weiß es nicht.« Kit war sich nicht darüber im Klaren, was zwischen ihnen abgelaufen war. »Es war … ein Impuls, ganz spontan. Ich hatte keine Zeit, darüber nachzudenken. Anders als du. Aber ich hätte es dir erzählt. Ich dachte nur, dass wir mehr Zeit hätten.«

»Ich bin immer davon ausgegangen, genug Zeit zu haben.« M'cal strich ihr das Haar zurück, sein Blick wirkte nachdenklich, beunruhigt. »Warum tust du das? Warum begibst du dich ins Licht der Öffentlichkeit, wenn du doch weißt, dass es dir Qualen bereiten kann, die Öffentlichkeit zu sehen?«

»Ich muss einfach. Meine Musik.«

»Du liebst deine Musik mehr, als du deine Furcht hasst.« M'cal presste die Kiefer aufeinander. »In der letzten Nacht habe ich die zweite Hälfte deines Konzertes gehört. Du warst… übernatürlich. Du bringst mehr mit deiner Geige hervor, mehr, als nur Töne und Melodien zu spielen. Du… schaffst eine Realität. Du veränderst die Realität. Hier drinnen.« Er berührte seine Brust. »Das, denke ich, ist eine wesentlich wertvollere Gabe, als zu wissen, wie jemand sterben wird. Das ist es wert, dafür zu kämpfen, Kitala.«

Wenn Worte Hände wären, hätte Kit gefühlt, wie sich seine in diesem Augenblick um ihr Herz legten. Wärme verbreitete sich in ihrem Inneren. Sie wollte etwas sagen, konnte es aber nicht. Sie dachte, dass sie diese Worte kaum verdiente.

»Ich habe die Wahrheit zurückgehalten«, sagte sie schließlich.

»Ja«, stimmte er zu. »Und sollte ich dich dafür bestrafen?«

»Du solltest zumindest verärgert sein.«

M'cal lächelte schwach. »Es gibt eine Geschichte, die ich einmal gelesen habe. Sie handelt von einem Gebäude aus Eisen, hermetisch abgeriegelt, ohne Fenster, kein Ausgang. Menschen waren darin gefangen. Alle schliefen fest, bis auf einen. Dieser eine wusste, dass sie ersticken würden. Aber er ließ sie weiterschlafen, Kitala. Er weckte sie nicht auf, weil es nichts gab, was er tun konnte. Das Mitleid siegte, und sie starben in Frieden.«

Kit runzelte die Stirn. »Willst du damit sagen, dass ich das Richtige getan habe?«

»Ich will damit sagen, dass es in solchen Situationen keine einfachen Lösungen gibt, und dass ich dein Widerstreben, es mir zu erzählen, gut verstehen kann.« Er lehnte sich zu ihr hinüber, hob ihr Gesicht. »Du musst dich dafür nicht entschuldigen, Kitala. Es ist schon in Ordnung so.«

Es war schwierig, ihn anzusehen. Sie war so von ihren Gefühlen überwältigt, dass sie sie nicht verstecken konnte. In M'cals Augen nahm sie erstaunlich gegensätzliche Gefühle wahr. Seine körperliche Präsenz zeigte sich in der durchdringenden Intensität seines Blickes, der durch eine unerklärliche Zärtlichkeit abgemildert wurde. Es ließ ihr Herz weich werden, entspannte ihre Schultern.

»Ich bin froh«, hauchte sie. »Ich bin so froh, dass du noch atmest.«

M'cal lächelte und berührte ihr Gesicht. Seine Hand zitterte leicht, und Kit schloss ihre Finger um sein Handgelenk, um ihn zu beruhigen. Er nickte kaum wahrnehmbar und küsste sie ganz vorsichtig auf die Lippen.

Jetzt war es Kit, die zitterte. Seine Arme schlossen sich um ihren Körper, hielten sie fest, als er den Kuss vertiefte. Sie liebte die Stärke seiner Arme, die Kraft seines Körpers; liebte es, wie er sie in seiner sehnsüchtigen Umarmung so vorsichtig hielt.

Sein Mund wanderte von ihrem Mund zu ihrem Hals. »Diese ganze Zeit über … warst du aber nicht allein, oder? Es gab bestimmt jemanden, dem du dein Geheimnis anvertraut hast.«

»Meine Eltern.« Kit schloss die Augen, genoss seine

Wärme und Nähe. »Meine Großmutter. Sie besaß auch eine Gabe. Wahre Macht. Sie versuchte, mir gewisse Dinge beizubringen, aber ich bin eine schlechte Schülerin gewesen. Ich wollte, dass die Visionen aufhörten, und war mehr an meiner Musik als an ihrem Voodoo interessiert. Vor einem Jahr ist sie gestorben.«

Seine langen Finger streiften den bestickten Beutel, der an ihrem Hals hing. »Kommt das von ihr?«

»Ja.« Kit berührte das Leder, spürte die Bewegungen der winzigen Objekte, die darin versteckt waren. »Sie sagte, es werde mich beschützen.«

Er küsste ihre Stirn. »Dann nimm ihn niemals ab. Lass ihre Liebe über dich wachen.«

Wie in der letzten Nacht, dachte Kit. Sie erinnerte sich an die Berührung ihrer Großmutter, an ihre Worte, an ihre Eindringlichkeit, an ihr Haus in den Sümpfen, sicher und weit entfernt von der Welt. Kit vermisste das knarrende Haus, das Old Jazz Marie ihr hinterlassen hatte. Wenn sie lebend aus dieser Geschichte herauskam, würde sie dorthin zurückgehen und erst mal eine Pause einlegen. Auf ihrer Geige würde sie für die Geister und die Alligatoren spielen. Vielleicht würde sie versuchen, ein paar Dinge zu lernen, die ihr verwehrt waren, als ihre Großmutter noch lebte.

Und wie würde M'cal in dieses Leben passen? Wäre er damit zufrieden, wenn er die Wahl hätte?

Ein Mann aus dem Meer, der an einem sumpfigen Flussarm lebte, bequem auf einer Terrasse eines weitläufigen gelben Hauses saß, das Jahrhunderte alt und die Wohnstätte von ehemaligen Sklaven und Hexen war. Musik und Voodoo. Gesegnet mit der Liebe einer Hohepriesterin. Oder, noch besser, sie konnte ihn mit in die Smokey Mountains nehmen. Zu den alten Plätzen, wo Männer in der einbrechenden Dunkelheit auf ihren Geigen spielten, die Saiten zupften und dazu mit ihren Füßen den Takt auf den Boden klopften, während der Wind weinte. Sie würde ihn zu den Gräbern ihrer Eltern im Wald führen und dort eine rote Rose oder Flieder niederlegen und ihm Geschichten erzählen. Und sie wollte so viele Geschichten von ihm hören, und noch vieles andere mehr. Wenn sie jemals die Chance dazu bekamen. Wenn sie überhaupt den Mut hatte, eine solche Chance zu ergreifen. Wenn er denn ein solches Angebot annehmen würde, das sie ihm mit allem Mut, den sie aufbringen konnte, unterbreiten würde.

Er ist nicht menschlich, und dir ist es egal. Er ist ein Fremder, und es spielt keine Rolle.

Wie Donner. Wie das Morgengrauen. Ein neuer Tag erblühte. Sie hatte es in seinem Kuss gefühlt, in seiner Stimme gehört, und auch an der Art, wie er sie ansah, erkannt. Vielleicht war es Verliebtheit, möglicherweise Schwärmerei, aber Kit hatte noch nie zuvor so starke Gefühle für jemanden empfunden. Nicht, dass der Weg besonders einfach sein würde.

Kit sah in seine Augen. »Es gibt noch etwas, das du wissen solltest. Diese Polizisten wollten mich nicht mehr töten. Sie sollten mich lebend abliefern. Und was dich betrifft… die Person, die die Befehle gibt, wollte deinen Kopf. Buchstäblich deinen Kopf.«

»Meinen Kopf?« M'cal runzelte die Stirn. »Ich vermute, eine Enthauptung wäre vielleicht eine Möglichkeit, mich zu töten. Vielleicht auch die Hexe, angesichts unserer Verbindung.«

»Die Axt könnte aber auch abprallen. Ich möchte diese Theorie allerdings nicht unbedingt testen.«

»Ich auch nicht. Aber das bedeutet, dass jemand über meine Fähigkeiten Bescheid weiß. Und wenn das der Fall ist … «

»Schlechte Nachrichten.« Kit trommelte mit den Fingern auf ihren Oberschenkel. »Es könnte ein Zufall sein. Vielleicht haben sie ja herausgefunden, dass du in der letzten Nacht diese Männer getötet hast, und wollen jetzt deinen Kopf als Trophäe?«

»Ich habe niemanden am Leben gelassen, der etwas hätte erzählen können. Und es gab weder Kameras noch Augenzeugen.« M'cal schüttelte den Kopf. »Es gibt nur zwei Personen, die über mich Bescheid wissen. Aber die würden nicht auf diese Art und Weise vorgehen. Es wäre gar nicht ihre Art.«

Regen plätscherte auf die Windschutzscheibe. In der Entfernung waren Polizeisirenen zu hören. Kit versteifte sich einen Augenblick lang, aber das Geräusch entfernte sich wieder. M'cal legte ihr erneut den Arm um die Schulter und zog sie zu sich heran. Kit schloss die Augen. Ihr Kopf schmerzte noch immer, genau wie ihr Magen, wo Yu sie geschlagen hatte.

»Wie bist du an der Polizistin vorbeigekommen?« Kit sah zu seinem Gesicht hoch. »Sie war mit einer Axt auf dem Weg zu dir.«

»Ich hörte sie kommen. Ich versteckte mich in einem

der angrenzenden Räume. Ich hätte mich ihr beinahe gestellt, aber weil sie allein war hielt ich es für wahrscheinlich, dass du irgendwo in der Nähe wärest. Falls du noch am Leben warst. Ich musste es einfach wissen.« Er schluckte, und die Intensität seines Blickes veränderte sich für einen Moment, seine Augen zeigten so deutlich seine Erschöpfung und sein Entsetzen, dass Kit die Hand auf seinen Mund legte, als er fortfahren wollte. Sie blickten einander an, und nach einem kurzen Augenblick küsste er ihre Fingerspitzen. Er schloss die Augen mit einem Schaudern. Auch Kit schloss die Augen. Alles in ihr, ihr ganzer Körper war auf die kleinen Stellen konzentriert, die seine Lippen berührten. Sie atmete schneller.

M'cals Hand berührte zart die Rundung ihrer Brüste. Sie streckte sich ihm entgegen, bat schweigend um mehr, fuhr mit ihrer Hand unter sein Hemd, suchte seine Haut. Sein Körper war glatt, fest und heiß. Er machte tief in seiner Kehle ein Geräusch und küsste sie so intensiv, dass sie nur die Luft anhalten konnte.

Kits Hand wanderte nach unten, ihre Finger fuhren sanft über die harte Wölbung in seiner Hose. Er brach den Kuss ab und warf den Kopf nach hinten, als sie etwas fester zupackte. Kit unterdrückte ein wildes Lächeln und sah sich um. Niemand beobachtete sie. Sie waren ganz allein.

Sie war einsam, aber keine unberührte Nonne gewesen. Kit hatte verschiedene Beziehungen gehabt – mit wechselndem Erfolg, da sie niemals erwartet hatte, dass eine davon andauern werde. Sie hatte einfach kein Vertrauen in ihre Fähigkeit, etwas Dauerhaftes anzufangen, wegen ihrer Angst, vielleicht sehen zu müssen, wie der Mann in ihrem Bett umgebracht würde, oder dass jemand ihre Geheimnisse entdeckte. Sie hatte ein paar Sachen herausgefunden, auch über ihre eigenen Vorlieben. Aber jetzt war sie selbst überrascht.

Rasch öffnete sie M'cals Hose und ließ ihre Hand hineingleiten. Seine Hüften drückten sich ihr entgegen, und sie küsste ihn fest, begrüßte seine Zunge, während sie in ihren Mund glitt. Lust. Kit war noch nie zuvor so überwältigt gewesen, noch nie so schnell so feucht geworden – vor Verlangen. Blutbeschmiert, auf der Flucht, entsetzlich verängstigt, aber nichts davon spielte jetzt noch eine Rolle. Alles war angesichts des überwältigenden Gefühls unwichtig, das sie empfand, als M'cal sie küsste. Mit ihm zusammen zu sein war, als fülle die Musik sie aus. Echt und unverfälscht. Sie hatte so etwas noch nie zuvor bei jemandem empfunden. Hatte sich nicht einmal vorstellen können, dass so etwas möglich wäre.

Sie wollte M'cal in sich fühlen. Und sie wollte ihn schmecken. Sie musste einfach. Sie musste mehr von ihm spüren. Sie hatte das Gefühl, dass auch er das wollte. Seine großen Hände bewegten sich ununterbrochen. Er zog ihre Bluse so weit herunter, dass ihre Brüste frei lagen. Er beugte seinen Kopf, nahm ihre Brustwarze in den Mund und sog sanft daran. Kit stöhnte, griff mit einer Hand nach seiner Schulter und drückte ihn vorsichtig mit der anderen. Er gab einen rauen Ton von sich, und sie befreite ihn von seiner Hose. Ihre Brüste glühten, ihre Schenkel bewegten sich unruhig.

M'cal war genauso gebaut wie ein Mensch, nur größer,

sie beugte sich hinunter und nahm ihn in den Mund. Er stöhnte auf, vergrub seine Hände in Kits Haar, als ihre Zunge um die Spitze spielte.

»Magst du das?«, fragte sie und blies leicht über seine feuchte Haut. Er zitterte, sah mit so viel Lust und Verlangen zu ihr herab, dass Kit für einen Moment wieder den alten Schmerz in seinem Blick bemerkte. Sie war sich auf einmal vollkommen klar darüber, dass dies für ihn wahrscheinlich die erste intime Berührung von jemandem war, der ihn weder benutzen noch ihm Schmerzen zufügen wollte.

Kit richtete sich auf und küsste seinen Mund. Er begegnete ihr mit der gleichen Wildheit. Sie schmeckte Tränen, seine Tränen und ihre Tränen, aber ihr Herz wurde so groß, dass sie fürchtete, es könnte platzen.

M'cal riss sich von ihr los, atmete heftig, erschauderte. »Ich höre einen Wagen kommen.«

Kit nickte, ihre Brüste hoben und senkten sich, aber sie küsste ihn noch einmal. Sanft nahm sie seine Unterlippe zwischen ihre Zähne. M'cal atmete heftig aus. Dann lächelte er wie ein Hai, nahm ihre vor Verlangen schmerzende Brust und schob sie zurück in ihre Bluse. Sie revanchierte sich, indem sie sein geschwollenes Glied wieder in seiner Hose verstaute. Es war eine ziemlich große Ausbuchtung zu sehen, aber sie hoffte, dass dies keiner bemerken werde. Sie persönlich störte es nicht.

Eine lange schwarze Limousine mit getönten Scheiben kam durch die Einfahrt zum Dachgeschoss des Parkhauses. Schon aus der Entfernung konnte Kit Hari in dem Wagen erkennen. Die Person am Steuer kannte sie jedoch nicht. Sie sah aus der Entfernung nur, dass es ein junger Mann war. M'cal und Kit stiegen genau in dem Augenblick aus dem gestohlenen Wagen, als die Limousine neben ihnen anhielt. Die hintere Tür öffnete sich. Ein dunkler, gut aussehender Mann mit zotteligen, schwarzen Haaren und goldenen Augen steckte seinen Kopf heraus. Er lächelte Kit kurz an, aber sein Ausdruck gefror, als sein Blick auf M'cal fiel. Auch M'cal erstarrte.

»Bewegt eure Hintern hier herein«, sagte der Mann nach kurzem Zögern. Seine Stimme war tief und rau. Eine Tätowierung lugte unterhalb des Kragens seiner abgenutzten Lederjacke hervor.

Kit stieg zuerst ein, M'cal gleich nach ihr. In dem Moment, als die Tür geschlossen wurde, fuhr der Wagen los. Im Inneren war es dunkel und weich. Es fühlte sich an wie in einer Gruft. Die Gesichter, die sie ansahen, waren ihr alle unbekannt, bis auf Haris. Zu ihrer großen Erleichterung schien keiner von ihnen für einen gewaltsamen Tod vorgesehen zu sein. Jedenfalls noch nicht.

Zu ihrer Linken saß der Mann, der sie ins Auto gelassen hatte und ihr irgendwie bekannt vorkam. Hinter ihm befand sich ein anderer mit einer Haut, schwarz wie Kohle, und kurzen, ebenfalls schwarzen Haaren mit einem goldenen Schimmer darin – einer Farbe, die zu seinen Augen passte. Er sah sie beide mit einer unheimlichen Feierlichkeit an.

Kit beugte sich vor und streckte die Hand aus, um Hari zu begrüßen, begegnete dabei aber kurz dem Blick des Fahrers. Er war ein junger Mann mit goldener Haut und dunklem Haar, das von ungewöhnlichen, natürlich wirkenden blauen und grünen Strähnen durchzogen war. Auch er hatte goldene Augen. Alle Männer im Wagen hatten goldene Augen. Bis jetzt hatte sie Haris Augen für einzigartig gehalten. Diese Absonderlichkeit verursachte ein Kribbeln in ihrem Bewusstsein; vielleicht aus Unbehagen.

Nimm nichts als gegeben an, flüsterte eine leise Stimme. *Wirklich gar nichts.*

»Es ist schön, dich wiederzusehen«, polterte Hari. Seine Haare changierten ebenso wie bei den anderen. Sein Haar war nach hinten gestrichen und zeigte die perfekte Physiognomie, von der sie gedacht hatte, sie wäre einmalig. Bis sie M'cal getroffen hatte.

»Danke gleichfalls«, sagte sie und versuchte zu ignorieren, dass Hari sie ernst musterte, das Blut auf ihrem Gesicht und ihrem Körper. Sie berührte M'cals Hand und erschreckte wegen der Spannung, die ihn durchlief. Er zitterte fast. Sie sah ihn an. Er hatte die Zähne zusammengebissen, sein Blick war scharf.

Hari musterte M'cal. Er nickte kurz mit einem düsteren, wissenden Ausdruck, der mehr sagte, als Kit angenehm war. »Du bist hier in Sicherheit, Freund.«

»Noch sind wir keine Freunde«, erwiderte M'cal mit kalter Stimme.

»M'cal«, sagte Kit, aber der Mann neben ihr lachte zwar leise, aber hart auf. Sie sah ihn an. »Was ist denn so lustig?«

»Es muss an der beschissenen Luft liegen«, sagte er rau und zog eine Augenbraue hoch. Seine goldenen Augen schienen für einen kurzen Moment zu glühen. »Mein bisheriges Leben verlief ruhig und normal, aber in den letzten drei Jahren habe ich so viel Dreck ans Tageslicht kommen sehen, dass ich nicht mehr weiß, wie ich damit umgehen soll. Verdammt, wir müssen endlich ein Zeichen setzen.« Er sah an Kit vorbei zu M'cal hinüber und schüttelte den Kopf. »Meine Güte.«

»Koni«, grollte Hari. Der andere Mann schloss den Mund und sah aus dem Fenster.

»Ich verstehe das nicht«, sagte Kit. Doch als sie diese Worte aussprach, nahm sie ganz tief in ihrem Herzen ein Warnsignal wahr. Ihr plötzliches Unbehagen wegen der changierenden Haare und der goldenen Augen wurde ihr auf einmal deutlich bewusst. Früher hatte sie das nie bemerkt, nicht in der Zeit vor M'cal. Nicht vor den Ereignissen der letzten Nacht und des letzten Tages. Ihre Augen hatten sich geöffnet und würden sich nicht wieder schließen. Ihre Großmutter wäre sehr zufrieden, dachte sie.

»Klärt mich auf«, forderte Kit. Mental bereitete sie sich auf das Schlimmste vor.

Niemand sprach ein Wort. Niemand sah sie an. Außer M'cal. Er nahm ihre Hand und drückte sie behutsam.

»Es bedeutet«, sagte er langsam, »dass keiner der Männer in diesem Wagen menschlich ist.«

»Oh«, sagte sie. »Oh, verdammt.«

8

Nicht menschlich. Ohne Frage eine Sache von Biologie und Magie, eines stärker als das andere, verbunden in Fleisch und Blut: Leben erschaffend. M'cal war nicht menschlich, nicht gänzlich jedenfalls, aber er hatte immer gewusst, dass er nicht allein war und es noch andere seiner Art gab. Weil die Welt viel größer war als das Meer, und weil damals, in den allerersten Tagen, die schnellen, wilden magischen Wesen den echten Menschen zahlenmäßig überlegen waren. Das waren Kriege der Magie.

Und er wusste auch, dass solche Wesen schwer zu töten waren. Der Beweis dafür konnte niemals offensichtlicher gewesen sein. Er saß gerade in einem Auto mit vier Gestaltwandlern. Zu einer Zeit, da es schon etwas Besonderes wäre, in seinem ganzen Leben auch nur einen einzigen zu treffen.

Doch er traute der Sache nicht. Er war nicht sicher, was Kitala fühlte. Sie war sehr ruhig. Zu ruhig.

»Rik«, sagte Hari zu dem jungen Mann am Lenkrad. »Such einen Platz, wo wir halten können.«

Zwei Wasserflaschen erschienen zwischen M'cal und Kit. »Ihr müsst trinken«, drängte der Mann hinter ihnen. Seine Stimme klang sanft, klar, mit einem leichten afrikanischen Akzent. »Ihr habt doch eine Tortur hinter euch. Wir haben auch etwas zu essen dabei, falls ihr wollt.«

»Danke«, erwiderte Kitala zögernd und nahm nur das Wasser. M'cal tat es einen Augenblick später ebenfalls, wenn auch widerwillig.

Der Mann lächelte ihn mit blendend weißen Zähnen an. »Ich bin Amiri. Der Herr neben Kit heißt Koni. Und dort, das ist Hari. Der junge Mann, der uns fährt, heißt Rik. Ich bin aber sicher, dass ihr das schon vermutet habt.«

Was M'cal vermutet hatte, war, dass der junge Mann am Steuer ganz sicher einer vom Wasservolk war. Dies bestätigte sich auch, als sich der Mann umdrehte, um M'cal besser sehen zu können. Der Wagen wäre beinahe von der Straße abgekommen.

»Tut mir leid«, brummelte Rik, als sie sich alle an ihren Sitzgurten und Armlehnen festhalten mussten. Um sie herum hupten Fahrzeuge, sie hörten Bremsen quietschen. Er bog auf einen grässlichen kleinen Parkplatz ab, wo M'cal sah, wie zwei abgezehrte Männer an der Haube eines Cadillacs lehnten und sich einen Schuss Heroin direkt in die Beine spritzten.

»Verdammt«, murmelte Koni. »Ich hätte doch lieber fliegen sollen.«

Kitala beugte sich etwas von ihm weg. »Ich brauche jetzt ein paar Antworten. Ich möchte genau wissen, was mit *nicht-menschlich* gemeint ist.«

»Sie sind Gestaltwandler«, erklärte M'cal. »Hast du noch nie davon gehört?«

»Natürlich nicht«, schnappte sie. »Ich verstehe nicht einmal, was das bedeutet.«

Die Männer sahen sich gegenseitig an. Koni zuckte mit den Schultern und schob seinen Ärmel nach oben. Tätowierungen bedeckten seinen sehnigen Arm, den er Kitala vors Gesicht hielt. Als M'cal ihn betrachtete, lief ein goldenes Leuchten über seine Haut, wie ein Blick auf die Sonne und durch das Wasser hindurch, und mit dem Glühen begann sich sein Arm zu verändern.

Schwarze Federn sprossen, zuerst nur wie dunkle Knospen, die sich ausbreiteten und geschmeidig und trocken durch seine Haut drangen. Sein ganzer Arm veränderte sich, wurde kürzer. Seine Hand schrumpfte, verschwand hinter seidenartigen Federn. Es war beunruhigend anzusehen. Irgendwie schön, aber M'cal war nur gewohnt zu sehen, wie sich seine eigene Art verwandelte, und dies hier schien irgendwie anders zu sein. Irgendwie elementarer. Er versuchte an etwas anderes zu denken, während er den Gestaltwandler seine Magie wirken sah, aber das fiel ihm schwer. Es erinnerte ihn zu sehr an das, was er tun konnte und was er sogar jetzt gerne getan hätte: in das Meer eintauchen, solange er es noch konnte, ohne Schmerzen. Er wollte er selbst sein. Frei sein.

Frei ohne Kitala?, fragte er sich. *Ist das überhaupt möglich? Könntest du sie verlassen, selbst wenn man es dir erlaubte?*

Neben ihm schluckte Kitala schwer und lehnte sich gegen seine Schulter. Sie war vollkommen still, ihre Augen hatte sie weit aufgerissen. Der Gestaltwandler zog eine Augenbraue hoch und lächelte. Er roch nach Zigaretten. »An dieser Stelle werde ich lieber aufhören, es sei denn, dass du mich nackt sehen willst, Süße.«

M’cal runzelte die Stirn und legte Kitala den Arm um die Schultern. Koni beobachtete ihn, sein Lächeln verlor etwas an Schärfe. Die Anerkennung in seinem Blick, als er die Frau neben ihm ansah, blieb jedoch.

Kitala schien es nicht bemerkt zu haben. Sie streckte ihre Hand langsam und vorsichtig aus, um Konis Federn zu berühren. Ihre Hand musste dabei den goldenen Schimmer passieren, was sie kurz zurückzucken ließ. Sie hielt aber nicht inne, bis ihre Finger auf Konis verwandeltem Arm lagen. Dann atmete sie tief ein.

Koni sah M’cal an. »Willst du mich auch anfassen?«

»Nein, nicht«, entgegnete er. Kitala nahm ihre Hand fort und berührte den kleinen Lederbeutel und das Kreuz, die um ihren Hals hingen. Ihr Gesicht drückte auch Verwunderung, Unbehagen und Verwirrung aus.

»Das ist doch verrückt«, meinte sie leise. »Worauf muss ich eigentlich noch gefasst sein?«

»Tut mir leid«, sagte Hari und sah Koni finster an. »Du solltest es eigentlich gar nicht herausfinden. Auf jeden Fall nicht auf diese Art.«

Konis Federn verschwanden wieder. Er rollte seinen Ärmel herunter. »So viel dazu, immer der Vorsichtige zu sein. Aber sie hätte die Wahrheit sowieso herausgefunden.« Er blickte M’cal an. »Ich wette, sie weiß schon über ihn Bescheid.«

»Aber stell dir vor, du hättest dich getäuscht«, sagte M’cal. »Du bist ein großes Risiko eingegangen.«

Kitala sah ihn scharf an. »Kennst du diese Männer?«

»Nein. Aber wir haben Magie in uns. Wir können sie sehen, sie erkennen. Sie spüren«, antwortete M’cal.

Sie schloss die Augen. »Also gibt es eine Menge von euch.«

»Überhaupt nicht«, warf Amiri ein. Seine Stimme kam sanft vom Rücksitz. »Wenn es nur so wäre.«

M'cal sah ihn an. »Aber hier sind allein vier von euch. Ganz schön viele. Eure Anzahl scheint zu wachsen. Das ist ungewöhnlich.«

»Das kann man wohl sagen«, murmelte Koni.

Hari neigte den Kopf. »Es ist wahr, dass wir in den vergangenen Jahren noch weitere unserer Art… entdeckt haben. Das Merkwürdige daran – und das damit verbundene Risiko – ist unserer Aufmerksamkeit nicht entgangen.«

Kitala hielt ihre Hände in die Höhe. »Dela weiß darüber Bescheid, oder? Ihr arbeitet alle für Dirk & Steele. Gibt es dort… noch mehr von euch? In der Agentur?«

Die Männer schwiegen, was für M'cal als Antwort ausreichte. Dennoch, es von ihnen zu hören, hätte ihm viel bedeutet. Kitala schloss die Augen und schüttelte den Kopf. »Ich kann das nicht glauben.«

»Bitte«, sagte Hari. »Sei nicht wütend auf Delilah. Sie hat es nicht böse gemeint. Es gibt nur einfach zu viele, die geschützt werden müssen. Es sind ja nicht Delilahs Geheimnisse, die sie dir einfach erzählen könnte.«

Kitala erwiderte nichts. Koni drehte sein Fenster herunter und fingerte eine Zigarette aus seiner Lederjacke. Er zündete sie an, nahm einen tiefen Zug und blies ihn in die kalte, feuchte Luft hinaus. M'cals Armband kribbelte. Er berührte das Metall und stellte fest, dass es noch kalt war. Aber das war alles nur eine Frage der Zeit. Seine

Kehle schmerzte. Die Hexe würde diese Wunde ziemlich sicher gespürt haben.

»Ihr seid hier, um uns zu helfen?«, wandte sich M'cal an Hari.

»Ja«, antwortete der Mann ernst. »Vielleicht solltet ihr uns erzählen, was passiert ist, seit Kit das letzte Mal mit meiner Frau gesprochen hat.«

»Oder wer erschossen wurde«, sagte Amiri.

»Ich«, erwiderte M'cal. »Hier, durch die Kehle.«

Die Männer starrten ihn an. Kitala seufzte.

»Gut«, murmelte Koni und warf die Zigarette weg. »Wie ich schon sagte. Richtig beschissene Luft.«

Sie ließen den Staub und Schmutz von Chinatown hinter sich zurück und fuhren zwischen den glänzenden Wolkenkratzern der Innenstadt hindurch, bis sie eine ruhige Gegend erreichten, in der mit blassrosa Stuck verzierte Häuser auf Grundstücken standen, die für die Größe der Gebäude viel zu klein waren. Es war ein Stadtteil, in dem Wohlhabende wohnten, der in seiner langweiligen Gleichförmigkeit aber deprimierend wirkte. Wenn East Hastings Street aussah wie die physische Darstellung einer Geschlechtskrankheit, dann wäre North John Avenue die perfekte Darstellung von immerwährender Verstopfung, dachte M'cal.

Rik bog in eine kleine Gasse, die hinter den Häusern entlangführte. Beim zweiten Haus hielt er an und fuhr den Wagen in eine Garage, deren Tor bereits geöffnet war. Er drückte auf eine Fernbedienung am Armaturenbrett, und das Tor schloss sich langsam hinter ihnen.

»Wem gehört dieses Haus?«, fragte Kitala.

»Der Agentur«, antwortete Rik. Sein Blick glitt kurz zu M'cal hinüber. Kitala sah M'cal an, aber dieser zuckte nur die Achseln. Er hatte zwar eine Vorstellung davon, was Rik beunruhigte, aber jetzt war nicht die Zeit, es auch zu diskutieren. Allerdings war er nicht sicher, ob es dafür überhaupt jemals einen guten Zeitpunkt geben würde.

Die Garage war leer. Die Inneneinrichtung des Hauses machte einen spärlichen Eindruck. Nur das Nötigste: ein runder Esstisch, eine lange Couch und ein Fernseher. Die Männer trugen diverse Koffer herein. Einer davon wurde Kitala überreicht, zusammen mit M'cals Mantel. Er war überrascht, dass sie ihn noch hatte.

»Wie seid ihr in mein Hotelzimmer gekommen?«, fragte Kitala.

»Ich habe denen erzählt, dass ich dein Mann bin«, erwiderte Koni. »Ich habe behauptet, dass wir einen Streit hatten und ich dich überraschen wollte. Zum Glück hattest du noch nicht ausgepackt«, sagte er und grinste dabei M'cal an. »Ich weiß nicht, was passiert wäre, wenn ich deine Dessous berührt hätte.«

»Wahrscheinlich könnte ich sie nie wieder tragen«, entgegnete sie trocken.

»Und außerdem hättest du keine Hände mehr«, fügte M'cal hinzu.

»Ist das so?« Koni lächelte und verschränkte die Arme vor seiner Brust. »Weißt du, abgesehen von der Tatsache, dass du nicht menschlich bist, habe ich keine Ahnung, was du genau bist. Nichts jedenfalls, dem ich vorher schon mal begegnet bin, da bin ich mir ganz sicher. Muss ich mich in Acht nehmen?«

Rik bewegte sich in Richtung Tür. Koni streckte seine Hand aus und hielt ihn fest. »Denk nicht, dass ich deine Glotzaugen nicht bemerkt hätte, Junge. Was weißt du, das ich nicht weiß?«

»Was sind das eigentlich für Manieren?«, murmelte Amiri. Hari tauchte aus der Küche auf, mit einem Telefon in der Hand. Der Mann war ja noch größer, als M'cal bisher gedacht hatte. Er musste so um die zwei Meter zehn groß sein. Außerdem lag in seinem Blick eine ziemliche Schärfe. Er sah alles, analysierte es.

Ein Krieger, dachte er. Zum Krieger geboren und erzogen. Und in einem solchen Grad, dass ihn niemand, nicht einmal M'cal mit seinem Erbe, schlagen könnte. Hari war ein Relikt.

Rik sah M'cal mit einer Mischung aus Furcht und Respekt an. »Er ist einer von den Krackeni.«

Kitala blickte ihn an. »*Krackeni?* Wirst du so genannt?«

»Es ist eine Bezeichnung«, sagte M'cal langsam.

»Für die Kracken«, ergänzte Rik. »Für das, was sie im Meer kontrollieren.«

»Von dort stammst du also?«, fragte Amiri. Er kam herüber und stellte sich neben Rik. M'cal konnte eine echte Wissbegier in seiner Stimme erkennen, eine Spur von Freundlichkeit, was ihm auch die Befangenheit nahm. Er mochte diesen Fremden gegenüber nicht über sich reden, ob sie nun Gestaltwandler waren oder nicht. Aber er sah auch keine Möglichkeit, es zu vermeiden. Er brauchte ihre Hilfe, und Kitala schien ihnen zu vertrauen. Wenn die letzten Enthüllungen über ihre wahren Hintergründe ihre bisherige Meinung nicht geändert hatten.

»Ich bin ein … Mann aus dem Meer.« M'cal fand es schwierig, die Worte auszusprechen. Es von Kitala zu hören, war eine Sache, aber von seinen eigenen Lippen klang es einfach … sonderbar. Als würde er an einer felsigen Küste sitzen, mit einem Muschelhorn in der einen Hand und einem Dreizack in der anderen.

»Mann aus dem Meer«, wiederholte Hari. »Dieser Begriff sagt mir nichts.«

M'cal und Kitala tauschten einen schnellen, überraschten Blick, aber die anderen schienen nicht überrascht zu sein. »Er beschreibt ein Individuum, das im Meer lebt, das unter Wasser atmen kann und eher den Schwanz eines Fisches als die Beine eines Menschen hat«, erklärte Amiri. Er blickte M'cal an. »Das war doch richtig so, oder?«

»Es stimmt.« M'cal richtete seine Aufmerksamkeit wieder auf Rik. »Krackeni ist ein ungewöhnlicher Begriff. Woher kennst du ihn?«

»Ich schwimme als Delfin«, sagte der junge Mann. »Ich komme auch aus dem Meer.«

»Das ist keine Antwort auf meine Frage.«

Rik zögerte. Amiri trat näher und legte dem jungen Mann die Hand auf die Schulter, was ihn kurz zu beruhigen schien. Dann spannte er sich wieder an, sah M'cal in die Augen und sagte: »Ich habe deine Art gekannt. Vor langer Zeit.«

Der unbehagliche Ton in seiner Stimme hörte sich nicht gerade nach großer Begeisterung für M'cals Volk an. Er fragte sich, mit welcher Siedlung er wohl in Berührung gekommen war. Einige achteten sehr auf ihr Territorium, andere weniger. Und ein paar, erinnerte er sich schmerzhaft, waren einfach nur gefährlich. Selbst für Angehörige seines Volkes.

Kitala berührte seine Hüfte. Der kurze Kontakt ließ Hitze in ihm aufsteigen und sein Herz hüpfen. Selbst in der Gegenwart so vieler anderer erregte es ihn. Er konnte nichts dagegen tun. Er wollte sie so gerne berühren, ohne dabei Schmerz zu empfinden. Eine Frau, die zu ihm gehörte, berühren und von ihr berührt werden, ohne Angst haben zu müssen. Es gab ihm ein Gefühl von Frieden und Ehrfurcht, das er vergessen hatte und an das er sich unglaublicherweise nicht mehr erinnern konnte. Aber seine Beziehung zu der Hexe hatte ihn mehr vergessen lassen, als er gemerkt hatte.

Kitala hatte sein Leben gerettet. Durch sie hatte er sich erinnert, wie es war, er selbst zu sein. Ganz er selbst. Und das war ein Geschenk, das er nie zurückzahlen konnte. Niemals. Selbst wenn ihn die Hexe wieder einfangen würde, und das würde sie ohne Zweifel tun. Doch dieses Mal würde M'cal es nicht zulassen, sich selbst zu vergessen. Niemals wieder.

Hari hielt das Telefon hoch. »Es gibt Neuigkeiten, die Kit betreffen.«

Kit runzelte die Stirn und zog den Gurt ihres Geigenkastens über ihren Kopf. »Welche Art von Neuigkeiten sind das?«

Er zögerte. »Nach Agenturinformationen wirst du gesucht, und zwar im Zusammenhang mit dem Verschwinden von Alice Hardon.«

Sie erstarrte. »Bist du sicher?«

Hari nickte. »Die Polizei im Umkreis von Vancouver und Seattle ist alarmiert worden. Sie kennen deinen Namen und haben ein Bild von dir.«

Kitala schloss die Augen. »Ich werde jemanden umbringen.«

»Sie glauben offensichtlich, dass du es bereits getan hast«, murmelte Koni.

Sie sah ihn finster an und legte ihren Geigenkasten auf den Esstisch. Dann entriegelte sie die Verschlüsse und klappte den Deckel auf. Ihr Instrument lag in seinem Bett aus lila Samt. Die Farbe des Holzes war ein tiefes, glänzendes Bernsteingelb. Kitala zupfte an einer Saite, der Ton durchdrang M'cal wie eine kühle Brise.

»Ist alles in Ordnung mit dir?«, erkundigte sich Amiri.

»Mir geht es gut, danke«, erwiderte M'cal. Er konnte seinen Blick nicht von der Geige abwenden.

Kitala sah ihn an. In ihren Augen lagen Düsternis, aber auch Verstehen und ein Versprechen. Dann richtete sie ihren Blick auf Hari. »Haben sie noch etwas gesagt? Haben sie auch ein gestohlenes Fahrzeug erwähnt? Den Angriff auf zwei Polizisten?«

»Ihr habt Polizisten angegriffen?«, fragte Rik.

»Was glaubst du denn, wer auf M'cal geschossen hat?«, entgegnete Kit.

Hari starrte auf die heilende Wunde an M'cals Kehle. Seine Augen verfinsterten sich und drückten etwas Bedrohliches, Wildes aus. »Ein Angriff wurde nicht erwähnt. Alice' Familie hat sie als vermisst gemeldet. Eine Behauptung, die angesichts dessen, dass ihr Onkel John

Hardon letzte Nacht in der Öffentlichkeit erschossen wurde, umso ernster zu nehmen ist.«

»Ich war dabei.« Kitala sah auf ihre Geige hinab. »Wir müssen sie finden.«

Du musst am Leben bleiben, dachte M'cal. Ein Blick auf die anderen Männer sagte ihm, dass sie genauso dachten, aber keiner sprach ein Wort.

Kitala schloss den Geigenkasten wieder, legte ihre Hand auf die harte Plastikschale, und zwar mit einer Nachdenklichkeit, die ihn beunruhigte. Als wollte sie sich verabschieden. Doch sie klemmte sich den Kasten unter den Arm, hob ihren Koffer auf und ging zu M'cal. Sie küsste seine Schulter und sagte: »Ich gehe nach oben.«

Er wäre ihr gern gefolgt, blieb aber dennoch sitzen. Dann sah er die anderen Männer an. Er wartete, bis er den Boden über ihnen knarren hörte, und fragte dann: »Wisst ihr, wie man Alice Hardon finden kann?«

»Nein«, entgegnete Hari leise. »Das soll allerdings nicht heißen, dass wir es nicht versuchen wollen, aber unsere oberste Priorität ist die Sicherheit von Kit.«

»Sie in Sicherheit zu bringen, bedeutet gleichzeitig, dass wir Alice finden müssen. Wir haben gar keine andere Wahl. Und nicht nur, weil Kitala es möchte. Wenn diese Frau nicht gefunden wird, und wenn die Polizei in dieser Richtung weiter ermittelt, dann wird es Kits Leben ruinieren. Ihre gesamte Karriere.«

»Sie kann nicht zur Polizei gehen, um ihren Namen reinzuwaschen«, erklärte Amiri. Er strich sich mit den langen, eleganten Fingern übers Kinn. »Nur Alice Hardon selbst darf das tun.«

»Wenn sie noch lebt«, murmelte Koni und sah M'cal scharf an. »Wir wissen zwar, warum wir hier sind. Aber warum bist du es? Was tut ein Mann aus dem Meer überhaupt an Land?« Er schüttelte den Kopf. »Ich kann gar nicht glauben, dass ich diese … Worte gerade gesagt habe.«

»Und das kommt von einem Gestaltwandler?«

»Diese Bezeichnung beinhaltet alle möglichen Arten. Ich dachte, ich hätte alle schon einmal gesehen.« Koni warf sich auf die Couch und holte eine Packung Zigaretten aus seiner Jacke.

Hari kam näher, seine goldenen Augen blickten scharf und eindringlich. »Deine Kehle. Ich kann die Spuren der Wunde noch erkennen. Das ist die Stelle, wo du getroffen worden bist?«

»Ist schon fast verheilt«, bemerkte Amiri leise. »Ist das eine Fähigkeit deiner Rasse?«

M'cal gab keine Antwort.

Hari schloss die Augen, als würde es ihm Schmerzen bereiten, die Wunde anzusehen. »Hat dir jemand diese Fähigkeit gegeben? Gegen deinen Willen?«

Eine bemerkenswerte Frage, die voller Bedeutung schien. M'cal zögerte. »Du kennst doch so etwas. Du hast es schon einmal gesehen.«

Hari knöpfte sein Hemd auf und öffnete es. Auf seiner Brust sah man eine groteske Masse von Brandmalen, von Narben in der Form von Wörtern. Die anderen Männer sahen weg. M'cal starrte ihn an.

»Das ist mir angetan worden«, grollte Hari. »Von jemandem, der mir auch die Macht der Regeneration verlieh. Unsterblichkeit. Aber es machte mich auch zum Sklaven, und ich wurde gezwungen zu tun, was man mir sagte. Ich war ein Gefangener, und zwar über mehr Jahre, als ich in Erinnerung habe.«

M'cal stockte der Atem. Er hielt seinen Arm hoch und tippte auf das Armband. »Du und ich, wir beide.«

»Verdammt«, murmelte Koni. Rik sackte über dem Esstisch zusammen. Amiri kam näher und betrachtete die Gravierungen; seine langen Finger berührten die Luft über dem Metall. Sie roch nach Energie, nach alter Magie, rätselhaft. Trotzdem konnte M'cal das Gefühl nicht loswerden, dass dies ein besonderer Augenblick war, vielleicht der erste dieser Art überhaupt in neuerer Zeit. Männer, die eigentlich nur noch Mythen entsprachen, hatten sich versammelt und atmeten die gleiche Luft. Und wenn dies zur Normalität würde, wenn sich die Welt so sehr gewandelt hatte, dass sich der Kreis wieder geschlossen hatte … dann fragte sich M'cal, was er wohl noch erleben würde. Er wagte nicht, es vorherzusagen.

Hari schloss sein Hemd wieder, sehr langsam; seine Augen blitzten unter den schweren Lidern gefährlich. »Wer hat dir das angetan?«

»Eine Frau«, erwiderte M'cal. Er wählte seine Worte vorsichtig. »Eine Hexe. Sie will auch Kitalas Tod.«

»Es gibt also zwei Parteien, die ihren Tod wollen? Warum geht es ausgerechnet um sie?«

M'cal zögerte, wog ab, ob er Vertrauen haben konnte. Was er in den Stimmen der Männer um sich herum gehört hatte. Wahrheit, Aufrichtigkeit. Nichts Verborgenes, außer ihrer eigenen Unsicherheit.

Du musst ihnen vertrauen. Du musst es für Kitala tun.

Er trat näher zu Hari heran, um ihm besser in die Augen sehen zu können. »Ich kann nichts über die Leute sagen, die uns heute angegriffen haben, aber was die Hexe angeht … ich glaube, dass sie sich für Kitala interessiert, weil sie über eine außergewöhnliche Begabung für Magie verfügt. Sie hat es geschafft, mich zumindest zeitweise von meinen Fesseln zu befreien. Glücklicherweise nicht auch von der heilenden Kraft des Armbandes.«

Koni setzte sich aufrecht hin. »Um welche Art von Magie geht es?«

»Genug jetzt«, unterbrach Hari. »Wir sollten nicht über Kit sprechen, wenn sie nicht dabei ist.« Er sah M'cal lange und ruhig an, legte ihm eine Hand auf die Schulter und schüttelte ihn leicht. »Geh und ruh dich erst einmal aus. Wir werden anfangen, Alice zu suchen. Und wir werden auch einen Weg finden, dich zu befreien. Das verspreche ich dir.«

M'cal nickte und durchquerte langsam den Raum. Er hielt jedoch inne und betrachtete nachdenklich seine Hände. »Mein Wissen ist sehr beschränkt, was diese Dinge angeht, aber es kommt mir äußerst ungewöhnlich, ja fast unmöglich vor, dass zwei verschiedene Zauber, von zwei unterschiedlichen Personen verhängt, in ihrer Kraft und ihrer Wirkung so ähnlich sein sollen. Würdest du dem zustimmen?«

»Ja«, grollte Hari. Sein Gesichtsausdruck war tödlich. »Das würde ich allerdings.«

Es war ein großes Haus mit vier Schlafzimmern im Obergeschoss. Steril, leer, nur eine Hülle. Staubflocken wirbelten herum, als M'cal durch den langen Flur ging und Kitala suchte. Er fand sie im letzten Zimmer, dem größten von allen. Sie saß auf der Kante des Bettes mit ihrem Geigenkasten auf dem Schoß. Sie war noch immer mit seinem getrockneten Blut beklebt.

M'cal schloss die Tür und ging zu ihr. Er kniete sich vor sie hin und nahm ihre Hände. Sie waren eiskalt. Ihr Gesicht schien eingefallen, ihre Augen sahen müde aus und lagen tief in den Höhlen. Es beängstigte M'cal. Er hauchte ihre Hände an, rieb sie. Als sie nicht sofort darauf reagierte, setzte er sich neben den Geigenkasten und zog sie in seine Arme. Er zwang sie ihn anzusehen, und endlich lächelte sie ihn auch etwas gequält an.

»Sieh mich nicht so an, als sei ich schon ganz erledigt«, murmelte sie und ließ ihre Finger über sein Gesicht gleiten. »Ich bin zwar erschöpft, aber nicht geschlagen oder gebrochen.«

M'cal atmete wieder. »Ich habe mir Sorgen um dich gemacht.«

»Du bist es, um den wir uns Sorgen machen müssen.«

»Noch nicht«, erwiderte er, obwohl er den Druck spürte, die Angst, die sich wie eine Bombe in seinem Herzen bildete. Er fühlte sich unbeholfen, als er sie an sich zog. Jeder Augenblick war kostbar; jede Geste, jedes Wort, etwas, was ihm Halt geben und ihn stärken könnte: für die lange Zeit, die ihm bevorstand. Nichts konnte als selbstverständlich betrachtet werden.

Kitala schmiegte sich an ihn, ihr Arm war um seine

Brust geschlungen. Er konnte die Energie in ihrem Körper fühlen, körperlich und geistig. Er konnte sich noch an den Geschmack ihrer Seele erinnern, als er begonnen hatte, sie in seinen Körper zu ziehen. Es war eine furchtbare Erinnerung, aber M'cal hatte eine Vorliebe für die Mythen der Menschen, und stellte sie sich deshalb – in diesem Moment zwischen Tod und Leben – als Feuer des Phönix vor. Rasend und sterbend und dazu bereit, wieder geboren zu werden. Ein Feuer, so unergründlich wie ihre Seele. Ein Feuer, das ihre Seele *war*.

Kitala rückte so weit von ihm ab, dass sie ihm ins Gesicht sehen konnte. Die müde Zärtlichkeit in ihren Augen ließ sein Herz schmerzen. Er konnte sich nicht daran erinnern, dass jemand ihn jemals so angesehen hatte. Er war sich auch nicht sicher, ob es jemals wieder jemand tun würde. Sie berührte sein Gesicht nur ganz leicht und strich sein Haar zurück. Sie sprach nicht einmal. Aber ihre Augen sagten genug – und ihre Hände, die sein Hemd langsam öffneten.

Er stand ganz ruhig da, als sie ihn auszog. Es war eine etwas grausige Angelegenheit, weil sein Hemd wegen des getrockneten Blutes an seinem Körper klebte. Aber sie tauschten grimmige Blicke, und dann war alles in Ordnung, wunderbar, weil er bei Kitala weder Erklärungen brauchte noch Bedenken haben musste. Sie verstand ihn einfach.

Sein Hemd fiel zu Boden. Sie berührte seine Brust. Ihre Hände waren nicht mehr kalt. Sie stand auf ihren Zehenspitzen und küsste seinen Hals. Die Wärme ihres Mundes weckte sofort wieder seine Leidenschaft. Sein Geschlecht war seit ihrem Vorspiel in dem gestohlenen Wagen ohnehin immer noch etwas steif.

Die Erinnerung an ihre Lippen und ihre Zunge ließ sein Blut noch mehr aufwallen, und im Nu war er steinhart und zu allem bereit. Das verstärkte sich noch, als Kitala seine Brust küsste. Sie leckte im Kreis um seine Warze, immer enger und enger. Sie spielte mit ihrer Zunge daran und biss dann zart hinein.

Mit seiner Kontrolle war es vorbei. Er zog sie beide auf den Boden und küsste sie wild und feucht. Sie presste sich an ihn und schlang ihre Schenkel um seine Hüften. Das Gefühl, sie so nah zu spüren, machte ihn noch wilder, und er schob ihr die Bluse über die Brüste, die rund, wunderschön und besonders fest waren. Sie trug keinen BH. Ihre seidenweiche Haut hatte einen reizvollen Karamellton und fühlte sich wunderbar an. Ihr Geschmack erfüllte seinen ganzen Körper mit Verlangen.

Kitalas Hände griffen in sein Haar. Sie warf ihren Kopf stöhnend zurück, und er beugte sich vor, um sie wieder zu küssen. Seine Finger glitten unter den Bund ihrer Hose, unter ihr Höschen. Sie war heiß, feucht, und seine Berührungen ließen sie aufschreien. Sie atmete so heftig, dass es sich anhörte, als würde sie sterben.

Sie kämpfte mit den Knöpfen seiner Hose und versuchte, ihr zu helfen, aber sie schob seine Hand mit einem leidenschaftlichen Lächeln weg. Es war so schön, sie lächeln zu sehen. Dann zog sie seine Hose bis zu den Knien herunter und legte ihre warme Hand um ihn. Er schauderte, und sie lachte, bis er sie wieder küsste und ihre Jeans herunterzog. Er wollte sie nackt sehen. Er wollte sie nackt unter sich spüren, um ihn herum. Sie sollte ihn halten.

Einen Moment später wurde sein Wunsch wahr. Kitala lag vor ihm. Sie hatte sich auf ihre Ellenbogen gestützt, das Kinn gehoben, und ihre wunderbaren Brüste standen hervor. Ihre Beine waren unglaublich lang, glatt und weich. Weit gespreizt. Blut befand sich auf ihrem Gesicht, aber sie war das schönste Wesen, das er jemals gesehen hatte. Sein Herz schlug so heftig, dass er schon glaubte, sterben zu müssen. Aber als er sie ansah, fühlte er noch etwas anderes. Es war, als hätte er zu seinem eigentlichen Schicksal zurückgefunden. So, als müsste er auf die Knie sinken und zu einem Gott beten, an den er doch gar nicht glaubte, weil das, was er fühlte, der Beweis von etwas weit Größerem war.

M'cal beugte sich über ihren Körper und versuchte, sich zu beherrschen. Ein fast unmögliches Unterfangen, weil sie sich hinlegte und hemmungslos grinste, während ihn ihre Finger an Stellen berührten, die heftige Gefühle in seinem Rücken auslösten. Der Atem rasselte in seiner Kehle. Er hätte fast aufgegeben, doch er riss sich zusammen, sogar als sie ihn zu ihrer warmen, feuchten Hitze führte. Sie rieb sich an ihm und bewegte ihre Hüften. M'cal glaubte, Musik im Innern seines Kopfes zu hören, Streicher und Stimmen.

»Kitala«, stöhnte er. Er legte sein ganzes Herz in dieses Wort. Ihre Augen wurden dunkler und verstanden ihn. Keine Furcht. Keine Manipulation. Nur aufrichtiges, atemloses Verlangen.

Er drang in sie ein, und die pure Lust, die ihn nun ergriff, hätte ihn fast überwältigt. Ihre Schenkel schlossen sich um seine Hüften, ihre Füße gruben sich in sein Gesäß und trieben ihn an. Härter, fester. Beide genossen das Vergnügen des anderen, die Atmung, das Stöhnen und die beschleunigten Herzschläge. Ein Strom von Erinnerungen durchfloss ihn: die Hexe, die auf ihm ritt, Männer und Frauen, die seinen Körper berührten, kurz vor ihrem Tod. Dann sah er in Kitalas Augen, ihre funkelnden, vergnügten Augen, und der ganze alte Schmerz verschwand.

Er fühlte, wie sich ihr Körper anspannte, während er tiefer stieß, konnte an ihrem Stöhnen und ihren Schreien hören, wie sie kam. Er nahm sie fest in die Arme, genoss ihre wollüstigen Schauder und ließ sich endlich auch einmal selbst gehen. Seine Sinne schwanden fast vor Verlangen, als er ganz tief in sie hineinstieß. Sie schrie auf, presste sich so heftig gegen ihn, dass er fast wieder hart geworden wäre. Sie bewegte sich weiter, er rollte sich auf den Rücken, nahm sie dabei mit. Sie griff zwischen sie, berührte sich selbst und kam schnell zum zweiten Mal. Dies erregte ihn tatsächlich und unmöglicherweise wieder. Und wieder war er bereit.

Kitala warf ihren Kopf zurück und ritt ihn, kreiste langsam mit den Hüften. Er griff nach ihren Brüsten, kam ihr entgegen. Bis sie sich endlich – endlich – auf ihn legte, ihre Beine zusammendrückte, bis ihre beiden Körper so aneinandergepresst waren, dass kein Haar mehr dazwischen gepasst hätte. Stoßen, stoßen, stoßen – bis zum nächsten Höhepunkt, der dann so heftig war, dass M'cal fast schwarz vor Augen geworden wäre.

Alles stand still. Er konnte sich nicht bewegen, sondern lag auf dem Boden, mit Kitala auf seinem Körper, und hörte zu, wie sie mit jedem Atemzug kleine Töne des Vergnügens von sich gab. Glänzend, braun, wunderschön – und völlig schlaff in seinen Armen.

Nach einer ganzen Zeit gelang es ihnen, ins Bett zu kommen, aber sie sprachen nicht. M'cal schmiegte sich um Kitala herum, gab ihr Wärme und Behaglichkeit. Sie hielt seine Hand mit eisernem Griff umklammert, lockerte ihn erst, als ihre Atmung sich beruhigte, tiefer wurde, und sie in den Schlaf hinüberglitt. M'cal wollte es ihr gleichtun, aber er konnte sich einfach nicht entspannen. Er hatte zu viel Angst. Die Zeit lief ihnen davon. Der Zwang könnte jeden Augenblick einsetzen, und er war schon genug Risiken eingegangen, hatte Kitala schon öfter berührt, als für sie beide gut sein konnte.

Nur wirkte ihre Gegenwart eben wie eine Droge, eine Lebensader, und er konnte nicht damit aufhören. So blieb er wach, beobachtete sie, hielt sie, horchte auf das schlafende Monster in seiner Kehle und versuchte, über Möglichkeiten nachzudenken, wie er sich selbst davon abhalten konnte, genau die Person zu töten, die ihm plötzlich am meisten bedeutete.

Nichts kam dabei heraus. Keine Antwort, keine Lösung, wie er es allein schaffen könnte. Es sei denn, die Hexe würde ihre Meinung ändern, oder Kitala und er würden einen Weg finden, den Zauber zu brechen. Sonst musste er eine dauernde Bedrohung für sie darstellen. Eine Bedrohung, die nur aufgeschoben war.

Und deshalb war es möglich, dass die Hexe Kitala auch selbst tötete. Wenn es nicht vorher jemand anders tat.

9

Im Radio lief leise »I Put a Spell on You«, als Kit im Traum ihre Augen öffnete und sich auf der überdachten Terrasse ihrer Großmutter wiederfand. Aus dem Sumpf waren die Rufe wilder Vögel zu hören, einsam und verloren. Zwielicht herrschte. Kerzen brannten. Old Jazz Marie saß auf ihrem Stuhl. Der Lederbeutel war fertiggestellt, aber jetzt kam der schwierige Teil: Magie bewirken, zum Leben erwecken. Kein richtiges Voodoo, behauptete ihre Großmutter, sondern etwas, das sie sich selbst beigebracht hatte, das sie in den vielen Jahren auf der Suche nach Erklärungen für die Macht, die ihren Geist durchfloss, gelernt hatte. Old Jazz Maries eigene Großmutter hatte diese Gabe auch besessen, war aber zu früh gestorben. Kit hatte mehr Glück gehabt. Abgesehen davon, dass sie nicht sehr interessiert daran gewesen war zu lernen.

Ironie des Schicksals.

»Mmmhh, mmmhh«, brummte die alte Frau. »Ich habe dir doch gesagt: *vertrau!* Und du rennst die ganze Zeit nur weg, oder, Mädchen?«

Kit versuchte nicht zu erröten. »Nicht, dass ich mich nicht freuen würde, dich zu sehen, aber warum bin ich hier? Ich weiß, dass dies kein gewöhnlicher Traum ist.«

»Nichts im Leben ist gewöhnlich«, gab Old Jazz Marie

zurück. »Aber die Leute neigen dazu, sich das vorzustellen. Ich habe niemals begriffen, warum.«

Weil die Alternative zu beängstigend wäre, dachte Kit. Ihre Großmutter sah sie scharf an.

»Es wäre nicht so beängstigend, wenn du mir zugehört hättest, als ich noch am Leben und gesund und munter war. Wenn es darum ging, etwas über dein Erbe zu lernen, warst du immer so glücklich wie ein totes Schwein im Sonnenschein. Keine Besorgnis, keine Achtsamkeit, was die möglichen Gefahren angeht. Den Kopf in den Sand stecken, Kitty Bella, das hast du schon immer getan.«

»Ich wollte niemals daran teilhaben«, sagte Kit. »All diese toten Leute ...«

»Aber du siehst sie trotzdem, und es wird immer so bleiben. Das Einzige, was du tun kannst, ist: lernen, es zu kontrollieren. Das ist alles, was ich immer wollte.«

»Das schien mir damals aber nicht so.« Kit scharrte mit ihren nackten Füßen auf dem Boden. »Es fühlte sich nur wie weitere Albträume an.«

Old Jazz Marie seufzte. »Dickköpfig wie ein Muli. Und außerdem in großer Gefahr. Die Dinge sind nicht so, wie sie scheinen, Kind. Trugbilder werden geschaffen. Und wer dafür verantwortlich ist, ist schlimmer, als du dir vorstellen kannst.«

Ihre Großmutter nahm ein Muschelhorn von ihrem kleinen Arbeitstisch. Ein zartes Ding in der Farbe von Knochen. Sie hielt es Kit hin. »Halt dir das ans Ohr, kleine Katze. Erzähl mir, was du hörst.«

Kit presste die Muschel an ihr Ohr. Sie lauschte. Zuerst hörte sie nichts, außer dem Rauschen des Blutes in ihren

Ohren und dem trommelnden Herzschlag. Aber das hielt nicht an; stattdessen nahm sie etwas wahr, das ihr zuerst wie eine sanfte Brise in der Morgendämmerung erschien, alles rosa einfärbend und äußerst vielversprechend. Ein gedämpfter Ton, wunderbar und ruhig. Aber auch das blieb nicht so. Was folgte, war ein einsamer Klageton von etwas, das Streichern ähnelte. So, als wären Streichinstrumente aus Erde und Donner hergestellt worden, und würden sich immer wiederholen, wie der erste Ton eines unbekannten Musikwerkes.

Schlicht. Ursprünglich. Großartig.

»Was war das?«, presste Kit hervor. Sie spürte eine bittere Enttäuschung, als die Musik verklang.

Old Jazz Marie betrachtete sie feierlich. »Das ist das Lied deiner Seele, Kitty Bella. Ein Lied der Macht. Wenn du das Lied in deinem Kopf hören kannst, kannst du alles erreichen. Du kannst die Sterne bewegen, Leben in einen Schmetterling hauchen, in den Sumpf da draußen gehen und ein Schläfchen im Maul eines Alligators machen. Du kannst sogar die Hand nach den Toten ausstrecken. Du kannst Zauber wirken. Alles hängt davon ab, wie gut du zuhörst und was du tust.«

»Und was soll ich tun?«, flüsterte Kit.

Old Jazz Marie lächelte sanft und drückte ihren Daumen gegen die Stirn ihrer Enkelin. »Sei einfach gut, kleine Katze. Einfach nur gut.«

Kit öffnete die Augen. Dieses Mal befand sie sich in einem Schlafzimmer, auf einem Bett, umschlungen von starken Armen und einem starken Körper. Nackt.

Sie erinnerte sich. M'cal. Wärme durchströmte sie, eine echte und köstliche Zufriedenheit. Sie war eine vollkommen befriedigte Frau – genau das war es, was sie fühlte. Bis jetzt hatte Kit gedacht, sich ein- oder zweimal so gefühlt zu haben, aber nicht öfter. Doch so wie jetzt sollte es immer sein. Diese Wärme, diese tiefe, bis in die Seele reichende Befriedigung, die das Herz berührte, das war es, was es für eine Frau ausmachte, sich befriedigt zu fühlen. Genommen und umgestaltet zu werden, neu erschaffen aus dem Alten, weil ein Teil von ihr jetzt aus M'cal bestand. Sie hatte nie bei einem anderen Mann so etwas gefühlt, hatte nie auch nur für möglich gehalten, dass sie es könnte, wenn auch nur, weil sie so viel verheimlichen musste. Sie hatte kein Vertrauen geschenkt.

Aber die Ereignisse hatten sie an den Rand eines Vulkans gebracht, über Lava taumeln lassen, und es gab nichts, außer das eigene Leben fast zu verlieren, um das Beste oder das Schlechteste zum Vorschein zu bringen. Kit dachte, dass es unmöglich sei herauszufinden, was in einem Menschen ganz und gar aufrichtig war, ohne ihn ins Feuer zu werfen. M'cal hatte sie nicht enttäuscht. Sie hoffte, er würde das Gleiche über sie denken. Aber selbst wenn er es nicht tat – sie fand, dass sie sich sehr gut gehalten hatte. Sie war entführt worden, man hatte auf sie geschossen, sie war immer noch blutbedeckt, ihre Karriere würde wahrscheinlich ruiniert sein, Leben hingen an seidenen Fäden, einschließlich ihres eigenen. Und, oh, nicht zu vergessen die Tatsache, dass niemand um sie herum ganz menschlich war.

Bis jetzt gab es aber kein Geschrei. Keine Zeichen von

Wahnsinn. Und nur eine halbe Xanax-Tablette in vierundzwanzig Stunden. Fantastisch.

Es gab zwei Fenster. Die Vorhänge waren zugezogen, ließen aber genug Licht durch die Ritzen, um erkennen zu können, dass draußen die Abenddämmerung begonnen hatte. Kit musste ins Bad. Ihre Haut fühlte sich eklig an. Sie versuchte, sich aus M'cals lockerem Griff zu lösen, aber seine Arme spannten sich plötzlich an. Sie lächelte in sich hinein, führte seine große Hand zu ihrem Mund und küsste die Handfläche. Seine Haut war schwielig, die Muskeln und Sehnen seiner Finger und seines Unterarms wirkten wie gemeißelt, glatt und kräftig.

»Hallo«, murmelte er. Sein Atem strich über ihre Wange.

»Hallo«, flüsterte auch sie und betrachtete ihn. Er befand sich in einem furchtbaren Zustand. Wenn er in ein Bad mit Blut getaucht worden wäre, hätte er besser ausgesehen. Sein Haar war mit Blut verkrustet, sein Oberkörper dunkel und rot und rau. Aber es war sein eigenes Blut, nicht das eines Fremden – *er ist so seltsam, fremdartig* –, und aus verschiedenen Gründen machte genau dies den Unterschied aus. Grob, aber nicht unerträglich. Auf seltsame Art und Weise sogar sexy. M'cal sah aus, als hätte er eine Schlacht in der Hölle geschlagen und wäre auf der anderen Seite wieder herausgekommen und schon für die nächste bereit. Bereit für *sie*.

Sie erinnerte sich auch daran, wie es sich angefühlt hatte, ihn in sich zu spüren. Seine Bewegungen in ihr, wie er sie mit so viel Leidenschaft und Zärtlichkeit geliebt hatte, und wie sich das in seinen Augen zeigte, an der Art, wie er sie ansah. So, als müsste er sterben, wenn er sie nicht berühren konnte. Oder so, als müsste er sterben, wenn er es täte.

Aber er kann nicht sterben. Er ist in Sicherheit, was du ja auch siehst. Jedenfalls im Augenblick. Was erst einmal reichen musste. Es gab kein Zurück. Sie streichelte seine Wange mit ihren Fingern und wunderte sich über seine Wärme. »Ich wollte unter die Dusche gehen. Willst du mir Gesellschaft leisten?«

M'cal lächelte, erschöpft und müde. Seine Augen waren blutunterlaufen. Kit zuckte die Achseln, berührte sein Gesicht. »Hast du geschlafen?«

Er schüttelte den Kopf. »Ich hatte Angst, der Zwang könnte zurückkommen.«

»Du musst dich ausruhen. Mach dir keine Sorgen.«

»Du verlangst etwas Unmögliches. Wenn ich dich verletze …«

Kit verschloss seinen Mund mit ihrer Hand und rutschte dann langsam und vorsichtig rückwärts aus seinen Armen heraus. Ohne seine Umarmung fühlte sie sich kalt. »Wie ist es so? Besser?«

»Nein«, sagte er reuevoll.

»Schwierig«, sagte sie. Sie rollte sich auf den Rücken, streckte sich, bewegte ihre Hüften, dehnte ihr Rückgrat. M'cal betrachtete ihren Körper. Er streckte eine Hand aus, um ihre Brust zu berühren. Kit gab ihm einen Klaps auf die Hand.

»Berühren verboten«, sagte sie. »Du musst dich jetzt ausruhen.«

»Du machst es ja unmöglich.« Er nahm die Decke zur

Seite, um ihr zu enthüllen, wie unmöglich sie es machte. Kit lachte leise und rollte sich wieder auf die Seite. Dann stützte sie den Kopf auf ihren Arm.

»*Meermann*«, sagte sie. »Mann aus dem Meer.«

M'cal rutschte näher an sie heran, seine Hand war nur eine Haaresbreite von ihrer entfernt. »Hast du ein Problem, es zu glauben?«

Kit zögerte. »Nicht, nein. Ich traue meinen Augen. Ich vertraue dir und dem, was du mir erzählt hast. Aber es bleibt … doch fremdartig. Ich habe Probleme, das alles unter einen Hut zu bringen, überhaupt zu begreifen, dass etwas wie du – du, der so überaus menschlich wirkt – überhaupt existiert.«

»Und was ist mit den Männern im Erdgeschoss?«

Kit schloss die Augen. »Die machen es nur noch schlimmer. Ich weiß einfach nicht, was ich davon halten soll. Ich sollte meine Freundin anrufen. Sie fragen. Aber ich will das gar nicht. Ich kann einfach nicht.«

»Du fühlst dich betrogen?«

»Nein«, sagte sie, und es war ehrlich, vollkommen ehrlich gemeint. »Etwas so Wichtiges? Das würde ich auch nicht erzählen. Ich habe niemals erwähnt, wozu ich in der Lage bin. Aber es ist einfach … zu viel. Ich will mich jetzt nicht damit beschäftigen. Alles, womit ich mich jetzt beschäftigen will, sind du und ich. Und Alice.«

»Alice«, murmelte M'cal. »Falls wir sie lebend finden sollten, hoffe ich, dass sie überhaupt zu würdigen weiß, was du alles getan hast, um ihr zu helfen.«

»Es wäre mir auch egal, wenn sie es nicht täte.« Kit seufzte. »Ich weiß nicht, was ich machen soll, um das

Schicksal zu überlisten. Soweit ich weiß, habe ich die Ereignisse ausgelöst, die zu ihrem Tod führen werden.«

»Das Einzige, was du tun kannst, ist deinem Herzen zu folgen.« M'cal fuhr mit einer Hand durch die Luft über ihrem Gesicht. »Sei gut, Kitala. Ganz gleich, was passiert, aber wenn du gut bist, wirst du nichts zu bereuen haben.«

»Sei gut«, wiederholte sie und spürte, wie ein Kribbeln ihr Rückgrat entlanglief. »Du weißt, dass der Weg in die Hölle mit guten Vorsätzen gepflastert ist?«

M'cal lächelte schief. »Ist das so?«

Kit lachte leise. »Gut, erzähl mir etwas über deine ... Leute? Ist das der richtige Ausdruck?«

»Er ist genauso gut wie jeder andere. Und es gibt da gar nicht viel zu erzählen. Wir sind den Menschen in vielerlei Hinsicht ähnlich, dennoch sind die Krackeni ausgeprägte Einzelgänger. Anderen gegenüber fast feindlich eingestellt. Es gibt eigentlich kein richtiges Besitzdenken, aber es gibt Territorien, die streng bewacht werden. Es müssen sehr umständliche Zeremonien durchgeführt werden, bevor man ein solches Territorium betreten darf.«

»Erbarmen mit dem unvorsichtigen Seemann?«

M'cal zuckte die Achseln. »Die Legenden der Menschen erzählen von Amazonen. Die Krackeni haben ihre eigene Version davon. In der fernen Vergangenheit wollte eine besondere Kolonie von weiblichen Krackeni Rache an menschlichen Seeleuten nehmen, mit denen sie ein unglückliches Zusammentreffen hatten.«

»Oh.« Kit biss sich auf die Unterlippe. »Was geschah dann?«

»Andere von uns hielten sie auf. Zu dem Zeitpunkt hatten wir bereits begonnen, uns von menschlichen Aktivitäten fernzuhalten. Es wurde gefährlich, sich untereinander zu vermischen, obwohl das nicht immer so gewesen war. In den ehemaligen Häfen der alten Welt lebten wir Seite an Seite mit den Menschen. Wir handelten mit den Früchten des Meeres, boten unsere Dienste als Führer und Musiker an. Einige von uns wagten sich auch weiter landeinwärts und bildeten zwei Kolonien, die heute verschwunden sind. Sie gingen dort verloren, wo heute Europa und Asien liegen. Wir suchten nach neuen Möglichkeiten im Meer, nach neuen Handelswegen. Ich vermute, Reste dieser Blutlinien könnten noch immer existieren.«

Kit schüttelte den Kopf. »Ich habe mir die Welt nie so vielschichtig vorgestellt.«

»Trotz dem, wozu du in der Lage bist?«

»Das ist doch etwas ganz anderes.«

M'cal zuckte die Achseln, seine Augen wurden schläfrig. Schlaf, endlich. Aber seine Stimme tönte voll, als er dann sagte: »Es wird immer schwieriger für uns. Jedes Jahr müssen wir weiter und tiefer gehen als jemals zuvor. Und es ist immer noch schwer zu verhindern, dass wir entdeckt werden.«

»Es ist nur eine Frage der Zeit.«

»Deshalb sind auch einige von uns ausgeschickt worden, um auf dem Land zu leben, während unsere Kolonien geteilt oder aufgelöst und überall im Meer verteilt wurden. Es ist gefährlich für uns, alle zusammen an einem Ort zu sein. Und für diejenigen von uns, die an der

Oberfläche leben, ist es wichtig, zu beobachten und zu lernen, und wenn nötig, auch zu kämpfen.«

»Kämpfen«, wiederholte Kit überrascht. »Warum denn nicht versuchen, gerade dem Kampf aus dem Weg zu gehen? Wenn du entdeckt wirst …«

»Man behandelte uns wie Tiere. Vielleicht würde man sogar Experimente mit uns machen. Und selbst wenn nicht, gewiss würde es Leute geben, die sich vor uns fürchteten und versuchten, uns zu kontrollieren. Menschen tolerieren einander doch schon kaum. Wie sollten sie uns dann akzeptieren können?«

»Ich akzeptiere dich. Würden deine Leute mich akzeptieren?«

M'cal erwiderte nichts, was ihr als Antwort genügte. Sie begann sich zurückzuziehen, doch er griff nach ihrer Hand.

»Meine Mutter war menschlich«, sagte er ruhig.

Kit starrte ihn an. »Ist das üblich?«

»Nein. Aber mein Vater war einer von denen, die an Land gesandt wurden, um dort zu leben, und er traf eine Frau, ohne die er nicht leben konnte. Es verursachte … eine Menge Aufregung, wie du es vermutlich ausdrücken würdest. Hauptsächlich bei denjenigen, die meinten, die Fortpflanzung mit Menschen würde die Blutlinie beschmutzen.«

»Die Blutlinie?« Kit versuchte nicht zu lächeln. »Sprechen wir hier über rassistische Krackeni? Tragen sie kleine Kapuzen aus weißem Seetang und veranstalten geheime Treffen am Rand eines Vulkankraters?«

M'cal unterdrückte ein Lachen. »Einige von ihnen würden genau das sicherlich tun, wenn sie genug Fantasie hätten, sich so etwas auszumalen. Aber nein … die Blutlinie bezieht sich auf etwas … sehr Einzigartiges.«

»Einzigartig? Du bist doch kein Prinz, oder? Ich habe gerade das Gefühl, mitten in einem Märchen zu sein.«

Sein Mund zuckte. »Es tut mir leid, dich enttäuschen zu müssen. Obwohl … wenn es bei den Krackeni so etwas wie ein Königshaus gäbe, dann, vermute ich, könnte man sagen, ich sei einer.«

»Rock on.« Kit gab ihm einen Klaps auf die Hand. »Und was ist so Besonderes daran, sich mit einem Menschen zu verbinden, dass es alle in eine solche Aufregung versetzt?«

»Du hattest ja bereits eine Kostprobe davon.«

»Ich hatte eine Kostprobe von einer ganzen Menge Sachen, M'cal. Und ich bin von jeder einzelnen beeindruckt.«

Er lächelte. »Meine Stimme. Und was ich damit machen kann.«

»Ah.« Kit dachte einen Augenblick lang nach. »Ich erinnere mich daran, dass du es als eine Eigenschaft der Krieger bezeichnet hast.«

»Früher waren wir viele, aber jetzt sind nur noch ein Dutzend Familien übrig, die diese Gabe besitzen. Sie werden ermutigt, sich zu … vermischen.«

»Du meinst, Kinder zu bekommen. Viele, viele Babys.« Sie fragte sich, wie Krackeni-Babys wohl aussehen würden. Außerdem fragte sie sich plötzlich, ob ihre Verhütungsmethode ausreichen würde. Sie wunderte sich auch darüber, dass sie sich über die möglichen Folgen kaum Sorgen machte.

M'cals Blick richtete sich in die Ferne. »Ich glaube, die Gabe wird wahrscheinlich unabhängig davon, wer der Partner ist, weitergegeben, aber ich bin gewiss etwas voreingenommen.«

»Und dein Vater war also ein Rebell. Wo ist er jetzt?«

»Zu Hause, irgendwo im Südpazifik. Er ist ... zurückgetreten. Meine Mutter starb vor ein paar Jahren an Krebs, und danach hatte er kein Verlangen mehr, zu bleiben. Ich habe seinen Platz eingenommen.«

»Das tut mir leid«, sagte Kit. M'cal legte seine Hand auf ihre und umschlang ihre Finger.

»Sie bereute nichts«, sagte er mit abwesendem Blick. »Außer vielleicht der Tatsache, dass sie meine Familie nicht im Meer besuchen konnte. Das bedauerte sie sehr. Sie wollte in der Lage sein, ihr Leben auf jede Art und Weise mit ihm verbringen zu können, aber dieser essenzielle Teil seiner Natur blieb ihr verschlossen. Meinem Vater war es egal, und sie wusste das auch ... aber es schmerzte sie trotzdem.«

»Hast du Geschwister?«

»Keine Blutsgeschwister. Und du?«

»Ich bin Einzelkind. Ich glaube, mehr als ein Kind konnten sich meine Eltern nicht leisten.« Kit blickte auf ihre miteinander verbundenen Hände, die dunkel und blass wirkten, und musste an ihre Mutter und ihren Vater denken. Sie fragte sich, ob sich die Polizei schon bei ihnen gemeldet hatte. Sie würden doch gewiss vor Sorge ganz krank sein.

Trotzdem griff sie nicht zu dem Telefon neben dem Bett. Sie blickte nur weiter M'cal an und dachte über das nach, was er ihr erzählt hatte. »Du hast erwähnt, dass du darauf vorbereitet bist zu kämpfen, falls etwas schief geht. Du glaubst, dass jeder Angriff auf dein Volk vom Land ausgeht?«

»Daran gibt es keinen Zweifel.«

»Nun, wie viele Generationen lang verhaltet ihr euch schon so? An Land gehen, handeln, als ob… ihr so eine Art Geheimdienst seid?«

»Mein Vater war einer der Ersten. Es hat schon immer Krackeni gegeben, die das Meer verließen, um durch die Welt zu wandern. Wir sind ebenso sehr an Forschungsreisen interessiert wie die Menschen. Aber dies war etwas anderes. Nach eurem Zweiten Weltkrieg entschieden wir, dass es in unserem Interesse sei, sich besser zu organisieren. Nur für den Fall.«

Nur für den Fall, dass die Männer aus dem Meer jemals von den Medien entdeckt würden und in einem Forschungslabor endeten. »Willst du dahin zurück, wo auch immer dein Zuhause ist?«

»Wenn ich kann. Aber es wird nie für längere Zeit sein. Diese… Verpflichtung, die ich eingegangen bin, gilt für mein ganzes Leben.«

»Das muss aber eine einsame Angelegenheit sein.«

»Ich hätte die Einsamkeit mehr schätzen sollen, als ich es tat«, entgegnete M'cal düster. »Meine Einsamkeit hat mich angreifbar gemacht.«

»Die Hexe.«

Er lächelte bitter. »Kurz bevor ich gefangen genommen wurde, hatte ich begonnen, eine Universität der Menschen zu besuchen. Ich hatte die Jahre zuvor auf der Wanderung verbracht, nebenbei etwas gelernt, aber ich wollte etwas … Handfesteres. Stabilität, vermute ich. Die Hexe war eine der Professorinnen. Für Theologie, um genau zu sein.«

»Ich könnte jetzt einen Witz über die Sünde machen, mit seinen Lehrern zu schlafen, aber angesichts der Umstände …«

»Ist das nicht sehr komisch«, stimmte M'cal zu. »Sie war schön, äußerst charmant. Aber sie hatte kalte Augen. Ich bemerkte das schon ganz zu Anfang, doch ich war so hingerissen …« Er verharrte, Kummer huschte über sein Gesicht. Kit rückte näher und umarmte ihn. Er hielt sie fest, legte sein Gesicht in die Beuge ihres Halses. Sie fühlte das Metall des Armbandes, das sich gegen ihre Haut presste.

»Ich dachte, dass du *Berühren verboten* gesagt hattest«, flüsterte er.

»Ich werde es nicht weitersagen, wenn du es auch nicht tust«, murmelte sie.

Sie duschten zusammen. Es blieb unausgesprochen, aber Kit vermutete, dass sie beide befürchteten, eine Trennung wäre endgültig. Und angesichts der Bedrohung durch den Zwang war es einfach gut, die Zeit zu genießen, die sie noch hatten. Solange sie sie noch hatten.

Kit half M'cal dabei, sein Gesicht und seine Haare zu waschen. Es war harte Arbeit und erforderte eine beachtliche Menge an Seife und heißem Wasser, um das getrocknete Blut abzuwaschen. Unter der hellen Badezimmerbeleuchtung bemerkte Kit einen Schimmer auf M'cals blasser Haut, den sie vorher noch nicht wahrgenommen hatte. Wie Perlmutt, sehr schwach, fast transparent.

»Das ist das Wasser«, erklärte M'cal, als sie ihn darauf ansprach. »Mein Körper reagiert darauf. Instinkt.« Er berührte ihre Brüste, die sich schon eine ganze Weile danach gesehnt hatten. Kit stöhnte, bog ihren Rücken.

»Ich liebe deine Instinkte«, murmelte sie und stöhnte heftiger, als er sich hinter sie stellte. Er führte ihre Arme über ihren Kopf, legte ihre Hände an die Wand der Duschkabine, küsste ihren Nacken. Seine Finger glitten langsam zu ihren Schultern, die er ruhig massierte – und die Verspannungen aus der Muskulatur herausknetete. Kit genoss es, stöhnte, als seine Hände nach unten glitten, ihre Brüste umfassten und sie vorsichtig kneteten. Sie wollte ihre Hände von der Wand lösen, aber er hielt sie davon ab.

Seine Hände wanderten weiter nach unten. Ihre Hüften bewegten sich unruhig, ein leidenschaftliches Sehnen durchströmte ihren ganzen Körper, als er eines seiner Beine zwischen ihre presste, sie auseinanderspreizte, während seine Finger in ihren Körper eindrangen. Kit schloss die Augen und genoss das Gefühl, jeden Augenblick des Vergnügens, kombiniert mit dem harten, kräftigen Muskel seines Schenkels zwischen ihren Beinen. Sie genoss auch die Hitze seines Körpers, das heiße Wasser, das auf sie herunterprasselte, selbst den Wasserdampf. Sie stieß sich ihm entgegen, härter und fester, bis seine Hand ganz plötzlich verschwand. Er ergriff ihre Hüften, und ganz selbstverständlich beugte sie sich mit gespreizten Beinen nach vorn und ließ sich hart von ihm nehmen.

Wie bereits bei ihrer ersten Begegnung staunte sie, wie groß er sich in ihr anfühlte, wie tief er in sie eindringen konnte. Er füllte sie vollkommen aus, und ihre Lust wurde noch größer, als er schneller und schneller stieß. Ihr schwindelte, das Herz schlug ihr bis zum Hals. Es dauerte nicht lange, bis sie kam. Sie schwankte, hatte so schwache Knie, dass er sie um die Hüfte fassen und festhalten musste, als er heftig kam. M'cal erschauderte an ihrem Rücken. Er umschloss sie, seine Arme waren hart wie Stahl. Es schien, als wäre sie von einem perfekten Schild eingehüllt und gegen die ganze Welt geschützt.

Selbst wenn dies bei ihm auslösen würde, deine Seele fortzusingen?

Unbehagen kam in ihr auf und trübte ihre Freude. Sie versuchte, nicht daran zu denken. Sie wollte mit M'cal zusammen sein, egal wie groß das Risiko auch war. Es kam ihr unmöglich vor, so starke Gefühle für jemanden zu empfinden, aber sie konnte nicht anders. Ihre Großmutter hatte recht gehabt: Sie war immer auf dem Sprung gewesen.

Aber du hast dich schon einmal selbst gerettet, und du kannst es wieder tun. Du kannst auch M'cal retten. Irgendwie, auf irgendeine Art.

Musik füllte ihren Kopf: ein Lied aus der Frühzeit, ein Donnergrollen. Das Lied ihrer Seele, ihrer Macht.

Du kannst die Sterne bewegen, wiederholte die Stimme ihrer Großmutter. Die Sterne bewegen oder ihr eigenes Leben retten. Das Leben eines Mannes aus dem Meer retten. Das Leben einer fremden Frau retten.

Klar. Kinderleicht.

Sie verließen die Dusche, stolperten wieder gegeneinander. Zu viel Anstrengung in zu großer Hitze. Es hatte sich auf Kit allerdings stärker ausgewirkt als auf M'cal, doch sie zwang sich dazu, sich zu bewegen. Sie zog die Sachen an, die die Männer in einem Koffer für sie mitgebracht hatten. Allerdings war nichts für M'cal dabei. Er zog seine Hose wieder an, verzichtete jedoch auf das Hemd, als er sie die Treppe hinunter begleitete. Kit nahm ihren Geigenkasten mit. Es war zwar albern, aber ohne ihn fühlte sie sich nackt.

Die einzigen Anwesenden waren Koni und Rik, die mit vier Pizzaboxen vor sich am Esstisch saßen. Der Fernseher lief. Sie sahen das *A-Team.* Mr. T hatte gerade einen dürren weißen Jungen im Schwitzkasten.

Kits Magen knurrte. Koni sagte: »Hallo, du Sonnenschein.«

»Hallo«, sagte sie und öffnete eine der Pizza-Boxen. Diese Jungs waren offensichtlich Fleischliebhaber. Sie griff nach einem Stück mit Pepperoni, Salami, Schinken und Ananas, brach es ab und stopfte es sich in den Mund. Es war köstlich.

»Wenn ich die Zeit stoppe«, sagte Koni schleppend, »glaubst du, dass du die ganze Pizza in weniger als einer Minute essen kannst?«

Kit zeigte ihm den Stinkefinger, hörte, wie er leise lachte, und nahm sich ein weiteres Stück. M'cal tat es ihr gleich und griff in die Box.

»Krackeni essen Junkfood?«, fragte sie, als er einen Bissen nahm.

M'cal schluckte und lächelte. »Wenn mein Volk wüsste,

was ihm entgeht, hättet ihr Landtypen ein ernsthaftes Problem.«

»Ich bin sicher, das wären schöne Zeiten.« Koni sah Rik an. »Ich habe dennoch eine Frage. Versuch mal, mir zu erklären, warum du die Existenz von Meermännern niemals erwähnt hast? Wir haben dich doch sicher oft genug betrunken gemacht.«

Rik sah aus, als fühlte er sich unbehaglich. »Es hat sich halt nie so ergeben.«

»Nun, ich hab mal eine Frage an dich«, sagte Kit zu Koni. »Wie kommt es nur, dass ihr alle so menschlich ausseht?«

»Warum sollten wir nicht?«

»Weil ihr es nicht seid.«

»Kümmere dich nicht um Kleinigkeiten, Schwester. Das ist ganz unwichtig.«

Kit kniff die Augen zusammen. »Für mich ist es aber wichtig, Bruder. Wie viele von euch gibt es dort draußen noch?«

»Nicht genug jedenfalls«, erwiderte Koni. »Nicht annähernd genug. Vier von uns zusammen am selben Ort zur selben Zeit sind deshalb ...«

»Es sollte unmöglich sein«, sagte M'cal. »Und du sagst sogar, dass ihr alle für dieselbe Organisation arbeitet. Entschuldige bitte, aber es fällt mir schwer, das zu glauben.«

»Das mit der Agentur oder das mit uns?« Koni lehnte sich in seinem Sessel zurück und zuckte die Achseln. »Das kann ich verstehen. Ich wollte zuerst auch nichts damit zu tun haben. Aber Hari war der erste Gestaltwandler außerhalb meiner Familie, den ich seit Jahren gesehen habe, und es gab ... mildernde Umstände. Ich sprang für eine Probezeit an Bord und bin nie wieder gegangen. Es ist eine gute Arbeit.«

»Ich verstehe es aber immer noch nicht«, meinte Kit. »Ich dachte, Dirk & Steele wäre eine Detektivagentur.«

»Das stimmt auch«, erwiderte Rik. Seine Finger fummelten an einem Stück angebrannter Kruste herum. »Aber wir haben die Möglichkeit, unsere ... Fähigkeiten einzusetzen. Und wir erhalten dadurch die Chance, andere unserer Art zu finden.«

»Nur Gestaltwandler?«, fragte M'cal. Kit musste an Dela denken.

Koni zögerte. »Nicht ausschließlich Gestaltwandler. Auch Menschen. Obwohl ... ich sie nicht als völlig normal bezeichnen würde.«

»Oh, Mann«, murmelte Kit. »Was heißt das denn, können sie Gedanken lesen? Feuer mit ihrem Hintern entzünden ...« Sie hielt inne, als ihr plötzlich ein furchtbarer Verdacht kam. »Was ist mit Blue?«

»Blue?«, wiederholte M'cal.

»Äh, jemand, mit dem ich mich mal für kurze Zeit getroffen habe.« Kit runzelte die Stirn. »Nun?«

Koni hob die Hände. »Du solltest es dir von ihm selber erzählen lassen. Aber, he, du solltest auf keinen Fall zu sauer werden. Es ist ja nicht so, dass du deinen eigenen Hokuspokus erwähnt hättest.«

»Meinen *was?*«

M'cal bewegte sich unbehaglich. »Ich habe ihnen erzählt, dass du einige ... magische Fähigkeiten besitzt.«

»Fantastisch«, murmelte sie und öffnete eine neue Pizza-Box. Hühnchen und Zwiebeln. »Wie geht es ihm?«

»Er ist mit einer Zirkuskünstlerin verheiratet. Ein Baby ist unterwegs.«

Kit wäre fast erstickt und musste husten. »Ich habe vor sechs Monaten mit ihm gesprochen.«

Koni zuckte die Achseln. »Männer verändern sich eben schnell.«

Offensichtlich war das so. Allerdings veränderte sich Kit selbst auch verdammt schnell. Sie sah M'cal an und bemerkte, dass er sie mit einer klitzekleinen Furche zwischen den Augen beobachtete. Er sah zugleich beunruhigt und irritiert aus.

Eifersüchtig, dachte sie mit einem kurzen Anflug von Verwunderung. *Vielleicht befürchtete er auch nur, dass sie etwas für Blue empfinden könnte.*

Was sie fühlte, war albern. Es war albern, von all diesen Leuten umgeben zu sein, ohne bemerkt zu haben, dass sie seltsam oder anders waren. Sie musste blind gewesen sein, während sie durchs Leben ging und immer nur das ansah, was genau vor ihr lag. Ihre Visionen waren zum Teil schuld an diesem Verhalten – Kit hatte nie gerne zu genau hingesehen. Sie hatte sich nie klargemacht, was ihr alles entging.

Sie beugte sich vor und nahm M'cals Hand. Es gab nichts, was sie sagen konnte, um ihn zu beruhigen, jedenfalls nicht vor Zeugen. Aber sie hoffte, dass er ihr vertraute. Es war ein Vertrauen, das bereits brüchig war. Sie hatte schon einmal etwas vor ihm verborgen, vielleicht dachte er, sie wäre noch einmal dazu fähig.

Sanft drückten ihre Finger seine Hand, und er erwiderte den Druck. Seine Augen blickten trotzdem nicht milder. Er dachte noch immer nach; die Zahnräder arbeiteten. Ein besitzergreifender Zug, den sie nicht bei ihm erwartet hätte. Bei jedem anderen wäre es das Ende gewesen. Aber bei M'cal … mochte sie es.

Koni hustete und strich dann sein Haar zurück. »Hari und Amiri sind ausgeschwärmt, um etwas über Alice Hardon herauszufinden. Ich sollte hier warten, bis ihr … aufwacht. Da ihr nun wach seid …« Er salutierte ihnen beiden und ging auf die Tür zu. Auf halbem Weg stoppte er jedoch und drehte sich um. »Bei der Gelegenheit, wie kommt es eigentlich, dass ihr beide euch getroffen habt, wenn eure … Hexe, oder wie auch immer ihr sie nennt, den Tod von Kit wollte?«

Es ging nicht wirklich um den Tod, dachte Kit und erinnerte sich an das Gefühl, wie ihre Seele weggesungen wurde. Sie blickte M'cal an, dem man ganz plötzlich wieder ansah, dass er sich sehr unbehaglich fühlte.

»Ich wurde ausgeschickt, um sie zu töten«, sagte M'cal.

Rik setzte sich auf. Koni glotzte ihn an. »Du willst mich wohl verarschen.«

»Ich wünschte, es wäre so.«

Koni schloss kurz die Augen. »Wusstest du davon, Kit?«

»Natürlich«, erwiderte sie.

»*Natürlich?* Er hat dir also erzählt, dass er ausgeschickt wurde, um dich zu töten, und du bist dennoch mit ihm zusammen?«

»Nur für die Aufzeichnungen«, sagte M'cal. »Ich habe versucht, sie dazu zu bringen, mich zu verlassen.«

»Du hast es aber offensichtlich nicht intensiv genug versucht.«

»Halt.« Kit hob eine Hand. »Ich habe meine Gründe, warum ich M'cal traue. Nicht zuletzt den, dass er mir das Leben gerettet hat.«

Koni grummelte etwas fast Unhörbares und blickte M'cal vernichtend an. »Du vertraust uns nicht, schön. Ich traue dir auch nicht. Wir sind hier, um auf Kit Acht zu geben, und falls du uns dabei im Wege stehen solltest …«

»Dann halt mich eben auf«, entgegnete M'cal schlicht. »Tu, was du musst. Lass nicht zu, dass ich ihr etwas antue.«

Konis Augen verengten sich. »Wenn du dir solche Sorgen machst, dann lass uns beide jetzt hinausgehen. Keine Fragen, sofort, ohne darüber nachzudenken.«

»Auf gar keinen Fall«, sagte Kit, aber M'cals Gesicht veränderte sich zu einer starren Maske, und er nickte langsam. Sie stellte sich vor ihn, ihre Handflächen streckten sich ihm entgegen. »Nein, bitte. Denk darüber nach. Wenn der Zwang wiederkommt, wirst du auch zu der Hexe zurückkehren müssen. Oder du wirst gezwungen, mich zu jagen. Aber wenn ich bei dir bin, wenn du mich warnst, können wir vielleicht das wiederholen, was wir beim letzten Mal getan haben. Es ist auf jeden Fall besser, es zu versuchen.«

»Es ist besser, dich keiner Gefahr auszusetzen«, erwiderte er traurig. »Was ich heute schon viel zu oft getan habe.«

»Komm mit«, sagte Koni schroff. »Hari hat Kleidung

für dich hiergelassen. Du kannst sie anziehen, und dann gehen wir.«

Kit drehte sich um. »Wer zum Teufel glaubst du eigentlich, bist du?«

»Die Hilfe, um die du gebeten hast«, sagte er in viel freundlicherem Ton, als sie erwartet hatte – oder wohl verdient hätte.

M'cal legte seine Hand auf ihre Schulter und steuerte sie von den beiden Männern fort, in den hinteren Winkel des Wohnzimmers, sodass sie außer Sicht waren. Er hielt sie auf Armlänge von sich entfernt und blickte sie ernst an. Einen Augenblick lang war eine solche Anspannung in seinem Gesicht zu sehen, dass sie schon fürchtete, er wäre ärgerlich auf sie. Und dann entdeckte sie noch etwas anderes in seinen Augen, und ihr wurde klar, dass er lediglich über alle Maßen besorgt um sie war.

»Bleib in Sicherheit«, flüsterte er. »Was auch immer du tust, bleib auf jeden Fall in Sicherheit. Versuch nicht, mir zu folgen.«

»Du wirst zu mir zurückkommen.«

»Ja. Aber es wird einen großen Unterschied machen, ob ich dann so bin wie jetzt, oder ob ich unter dem Zwang der Hexe handle.«

»Du wirst aber auf jeden Fall du sein.« Kit schob seine Hände zur Seite, lehnte sich an ihn und legte ihre Handfläche auf sein Herz. »Sie kann dir das nicht nehmen, M'cal. Erinnere dich immer daran. Erinnere dich an dich selbst.«

»An mich erinnern, an dich erinnern.« Er lächelte schwach. »In diesem Augenblick sind wir beide eins.«

Ihre Kehle schnürte sich zusammen. Sie nickte heftig, versuchte das Brennen in ihren Augen zu ignorieren und lehnte sich an ihn. Es wurde noch schlimmer, als sie ihn küsste. Sein Mund war fest und heiß, er hatte diesen sauberen Geschmack, den sie gerade anfing zu lieben. Wie eine Brise, die vom Meer herüberwehte, steif und kraftvoll. Er zog sie an sich, umarmte sie.

Und dann drehte er sich um und zog die Kleidung an, die Koni ihm zeigte. Er küsste sie zum Abschied ein letztes Mal, sah sie mit einem langen forschenden Blick an, den sie bis in die Zehenspitzen spürte, und ging. Er war fort, die Tür hatte sich geschlossen.

Vor dem Haus stand offensichtlich ein Wagen für ihn bereit. Kit blieb nicht am Fenster stehen, um ihn abfahren zu sehen. Ihn einsteigen zu sehen, das war schon schlimm genug gewesen und hätte sie beinahe zum Weinen gebracht. Wie eine dumme Gans – obwohl das jetzt wohl auch keine Rolle mehr spielte.

Sie setzte sich an den Tisch, legte den Geigenkasten darauf. Rik stand zu ihrer Rechten. Er sah aus, als fühlte er sich nicht sehr wohl.

Kit fragte: »Ist es eine Art von Strafe für dich, dass du auf mich aufpassen musst?«

»Ich bin noch in der Ausbildung«, erwiderte er, was eigentlich keine richtige Antwort war.

Sie betrachtete seine Hände. »Und du bist auch ein Gestaltwandler? Ein … Delfin? Kannst du dich auch noch in etwas anderes verwandeln?«

»Nein.«

»Warum nicht?«

Rik sah sie verblüfft an. »Ich weiß es nicht. Warum fragst du?«

Kit zog eine Augenbraue hoch. »Denk mal eine Minute darüber nach. Ich wette, dir wird eine Antwort einfallen.«

Sein Gesichtsausdruck verzog sich, wirkte aber in keiner Weise ärgerlich. »Tut mir leid. Ich bin es nicht gewohnt, darüber zu sprechen.«

»Mir tut es auch leid«, sagte Kit. »Dies ist alles so neu für mich. Und meine Stimmung ist auch nicht die beste.«

»Ist schon okay.« Rik lächelte leicht. »Ich habe etwas Ähnliches erlebt. Ich habe mich auch ziemlich blöd angestellt.«

»Danke«, murmelte sie und öffnete ihren Geigenkasten. Das Instrument lag da, glänzend, poliert und unberührt von der Gewalt, die ihr widerfahren war. Gute Handwerksarbeit. Kit ging in die Küche und wusch sich die Hände, die von der Pizza etwas fettig waren. Als sie zurückkam, betrachtete sie einen Moment lang das schimmernde Holz, nahm dann ihre Geige und ihren Bogen auf. Sie wünschte, M'cal wäre da.

»Willst du jetzt spielen?«, fragte Rik.

»Ich muss«, antwortete sie, was auch der Wahrheit entsprach. Sie musste auf ihrer Geige spielen, genauso, wie sie atmen musste. Wenn sie noch länger gewartet hätte, wäre etwas in ihr zerbrochen.

Kit hatte kein bestimmtes Lied im Sinn. Nichts, was es schon gab. Sie setzte einfach den Bogen auf die Saiten und ließ sich von ihrem Herzen leiten. Sie stürzte sich in ein wildes Durcheinander aus Tönen, die zu Melodien wurden, die sie wieder zerstörte, sobald sie begannen, schön zu klingen. Es war wütende Musik, Kriegsmusik, und es sagte Kit einiges über den Gemütszustand, in dem sie sich befand. Alles, was aus ihr heraussprudelte, erinnerte an Gewalt, war kampfgeschwängert.

Sie dachte an Alice. Alice, die so gelassen wirkte, Alice mit einem Messer im Auge, Alice, die sich entschuldigte, Alice, die sie zu schützen versuchte. Alice, die ihr die verdammte Visitenkarte zugeschoben hatte, die doch überhaupt keine Hilfe gewesen war. Alice, die bereits tot sein konnte.

Wo, zum Teufel, steckst du?, fragte sich Kit. Ihre Musik steigerte sich zur Raserei. Sie nahm schemenhaft wahr, dass Rik sie mit offenem Mund anglotzte, aber sie beachtete ihn gar nicht. In ihrem Kopf entstand etwas, wuchs heran. Es fühlte sich wie ein Aufschrei an.

Bis ganz plötzlich der Raum um sie herum verschwand und sie von Dunkelheit umgeben war. Völliger, eiskalter und feuchter Finsternis, als sei sie in einem Kerker irgendwo im Erdinneren eingeschlossen.

Sie hörte nicht nur sich selbst atmen. Überall um sie herum raschelte es. Mehr als ein Körper. Viele Körper.

Und dann, als hätte plötzlich jemand ein Streichholz entzündet, konnte sie sehen. Nicht viel, nur Umrisse und Schatten. Leute saßen herum, zusammengekauert, zusammengerollt. Kit bewegte sich vorwärts. Sie sah lange Haare, lange Beine und dicht neben sich einen muskelbepackten Arm. Sowohl Männer als auch Frauen. Keiner bewegte sich, jedenfalls nicht richtig. Ruhelose Gewichtsverlagerung, mehr nicht.

Etwas brachte sie dazu, sich umzudrehen. Sie sah angestrengt in die Dunkelheit, und ihre Augen suchten, bis sie etwas entdeckte. Plötzlich sah sie mit atemraubender Klarheit eine blonde Haarmähne und blasse Haut, einen Körper in schmutziger weißer Kleidung.

Kit taumelte vorwärts, sank auf die Knie. Es war Alice. Ihre Handgelenke hatte man in Ketten geschlagen, die an der Wand, an der sie lehnte, befestigt waren. Ihre Haut sah zerschunden aus, und auf ihrem Gesicht bildete sich ein Bluterguss. Aber sie war am Leben. Sehr sogar. Sie hob ihren Blick und sah Kit so fest an, dass sie schon das Gefühl hatte, einen Schlag zu bekommen.

»Sei vorsichtig«, flüsterte sie. Ihre blauen Augen funkelten. »Du wirst die Nächste sein.«

»Wo bist du?«, schrie Kit auf, aber es war bereits zu spät. Die Frau löste sich auf, wie auch die Dunkelheit und die anderen Personen, die Geräusche, die Gerüche. Alles verschwand, wie das Ende eines bösen Traumes. Kit blinzelte und fand sich in dem Haus mit Rik wieder, ihre Geige noch in der Hand, klagend und jammernd. Wie ihre eigene Stimme.

Sie hörte auf zu spielen, wäre fast gefallen, wenn Rik sie nicht aufgefangen hätte. Er zog einen Sessel heran und setzte sie hinein, blieb bei ihr und legte ihr beruhigend eine Hand auf den Arm. Seine goldenen Augen wirkten beunruhigt, fast angsterfüllt.

»Du hast gespielt«, sagte er. »Dann hat sich alles verändert. Was ist passiert?«

»Ich habe Alice gesehen«, krächzte Kit. »Ich brauche etwas Wasser, bitte.«

Er lief, um es ihr zu holen. Sie hörte, wie sich die Tür des Kühlschranks öffnete. Von der anderen Seite des Wohnzimmers hörte sie eine Tür knarren. Jemand war zurückgekommen.

Aber der Mann, der vor ihr auftauchte, war ihr völlig fremd. Ein Hüne in einem grauen Anzug, mit einem rundlichen Körper, der die Form eines Pinguins hatte. Auch sein Kopf erinnerte sie an einen Vogel. Schmal und länglich. Seine Wangen waren so rot, dass sie dachte, er würde Rouge benutzen. Seine Augen glichen schwarzen Schlitzen. Seine Hände waren so gekrümmt wie Fleischerhaken.

Gefahr, verdammte Gefahr!, meldete eine winzige Stimme in Kits Bewusstsein. Sie stand mühsam auf, sah den Mann in Grau an, dessen Augen so kalt wie Kieselsteine blickten, die von Eis überzogen waren. Sie hörte von links eine Bewegung: Rik, der aus der Küche gestürzt kam. Sie hatte keine Zeit, ihn zu warnen. Er sah den Mann, erstarrte und warf sich dann mit einer erstaunlichen Kraft und Schnelligkeit auf den Fremden.

»Lauf«, schrie Rik. Sie rannte in die Küche, suchte nach einer Waffe. Sie fand ein Fleischmesser und kam gerade zurück ins Zimmer, um mit ansehen zu müssen, wie Rik auf den Holzboden knallte. Sie hörte das Krachen, und dann bewegte sich der Gestaltwandler nicht mehr.

Jetzt war sie mit dem Mann in Grau ganz allein. Kits Geist wurde vollkommen leer. Sie wusste nicht, wohin sie laufen, wie sie kämpfen, was sie überhaupt tun sollte. Sie konnte nur atemlos in diese scharfen, stechenden Augen starren. Sie hörte in ihrem Herzen die ersten Takte eines furchtbaren Liedes, eines Liedes, das einem Schrei glich, tobend und wütend. Ihr Herz donnerte wie ein Orkan.

Der Mann lächelte. Es war ein fürchterliches Lächeln. Die Lippen zusammengepresst, die Mundwinkel nach oben gezogen. Das Schlimme war, dass sich seine Augen nicht veränderten. Wenn überhaupt, wurden sie sogar noch kälter. Hungriger.

Kit bewegte sich, aber nicht rasch genug. Der Mann kam auf sie zu; er war unglaublich schnell. Mit einem Schritt durchquerte er den Raum und stand vor ihr, überragte sie wie ein Monolith. So nah wirkte er noch beängstigender.

Sie versuchte wegzulaufen, doch er packte sie mit einer Hand, seine Finger zerquetschten fast ihren Arm. Er zog sie mit einem Ruck an seinen Körper, der so hart wie Beton war. Ihre Füße baumelten in der Luft. Der Mann roch nach rohem Fleisch, mit einer Spur von Parfüm.

Kit dachte nicht nach. Ihr Arm schwang nach vorne. Das Fleischmesser drang durch seinen Anzug in seine Seite ein. Als der Aufprall durch ihren Arm zog, schrie sie auf, vor Wut, Abscheu und Angst. Sie stieß das Messer so tief sie konnte, benutzte ihre ganze Kraft, stöhnte vor Anstrengung.

Der Mann in Grau ließ sie nicht los. Kit drehte das Messer in ihm herum, doch er ließ nicht los. Sie fühlte heißes Blut auf ihrer Hand, und er ließ immer noch nicht los. Er grinste nur etwas breiter, entblößte dabei seine Zähne, und sie schnappte nach Luft, als sie in diesen Mund sah. Seine Zähne waren scharf, wie kleine Dolche, abgefeilt zu scharfen Spitzen. Jeder einzelne Zahn. Es war, als blicke man in das gezackte Maul eines Haifisches.

Kit sah noch etwas anderes, als er lächelte und seinen Mund weit öffnete. Der Mann in Grau hatte keine Zunge.

Kit ließ ihr Messer los. Sie wollte sich gerade gegen seine Augen wehren, aber da drehte er sie herum, jonglierte geradezu mit ihr und drückte seinen Unterarm auf ihre Kehle, schnitt ihr die Luft ab. Sie versuchte weiter zu kämpfen, aber der Mann war einfach zu stark. Schwindel ergriff sie, ihre Sehkraft trübte sich. Musik, Schreie. Alice' Flüstern.

Du bist die Nächste.

Kit wurde bewusstlos.

10

Koni zufolge hatten sie bei Dirk & Steele einige sehr gute Verbindungen zu Vancouvers Strafverfolgungsbehörden. Falls es dort Korruption geben sollte, und daran bestand zu diesem Zeitpunkt kein Zweifel, war es nur eine Frage der Zeit, bis die Männer Officer Yu und ihren Partner finden und zusätzliche Informationen aus den beiden herauspressen würden. Und außerdem könnten sie wahrscheinlich ihre Karrieren ruinieren und sie hinter Gitter bringen.

All dies erfuhr M'cal auf dem Rückweg nach Hastings. Hari und Amiri hatten sich nach einem Gespräch mit ihren Polizeifreunden in der Nähe des Jugendzentrums mit diesen verabredet, der Ausgangsbasis von Alice Hardon, wie Koni bemerkte.

Es war sieben Uhr abends. Die Sonne war untergegangen. Die Dunkelheit machte M'cal unruhig. Die Hexe würde inzwischen wieder auf den Beinen sein. Ivan würde sich bewegen können. Und der Zwang war noch nicht zurückgekehrt. Da stimmte irgendetwas nicht.

Und was ist die Grundlage für den Vergleich? Dir ist doch bis jetzt gar nichts Vergleichbares passiert.

Nein, aber er besaß noch immer seine Instinkte. Was auch immer dies bedeuten mochte, man konnte es bestimmt nicht großes Glück nennen. Irgendetwas stimmte hier nicht.

Er wünschte, er hätte Kitala nicht allein gelassen.

Koni rauchte, während er fuhr. »Wie lange steckst du schon in diesen Schwierigkeiten?«

Einen Moment lang erinnerte ihn die Frage an Elsie. Elsie, die er schon fast vergessen hatte. Die Frau war vielleicht noch am Leben, aber gewiss nicht mehr lange. Ihr Körper würde spätestens in einem oder zwei Tagen aufgeben. Wenn sie Glück hatte, würde sie im Schlaf sterben. Eine Autopsie würde wahrscheinlich keine Todesursache erkennen lassen, aber Ärzte waren immer bereit, irgendeine Diagnose zu stellen, selbst wenn sie nicht zutraf. So würde es auch bei ihr sein. Und bei Kitala.

»Lange genug«, sagte M'cal. Es war eine Antwort, so gut wie jede andere.

Koni runzelte die Stirn. »Sie hat dich gezwungen zu töten?«

»Unter anderem.«

»Und wie fühlst du dich dabei?«

M'cal sah ihn an. Koni zuckte die Achseln. »Einige Leute nehmen den Tod ernster als andere. Du wirkst nicht so, als wenn du dich besonders schuldig fühltest.«

»Bist du ein Gedankenleser?«

»Mein Gott, nein.«

»Dann tu nicht so, als wüsstest du, was ich fühle.«

»Na schön.« Koni schnippte seine Zigarette aus dem Fenster.

M'cal starrte durch die Windschutzscheibe auf den Wagen vor ihnen. Er lauschte auf die Scheibenwischer, auf das Dröhnen des Motors. Alles schien so normal, so gewöhnlich. Alles war eine Illusion – also noch etwas, das man als gegeben betrachten konnte. Kitala hatte das Wort *fremdartig* benutzt, und sie hatte recht damit. Selbst er konnte es fühlen, das Seltsame, das Eigenartige der Situation. Auf dieser Straße gingen alle um ihn herum ihrem Leben nach und würden niemals glauben, dass der Wagen neben, vor oder hinter ihnen Magie transportierte, Mythen. Einen Gestaltwandler und einen Mann aus dem Meer.

Lächerlich. Fantastisch. Sogar lustig, wenn es M'cal auch gar nicht zum Lachen zumute war. Er hatte sich nie zuvor so fremdartig wie in diesem Augenblick gefühlt, so abseits sämtlicher Grenzen menschlicher Normalität.

Du bist ein Mörder, ein Sklave, sagte er sich. *Denk an die menschliche Geschichte. Alles ist vollkommen normal.*

Aber nicht sehr beruhigend.

Koni parkte den Wagen vor dem Jugendzentrum. Die Beleuchtung war ausgeschaltet. Auf der Straße gab es alle möglichen Arten von Aktivität. Normale Geschäfte, herumstolzierende Frauen und aufleuchtende Bremslichter. M'cal hatte überhaupt keine Lust, mit irgendjemandem zu sprechen. Zu viele Leute kannten ihn hier, und es war schon schwierig genug gewesen, Kitala die Umstände erklären zu müssen. Sie hatte ihn nicht verurteilt, soweit er sich erinnern konnte. Aber ihr eingestehen zu müssen, dass er gezwungen worden war, als Prostituierter zu arbeiten, wenn auch nur zum Schein, um als Köder für die Jagd zu dienen, das war etwas ganz anderes, als es einer Gruppe von seltsamen Männern zu erklären.

Koni und er gingen nicht zu der Straßenecke. Sie schlenderten in die andere Richtung, wo die Schatten dunkler zu sein schienen. In den heruntergekommenen Eingängen der verlassenen Gebäude lungerten dürre Kids auf Pappunterlagen herum, mit Spritzen in den Händen. Es war so einfach, in dieser Stadt Spritzen zu bekommen, genauso einfach wie Heroin.

»Gibt es einen Grund, warum wir in diese Richtung gehen?«, erkundigte sich M'cal.

»Wir greifen im Moment nach Strohhalmen, aber wenn Alice hier in der Nachbarschaft Probleme hatte, dann ist das ein Ausgangspunkt. Trotzdem brauche ich einen Platz, um mich zu wandeln.« Koni lächelte grimmig. »Es ist erstaunlich, was die Leute in der Gegenwart eines Vogels alles erzählen.«

M'cal wollte gerade etwas erwidern, aber das, was er auf der anderen Straßenseite sah, hielt ihn zurück. Es war ein verbeulter, brauner Cadillac, der am Bordstein geparkt stand. Auf dem Beifahrersitz saß ein Junge mit einer Irokesenfrisur. Billy.

»Was stimmt nicht?«, wollte Koni wissen. M'cal schwieg. Er starrte immer noch zu dem Auto hinüber, beobachtete den Mann am Steuer. Sein Gesicht war angespannt und zornig. Billy sagte etwas, schüttelte den Kopf und hob seine Hände.

Angst. M'cal wusste, wie Billys Angst aussah. Er wusste auch, wie all diese Kinder an der alten Straßenecke aussahen, wenn jemand sie quälte. M'cal hatte sein Bestes getan, um dem ein Ende zu setzen und sie zu beschützen. Er hatte jemanden getötet, um seinen Standpunkt klar zu machen. Das war der einzige Mord gewesen, den er nicht bedauerte.

Er rannte über die Straße, hörte Koni etwas sagen, das er aber ignorierte. Er erreichte den Cadillac innerhalb von Sekunden, rannte zur Beifahrertür und versuchte sie zu öffnen. Sie war verriegelt. Er schlug gegen die Scheibe. Billy sah ihn mit einer Mischung aus Schock und Erleichterung an. Er versuchte die Tür zu entriegeln, aber der Mann am Steuer hielt ihn zurück. M'cal schlug mit seinem Ellenbogen das Fenster ein. Es schmerzte, aber das Glas zerbrach. Er streckte seine Hand hinein und entriegelte die Tür.

Billy kletterte so schnell heraus, dass er beinahe gefallen wäre. Der Fahrer folgte ihm, kam aus dem Wagen gestürzt. Er war klein, muskulös und setzte Fett an. Er war kahlköpfig, hatte eine Himmelfahrtsnase und viele Falten in seinem Doppelkinn. Sein Gürtel war geöffnet. M'cal war übel.

Er berührte Billys Arm. »Hat er dir wehgetan?«

Der Junge schüttelte den Kopf, doch er war verängstigt, aschfahl und zitterte. Tagsüber war er hart im Nehmen, als hätte er vor gar nichts Angst. Aber in Wahrheit war er vermutlich viel weicher als einige der vierzehnjährigen Mädchen, die sich einen Kilometer weiter westlich anboten.

Der Fahrer kam um die Motorhaube herum. »Du verdammtes Arschloch. Du hast meine verdammte Scheibe zerbrochen!«

»Du hast dem Jungen Angst eingejagt«, entgegnete M'cal.

Die Brust des Mannes hob sich. Er schloss seinen Gürtel wieder. »Der kleine Arsch wollte mich betrügen. Und was bist du, sein Zuhälter? Verpiss dich. Du wirst für die Scheibe bezahlen, du Schwuchtel.«

»Das ist eine verdammt unflätige Ausdrucksweise«, sagte Koni, der angetrabt kam. »Sie müssen ein bisschen auf Ihr Mundwerk achten, Meister.«

Der Mann grinste ihn höhnisch an und sah dann zu Billy hinüber. »Glaub nicht, dass wir zwei miteinander fertig sind. Ich werde dich schon noch mal treffen, Junge.«

M'cals Hand schoss nach vorn und packte den Mann am Genick. Er rammte ihn auf die Motorhaube seines Wagens und hielt ihn fest.

»Wenn du den Jungen noch einmal berühren solltest, werde ich dir die Eier abreißen«, sagte M'cal. »Ich bin nicht zimperlich. Ich werde nicht zögern. Für mich bist du lediglich ein Körper. Hast du das verstanden?« Er griff in die hintere Hosentasche des Mannes und holte die Brieftasche heraus, öffnete sie, um sich den Führerschein anzusehen. Er prägte sich den Namen und die Adresse ein. »Mr. Daniel Bodine. Ich weiß jetzt, wo du wohnst. Denk immer daran, vor allem, wenn du wieder eine Dummheit machen willst.«

M'cal ließ den Mann los. Er bewegte sich seitwärts, fiel fast über seine eigenen Füße, in dem Bemühen, schnell fort zu kommen. Er kletterte wieder in seinen Wagen, startete den Motor und fuhr davon.

»Ich glaube, du hast deinen Standpunkt recht klargemacht«, meinte Koni trocken. Billy kicherte, aber es war ein kraftloses Geräusch, und M'cal drehte sich zu ihm um. Die Haltung des Jungen veränderte sich völlig. Er schrumpfte etwas in sich zusammen, sein Gesicht zeigte Verlegenheit und Scham.

»Sag es nicht«, rief Billy und zappelte herum. »Ich schulde dir schon wieder etwas.«

M'cal fühlte sich plötzlich sehr müde. Sein Herz sehnte sich nach Kitala. »Du schuldest mir nichts. Du hast mir nie etwas geschuldet. Bist du sicher, dass du nicht verletzt bist?«

Der Junge zuckte die Achseln, aber es wirkte angespannt, verletzlich. »Ich dachte, die Polizei hätte dich geschnappt.«

M'cal erinnerte sich daran, den Jungen schreien gehört zu haben. »Weißt du, wie sie uns gefunden haben?«

Er schüttelte den Kopf. »Diese Polizeischlampe ist hier hergekommen und hat sofort Nico angesprochen. Du weißt schon, das ist der neue blonde Typ. Sagte, dass hier in der Gegend Verdächtige gesehen worden seien. Sie beschrieb deine Freundin. Der Bastard hat ihr gegenüber alles ausgeplaudert, sogar eure Zimmernummer. Blödmann. Danach hab ich Schüsse gehört, aber es kam niemand runter.« Er richtete sich auf. »Ich hab dann im Hotel deiner Freundin angerufen und eine Nachricht für sie hinterlassen. Hat sie sie bekommen?«

»Nein«, antwortete M'cal. »Was hast du herausgefunden?«

Billy sah die Straße hinauf, er wirkte immer noch nervös. »Nicht viel. Ich hab nur mit ein paar Leuten geredet, die mit der Lady zu tun hatten, die ihr sucht. Niemand wusste, dass sie verschwunden war. Niemand wusste auch warum. Wenn sie in etwas verwickelt war, hat sie es wohl für sich behalten. Ich hab auch mit Freunden von Freunden in verschiedenen Gangs gesprochen, aber die wussten auch nichts. Das Einzige, worüber ich etwas gehört habe, hat mit Drogen zu tun, aber soweit ich weiß, hatte die Lady nichts damit am Hut. Sie interessierte sich nur für Kids wie mich.«

»Nun, entweder hat dich jemand angelogen, oder Alice war verschwiegener, als man vermuten konnte.« Koni seufzte und schob seine Hände in die Taschen: »Großartig.«

»Da ist noch etwas anderes«, meinte Billy, und seine Stimme wurde zu einem Flüstern. Seine Augen blickten nervös in alle Richtungen. »Es ist zwar nicht offiziell, aber einige Leute werden vermisst. Stammgäste, Leute, die hier oft herkamen. Du kennst einige von ihnen, Mikey.«

Höchstwahrscheinlich, weil er der Grund ihres Verschwindens war. In den Nächten, in denen ihn die Hexe auf die Jagd geschickt hatte, und das war in den letzten Monaten immer häufiger der Fall gewesen, hatte jede Begegnung damit geendet, dass er eine Seele gestohlen hatte. Nicht eine einzige war ihm entwischt. So lange, bis er Kitala getroffen hatte.

Aber er nickte nur und sagte: »Danke, Billy. Ich weiß das sehr zu schätzen.«

»Du hast mir das Leben gerettet«, erwiderte der Junge feierlich.

Koni kam näher und sagte zu M'cals großer Überraschung: »Willst du dich jetzt wieder an die Straße stellen, wenn wir weg sind?«

»Ich muss«, sagte Billy vorsichtig. »Ich brauche einen Platz zum Schlafen.«

»Nicht nur einen Schuss?«

Billy schob seine Ärmel hoch und zeigte seine unzerstochenen Arme. »Ich mach so einen Scheiß nicht.«

»Es gibt auch andere Wege, Scheiß zu machen«, meinte Koni leichthin. »Du hast gerade vor zwei Minuten so was getan.«

Billy war empört. »Wenn du mir eine Strafpredigt halten willst …«

»Nein«, sagten beide Männer zur gleichen Zeit. Sie sahen einander an. Dann griff Koni langsam in die Innentasche seines Jacketts und holte ein überraschend großes Geldbündel hervor. »Du bist kein Idiot, Junge, oder?«

»Nein«, flüsterte Billy und starrte das Geld an.

»M'cal?«

»Manchmal«, sagte er grimmig. »Er beabsichtigt nicht, seinen Lebenswandel zu verändern.«

»Dann wirst du sterben«, sagte Koni mit unbeirrbarer Sicherheit. Er zählte fünf Einhundertdollarscheine ab und gab sie dem Jungen. »Nimm dir ein paar Nächte frei … falls deine Berufsehre das zulässt.«

Billy sah ihn schief an, steckte das Geld aber ein.

M'cal sagte: »Du hast mein Geld nie angenommen.«

»Du bist ein Freund«, entgegnete der Junge, was für M'cal wenig Sinn ergab, aber offensichtlich irgendetwas Moralisches in Billy befriedigte. Er sah aus, als wollte er noch etwas sagen, aber er streifte nur Koni mit einem flüchtigen Blick und ging ohne ein weiteres Wort davon.

M'cal fühlte, dass Koni ihn ansah. »Danke, dass du ihm das Geld gegeben hast.«

»Ich hätte ihm gern noch mehr gegeben, wenn ich das Gefühl gehabt hätte, er würde etwas Neues damit anfangen.«

»Er ist verkorkst«, sagte M'cal lediglich und beobachtete, wie Billy um die Ecke bog. »Wenn ich mehr Zeit hätte...« Er hielt inne, schüttelte den Kopf. »Los, stell deine Fragen.«

»Das ist nicht mein Job«, erwiderte Koni ruhig. »Außerdem sehe ich Hari und Amiri.«

M'cal blickte über die Straße. Tatsächlich waren die beiden Männer dort und beobachteten sie. Sie waren kaum zu übersehen. Hari war über zwei Meter groß und wie ein Kämpfer gebaut. Amiri war ebenfalls groß, aber nicht annähernd so breit, sogar fast mager.

»Schwierigkeiten?«, fragte Hari, als Koni und M'cal zu ihnen stießen.

»Nur, dass niemand weiß, was mit Alice passiert ist«, sagte Koni. »Was habt ihr herausgefunden?«

Amiri lächelte. »Unserem Ansprechpartner zufolge standen Officer Yu und ihr Partner schon seit geraumer Zeit im Mittelpunkt von Ermittlungen. Sie wurden verdächtigt, Leute körperlich misshandelt, mit bekannten Kriminellen konspiriert, falsche Verdächtigungen erfunden und Verhaftungen auf dieser Grundlage durchgeführt zu haben. Allerdings gibt es keine eindeutigen Beweise.«

»Außerdem sind sie beide heute nicht zur Arbeit erschienen«, grollte Hari. »Sie reagieren auch nicht auf Anrufe.«

»Da kann ich das Ende zweier Karrieren riechen«, sagte Koni.

»Wenn sie nicht wegen ihres Versagens vorher umgebracht werden«, fügte M'cal hinzu. »Nicht nur, dass sie Kitala wieder verloren haben, sie haben auch versäumt, meinen Kopf abzuliefern.«

»Wir haben noch etwas anderes herausgefunden«, sagte Hari. »Etwas weit Beunruhigenderes.«

»Eine Zunahme von verschwundenen Leuten«, fügte Amiri hinzu. »Männer und Frauen verschwinden einfach. Nicht alle Opfer sind aus dieser Stadt, tatsächlich handelt es sich zum größten Teil nicht um Ortsansässige, aber es sind zwölf Personen verschwunden, Alice eingeschlossen. Alle waren gut situiert, und für keinen von ihnen gab es einen Grund, plötzlich zu verschwinden.«

»War keiner dabei von der Sorte, die Prostituierte besuchen?« Koni sah zu M'cal hinüber.

Hari runzelte die Stirn. »Unwahrscheinlich. Warum?«

»Es werden noch andere Leute vermisst, das war der Grund.« Der Gestaltwandler lächelte grimmig. »Worin besteht die Verbindung zwischen den Polizisten und den nicht Ortsansässigen?«

Amiri seufzte. »Es scheint gar keine zu geben. Die Möglichkeit, dass es eine Verbindung gibt, ist reine Vermutung. Aber unser Ansprechpartner meinte auch, dass einige im Department angefangen hätten, sie miteinander zu verbinden, und nun damit rechnen, dass es sich um einen Serienmörder handelt.«

»Serienmörder gehen nach einem Schema vor«, entgegnete Koni. »Du hast gesagt, dass es keine Verbindung zwischen diesen Leuten gibt.«

»Jedenfalls keine offensichtliche.«

»Alice ist eine Jugendberaterin«, sagte M'cal.

Amiri zuckte die Achseln. »Unserem Kontakt nach ist sie außerdem sehr wohlhabend. Sie stammt aus einer amerikanischen Familie, die in New York lebt. Sie war Kunsthändlerin.«

»Wie?«, fragte Koni. »Was macht eine New Yorker Kunsthändlerin in einem Umfeld wie diesem, und warum arbeitet sie überhaupt in einem Jugendzentrum?«

Das fragte sich M 'cal auch. »Wusste dein Kontakt, wie lange sie schon hier war?«

»Ihre Familie behauptet, dass sie vor fast sechs Monaten fortgegangen ist, aber wohl erst in den letzten drei Monaten in Vancouver wohnte. Es war ein überstürzter Aufbruch ohne Vorwarnung. Sie hat vor kurzem erst ihren Onkel John gebeten, sie zu besuchen. Auch das war ganz spontan.«

»Eine Frau auf der Suche nach sich selbst«, vermutete Koni.

»Oder eine Frau auf der Suche nach etwas anderem«, erwiderte M'cal. »Kitala sagte, dass Alice keineswegs überrascht war, dass jemand sie umbringen wollte.«

»Sie könnte vor jemandem geflohen sein«, überlegte Hari.

»Vor jemandem, der Polizisten besticht? Der Leute bezahlt, um zu töten? Der genug über mich wusste, um mir erst in die Kehle zu schießen und dann meinen Kopf entfernen zu wollen?« M'cal dachte an Kitala. »Das gefällt mir alles ganz und gar nicht.«

Auf Amiris Hüfte summte es: sein Handy. Er nahm ab, meldete sich und hörte dem Anrufer zu, bis er die Zähne zusammenbiss und seine Augen begannen, zu glimmen und zu glühen. M'cal zuckte zusammen.

»Kit ist entführt worden«, sagte Amiri. »Rik wurde verletzt.«

M'cal wurde eiskalt, sehr ruhig. »Wer?«

Der Gestaltwandler zögerte. »Es war ein Mann. Groß, stark, grau gekleidet. Rik sagt, sein Mund sei sonderbar gewesen.«

M'cal erwiderte nichts. Seine Miene verriet nichts. Koni sagte: »Ich werde fliegen«, zog seine Jacke aus und reichte sie Amiri. Er gab M'cal die Schlüssel für den Wagen. »Du findest den Weg zurück?«

»Ja«, log M'cal.

Koni rannte in eine nahegelegene Gasse, entledigte sich seiner Kleidung und warf sie auf den Boden. Goldenes Licht strömte aus seinen Augen, ein Büschel schwarzer Federn spross zwischen seinem Haaransatz und seiner Kehle hervor. Dann verschwand er in den Schatten, und M'cal begann zu rennen, er folgte den anderen Männern.

Er verlor Hari und Amiri schnell aus den Augen. Ihr Wagen stand in einer anderen Straße, was er nicht besonders bedauerte. Er wollte nicht zu dem Haus zurück. Er wusste genau, wohin Kitala gebracht worden war.

Du hättest es ihnen sagen können. Sie um Hilfe bitten können. Du brauchst doch ihre Hilfe.

Aber er wusste auch, wie entzückt die Hexe davon gewesen wäre, neue Gestaltwandler zu finden, und selbst wenn sie viel schwieriger zu versklaven gewesen wären als M'cal, der verliebt und blind gewesen war und sich freiwillig hingegeben hatte, würde sie sicher so viele Prachtexemplare nicht ohne jeden Kampf aufgeben.

Und das wünschte er niemandem. Niemals.

Das Monster schlief noch. Sein Armband prickelte, blieb aber kalt. M'cal quälte den Motor des Wagens, fuhr direkt zum erstbesten Zugang zum Wasser, den er finden konnte. Er fand einen kleinen Anleger in Gastown, nahe dem Heliport. Er ließ den Wagen einfach am Straßenrand stehen, achtete gar nicht auf den Gehweg, rannte über den Rasen, einen kleinen Hügel hinunter, der direkt ans Wasser führte. Das Dock lag links von ihm, doch er achtete nicht einmal darauf. Er konnte Musik hören. Er konnte fühlen, wie das Wasser nach ihm griff. Und als er vom Ufer aus hineinsprang, spürte er für einen kurzen Augenblick, wie Arme sich ausbreiteten, um ihn zu halten.

Und das taten sie auch. Er verschmolz mit dem Meer, tauchte so tief er konnte, schoss weg vom Ufer. Er entkleidete sich … und dann verwandelte er sich. Es gab keine Schmerzen, nichts außer der kühlen Wonne des Ozeans, der ihn liebkoste und ihn hielt. Er atmete so tief ein, dass seine Brust schmerzte, aber jeder Atemzug füllte seine Lungen mit kalter, kristallklarer Luft, strahlend und glänzend wie auf dem schneebedeckten Berggipfel, auf den sein Vater und seine Mutter ihn als kleines Kind mitgenommen hatten.

Im Wasser fühlte er sich jung. Er fühlte sich, als wäre er wieder zu Hause. Endlich zu Hause. Es war, dachte er, fast so, als wäre der Fluch gelöst worden.

Fast.

Er schwamm mit kräftigen Zügen, sein Körper gehorchte ihm ausgezeichnet. Sein Armband prickelte, aber statt sie zu ignorieren, begrüßte er die Empfindung, ließ sich in die Bindung fallen. Er ließ sich führen, fühlte die Sogwirkung, nicht als Zwang, sondern eher als Verbindung seines Körpers zu der Hexe. Ausnahmsweise war es mal nützlich. Ausnahmsweise gab es einmal etwas, über das er froh war.

Er hörte Musik, Stimmen, weit entfernt. Er sang zurück, das erste Mal seit Jahren, und der Klang durchdrang das Wasser wie das trällernde, sich rollende Geräusch eines singenden Wals. Links von ihm bewegte sich etwas. Bruder Seehund. M'cal streckte eine Hand aus, und der Seehund strich an seiner Hand entlang.

Der Seehund blieb, gleitend und sich drehend, bei M'cal, während er durch das kalte, dunkle Wasser glitt. Innerhalb kürzester Zeit stießen weitere Seehunde dazu, durchschnitten die Schatten, schlugen ihm mit Fischen ins Gesicht. Er scheuchte sie fort. Es war nur ein Spiel, aber er konnte doch nicht riskieren, aufgehalten zu werden. Nach einem kurzen Moment bellte er einen Befehl, und die Seehunde bildeten ordentliche Reihen.

Wieder Musik. M'cal stieß einen weiteren Ruf aus, lauschte auf das Echo, das laut und golden durch das

Wasser hallte. Wenn irgendwelche Marinebiologen dies hörten, wären sie zweifellos verwirrt. Sie würden es entweder einer neuen Spezies zuschreiben oder es für einen Fehler der Technik halten.

Der Sog in seinem Armband nahm zu. Aber noch immer entstand kein Zwang. Die Hexe lebte noch, das wusste er jetzt sicher. Er ließ sich von seinen Instinkten leiten, folgte einem Weg durch die Strömungen. Nahe den Anlegern wurde das Wasser ölig. Zu viele Boote, zu viel Hafen, aber keine Beschwerden.

Er fand das Boot. Es war fast zehn Meter entfernt vom letzten Dock festgemacht. Der Anker war heruntergelassen, aber als er um das Boot herumschwamm, spürte er die Vibration des Motors, der im Wasser summte. Startklar, falls nötig. Er dachte an Kitala, er stellte sich Ivans Hände auf ihrem Körper vor, und sein Zorn und seine Angst ballten sich an einem Punkt seiner Seele zusammen, der so eng, so gemein war, dass er sich für fähig hielt zu töten, nur mit einem Gedanken, einem Atemzug, einem einzigen Schlag seines Herzens.

Wenn Kitala verletzt wäre, wenn sie tot wäre …

Er hörte auf zu denken und schwamm um das Boot herum zu der Leiter. Er verwandelte sich, aus seinem Schwanz bildeten sich wieder Beine, die Kiemen verschwanden in seinem Körper. Er fühlte, dass Bruder Seehund wie ein warmer Geist um seine Beine strich. M'cal streckte seinen Kopf aus dem Wasser. Er hörte nichts, aber das war auch ganz typisch so. Und höchstwahrscheinlich wusste die Hexe ohnehin, dass er hier war. Es gab keinen Grund, eine List anzuwenden.

Sie wird deinen Körper wieder komplett übernehmen. Sie wird dich zwingen, Kitala wehzutun. Du hättest diese Gestaltwandler bitten sollen, mitzukommen und dir zu helfen. Du hättest sie nie allein lassen dürfen.

Jetzt war es aber zu spät dafür. M'cal musste allein damit fertig werden.

Er kletterte aus dem Wasser, tropfend und nackt, und ging an Bord. Er fand die Hexe sofort. Sie saß in einem Sessel, auf dem kleinen Glastisch neben ihr brannte eine Kerze. Trotz der kalten Luft trug sie nur einen silbernen Bikini. In einer Hand hielt sie ein Glas mit Wein und in der anderen eine Pistole.

»Ich hätte mir an meiner Schwester ein Beispiel nehmen sollen«, murmelte sie und schoss ihm ins Herz.

11

Kits Großmutter weckte sie. Wieder ein Wachtraum.

Keine Veranda, kein Sumpf; nur Dunkelheit, der Kerker. Kit saß nackt auf einer harten Oberfläche, die genauso aussah wie der Rest der endlosen Leere. Vor ihr lagen, flach und golden leuchtend wie eine heilige Reliquie, ihre Geige und ihr Bogen. Und dahinter war Old Jazz Marie. Auch nackt.

»Mir ist es egal, ob ich tot bin«, sagte Kit. »Aber wir sollten wenigstens Kleidung tragen.«

Ihre Großmutter schnaubte. »Du bist nicht tot. Noch nicht. Und verletze mich nicht so gedankenlos, Kind. So wirst du in fünfzig Jahren auch aussehen. Am besten prägst du es dir jetzt schon ein, damit du nicht eines Tages mit einer großen Überraschung aufwachst.«

»Ich hätte die Überraschung vorgezogen«, sagte Kit.

Old Jazz Marie lächelte. »Das ist mein Mädchen. Jetzt nimmst du deine Geige, Kitty Bella, und bereitest dich darauf vor zu spielen. Nicht sofort, du wirst den richtigen Augenblick schon erkennen, aber wenn du spielst, musst du diesen Teufel niederringen.« Ihr Lächeln verging, wurde fast zu einem Zähnefletschen. »Du treibst diesen Bastard wieder zurück in die Hölle, hast du verstanden? Vernichte ihn, kleine Katze. Vernichte ihn völlig.«

Und Kit wachte tatsächlich auf, war zurück in der Realität. Die Stimme ihrer Großmutter klang noch in ihren Ohren nach.

Es dauerte einen Augenblick, bis sie sich orientiert hatte. Sie lag auf einem schmalen Bett in einem kleinen Raum, der mit dunklem Holz vertäfelt war. Kein Fenster, eine Tür, auf den ersten Blick gab es gar nichts, das man hätte als Waffe benutzen können. Sie trug noch immer ihre Kleidung.

Und ihr gegenüber stand eine Frau.

Die Hexe, dachte Kitala. Sie sah das lange blonde Haar, die glänzende Haut, die kaum vorhandene Kleidung. Ein Bikini. Beine, die so lang und geschmeidig waren, dass sie wie gemalt aussahen.

Die beiden Frauen starrten sich an. Die Stille war unheimlich, entnervend, so wie der ungerührte, forschende Blick, der ihr nach kurzer Zeit wie der Blick von jemandem vorkam, der tot war. Leer und kalt.

»Kitala Bell«, murmelte die Hexe schließlich, mit einer Stimme, die überraschenderweise sanft und voll klang. »Kitala, Kitala.«

»Ja«, sagte Kit. »Offensichtlich. Wie ist Ihr Name?«

Die Hexe lächelte und schüttelte den Kopf. »So ahnungslos, so gefährlich ahnungslos. Frauen wie wir verraten ihre Namen nicht, und die Namen, die wir benutzen, sind nie echt. Namen sind Macht. Du musst sie geheim halten. Deine Großmutter hätte dir das beibringen sollen.«

Kit blinzelte, und ihre Furcht löste sich auf. »Sie kannten meine Großmutter?«

»Old Jazz Marie«, sagte die Hexe, und der Name glitt über ihre Zunge, während sie wieder ein wenig lächelte. »Du weißt, dass sie den Namen erfunden hat? Jazz – nach dem Gesang ihrer Tochter. Marie – nach der Scharlatan-Priesterin Laveau.«

Erstaunlich. Kit konnte nichts sagen. Die Hexe löste sich von der Wand, an der sie gelehnt hatte, und setzte sich auf den Rand des Bettes. Die Matratze drückte sich kein bisschen ein, so als wäre sie aus Luft.

»Wenn du irgendjemand anders wärst«, sagte die Frau, »wäre ich jetzt nicht hier. Ivan wäre an meiner Stelle und würde dich für mich gefügig machen. Aber ich kannte deine Großmutter, das war vor langer Zeit. Unsere Wege kreuzten sich. Ich tat irgendetwas. Sie tat irgendetwas. Aber unsere Aktionen waren völlig unterschiedlich und nicht miteinander in Übereinstimmung zu bringen. Wir trafen uns zum Dinner, diskutierten und zerstritten uns schließlich. Und ich bin nicht zu stolz zuzugeben, dass sie mich besiegt hat. Eine sehr starke Frau.« Die Hexe sah auf ihre Hände hinunter. »Geht es ihr gut?«

»Sie ist gestorben«, sagte Kit. Ihre Kehle schmerzte.

»Aha.« Es war schwer einzuschätzen, was die Hexe bei dieser Mitteilung empfand, aber für einen kleinen Augenblick hatte Kit fast das Gefühl, als täte es ihr leid. Der Ausdruck der Hexe war abwesend, nachdenklich. »Das, so glaube ich jedenfalls, ist genau der Punkt, über den wir unterschiedliche Ansichten hatten. Deine Großmutter hatte keine Angst vor dem Tod. Sie hatte auch keine Angst vor dem Alter. Ich dagegen habe immer die Alternative vorgezogen. Der Preis dafür ist allerdings sehr hoch.«

»Sie verschlingen Seelen, um jung zu bleiben.«

»Hat M'cal dir das erzählt?«

»Ja«, gab Kit zu. »Warum sonst hätte er für Sie stehlen sollen?«

Die Hexe neigte ihren Kopf etwas. »Ich verstehe deine Schlussfolgerungen, dennoch sind sie nicht völlig zutreffend. Jung zu bleiben ist nur ein Teil der Gründe, warum ich ihn auf die Jagd geschickt habe. Macht ist ein anderer. Stell dir einen Augenblick lang vor, du könntest alles wissen über ... mich. Alles, was du dafür tun müsstest, wäre mich zu fangen. Mich zu verzehren. Ganz einfach, nicht wahr?«

»M'cal hat Männer und Frauen gejagt, die zu Prostituierten gehen. Waren dies Leute, die etwas wussten, das es wert war, sie zu töten?«

»Das, mein Schatz, ist nur die Art und Weise, sich Macht zu verschaffen. Stärke und Energie. Das Bankkonto sozusagen. Es funktioniert. Das kannst du mir glauben.«

»Es muss doch einen besseren Weg geben.«

»Aber dies ist mein Weg«, sagte die Frau. Sie betrachtete Kit, als würde sie sich über einen unerklärlichen Anblick wundern, über ein exotisches Wesen, auf der Erde völlig unbekannt. Sie murmelte, während sie Kit immer noch anstarrte: »Du bist so ahnungslos. So frisch und sauber und auch so klug. Du hast gerade erst begonnen, etwas über dich selbst zu erfahren, über die Größe der Welt und über alles, was sie offenbaren kann. So wie M'cal. Du weißt, was er ist. Wie fühlt es sich an, sich so etwas bewusst zu sein, etwas so Unmöglichem, das doch aus Fleisch und Blut besteht?«

»Es fühlt sich unmöglich an«, sagte Kit. »Aber ich glaube es trotzdem.«

»Es gibt noch andere Kreaturen wie ihn. Sie sind die Wurzeln der menschlichen Mythen, die ersten Bewohner der wilden Länder. Tiere, die sich in Menschen verwandeln, Männer, die die Realität verdrehen können, eine Realität, die mit nur einem Wimpernschlag von ein paar Auserkorenen zerstört werden kann.« Die Hexe lächelte kalt. »Ich hatte eine Schwester. Wir standen uns sehr nahe. Unser… Streben war fast das gleiche. Macht, Unsterblichkeit. Und… ja, ich kann in deinem Gesicht sehen, dass dir diese Dinge wenig bedeuten, aber wenn du wie wir gezwungen gewesen wärest, die Dinge durchzumachen, die wir erdulden mussten…«

Sie hielt inne und holte tief Atem. »Meine Schwester fand Wege, ihr Leben zu verlängern, aber sie waren leider mangelhaft. Schließlich kam sie auf die Idee, sich die Macht anderer zunutze zu machen. Während ihres Experiments stolperte sie über eine Familie von… magisch begabten Individuen. Nicht-menschlichen, falls es dich interessiert.«

Kit stellte fest, dass es sie tatsächlich interessierte. »Was waren dies für Wesen?«

Die Hexe lächelte. »Sie nennen sich selbst Gargoyles. Sie können sich eigentlich kaum in der Öffentlichkeit zeigen, obwohl sie es dennoch mit einigem Erfolg tun. Menschen sind heutzutage so einfach zu täuschen. Schon wenn jemand die richtige Größe und Gestalt hat, können entstellte Gesichter oder Körper leicht durch einen Unfall oder durch einen genetischen Defekt erklärt werden.

Niemand erwägt je die Alternative. Niemand glaubt an Magie.« Sie tippte auf Kits Nase. »Nicht einmal die, die welche besitzen.«

Kit runzelte die Stirn. »Und was geschah dann?«

Das Lächeln der Hexe verschwand. »Sie lockte die Gargoyles in eine Falle, aber einer von ihnen fand einen Weg, ihrem Bann zu entkommen. Er und ein anderer, ein Mensch, töteten meine Schwester und befreiten die übrigen Gargoyles. Sie alle haben dies niemals vergessen und jagen nun den Rest unserer Familie. Einer von ihnen befindet sich zurzeit hier, in dieser Stadt.«

Kit setzte sich auf, jetzt wurde ihr einiges klar. »Und deshalb brauchen Sie meine Seele, um … um mehr Macht zu haben, beim Kampf gegen ihn?«

Die Hexe atmete heftig aus, lachte beinahe.

»Nein, mein Schatz. Ich bin mehr als mächtig genug, um mit einem Gargoyle allein fertig zu werden. Er ist nicht das, was mich beunruhigt.«

Ein kalter, harter Kloß bildete sich in Kits Kehle. »Also, was beunruhigt Sie dann?«

Die Hexe zögerte, und zum ersten Mal bröckelte die kühle Fassade zu. »Was mir Sorgen bereitet …«, sagte sie leise und mehr zu sich selbst. »Was mir Sorgen bereitet, kann man nicht mit Worten ausdrücken. Deine Großmutter hätte es verstanden, aber ich vermute, dass sie es dich nicht gelehrt hat. Ich bezweifle, dass sie eine Wahl hatte.«

»Ich war eigensinnig«, sagte Kit. »Zu eigensinnig.«

»Das sind die Jungen immer.« Die Hexe seufzte und stand auf. »Was auch immer es wert ist, junge Kitala Bell, ich empfinde kein Vergnügen dabei, deine Seele oder dein Leben zu stehlen. Ich bedaure es sehr. Es gibt wenige genug von unserer Art, wir sind eine Schwesternschaft – oder sollten es zumindest sein. Macht ruft nach Macht. Deshalb habe ich deine Großmutter immer respektiert, ganz gleich, wie weit sich unser Denken und unsere Methoden auch unterschieden. Deshalb haben wir beide bisher nur Worte und nicht auch den Schmerz geteilt. Doch es geht ums Überleben. Nicht nur um meines, sondern auch das von anderen.« Sie lehnte sich vor; ihre Stimme wurde zu einem Flüstern. »Du kannst dir nicht vorstellen, mein Schatz, was für eine Bestie erscheinen wird. Du kannst dir weder die Zerstörung noch den Hass vorstellen. Ich weiß, ich bin nicht … gerade gut. Aber ich bin auch nicht wirklich übel. Nicht so böse jedenfalls, wie die Bestie es ist.«

»Das stimmt nicht. Sie haben M'cal versklavt. Sie haben ihn gequält.«

»Ja. Das sind die Sachen, die man so tut. Es gehört zum Spiel, weißt du. Es ist die Maske, die ich tragen muss.«

»Nein«, widersprach Kit. »Das ist nicht wahr. Warum mussten Sie ihn versklaven?«

»Weil ich ihn fürchte«, sagte die Hexe mit überraschender Ehrlichkeit. »Weil ich, genau wie du, das Ende vorhersehen kann. Und ich habe mein eigenes gesehen. M'cal ist der Mann, der mich töten wird.«

Mit diesen Worten drehte sie sich um und ging.

Das erste zahlende Publikum, für das Kit jemals gespielt hatte, hätte sie fast zur Verzweiflung getrieben, aber das war noch gar nichts im Vergleich zu den Bemerkungen über ihren Hintern. *Hooting Harrys* war ein übler Schuppen am Rande von Nashville, doch sie war erst siebzehn und viel zu verzweifelt und auch zu hungrig, um sich darüber Sorgen zu machen, dass nicht viele der Trucker und Biker deshalb gekommen waren, um ein schwarzes Mädchen auf seiner Geige spielen zu hören, auf einer Bühne, auf der üblicherweise Stangen, String-Tangas und hüpfende Brüste zu sehen waren.

Dennoch begeisterte sie. Das gelang ihr immer.

Unglücklicherweise ließ sie aber das Selbstvertrauen, das sie auf der Bühne spürte, leider bei allen Angelegenheiten, die mit gewaltsamem Tod zu tun hatten, schmerzlich im Stich. Nachdem die Hexe den Raum verlassen hatte, fiel es Kit schwer, einfach nur dazusitzen, nachzudenken und darauf zu warten, dass sie starb. Tatsächlich war sie kurz davor, sich die Lunge aus dem Hals zu kotzen, wie ein Student nach einem ausgedehnten Saufgelage.

Dennoch bewahrte Kit die Ruhe. Keine Zeit, einer Panikattacke zu erliegen, auch wenn sie nichts anderes tun konnte, als alles noch einmal vor ihrem inneren Auge zu wiederholen, wieder und wieder, mit quälender Klarheit, jedes Wort dieser nuancierten, faszinierenden und ausgesprochen gruseligen Unterhaltung. Die Hexe war eine ungewöhnliche Frau.

Und du glaubst ihr. Kit stöhnte auf. Alles, all diesen verrückten Blödsinn. Sie wollte es nicht glauben, aber alles, was die Hexe über ihre Großmutter gesagt hatte, klang durchaus wahr. Doch wenn es tatsächlich alles stimmte, dann war es zumindest sonderbar, dass die alte

Frau bei ihren vergangenen Begegnungen über das Grab hinaus die Hexe überhaupt nicht erwähnt hatte. Bestimmt hätte sie zwischen all den anderen Warnungen auch dazu etwas sagen können.

Kit stand auf und versuchte die Tür zu öffnen. Sie war jedoch verschlossen. Das einzige Möbelstück im Raum war das Bett. Der Rahmen war festgeschraubt. Dennoch, nachdem sie das Bettzeug entfernt hatte, sah sie, dass die Matratze mit Gurten gehalten wurde. Mit Gurten, die an Bettfedern befestigt waren. Aber Federn konnten entfernt werden.

Um was zu tun? Ein Schloss zu öffnen? Jemandem damit ins Auge zu stechen?

Kit hörte Schritte vor der Tür. Schwere Schritte. Kit trat zurück, als sich die Tür öffnete, weit aufschwang und den Mann in Grau zum Vorschein brachte. An der Seite seines Anzuges war ein großer Blutfleck zu erkennen, doch er schien keine Schmerzen zu haben. Er war viel zu riesig für den Flur, in dem er stand. Seine Schultern stießen an die Wände. Sein Kopf berührte beinahe die Decke.

Er lächelte sie an. Kit sagte: »Dein Mund ist ja völlig im Arsch.«

Er lächelte weiter, und Kit dachte: *genauso wie dein Gehirn.*

Der Mann trat zur Seite und gab ihr ein Zeichen, den Raum zu verlassen. Kit zögerte zwar, aber sie hatte keine Chance, bei einer körperlichen Auseinandersetzung gegen ihn zu gewinnen, also folgte sie dem lautlosen Befehl und quetschte sich an seinem runden Bauch vorbei, der so hart war, wie sie es auch in Erinnerung hatte. Kit hasste es, ihn zu berühren. Ihre Haut kribbelte. Sie hatte das Gefühl, als wäre sein Gesicht eine Wandtafel und sein Gebiss die Kreide, mit der man fürchterliche Geräusche auf jener hervorbringen konnte.

Vor ihm herzugehen und seinen kalten Atem in ihrem Nacken zu spüren, das war fast noch schlimmer, aber sie bewahrte die Ruhe und studierte die Umgebung, denn sie suchte immer noch nach einer Waffe. Tatsächlich bestand alles, was sie sah, während sie durch den Flur gingen, aus weiteren dunklen Holzverkleidungen mit vergoldeten Zierleisten, Spiegeln an der Decke, dicken Wollteppichen, dem kleinen Bild einer nackten Frau, sehr geschmackvoll, wenn man Siebziger-Jahre-Sex-Clubs mochte. Alles, was jetzt noch fehlte, war eine Discokugel, die sich drehte, ein pelzbesetztes Bett in Herzform und *Shaft,* der ihre Schreie laut übertönte.

Wahrscheinlich würde es in viel kürzerer Zeit den gleichen Schaden verursachen, wenn sie den Mann in Grau nackt sehen müsste, aber sie hoffte wirklich, dass es dazu nicht käme.

Der Fußboden schwankte leicht. Kit fühlte sich schwindlig und angeekelt. Sie schluckte Gallenflüssigkeit hinunter und kletterte eine kurze Treppe hinauf, fühlte die klare Luft, das Salz. Aber erst, als sie ihren Kopf in eine Welt aus Nacht, Wolken und Nebel streckte, realisierte sie, dass sie sich auf einem Boot befand. Einem großen Boot, einer Yacht, festgemacht am Rande des Stadtzentrums, mit den Lichtern der Großstadt über ihren Köpfen. Das Deck war lang und hell, und neben der Reling sah Kit einen Körper liegen.

Sie rannte und ließ sich dann neben M'cal auf die Knie fallen. In seiner Brust war ein Loch. Er atmete nicht. Sie sagte sich, dass er sich gewiss erholen werde, aber ihn so ruhig und kalt sehen zu müssen …

»Beunruhigend, nicht wahr?«, meinte die Hexe und stellte sich neben sie. »Aber ich glaube, ich ziehe es vor, ihn so zu sehen.«

Kit knurrte wütend, schlang ihre Arme um die Beine der Frau und versuchte sie zu Boden zu ziehen. Stattdessen fand sie sich an ihren Haaren in die Luft gehoben. Der Mann in Grau war unglaublich stark, seine Faust hatte die Größe ihres Kopfes. Kit schrie auf, versuchte ihn zu treten, zu schlagen, zu kratzen, aber sie fühlte sich wie eine Katze, die am Genick gehalten wurde. Und wie sehr sie sich auch sträubte, nichts hatte die Wirkung, dass er sie wieder zu Boden ließ.

Die Hexe trat zurück und kreuzte die Arme. Ihre Augen waren schmal und hart. Sie nickte dem Mann kurz zu, und plötzlich konnte Kit wieder auf ihren eigenen Beinen stehen. Ihr Kopf schmerzte so, als wäre sie skalpiert worden, und tatsächlich hielt Ivan eine Strähne ihres Haares in der Hand, die er langsam an seine Nase hob, um daran zu riechen.

»Das war töricht«, sagte die Hexe zu Kit.

Mit klopfendem Herzen, benebelt und voller Abscheu hockte sich Kit neben M'cal und nahm seine Hand. »Sie haben ihm genug Qualen zugefügt. Ihre Gründe sind mir vollkommen gleichgültig.«

»Ich bedauere nichts«, erwiderte die Hexe sanft. »Es ist, wie es ist.«

Eine riesige Hand legte sich auf Kits Schulter. Sie erstarrte, hielt die Luft an, als die Hexe sagte: »Du hast Ivan ja schon kennengelernt. Ich denke, du bist dir über seine Besonderheiten im Klaren. Er besitzt tatsächlich viele davon.«

»Tatsächlich?«, sagte Kit und drückte M'cals Finger, versuchte ihn zu wecken. Die Wunde über seinem Herzen begann sich schon wieder zu schließen.

»Sicher. Du kannst ja mal versuchen, Ivans Alter zu erraten.«

Sein Alter erraten? Kit blickte schließlich die Hexe an und versuchte herauszufinden, ob sie einen Scherz machte. Die Frau schien es ernst zu meinen, obwohl ein schwaches sardonisches Lächeln ihren Mund umspielte. Kit kniff die Augen zusammen und dachte einen Moment lang nach. »Ich würde sagen, er ist so fünfunddreißig, vielleicht auch vierzig.«

Die Frage selbst hätte ihr schon einen Hinweis geben können, aber Kit wusste mit Sicherheit, dass mit ihrer Antwort etwas nicht stimmte, als die Hexe lächelte. Ihre Augen glänzten so heiter, dass es schien, als wären Diamantsplitter in ihren Blick eingebettet. Es war ein unnatürliches Licht.

Kit zwang sich dazu, Ivan anzusehen, sein Gesicht zu studieren. Seine Haut war weich und faltenfrei, straff, relativ jung.

»Zweihundert Jahre und einen Tag«, bemerkte die Hexe unbewegt. »Erstaunlich gut erhalten für sein Alter, oder?«

Kit erwiderte nichts, starrte ihn nur an. Ivans Augen

waren so kalt und scharf wie ein Beil, seine Zähne, die über seiner Unterlippe zu sehen waren, wirkten genau so furchtbar. Ein Schauder durchlief sie. Sie hörte gerade noch, wie die Hexe hinzufügte: »Du siehst, meine Liebe, es sind nicht die Seelen, die mich jung erhalten.«

Ivans Hand bewegte sich, glitt zu Kits Nacken. Sie versuchte sich zu bewegen, doch er packte fester zu, bis sie merkte, dass sie alles nur noch schlimmer machte, wenn sie sich wehrte. Er bog ihren Nacken und entblößte ihn. Und während die Hexe lächelnd zusah, fühlte Kit, wie eine kalte Atemwolke ihre Haut berührte. Entsetzen stieg in ihrer Kehle auf, ein Schrei, aber bevor sie auch nur ein Geräusch machen konnte, biss er zu und schlug seine Zähne in ihren Nacken. Das waren stechende Dolche, die durch ihre Haut drangen. Es tat höllisch weh, aber das einzige Geräusch, das Kit zustande brachte, war ein atemloses Röcheln, als sich seine kalten Lippen senkten und ihr Blut tranken.

Ihr Körper gehorchte ihr nicht mehr. Sie war vom Kopf bis zu den Zehenspitzen gelähmt. Nur ihr Sehvermögen funktionierte, und Kit konnte beobachten, wie sich die Hexe auf der anderen Seite von M'cal hinhockte und sich vorlehnte, um sie anzustarren ... um Kit zu betrachten, als wäre sie ein Buch, ein Steak, eine Stickerei – eine Ware, die sie auswählte. Ivan trank weiter. Kit erinnerte sich an die Bisswunden auf M'cals Körper. Dunkle Punkte tanzten in ihren Augen. Streichinstrumente raunten die Titelmelodie des *Weißen Hai*.

»Ivan ist mein perfekter Weggefährte«, bemerkte die Hexe leise. »Wir trafen uns vor ein paar Jahren, beide mit gewissen Bedürfnissen. Er ist auch ein sehr seltenes Exemplar, nicht ganz so wie M'cal zwar, aber ebensowenig menschlich. Er kränkelt bei Tageslicht, ernährt sich nur von Blut, ist außergewöhnlich stark und schnell. Und unsterblich.« Sie lächelte und hob ihre Hand. Es steckten zwei Ringe auf ihren Fingern, beide aus Silber, beide graviert. »Mein Geheimnis. Obwohl Ivan immer freiwillig bei mir geblieben ist, seine Dienste für mich immer genossen hat. Ich habe ihn gerettet, und er erinnert sich daran.«

Ivan hörte auf zu trinken. Er ließ Kit los, und sie krümmte sich schaudernd, befühlte ihren Nacken. Blut tropfte von ihren Fingern, aber sie fühlte keinen Schmerz. Dennoch waren Einstiche an ihrem Genick zu sehen. Eine ganze Reihe davon, als wäre sie ein Stück Fleisch, an dem ein Hund genagt hätte.

Ivan erhob sich und überragte M'cal. Die Hexe stellte sich ihm gegenüber auf. Seine Lippen schimmerten rot von Kits Blut. Er beugte sich herunter, und die Hexe leckte ihn sauber. Dann küsste sie ihn, langsam und vorsichtig, ihre Zunge glitt in seinen Mund. Ivans Hand glitt in ihren Bikini und umschloss ihr Gesäß, seine Finger bewegten sich, drückten gegen ihren Körper, bis die Hexe ein Keuchen ausstieß.

Kit hätte sich am liebsten übergeben, aber sie konnte nicht wegsehen. Es war einfach zu abscheulich, zu befremdend. Der ekelhafteste, widerlichste Anblick ihres Lebens. Und als wäre nicht schon genug Blut geflossen, führte Ivan eine seiner Hände an seinen Mund, biss in sein breites Handgelenk und streckte es der Hexe entgegen.

Die Frau trank, ohne einen einzigen Tropfen zu verschwenden. Sie schloss die Augen und gab sich dieser Tätigkeit mit einem solchen Bedürfnis und einer solchen Leidenschaft hin, dass es Kit endlich gelang, sich unbeobachtet umzublicken. Sie sah eine Pistole auf einem Sessel liegen. Drei Meter entfernt. Wenn sie sie erreichen könnte, sich schnell genug bewegen würde, während sie abgelenkt waren …

Kit hielt immer noch M'cals Hand. Seine Finger zuckten leicht, dadurch bekam sie keine Chance, die Waffe zu erreichen. Stattdessen drückte sie seine Hand und beobachtete sein Gesicht, aber seine Gesichtszüge blieben schlaff und seine Finger bewegten sich nicht mehr. Wahrscheinlich war das Zucken nur ein Reflex gewesen. Langsam kam er jedoch wieder zur Besinnung. *Schneller*, bettelte sie schweigend. *Mach schnell.*

Die Hexe gab ein ersticktes Geräusch von sich; sie ließ von Ivan ab und taumelte, berührte ihren Mund. Ihre Augen weiteten sich. Sie versuchte einen weiteren Schritt zu machen, aber Ivan fasste sie um die Taille und ließ sie langsam zu Boden gleiten. Ihre Schwäche war erschreckend.

»Du«, flüsterte sie, während die Bestürzung ihr makelloses Gesicht überzog. »Du … hast sie getroffen.«

Kit schüttelte den Kopf und drückte M'cals Hand. »Ich verstehe nicht, was du meinst.«

Wütend knurrte die Hexe. »Alice. Du hast Alice getroffen.«

Kit blickte sie mit großen Augen an, das Gesicht der Hexe verzerrte sich. Sie griff nach Ivans Hand, stand auf, als würde ihr Körper schmerzen, die ganze Anmut und Kontrolle löste sich auf. Sie trat M'cal in die Rippen. Kit schrie protestierend auf, aber Ivan machte einen Schritt auf sie zu und hielt sie fest. Er beobachtete die Hexe mit scharfem Blick.

Sie trat nicht noch einmal zu, sank stattdessen wieder in die Hockstellung, griff zu M'cals Armband und umschloss das Metall fest mit ihren Händen. Sie schloss die Augen, murmelte vor sich hin, und Kit erinnerte sich an die Musik, die sie gehört hatte, als M'cal ihre Seele nehmen wollte. Es war eine böse Erinnerung, eine schmerzliche, aber während sie M'cals Hand fest in ihrer eigenen hielt, ließ sie die wilde Melodie, das Sternenlied, in seinen Körper hineinfließen und stellte sie sich dabei als einen Schild, als eine Art Mauer um sein Herz und seine Seele herum vor. Beschützte ihn.

Die Hexe öffnete die Augen. »Hör auf. Überlass ihn mir.«

»Zwing mich doch dazu«, entgegnete Kit rau. Die Frau ohrfeigte sie. M'cal zuckte wieder, doch seine Augen öffneten sich nicht. Kit weigerte sich, seine Hand loszulassen, als die Hexe sie erneut schlug. Ihr Glanz und ihre Jugend veränderten sich für einen kleinen Moment in etwas Uraltes, Hässliches. Eine Maske, alles bei der Hexe war nur eine Maske, außer ihrem Zorn.

Dann – gerade als die Hexe sie wieder schlagen wollte – bewegte sich M'cal, setzte sich so schnell auf, dass man der Bewegung kaum folgen konnte. Er rammte seine Handfläche gegen die Brust der Hexe, so dass sie nach hinten flog und über das Deck schlidderte.

Ivan schleuderte Kit zur Seite. Sie schlug mit dem Kinn auf und rollte sich gerade noch herum, um zu sehen, wie M'cal dem großen Mann seine Faust in den Magen rammte. Dann gingen sie zusammen zu Boden, verhedderten sich ineinander und knurrten.

Kit stürzte zu der Waffe. Sie erwartete eigentlich, dass jemand sie aufhalten würde, aber dann erreichte sie die Waffe und nahm sie in die Hand. Sie wusste nicht so recht, was sie damit anfangen sollte, außer sie auf jemanden zu richten. Sie tat es und zielte damit auf die Hexe. Die Frau sah sie an, hart und hohl. Kit verhärtete sich. Geigensaiten ertönten schrill. Ihre Finger schlossen sich um den Abzug.

M'cal knallte auf das Deck, und zwar so hart, dass sie etwas knacken hörte. Ivan hob einen Fuß über M'cals Gesicht. Kit wechselte das Ziel und schoss auf den großen Mann. Sie zog den Abzug zweimal durch. Sie war zu nah, um ihn zu verfehlen, Blut spritzte aus Ivans Schulter und aus seiner Kehle. Er blieb stehen, doch das hatte Kit auch erwartet. Sie musste ihn nur ablenken. M'cal nutzte diesen Vorteil aus.

Er rollte sich herum, erreichte sie im Nu und zog sie zum Rand des Bootes. Er nahm ihr die Pistole ab, während sie sich bewegten, sah über seine Schulter zurück und schoss auf die Hexe. Die Kugel traf ihr Bein. Sie fiel schreiend zu Boden. Ivan bewegte sich erneut.

Ein kleiner, dunkler Schatten schoss vom Himmel herunter. Schwarze Flügel flatterten. Ivan wurde langsamer, aber nur für einen Augenblick. Seine Fäuste zischten durch die Luft, und Kit hörte einen Aufschlag. Der Vogel schlug auf dem Deck auf. Eine Krähe.

M'cal zögerte. Kit ebenso. Das war ein Fehler. Der Schrei der Hexe wurde zu einem noch schrilleren Heulen, teilte sich in einzelne Silben und Worte auf. Ihre Augen blitzten wie Diamanten, ihr stechender Blick war wutentbrannt.

Kit versuchte sich zu bewegen. Sie konnte es jedoch nicht. M'cal konnte es ebenfalls nicht.

In ihrem Kopf hörte sie plötzlich die Stimme ihrer Großmutter, einen schwachen Ruf, und Musik durchfuhr sie wie ein Donnerschlag. Der Bann, der sie festhielt, schmolz dahin.

Aber Ivans Faust krachte an ihren Schädel. Kit fiel in sich zusammen, schlaff, kaum noch bei Bewusstsein. Sie hörte M'cal schreien, rufen, und dann wurde sie in die Rippen getreten. Finger gruben sich in ihre Haare. Fauliger Atem strich über ihre Wange. Sie öffnete ein Auge und blickte in das bleiche und fleckige Gesicht der Hexe.

Die Frau sagte etwas, aber Kit hörte nur M'cal. Eine Melodie summte in ihrem Herzen. Sie umgab sich damit und warf eine Tonfolge zu M'cal hinüber, fühlte, wie sie sich in ihm festhakte. Es war ein sonderbares Gefühl – als würde sie einem Echo in ihrer Seele lauschen. Dann sagte die Hexe ein anderes Wort, Kit schloss die Augen und hörte auf einmal gar nichts mehr.

12

Im Alter von sechzehn Jahren war M'cal von zu Hause durchgebrannt. Ein wohlbehütetes Kind, das zu Hause unterrichtet wurde. Wegen seiner Stimme war er von anderen ferngehalten worden. Er wäre zu unberechenbar. Auch Blutuntersuchungen mussten in Erwägung gezogen werden. Die Gefahr von Unfällen, Verletzungen, Ärzte, Geheimnisse, die mithilfe der Wissenschaft enthüllt wurden. Seine Eltern waren kein Risiko eingegangen. Nichts war wirklich sicher. Vor allem M'cal nicht.

Eine ganze Zeit lang hatte er auch Verständnis dafür gehabt. Aber dann plötzlich hatte er doch keine Lust mehr und verschwand einfach. Ohne ein Wort, ohne einen Brief, ohne jede Vorwarnung. Kleiner Mistkerl. Kleiner Abenteurer. Sechzehn und nicht-menschlich: Das war eine Kombination, die einem jungen Mann faszinierend erscheinen müsste, allein schon wegen der unbegrenzten Möglichkeiten, eine Kombination, die für ihn aber zu einem Gefängnis geworden war. Ein unvorstellbar einsamer Käfig für jemanden, der doch eigentlich für die Freiheit bestimmt war.

Jetzt kam es M'cal so vor, als hätte sich nichts Wesentliches geändert, nur die Gitter und die Schlüssel und die Wärter. Das eine Gefängnis war aus der Liebe entstanden, das andere aus Hass. Er konnte nie er selbst sein, abgesehen von einem kurzen Jahrzehnt, in dem er als Wanderarbeiter umhergezogen war. Von einem Ende der Welt zum anderen, bis er wieder zu seiner Familie heimgekehrt war und seine Mutter im Sterben liegend gefunden hatte, die bis zum letzten Moment zu starrköpfig war, um es ihm gegenüber zuzugeben. So voller Liebe für ihren Sohn, dass sie seine Freiheit nicht ruinieren wollte, die er sich so rücksichtslos genommen hatte. Ohne sich zu verabschieden, und mit nur wenigen kurzen Briefen und Anrufen in der ganzen Zeit seiner Abwesenheit.

Ihr Tod war eine harte Lektion für ihn gewesen. Eine Strafe für seine Frevel. M'cal hatte seit der Beerdigung nicht mehr mit seinem Vater gesprochen. Er vermutete auch, er werde es nie wieder tun. Und wenn er ganz ehrlich war, dann musste er zugeben, dass er es inzwischen begriff. M'cal gab nicht mehr seinem Vater die Schuld. Er gab sie sich selbst.

Genauso wie er sich die Schuld gab, Kitala an die Hexe verloren zu haben.

Sie wurden in unterschiedliche Räume gebracht. Die Yacht war nicht groß genug, um sie wirklich weit voneinander zu trennen, sie befanden sich in Räumen, die sich im selben Flur gegenüberlagen. Doch es reichte aus, um M'cal in Panik zu versetzen. Alles Mögliche konnte mit ihr geschehen. Und er lag hier, nackt und an ein Bett gekettet, seine Arme über den Kopf gestreckt, die Beine gefesselt. Seile wären nicht stark genug, ihn zu halten; die Hexe hatte das am eigenen Leib erfahren müssen.

Über seinen Mund war Gewebeband geklebt: einfach

nur zur Schau. Es war unnötig, da er seine Stimme nicht gegen die Hexe einsetzen konnte. Ihre Bindung machte sie – und sozusagen als Erweiterung auch Ivan – dagegen immun. Es war so, als versuche man, einen Bann gegen sich selbst auszusprechen. Wenigstens war der Zwang noch nicht wieder zu spüren; offensichtlich hatte die Hexe andere Ideen, wie sie ihn aufhalten konnte.

Halt. Denk richtig nach. Finde einen Weg.

Nachdem sie einige Stunden unterwegs waren, hatte sich das Boot endlich nicht mehr fortbewegt. Die Hexe reiste niemals aus Vergnügen. Sie könnten sich jetzt schon in der Georgia Strait befinden, mit Blick auf Vancouver Island und nur eine Tagesreise von Alaska oder von einem mitternächtlichen Bummel durch Seattle entfernt.

Außerhalb des Raumes hörte M'cal einen Mann schreien. Es war ein Schrei, aus dem Schmerz, Überraschung und Entrüstung, klangen. Aber kein Kummer. Immerhin kein Kummer.

Koni. Der Gestaltwandler musste ihm gefolgt sein und sein Misstrauen aufgegeben haben. Obwohl M'cal gedacht hatte, dass Koni seine Spur verloren hätte, als er tief im Wasser getaucht war.

M'cal schloss die Augen, als der Mann wieder schrie. Das Geräusch brachte Erinnerungen zurück: Tee trinken in der Dämmerung an einem Gartentisch, mit dem Geruch von Flieder in der Luft. Eine kalte, bleiche Hand lag auf seinem Gesicht. Eine Frage, ruhig ausgesprochen. An die genauen Worte, die die Hexe verwendet hatte, konnte er sich nicht erinnern. Aber sie waren einfach und direkt: *Gibst du dich mir ganz hin? Gibst du mir deine Seele, dein Herz, dein Leben?*

Und M'cal hatte geantwortet: *Ja.* Weil er diese Frau geliebt hatte. Weil er ihr vertraut hatte.

Die Hexe brauchte kein Vertrauen, um einen Mann zu ihrem Sklaven zu machen. Was sie brauchte, war einzig Unterwerfung. Und wenn sie Koni lange genug bearbeiten würde, würde sie diese auch bekommen. Jedenfalls genug davon, um sie in seinen Geist und in seine Seele hineinzulassen und dort einen Haken, eine Kette und ein silbernes Halsband zu platzieren.

Die Hexe würde bei Kitala dasselbe versuchen, falls sie ihre Seele nicht direkt schlucken konnte. Vorausgesetzt natürlich, dass die Hexe sie aus diesem Grunde überhaupt in ihre Gewalt hatte bekommen wollen. Oder aus welchem Grund auch immer – außer Gier.

M'cal prüfte die Handschellen. Er schloss die Augen, horchte auf das Boot, das Geräusch des Wassers, das den Bootsrumpf umspülte. Er ließ sich von dem Auf und Ab des Meeres mitnehmen, lauschte den Fischen, dem langsamen Wiegen der Seeanemonen und der vorbeiflitzenden Seeaale. Noch tiefer nahm er das Krabbeln von Krebstieren wahr. Schlaflieder. Dies waren die Dinge, die ihm sein Vater beigebracht hatte, damit er einschlafen konnte, wenn sie einen ihrer Unterwasser-Campingausflüge gemacht hatten. Zwischendurch naschten sie Meeresalgen, die sie in Netzen bei sich trugen, damit die Strömung sie nicht wegtragen konnte, wenn sie schliefen. Seite an Seite. Sie starrten in die lebendige Dunkelheit hinauf und stellten sich vor, sie könnten die Sterne sehen.

M'cal hatte das alles als selbstverständlich betrachtet. Wenn er jemals Kinder hätte …

Er verfolgte diesen Gedanken nicht weiter, weil er direkt zu Kitala geführt hätte, also zu würgender Verzweiflung. Er beruhigte sich wieder, machte tiefe Atemzüge, stieß mit seinen Gedanken weiter ins Meer vor, suchte.

Er fand auch, wonach er suchte. Eine Schule Orcas, die durch das kalte Wasser glitt. Er erreichte den Rand ihrer Gedanken, einen komplexen Fluss des Bewusstseins, kurze Bilder, Erinnerungen, Spiele und Hunger. Orcas hatten niemals Angst. Nicht, solange keine Menschen dabei waren. Zu viele Orcas waren durch die Gewalt von schweren Netzen und Käfigen und groben Maschinen aus dem Meer entführt worden. Weggeschleppt zu Aquarien und Freizeitanlagen. Eingesperrt.

Die Leiterin der Schule war für seine Gedanken empfänglich, obwohl M'cal Probleme hatte, ihr klarzumachen, was er brauchte; seine Stimme wäre besser dafür geeignet gewesen. Schließlich hatte er aber doch das Gefühl, dass sie verstanden hatte, was er meinte.

Er hörte Schritte im Flur. M'cal brach den Kontakt ab und öffnete die Augen. Die Tür öffnete sich, und Ivan stand im Türrahmen. Seine Hände waren blutig, genauso wie der Rand seines Mundes. Er lächelte und trat zur Seite. Hinter ihm befand sich eine andere Tür, die er öffnete.

M'cal konnte Kitala sehen. Sie lag auf einem Bett. Er sah ihr schlaffes Gesicht und die Linie ihres Halses … ein Stück ihrer Handgelenke, die mit einem Strick am Bettrahmen festgebunden waren.

Ivan leckte sich die Lippen, immer noch lächelnd. Er ließ seine Finger knacken und zeigte auf Kitala.

Die Hexe erschien neben ihm, ein dünnes silbernes Gewand war über ihren Körper drapiert. Sie humpelte nicht, doch in ihrem Mundwinkel befand sich ein kleiner Blutfleck. Sie starrte M'cal eine Minute lang an; das Schweigen zwischen ihnen war hart und zäh. Ihre Augen funkelten.

Kitala bewegte sich. M'cal zwang sich, nicht zu ihr hinzusehen, sondern richtete seinen Blick fest auf die Hexe.

Komm, dachte er. *Komm her zu mir und bereite mir Schmerzen. Aber lass sie in Ruhe.*

Die Hexe fuhr sich mit der blutigen Fingerspitze über die Zunge. Sie machte ein summendes Geräusch, schloss kurz die Augen, während eine furchtbare Anstrengung in ihrem Gesicht sichtbar wurde. Es war nur ein winziger Moment, bevor die Maske wieder an ihren Platz zurückglitt.

Sie betrat den Raum mit Ivan an ihrer Seite und riss das Klebeband ab, das M'cals Mund verschloss.

»Du warst aktiv. Sehr aktiv bist du während meiner Abwesenheit gewesen. Frauen retten, neue Freunde gewinnen. Und mit einer solchen Unbekümmertheit. Fast so, als hättest du deinen Auftrag vergessen.« Sie tippte an ihren Ring, der eine kleinere Kopie seines Armbands war. »Wie soll ich dich nur dafür bestrafen?«

M'cal antwortete nicht. Vom anderen Ende des Flurs hörte er einen Ruf, wortlos und wütend. Die Hexe seufzte. »Ein Gestaltwandler. Magie regnet vom Himmel herab.

Was für ein Glück, so eine Menagerie wie die meine zu besitzen.«

»Er gehört dir noch nicht«, erwiderte M'cal und zählte die Ringe an ihrer Hand.

»Der Vogel ist stark«, stimmte sie ihm zu. Sie führte Ivans blutige Hand zu ihrem Mund und leckte sie ab. »Seine Freunde sind aber auch bemerkenswert. Ich hatte keine Vorstellung von den Geheimnissen, die sie bewahren.«

M'cal biss die Zähne zusammen. In dem anderen Raum rührte sich Kitala wieder. Die Hexe sah über ihre Schulter und lächelte. Es war ein armseliges Lächeln, das am wenigsten überzeugende, das er jemals an ihr gesehen hatte. Es überraschte ihn. Die Hexe zeigte normalerweise mehr Haltung, aber er nahm jetzt wieder eine furchtbare Anstrengung wahr. Vielleicht sogar Angst.

»Wie die Dinge sich verändern können. Manchmal sogar innerhalb eines Tages.« Die Hexe drehte sich wieder zu M'cal um, ihre Maske löste sich weiter auf. »Ich sollte dich jetzt töten. Ich hätte dich schon töten sollen, als ich dich das erste Mal in meinem Bett hatte. Es wäre so einfach gewesen. Du hast mich so sehr geliebt.«

»Das habe ich getan«, erwiderte M'cal.

»Aber jetzt liebst du sie.« Die Hexe deutete auf Kitala. »Warum glaubst du, dass sie dir nicht deine Freiheit nehmen will? Sie ist genau so sehr eine Hexe, wie ich es bin.«

»Ich vertraue ihr«, sagte er.

»Du bist ein Dummkopf.«

»Und du bist eifersüchtig. Du hast mich nicht gebrochen.«

»Das habe ich wohl nicht, nein.« Die Hexe sah ein weiteres Mal zu Kitala hinüber, deren Augen endlich ganz geöffnet waren. »Aber sie könnte es schaffen.«

»Lass ihn zufrieden«, murmelte Kitala mit heiserer Stimme.

Die Hexe lächelte und beugte sich über M'cal, ihr Gewand öffnete sich und ihre Brüste kamen zum Vorschein. Sie zog einen Finger über seine Stirn und tippte dann einmal dagegen. Er versuchte sich zu bewegen und stellte fest, dass er es nicht konnte. Obwohl es diesmal nicht der Zwang war. Dies musste etwas anderes sein.

Die Hexe wandte sich wieder Kitala zu. »Was auch immer du getan hast, er gehört noch immer mir. Er wird mir immer gehören, selbst wenn du ihn befreist. Erinnerungen verbinden. Erinnerungen halten immer und ewig.«

Kitala erwiderte nichts. Sie kniff die Augen zusammen und sah mit einer solchen Intensität erst die Hexe an, und dann zu M'cal hinüber, dass ihm ihr Blick fast wie eine Berührung vorkam, die direkt in sein Herz reichte.

Die Hexe beugte sich herunter und küsste ihn. Er stellte sich vor, ihr in die Lippen zu beißen, in ihre Zunge, aber er konnte seinen Kiefer nicht bewegen. So lag er einfach nur da, erduldete es, versuchte an etwas anderes zu denken als an die feuchten, heißen Lippen, die ihn so liebkosten.

Er spürte ein Kribbeln in seinem Geist, in seinem Herzen, etwas wie Zorn. Das war aber nicht sein eigener Zorn. Er erschien ihm fremdartig, getrennt von sich selbst. Vertraut. Er konnte den Sinneseindruck mit nichts in Verbindung bringen, das er kannte, aber er berührte ihn.

Die Hexe hörte auf, ihn zu küssen. Sie bewegte sich weit genug, dass M'cal Kitala wieder sehen konnte. Sie lag unbewegt da, aber ihr Blick war das reinste Feuer, ihr Mund schien vor Empörung verzogen. Für einen kurzen Augenblick schämte sich M'cal. Er empfand eine entsetzliche Scham, dass Kitala mit ansehen musste, wie er benutzt wurde. Aber dann bekam er seine Gefühle wieder in den Griff, und die Scham ging vorüber.

Da war es wieder, ein Kribbeln, diesmal begleitet von schwacher Streichmusik. Es war eine dumpfe Musik, dabei sehr sanft, eher ein Atmen als ein Klang. Kitala blickte ihm immer noch konzentriert in die Augen. Wieder spürte M'cal die Spur eines heftigen Gefühls, das nicht sein eigenes war. Die Musik wurde lauter, er folgte ihr bis ganz in sein Herz hinein, und plötzlich war er sich der Quelle bewusst.

Kitala, dachte er. *Was tust du?*

Sie antwortete ihm nicht, konnte ihn wahrscheinlich gar nicht hören, aber als sich die Hexe zu einem weiteren Kuss vorbeugte und Kitala dabei einen gehässigen Blick zuwarf, gab es ein schrilles Geräusch in der Musik, die durch seinen Kopf geisterte.

Der Bann der Hexe brach. M'cal zuckte zusammen. Er konnte sich wieder bewegen.

Er schnellte nach vorn und schloss seine Zähne um ihre Nase. Sofort überwand sein Instinkt seinen Verstand. Sie fuhr schreiend hoch, Blut schoss in seinen Mund. Er weigerte sich loszulassen, auch als Ivan begann, ihm gegen den Kopf zu schlagen, wieder und wieder. M'cal wollte geschlagen werden, er brauchte die Gewalt des

Vorgangs, bis Ivan ihn endlich so hart schlug, dass er freikam – mit der Nase der Hexe im Mund.

Sie heulte, taumelte rückwärts, krachte gegen die Wand. Blut schoss zwischen ihren Fingern hervor, floss auf ihre Kleidung, auf ihr silbernes Haar. Ivan starrte sie an, taumelte zu ihr hin, wippte auf den Zehen, blickte zu M'cal zurück, den Tod in den Augen. Zischend entblößte er seine scharfen Zähne.

M'cal spuckte den Klumpen blutigen Fleisches aus. Er prallte auf den Wollteppich und landete vor Ivans Füßen, sah aus wie ein sonderbarer roter Knopf. Irgendwo in der Ferne hörte er Kitala fluchen.

Die Schreie der Hexe wurden zu einem erstickten Schluchzen, und dann kam kein Geräusch mehr. Stille. Ihre Hände fielen an den Seiten ihres Körpers herab. Ihr Gesicht war eine Ruine aus Fleisch und Blut, mit einem Loch an der Stelle, wo eigentlich ihre Nase hätte sein sollen. Aus den zerklüfteten Knorpelresten kamen Blasen, wenn sie atmete. Das war keine wirklich schlimme Verletzung, jedenfalls nicht für jemanden wie sie, aber genau wie bei Ivan gab es Wunden, die nicht einmal die Hexe heilen konnte. Jedenfalls nicht ganz.

»Ivan«, sagte die Hexe. Ihre Stimme klang heiser, dumpf und zitternd. »Geh zu Kitala und tu ihr weh. Auf jede mögliche Art und Weise. Bring sie zum Schreien.«

Das Blut in M'cals Mund schmeckte plötzlich wie Gift. »Bleib weg von ihr.«

»Es wird ohnehin geschehen«, flüsterte die Hexe. Sie raffte die Säume ihres Gewandes mit blutbedeckten Händen. »Ohne den Zwang hast du mir doch keine andere

Wahl gelassen. Sie machte einen Schritt auf ihn zu. »Du kannst es ihr erleichtern. Du kannst dafür sorgen, dass es ihr… nichts ausmacht. Alles, was du tun musst, ist, ihre Seele zu nehmen, M'cal. Tu es jetzt oder sie wird leiden. Für eine sehr lange Zeit leiden.« Sie drehte sich zu Kitala um, die immer noch an das Bett gefesselt war. »Oder du kannst ihn wieder freigeben. Gib mir seine Zügel zurück.«

»Fahr zur Hölle«, schnappte Kitala.

»Vielleicht wird Ivan deine Nase nehmen«, sagte die Hexe, während ihre Worte immer feuchter und durch ihr Blut gedämpft wurden. »Vielleicht will er dir auch noch andere Dinge nehmen.«

M'cal knurrte, stemmte sich gegen seine Ketten. »Meine Seele kann dir die gleiche Macht geben. Nimm doch mich.«

Die Augen der Hexe verengten sich. »Ein sehr verlockendes Angebot, M'cal. Nach dieser ganzen Zeit, wirklich sehr großzügig. Aber offen gesagt möchte ich dich jetzt lieber leiden sehen.« Sie drehte sich zu Ivan um, ihr Profil wirkte unmenschlich, zerklüftet und blutig. »Mach schon. Tu, was ich verlange.«

Ivan nickte und zog seine Anzugjacke aus, legte sie behutsam um die Schultern der Hexe. Er presste seine Lippen gegen ihre Stirn, sah M'cal finster an und schlurfte dann über den Flur zu Kitala hinüber, die aufzustehen versuchte. Ihre Fesseln waren zu fest gezogen. Ivan stand über ihr und starrte auf sie herab.

M'cal zerrte heftig an den Handschellen, die ihm in die Haut schnitten. Er hörte eine Musik in seinem Herzen aufsteigen, Streichinstrumente kreischten, und er hielt sich an dem Klang fest, wollte, dass er etwas bedeutete: Macht, Magie oder sonst etwas, das sie retten könnte.

»Ivan«, rief er. »Ivan, bestraf mich! Ivan!«

»Gib mir ihre Seele«, sagte die Hexe. »Nimm sie, M'cal. Du hast ja keine andere Wahl.«

»Er hat doch eine Wahl!«, schrie Kitala und versuchte, so weit von Ivan wegzurutschen, wie sie konnte. »Lass ihn in Ruhe!«

Ivan griff in ihr Haar und riss ihren Kopf zurück. Dann bewegte er sich ein wenig, und M'cals Sicht war blockiert. Er hörte Stoff zerreißen. Kitala schrie auf.

Etwas in ihm zersprang, ein Stück seines Herzens durchstieß seine Brust, seine Stimme aber schoss so heftig in seiner Kehle empor, dass er nur noch den Mund öffnen und sie herausströmen lassen konnte. Und was da herauskam, war weniger ein Lied als vielmehr ein Schrei, rasend wild und heulend wie ein Hurrikan.

Die Hexe wirbelte herum, Blut spritzte von ihrem Gesicht. Ihre Augen waren geweitet, so funkelnd, als schieße ein Blitz heraus. Die Überreste ihrer Nase blubberten so heftig, als befände sie sich unter Wasser und schnappe nach Luft. Sie starrte M'cal an, doch er kümmerte sich gar nicht darum. Alles, was er tun konnte, war Ivan anzusehen und zu singen.

Der Hüne drehte sich herum. M'cal erhaschte einen Blick auf Kitala. Ihre Bluse war zerrissen, doch in ihren Augen war Stahl, hart, heiß und strahlend. Sie sah ihn an, als wäre sie jetzt bereit zu töten. M'cal war glücklich darüber, dass er helfen konnte. Er hatte nie zuvor so viel

Zorn gefühlt, niemals so viel Macht in seiner Stimme gehabt. Und es stieg zum zweiten Mal in ihm auf, seine Kiefer schnappten wie die eines Hais. Es fühlte sich an, als wenn ein steifer Wind in den kleinen Raum blase, sein Zorn war kalt, wischte die Stimme der Hexe beiseite, als sie Worte schrie, die er nicht verstand. Ihre Macht prallte an ihm ab.

Blut quoll aus Ivans Augen. Er hob eine Hand und berührte sein Gesicht. Dann sah er auf das Rote an seinen Fingerspitzen. Zuerst war er verwirrt … dann verzog sich sein Mund, seine Augen wurden zu Schlitzen, und das Blut begann schneller und schneller zu fließen, inzwischen auch aus seinen Ohren, und M'cals Stimme wurde höher, stärker, verwandelte sich in etwas so Grässliches, dass er es selbst kaum ertragen konnte. Er hatte so etwas noch nie zuvor getan, aber in Ivan einzudringen und ihm zu befehlen, wie er sterben solle, kam ihm so normal wie das Atmen selbst vor.

M'cal wurde von etwas getroffen. Die Hexe schlug ihm mit den Fäusten ins Gesicht. Aber ihre Treffer wirkten wie die leichte Berührung einer Flosse. Er konnte nur Ivan ansehen. Das Gesicht des Mannes brach auf, Risse bildeten sich in seinen roten Wangen, sahen wie getrocknete Erde aus. Blut sickerte heraus. Ivan versuchte, einen Schritt zu machen, aber seine Beine gaben nach, und er fiel schwer zu Boden. Immer noch starrte ihn Kitala kämpferisch an. Ihr Mund bewegte sich. M'cal glaubte, ihre Musik in seinem Kopf zu hören.

Die Hexe verstellte ihm die Sicht, ihr Arm bewegte sich. Metall blinkte auf.

Er sah es kommen, fühlte den Einstich, aber es kostete ihn einen Moment, seine Überraschung zu überwinden. Er sah an sich herab und entdeckte ein langes Messer, das aus seiner Brust ragte, immer noch zitternd. M'cal hatte keine Ahnung, woher die Hexe es haben mochte, aber die Klinge war scharf und lang und glänzend. Seine Stimme fiel für einen kurzen Augenblick in sich zusammen.

Immerhin lange genug. Die Hexe umfasste sein Armband, ihr Ring, der ihn band, berührte das gravierte Metall. Sie murmelte ein Wort, und diesmal glitt ihre Macht nicht von ihm ab. Es traf ihn so hart, als explodiere eine Bombe in seinem Herzen.

Er hörte Kitala aufschreien, aber Ivan war noch am Boden. M'cal versuchte seinen Blick auf Kitalas Gesicht gerichtet zu halten, aber die Hexe blockierte weiter die Sicht auf sie. Der Schmerz brannte in seiner Brust; und als ein Schrei in ihm aufstieg, presste er die Zähne zusammen, um sich nicht selbst die Zunge abzubeißen.

Die Welt veränderte sich. Sie drehte sich wie ein Strudel um ihn herum, nichts blieb lange genug an seinem Platz, um es festzuhalten. Für einen Moment glaubte M'cal, es liege an ihm, dass er sich in dem Schmerz verlor, aber dann rutschte die Hexe zur Seite und schlug gegen die Wand, und alles kam hart und schnell in sein Bewusstsein zurück.

Das Boot schlingerte, legte sich auf die Seite. M'cal wäre aus dem Bett geschleudert worden, wäre er nicht noch immer angekettet gewesen. Stattdessen hing er einen Moment lang in der Luft, die Handschellen drückten sich in seine Handgelenke und Knöchel. In dem anderen

Raum schrie Kitala gellend auf. Ivan versuchte sich zu erheben.

Und dann geschah es wieder, diesmal mit einem so heftigen Aufschlag, dass es sich anhörte, als bohre sich ein scharfes Riff durch den Bootsrumpf. Wieder wurde die Hexe zu Boden geschleudert, und erneut hing M'cal in der Luft; der Dolch steckte noch immer in seiner Brust. Er roch das Meer, er hörte das Wasser rauschen. Das Boot stellte sich in einen steileren Winkel.

»Wir sinken«, zischte die Hexe. »Was hast du getan?«

»Nur das, was ich tun musste«, sagte M'cal. »Ich zwinge dich, eine Wahl zu treffen.«

Zum ersten Mal sah er, dass Entsetzen in ihrem Blick lag. Sie griff sich ins Gesicht, ihre Finger blieben in dem Loch hängen, wo einmal ihre Nase gewesen war. Sie fluchte, warf sich zu ihm herum und musste über den Boden zu dem Bett hinkriechen. Das Boot wälzte sich ächzend im Wasser. M'cal hörte Wale rufen.

»Ich muss die Frau haben«, flüsterte die Hexe. »Ich muss stark genug sein. Es gibt keinen anderen Weg.«

»Alice!«, schrie Kitala auf. Sie hing an dem Bettrahmen. »Was hat das alles mit ihr zu tun?«

Die Hexe schwieg. Sie blickte M'cal an, sah dann zu Kitala hinüber und bewegte sich in Richtung der Tür auf sie zu, kletterte über Ivans Körper, um den anderen Raum zu erreichen.

Sie schaffte es aber nicht. Das Boot wurde erneut getroffen. Es war wie eine langsame Drehung in einer Achterbahn, ein Looping durch das Zentrum eines Erdbebens. Die Bewegung erschwerte es, etwas zu erkennen, aber M'cal sah, wie die Hexe durch den Flur taumelte, bis sie außer Sicht war. Ivan folgte ihr, rutschte auf dem Bauch hinterher, als sich das Boot fast senkrecht stellte. Ein Mann rief um Hilfe. Koni.

»M'cal!« Kitala hing an dem Rahmen des Bettes, das jetzt eher einer aufrecht stehenden Wand glich. Ihre Arme waren in einem qualvollen Winkel gedehnt.

M'cal hörte ein Plätschern und das Fluchen der Hexe, aber niemand erschien in der Türöffnung. Nur er und Kitala, die an ihren Betten baumelten. Und irgendwo in einem anderen Raum war Koni. Gefangen. Sie alle waren gefangen.

Die Lichter gingen aus, alles wurde in Dunkelheit gehüllt. M'cals Sehkraft veränderte sich, alles wurde schärfer und schwamm in grauen Schatten.

Er biss die Zähne zusammen und riss heftig an seinen Ketten, keuchte vor Schmerzen. Das Messer steckte noch immer in seiner Brust. Sie würde auch gewiss nicht heilen, solange es dort blieb. Koni schrie wieder, aus seiner Stimme klang Verzweiflung.

M'cal schloss die Augen und versuchte, die Orcas zu erreichen. Sie schoben sich um das sinkende Boot herum, pfeifend und quiekend, vollführten karussellähnliche Bewegungen, als wäre das sinkende Schiff ein Heringsschwarm, den sie jagten.

M'cal fand die Leiterin der Schule. Sie war bereit, mit ihm zu kommunizieren, und schien auf eine Weise beunruhigt, wie nur Orcas es sein konnten, anders als Krackeni oder Menschen. Der Wille zum Überleben war noch da, ebenso wie das Bedürfnis zu beschützen. Sie konnte seinen Schmerz spüren, und es übertrug sich auch auf die anderen. Der Rest der Schule pfiff, um das Boot so stark zu bearbeiten, dass er die Vibrationen im Bootsrumpf spüren konnte.

Wir sind gefangen, berichtete er. *Es ist ein Netz.*

Erinnerungen an Menschen tauchten vor seinem inneren Auge auf. Netze, die um Körper geschlungen waren, quietschende Babys, die von ihren Müttern getrennt wurden. Der Druck von Tauen, die schwere Luft, rohe Hände, brennende Sonne und dumpfe Geräusche, keine Lieder.

Das Boot sank tiefer. Koni schrie wieder. M'cal suchte nach Kitala und fand sie auch, fast blind in der Dunkelheit. Ihr Blick war ihm zugewandt; in ihren Augen lag Vertrauen, aber auch Furcht. Ihre Lippen bildeten eine harte Linie. Er hörte Musik.

Dann brach er den Kontakt zu den Orcas ab. Es gab nichts, was die Wale gegen die Handschellen ausrichten konnten, und ein weiterer Angriff auf das Boot würde es nur noch schneller sinken lassen. Er sah, wie sich Kitala bemühte, ihre Fesseln zu lösen.

M'cal veränderte seine Gestalt. Er hatte diese Möglichkeit bisher ausgeschlossen, aber jetzt hatte er keine andere Wahl, als es zu versuchen. Seine Beine verschmolzen von seinen Leisten nach unten, aber die Transformation endete an seinen Knöcheln. Die Fußfesseln waren im Weg.

Und dann waren sie es nicht mehr. Sein Körper verwandelte sich um sie herum, wobei ein kleines Loch im Zentrum seines unteren Schwanzes für das Metall blieb. Unglücklicherweise war sein Schwanz dicker als seine Knöchel, und die freiliegenden Teile der Fußfesseln schnitten wie eine stumpfe Säge in sein Fleisch. Es schmerzte stärker als das Messer, und die Ketten waren noch immer mit der Wand verbunden.

Das Geräusch strömenden Wassers wurde lauter, ein gewaltiges Krachen durchlief das Boot. M'cal konnte den immer größer werdenden Druck des Wassers auf den Bootsrumpf spüren. Sie sanken noch tiefer. Er fragte sich, wo Ivan und die Hexe wohl waren – und ob sie es geschafft hatten, das Boot zu verlassen. Vielleicht wurden sie ja gerade von den Orcas verspeist.

Als sich sein Nacken verwandelte, bildeten sich Schuppen auf seiner Haut; Kiemen öffneten sich. Die Luft trocknete sie fast augenblicklich aus, aber er hatte bereits genug zu ertragen und ignorierte den leichten Schmerz. M'cal riss heftig an der Kette, die an der Wand festgeschraubt war. Sie bewegte sich nicht. Er dachte an Kitala, die am Ertrinken war, und versuchte es weiter.

Dieses Mal bewegte sich etwas. M'cal fletschte die Zähne und zerrte mit aller Kraft an der Kette. Die Wand knirschte. Knurrend riss er weiter und immer weiter, bis ganz plötzlich ein Haltebolzen aus der Wand sprang und er zu Boden stürzte.

Die Kette an seiner Schwanzflosse fing ihn auf, aber die Wand gab unter seinem Gewicht nach. Er zog das Messer aus seiner Brust, nahm es zwischen die Zähne und richtete sich auf. Konis Schreie klangen nun leiser und gedämpfter. Kitala rief M'cals Namen.

M'cal nahm das Messer aus dem Mund und richtete sich auf, zielte damit auf die Wand. Es war schwierig, sich mit den gefesselten Händen zu bewegen, aber er hatte eine große Reichweite und stieß die Spitze in die Holzverkleidung. Dann begann er, mit der einen Hand die Halterung zu lockern; mit der anderen hielt er die Kette. Der breite Fächer seiner Schwanzflosse bewegte sich wie eine Fahne.

Die Halterung lockerte sich. M'cal riss in einem leichten Bogen an der Kette, um das Holz zu zerstören. Beim zweiten Mal riss er noch stärker, während das Boot um ihn herum erzitterte. Er hörte Kitala in dem anderen Raum atmen, hörte auch Wasser rauschen. Koni war still.

Das Holz zerbrach. Die Verankerung löste sich. M'cal krachte gegen die Wand, die jetzt den Boden bildete – und er fühlte, wie die Luft aus ihm herausgepresst wurde. Es dauerte einen Moment, bis er sich wieder gesammelt hatte. Er musste kriechen, sich mit den Händen vorwärts ziehen. Er konnte sich nicht zurückverwandeln, um seine Füße zu benutzen, da er dann wieder gefesselt wäre. Abgesehen davon wären Beine jetzt auch nicht besonders hilfreich. Er nahm das Messer wieder zwischen die Zähne und zog sich vorwärts, die Hände immer noch mit Ketten gefesselt. Er kam nur sehr langsam voran. Viel zu langsam.

Er zog sich bis zur Tür, sah auf den Gang hinunter, der jetzt ein ganzes Stück unter ihm lag. Dunkles Wasser wirbelte ebenfalls unter ihm, dichter als ihm lieb war. Bisher war er noch niemals auf einem sinkenden Schiff gewesen, und auch die Tatsache, dass er es überleben konnte, war ihm kein großer Trost.

»M'cal!«, schrie Kitala.

Er ließ sich in den Gang hinunterfallen und landete hart an dem Türrahmen. Sie hing über ihm an dem Bett.

M’cal ergriff den Rahmen und zog sich mit aller Kraft hoch. Ihre Beine waren frei, und sie hatte ihre Füße in die Matratze gebohrt, um den Schmerz in ihren Armen zu lindern. Er berührte sie, sie schrie überrascht auf. M’cal knurrte ärgerlich. Er hatte vergessen, dass es hier stockfinster war – für sie.

Er zog sich ganz hoch, seine Schwanzflosse glitt über ihren Körper. Als er flach auf dem oberen Rand des Bettrahmens liegen konnte, nahm er das Messer aus dem Mund und begann vorsichtig, das Tau durchzuschneiden, mit dem ihre Handgelenke gefesselt waren. Es war ein hartes Stück Arbeit, da seine Hände immer noch in den Handschellen steckten.

»Du musst dich am Rahmen festhalten«, erklärte er. »Sonst wirst du fallen, wenn ich das Tau durchgeschnitten habe.«

»Okay«, sagte sie atemlos. Aber als er den entscheidenden Schnitt machte, rutschte sie doch beinahe weg. Ihre Arme waren taub, weil sie so lange daran gehangen hatte. Er umfasste ihre Handgelenke, fühlte zerschundene Haut und Blut und ließ sie langsam hinunter, bis sie auf der Seite des Bettrahmens stehen konnte.

M’cal ließ sich ebenfalls hinuntergleiten und veränderte seine Gestalt so weit, dass er auf seinen Füßen statt auf seinem Schwanz stand. Die Erleichterung, die er in den Knöcheln spürte, war enorm. Kitala sagte: »Ich kann überhaupt nichts sehen.«

»Ich bin genau hier«, murmelte er. »Aber wir müssen vom Bett zu der Türöffnung kommen, und der Flur ist nicht mehr dort, wo er eigentlich sein sollte.«

»Ich kann überhaupt nichts sehen«, wiederholte sie.

»Warte«, erwiderte M'cal. Er streckte seine gebundenen Hände so weit nach oben, dass sie den Türrahmen berührten. Er hielt noch immer das Messer, die Klinge drückte sich in seine Handfläche. Er ignorierte den Schmerz, stellte sich in den freien Raum und stützte seinen Oberkörper ab. »Kitala, fühle, wo ich bin. Benutze mich als Brücke, als Führung. Klettere auf meinem Rücken nach oben.«

»M'cal …«

»Schnell.«

Kitala stellte ihren Fuß auf seinen Rücken, er biss die Zähne zusammen und war bereit, ihr Gewicht zu tragen. Glücklicherweise war sie nicht allzu schwer. Blind sprang sie mit einem einzigen Schritt auf seinen Rücken. Er hielt den Atem an, als sie am Türrahmen hing, und versuchte, die Höhe auszugleichen. Als sie das Gleichgewicht gefunden hatte, zog er sich selbst hinterher. Das Wasser war weiter angestiegen. M'cal musste an Koni denken.

»Spring«, sagte er. »Ich werde bei dir sein.«

»Gut«, murmelte sie und glitt nach Luft schnappend in das Wasser. Er folgte ihr, verwandelte seine Beine wieder, biss sich auf die Zähne, um den Schmerz zu mildern, den die Fesseln verursachten, die in seine Schwanzflosse schnitten.

»Hol ganz tief Luft«, sagte er und versuchte, seine Stimme ruhig klingen zu lassen. »Schlinge deine Arme um meinen Nacken. Wir müssen Koni finden.«

Sie tauchten unter, M'cal zog Kitala mit sich. Seine Hände waren – abgesehen davon, dass er immerhin das

Messer halten konnte – ganz nutzlos. Aber er bewegte sich schnell und versuchte darauf zu achten, wann sie Luft brauchte. Er musste den Gestaltwandler finden.

Die Yacht war nicht sehr groß – es gab nur zwei weitere Räume im Bug. Er hatte schon beim ersten Glück, als er die Tür zu einer nassen Welt öffnete. Es gab diverse elektronische Geräte und einen Gitterkäfig, dessen Tür offen stand. In der Nähe des Käfigs entdeckte er den unteren Teil eines nackten Mannes: Arme, Torso, zwei Beine und die Taille. Blut strömte aus mehreren Schnittwunden. Einen Kopf konnte M'cal nicht entdecken.

Er schwamm schnell, stieg höher und streckte zu seiner großen Überraschung den Kopf aus dem Wasser. Es war ein winziger Raum, Teil eines Alkovens für einen Fernsehapparat. Dort hatte sich eine Luftblase gebildet – Koni lebte noch, hielt sich am Rand des TV-Schranks fest.

»Du Mistkerl«, stieß er hervor. Sein Sehvermögen funktionierte offensichtlich auch im Dunkeln gut. »Warum zum Teufel hat das so lange gedauert?«

M'cal hob Kitala hoch in die Luftblase. Sie schnappte nach Luft, machte einen tiefen Atemzug.

»Ich war beschäftigt«, sagte er. »Ich vermute, du bist in dem Käfig gewesen?«

»Eine Zeit lang«, antwortete Koni. »Aber dann hat die Hexe irgendetwas gemacht, woraufhin ich mich nicht mehr verwandeln konnte, und ihr verrückter, verdammter Igor…«

»Ivan.«

»… wie auch immer, er nahm sich jedenfalls meiner an. Ich brauche dringend eine Zigarette.«

»Trägst du irgendwelche Fesseln?«

»Ich habe nie in meinem Leben so viele verdammte Handschellen gesehen«, erwiderte Koni. »Die Frau hatte eine ganze Sammlung davon. Mein Gott.«

»Ich glaube, das soll *Ja* heißen«, erklärte Kitala M'cal. Er tauchte unter und entdeckte, was ihm vorher entgangen war: eine lange Kette, ähnlich seiner eigenen, verbunden mit einem Satz von Hand- und Fußfesseln. Die Hexe neigte nicht dazu, nicht-menschliche Kräfte zu unterschätzen. Und sie war immer auf Gäste vorbereitet. Die Yacht war speziell für solche Gelegenheiten bestens ausgerüstet.

M'cal hatte noch immer das Messer. Er rammte es in die Wand, grub damit in der Holzvertäfelung herum, stieß und hackte darauf ein, bis der Ring, der die Kette hielt, frei kam. Er rollte die Kette zusammen und schwamm zu Kitala und Koni zurück.

»Hier«, sagte er und gab Koni die Kette. »Versuch dich wieder zu verwandeln. Außerhalb des Einflusses der Hexe müsstest du …«

Koni wartete nicht darauf, dass er den Satz vollendete. Seine Augen blitzten auf, goldenes Licht strahlte von seinem Gesicht ins Wasser. Einen Augenblick lang dachte M'cal, es würde funktionieren. Federn sprossen an Konis Haaransatz, aber dann knurrte der Gestaltwandler, und das Licht erstarb wieder.

»Es wird schon besser«, sagte er, »aber es funktioniert noch nicht so richtig.«

»Schön.« M'cal warf das Messer beiseite und streckte seine gebundenen Hände aus. Er nahm Kitalas Arm. »Zuerst werde ich sie hier herausbringen und dann wiederkommen, um dich zu holen. Es sei denn, du glaubst, dass du mitkommen kannst?«

»Könntest du mich ziehen?«, fragte Koni. »Ich werde mit meinen gefesselten Füßen sicher nicht gut schwimmen.«

»An meiner Schwanzflosse ist eine Kette befestigt. Wenn du sie festhalten kannst, und deine Atmung …«

»Geht klar. Ich will jetzt nur hier raus.«

Das wollte M'cal auch. Er ließ Koni sinken und die Kette greifen, und dann brachte er ihn und Kitala aus dem Raum. Beim Schwimmen hatte er Schwierigkeiten, alle seine Gliedmaßen waren behindert, doch er schaffte es erst durch den Gang und dann durch den Treppenschacht, der jetzt nach unten zeigte, zum Grund des Meeres. In weniger als einer Minute waren sie aus dem Boot heraus und bewegten sich auf die Wasseroberfläche zu.

Sie tauchten aus dem Wasser auf, und Kitala und Koni schnappten nach Luft, während sich M'cal in ihrer Nähe treiben ließ und den Orcas lauschte. Er konnte ihre Rufe in seinem Körper spüren. Die alte Lady kam zu ihm, ihre Finne zerteilte die Wellen. Kitala machte ein erschrecktes leises Geräusch, als sich die Schule versammelte und aus dem Wasser tauchte, um die Situation zu erforschen.

»Das Boot«, sagte sie mit klappernden Zähnen. »Sie waren es also, die es umgekippt haben. Aber wo sind die Hexe und Ivan?«

Die Yacht befand sich inzwischen fast gänzlich unter

Wasser. M'cal fragte die Orcas, ob sie das Verschwinden eines Mannes und einer Frau beobachtet hätten, aber sie hatten nichts gesehen. Er wagte trotzdem noch immer nicht, daran zu glauben, dass die Hexe und Ivan tot waren.

Kitala zitterte. Das Wasser war deutlich zu kalt für sie, und früher oder später würde sie vollkommen unterkühlt sein. Koni schien unter der Meerestemperatur nicht sonderlich zu leiden. M'cal sah, wie er Kitala betrachtete. Die beiden Männer tauschten einen Blick.

»Ist hier irgendwo Land in der Nähe?«, fragte der Gestaltwandler. M'cal blickte sich um. Er konnte keine Lichter erkennen. Aber falls sie sich in der Georgia Strait nahe Vancouver befanden, kannte er schon einen Ort, zu dem sie schwimmen konnten. Wenn es ihn denn noch gab.

M'cal versank in den Wellen und rief mit seinem Bewusstsein und seiner Stimme nach der alten Orca-Dame. Einen Moment lang befürchtete er schon, dass der Zwang gleich einsetzen und ihn stoppen werde. Aber nichts geschah, und eine Welle der Erleichterung ging durch seinen Körper. Freiheit war etwas ganz Neues für ihn. Er fragte sich, ob er jemals lernen werde, sie als etwas Selbstverständliches hinzunehmen.

Die Orca-Führerin reagierte fast augenblicklich. Narben bedeckten ihren Körper, Kampfspuren. Sie rief ihre Schule, und die Orcas versammelten sich, stießen gegen seinen Körper und bestürmten ihn mit Rufen. Einer der Orcas berührte seine gebundenen Hände mit der Nase. M'cal zögerte, aber die Versuchung war einfach zu groß. Er fragte, und der Orca öffnete sogleich den Mund. M'cal legte die Kette zwischen den Handschellen über einen Zahn, der die Stärke seines Daumens hatte, hielt seine Hände weit voneinander entfernt, als der Orca langsam zubiss.

Ein mahlendes Geräusch echote durch das Wasser. Die Kette zerbrach. Die Handschellen befanden sich weiterhin an M'cals Handgelenken, aber da sie nicht mehr verbunden waren, konnte er sich jetzt viel besser bewegen. Er verwandelte seine Schwanzflosse, bildete seine Füße zurück, sodass die Verbindung zwischen deren Fesseln wieder sichtbar wurde. Es war etwas schwieriger, sie zu trennen als die Handschellen, aber nach einigen vorsichtigen Versuchen fiel auch diese Kette dem massiven Gebiss des Orcas zum Opfer.

Er tauchte kurz auf und sagte zu Koni: »Halt deine Beine still.«

»Was?«, fragte der Gestaltwandler, doch M'cal tauchte schon wieder und ergriff Konis Knöchel, hielt ihn über Wasser, während der Orca näher kam. Er war sehr zufrieden: Zerbrochene Ketten waren in seinem Bewusstsein dasselbe wie zerfetzte Netze: eine befriedigende Arbeit. Koni fluchte, als sein Fuß das Maul des Orcas berührte, aber die Kette zerbrach mit einem Krachen, und er schwamm los, immer noch eine Kette hinter sich herziehend.

»Du hast mit ihnen gesprochen«, sagte Kitala zu M'cal, als er wieder auftauchte. Sie hatte Schwierigkeiten beim Wassertreten. Ihre Zähne klapperten. Er zog sie an sich heran, hakte ihre Beine um seine Taille, um ihr etwas von seiner Wärme zu geben. Seine Schwanzflosse bewegte sich wellenförmig im Wasser, trieb sie voran, während seine Hände ihren Rücken rubbelten. Sie zitterte. Er hoffte, es möge nichts Schlimmeres als die Kälte sein.

Erneut sah Koni ihn beunruhigt an. M'cal pfiff etwas zu den Orcas hinüber, die sich um sie drängten. Neugier erfüllte sie, und auch ein Beschützerverhalten. Es war schon sehr lange her, dass einer von ihnen einen Krackeni getroffen hatte.

M'cal errang Konis Aufmerksamkeit und deutete auf einen dunklen Schatten, der durch das Wasser glitt, dicht zu seiner Linken. »Greif dir die Rückenflosse des Weibchens und klettere auf ihren Rücken. Davor oder dahinter, es ist egal. Solange du dich nur festhältst.«

Der Gestaltwandler zögerte, er beäugte den Orca mit einem großen Maß an Vorsicht. »Wir kennen einander kaum. Vielleicht versteht sie es falsch.«

»Mach schon.«

»Wenn ich später herausfinden sollte, dass das bei den Orcas bedeutet, einer Frau an den Hintern zu fassen …«

»Ich werde dafür sorgen, dass sie deine Körperteile wieder hervorwürgt.«

»Fantastisch«, murmelte Koni und griff nach der Rückenflosse, zog sich daran hoch, bis er rittlings auf ihrem umfangreichen Körper saß. Die Orca-Dame hatte nichts daran auszusetzen, obwohl eine ganze Serie von Bildern der Verwunderung durch M'cals Gehirn flimmerte, begleitet von besorgtem Pfeifen und Klicken.

»Das habe ich gefühlt«, sagte Koni.

»Sie hat bisher noch nie jemanden getragen«, erklärte M'cal. »Sie will nur sicherstellen, dass sie dir keine

Schmerzen zufügt. Du bist ziemlich klein für sie. Fast so wie ein Kalb.«

M'cal streckte eine Hand aus und ergriff damit die Rückenflosse der Führerin, verwandelte seine Schwanzflosse wieder in Beine und setzte sich rittlings auf sie. Er lehnte sich zurück, sodass sich ihre Flosse gegen seinen Rücken presste, und setzte Kitala vor sich. Sie ließ ihre Hand an der glatten dicken Haut des Orcas entlanggleiten und machte ein leises Geräusch.

»Erzähl es mir«, flüsterte ihr M'cal ins Ohr.

»Ich kann nicht«, erwiderte sie; sie zitterte so heftig, dass es kaum zu verstehen war. Er legte einen Arm um ihre Hüfte, hielt sich mit dem anderen fest und erzählte dem Orca, wohin er wollte.

Sie glitt durch das Wasser, bewegte sich langsam und blieb so weit über der Wasseroberfläche, wie sie nur konnte. Konis Orca tat das Gleiche, der Gestaltwandler saß in ähnlicher Haltung vor der Rückenflosse. Der Körper des Orcas war dort etwas breiter. Es war einfacher, sich abzustützen, als die Orcas schneller wurden und mit atemberaubender Eleganz durch das Wasser glitten. Kummer stieg in M'cals Kehle auf, vermischt mit großer Freude. Er hatte so vieles vergessen. Der Käfig, in dem er gelebt hatte, war kleiner als seine Seele.

Musik erklang, und er begann zu singen, einfach nur, weil er das erste Mal seit Jahren singen konnte, ohne die Absicht, jemanden zu verletzen. Die Melodie war anders als alle, an die er sich erinnern konnte. Tiefer, wilder, mit einer Spur von Macht, wie die, die er auf dem Boot gespürt hatte. Jeder Ton gab ihm das Gefühl, er spähe unter die Oberfläche von etwas sehr lange Verborgenem. Ursprünglich, unantastbar, ein Geist aus einer anderen, lange vergangenen Zeit. Er fühlte, wie sich in seiner Kehle etwas regte. Eine andere Art von Ungeheuer.

Und er mochte es.

13

Halt einen Augenblick inne, hatte ihre Mutter früher zu ihr gesagt. *Nimm dir einen Moment, um einfach durchzuatmen, dich daran zu erinnern, wer du bist. Dann nimm einen weiteren Atemzug, und noch einen, so lange, bis jeder Atemzug der Moment* ist *und du … ganz einfach … nur du selbst bist.*

Kit nahm sich so einen Moment, und dann noch weitere, während sie auf dem Rücken des Orcas ritt. Sie stieg und fiel durch die nächtliche See. Die Sterne blickten zwischen den Wolken hervor, und die Gerüche von Zedernholz und Salzwasser mischten sich kühl in ihren Lungen. Sie nahm sich ihre Augenblicke, betrachtete sie voller Verwunderung, aber es war schwierig, sich daran zu erinnern, wer sie war. Kit fühlte sich, als befände sie sich nicht länger in ihrem Körper, als würde sie lediglich neben einer durchnässten, wilden Frau dahindriften, deren Augen voller Sterne waren, umschlungen von einem Mann, der nicht menschlich war, der niemals für menschlich gehalten werden würde, nicht bei dieser Stimme, die wie sonnengetränkter Honig und Donner klang. Es war, als würde man einen Ausschnitt der ersten Dämmerung betrachten, ein Lied von Erde und Macht hören. Es war ein Teil von ihr, bis tief ins Mark hinein. Geerbte Erinnerung, eine Erinnerung der Seele, gefährlich und urzeitlich.

M'cals Arm war fest um ihre Hüfte geschlungen, dennoch konnte seine Wärme kaum die heftigen Kälteschauer abmildern, die bis in ihre Knochen hineinfuhren. Ihre Hände und Füße waren gefühllos, jenseits des Schmerzes. Der Rest ihres Körpers fühlte sich wie eine Schaufensterpuppe an, die direkt aus der Tiefkühltruhe kam. Wenn sie von dem Orca fiele, würde sie ertrinken, ihr Körper hatte keine Kraft mehr zu schwimmen, zu gehen oder zu kämpfen. Sie konnte nur noch fühlen. Und ihre Gefühle trugen sie in einen Wirbelstrom aus Musik. Streicher und Stimmen, und noch tiefer spürte sie das Schwirren von etwas Schrecklichem, das sie nicht einordnen konnte.

Hier gibt es Ungeheuer, dachte sie, aber ihre Kraft verließ sie. *Und Scharen von Engeln werden für dich und für mich singen.*

Es war schwer, etwas zu sehen. Es gab ein paar vereinzelte Lichter an diesem Teil der Küste, aber als sie zur Seite blickte, nahm sie in Konis Augen ein goldenes Glitzern wie von Glühwürmchen wahr, und die Sterne schienen hell genug, um die Schatten der sie umgebenden dunklen Körper zu erkennen. Kit dachte an die Hexe und an Ivan. Ihre Brust schmerzte.

Es ist noch nicht vorbei. Noch nicht.

M'cal hörte auf zu singen. Einen Moment lang glaubte sie, dass auch ihr Herzschlag endete. Der Verlust seiner Stimme und die Stille vermittelten ihr das Gefühl, dass die Welt so leer wie der Tod sei. Wie eine Droge; alles verlor im Schatten dieser Musik seine Farbe.

Die Orcas wurden langsamer, bevor sie die enge Öffnung einer kleinen Bucht erreichten. Luft schoss explosionsartig aus dem Blasloch, das sich unmittelbar vor Kit befand und besprühte sie mit einem feinen Nebel aus Meerwasser.

»Wir sind da«, sagte M'cal ruhig. Der Orca brachte sie hinein, gefolgt von dem anderen, das Koni trug. Der Rest der Schule verweilte außerhalb der Bucht, schlug mit den Flossen und Schwänzen auf das Wasser. Das Geräusch begleitete Kit, hallte von der Baumreihe zurück, von dem Durcheinander aus Felsen, die das Wasser wie ein Halbmond umschlossen.

Zehn Meter bis zum Ufer. M'cal rutschte vom Rücken des Orcas und zog Kit mit sich. Das Wasser war hier nicht mehr so kalt. Ihre Gedanken waren genauso gefühllos wie ihr Körper. Irgendwo in ihrer Nähe hörte sie ein Platschen. Koni murmelte etwas. Sie sah in ein dunkles Auge, das die Größe ihrer Faust hatte und sie ansah, und dann schwamm M'cal los, zog sie von den Orcas fort zum Ufer hinüber. Sie beobachtete, wie die Tiere davonglitten, mit scharfen, aufgerichteten Rückenflossen. Sie wünschte, sie hätte ihre Geige, um sich daran festzuhalten. Sie musste ihre eigene Musik machen. Dieser Augenblick erforderte mehr, als einfach nur zu atmen.

Schnell erreichten sie das Ufer. Kit versuchte zu sprechen, als M'cal sie auf seinen Armen trug, aber ihr Gesicht war taub, ihr Kiefer war wie verriegelt. Sie bewegten sich durch Schatten, die Ketten klirrten, Zweige strichen durch ihr Gesicht. Sie roch Zedern, Baumharz, Lehmboden und M'cals Haut: sauber, frisch, den Geruch des Meeres. Ihr Herz schlug laut und langsam in ihrer Brust. Koni murmelte etwas vor sich hin.

Und dann hörte Kit, wie sich das Geräusch ihrer Schritte veränderte. Plötzlich endete der Wald, sie sah Wände und eine Decke. M'cal legte sie auf eine harte Oberfläche, die nach Staub roch.

»Dieser Platz ist schlecht«, hörte sie Koni sagen. »Er ist wie ein Zelt, das man nicht mitnehmen kann.«

»Du bist ein Poet«, erwiderte M'cal. »Wirklich.«

»Nun mal ernsthaft. Keine Einrichtung, keine Elektrizität. Du wirst sie nicht aufwärmen können ... in dieser Bude.«

»Ich habe Decken«, entgegnete M'cal. Einen Moment später erfüllte lautes Quieken den Raum; kleine Körper krabbelten über den Boden. Kit versuchte sich aufzusetzen.

»Hantaviren«, sagte Koni. »Die Pest.«

M'cal seufzte. »Ich habe andere Decken, saubere Decken und einen Feuerplatz. Und ich habe einige Konservendosen mit Lebensmitteln.«

»Halleluja. Wir sind gerettet.«

Ein weiteres Seufzen. »Draußen ist Holz aufgestapelt. Hol es herein.«

Keine kritischen Bemerkungen. Schritte in ihrer Nähe, und dann zog ihr M'cal die nasse Kleidung aus.

»Tut mir leid«, murmelte er und drückte ihr einen flüchtigen Kuss auf die Stirn. »Du wirst nackt sein, aber wir müssen dich wieder warm kriegen.«

Wenn es darum ging, wieder warm zu werden, hätte sich Kit vor einem ganzen Football-Team bloßgestellt und auch noch einen Freudentanz aufgeführt. Sie versuchte ihm zu helfen, aber er schob ihre Hände behutsam beiseite. Ihre Bluse war ohnehin schon zerrissen, über dem Riss zögerte er, seine Finger schwebten über ihrer entblößten Brust, die einen Bluterguss zeigte.

M'cal starrte sie ausdruckslos an. Aber dann küsste er sie wieder, die Wärme seines Mundes war wie Balsam, und seine Hände glitten über ihren Körper, drückten und kneteten ihn. Kit hörte, wie Koni zurückkam, hörte das Rumpeln von Holz, das auf den Boden geworfen wurde. Asche stieg auf, begleitet von scheppernden Geräuschen, dem Klang von Metall auf Metall. Papier raschelte. Koni fragte: »Wo sind die Streichhölzer?«

»Über der Feuerstelle.« M'cal zog Kit die Jeans und die Unterwäsche aus, bedeckte sie mit etwas Trockenem, Warmem, das leicht kratzig und sehr dick war. Ein Streichholz wurde angerissen, und Licht blitzte auf, leuchtete heller als die Flammen der Feuerstelle. Kit konnte endlich wieder etwas sehen. Sie sah Koni nackt vor dem Feuer hocken. Tätowierungen bedeckten seinen ganzen Körper bis zu seinen harten Unterschenkeln hinunter. Er legte weiteres Holz auf das Feuer.

M'cal nahm Kit in die Arme und zog sie an sich. Sie fing wieder an, heftig zu zittern. Koni sagte: »Feuer allein wird nicht ausreichen. Sie braucht Körperwärme.«

Er zögerte, war auf einmal ganz ernst. »Sie wird die Wärme von uns beiden brauchen.«

Kit hustete. Es war eigentlich ein Lachen, aber die beiden Männer sahen sie an, als stünde sie an der Schwelle des Grabes, mit einem akuten Anfall von Lungenentzündung. Sie konnte nicht aufhören zu schlottern. M'cal sah von ihr zu Koni hinüber und nahm ihre Hand. Ihre Fingerspitzen sahen seltsam aus. Fast blau. Er hauchte sie an und schob ihre Hand dann wieder unter die Decke. Er wickelte eine zweite Decke um ihren Kopf und schlüpfte schließlich zu ihr unter die Decke. Die Hitze seines Körpers war herrlich, kam aber nicht gegen die Kälte an, die bis in ihre Knochen kroch. Kit fühlte, wie M'cal zögerte, und beobachtete, wie er Koni ansah und dann sagte: »In Ordnung.«

Koni sagte kein einziges Wort. Er kroch vorsichtig unter die Decke, ganz langsam, presste sich so dicht an sie, dass seine Hüfte und seine Beine ihren Körper berührten. Seine Haut war heiß, ebenso ein Schmelzofen wie M'cal, und obwohl es die seltsamste Situation war, in der sich Kit je befunden hatte, war es ihr egal. Sie fühlte sich nicht unbehaglich. Sie musste wieder warm werden. Jetzt gleich.

Außerdem war M'cal ein guter Wachhund. Er legte seinen Arm über Kits Brüste, zog ihren zitternden Körper dicht an sich heran und sagte zu Koni: »Lass deine Hände oberhalb der Decke.«

»Hör auf, mir auf die Nerven zu gehen«, erwiderte Koni und starrte an die Decke. »Ich bin doch nicht vollkommen pervers. Aber was für eine Nacht! Erst Handschellen und jetzt das hier. Sehr viel schräger, als ich erwartet hätte.«

»Bitte«, sagte M'cal. »Sag einfach nichts mehr.«

»Du magst eher den starken und schweigsamen Typ, was?«

»Wenn du nicht endlich den Mund hältst, werde ich dich mit meiner Stimme töten.«

»Ich mag es, wenn du schmutzige Reden hältst.«

»Schön. Was möchtest du als Erstes verlieren? Deine Seele oder deine Eier?«

»Weißt du, offensichtlich bist du davon besessen, Leuten die Eier abzuschneiden. Hast du Probleme mit deiner Männlichkeit?«

Kit hustete wieder, aber diesmal klang es schon mehr wie ein Lachen. Beide Männer sahen sie an. Konis Mund zuckte. »Hast du etwas zu dieser Unterhaltung beizutragen?«

»Nein«, flüsterte sie. Ihre Zähne klapperten.

M'cal zog sie an seinen Körper. »Koni, nimm ihre Hände und wärme sie.«

Der Gestaltwandler lächelte und umschloss ihre Hände mit seinen. »Ich bin so eine treue Seele.«

Die drei unterhielten sich noch eine ganze Zeit lang. Es entspannte die Situation. Dabei war es Unsinn, nichts Ernsthaftes. Belangloses Zeug wie ihre Lieblingsfarben, von Blau bis Schwarz. Das setzte eine Diskussion über die spirituelle Seite der beiden Farben in Gang. Sie sprachen über ihre Lieblingsfilme, wozu M'cal bedauerlicherweise nichts beitragen konnte, da seine Eltern jegliches Fernsehen abgelehnt hatten, im Gegensatz zu Büchern. »Barbaren!«, stellte Koni fest. Sie redeten auch über Lieblingsspeisen, was zu der Entdeckung führte, dass Männer aus dem Meer einfach alles aßen, außer Wesen, die mit ihnen sprechen konnten. Und wie bei jeder Schlafparty von Überlebenden kam es zu der üblichen Frage: »Was war dein übelstes Date?« Dabei gewann natürlich M'cal, da die erste Frau, der er ernsthaft nachgelaufen war, ihn in ihren persönlichen Sklaven und Mörder verwandelt hatte.

»Dagegen klingt es natürlich harmlos, dass man nach dem Sex ausgelacht wird«, meinte Koni.

»Bist du sicher, dass sie nicht gelacht hat?«, fragte Kit.

»Niemand hat jemals über mich gelacht«, fügte M'cal fast bedauernd hinzu.

»Herzlichen Dank«, sagte Koni.

Ihre Stimmen wärmten Kit genau so wie ihre Körper, dennoch gab es nichts Besseres oder Liebevolleres als M'cal, der dicht an ihren Rücken gepresst lag. Jedes Geräusch, das er machte, strich durch ihr Haar und wärmte ihren Nacken. Das Boot, die Hexe, Ivan – alles verblasste. Nicht völlig, aber ausreichend. Und nach einer Weile schloss Kit die Augen und schlief ein.

Als sie erwachte, war der Raum dunkel. Das Feuer war zu Asche heruntergebrannt. Koni war gegangen. Ein paar Fesseln lagen dort, wo er gewesen war, und dicht daneben waren zwei weitere Paar zu sehen.

M'cals Arme spannten sich an. »Kitala.«

Sie lächelte. »Wie machst du das? Schläfst du denn nie?«

Er küsste ihren Nacken. »Ich habe Angst, dass du verschwinden wirst, wenn ich es tue.«

Kit drehte sich in seinen Armen herum, drückte sich dicht an ihn und strich mit ihren Lippen über sein Kinn. »Koni?«

»Seine Fähigkeit, sich zu verwandeln, ist wieder zurückgekehrt. Er hat uns verlassen, um mit den anderen Kontakt aufzunehmen.«

»Offenbar hat er einige Schlösser geknackt.«

»Meine zumindest. Aus seinen ist er lediglich herausgeschlüpft.«

»Oh, ich verstehe.« Kit versuchte, es sich vorzustellen, brachte es aber nicht zustande. »Wo befinden wir uns?«

»In einer Hütte, die meinem Vater gehört. Als ich jung war, sind wir immer hergekommen, wenn er mir etwas über das Leben im Meer beibringen wollte. Meine Mutter blieb hier, während er und ich … hinausgingen.«

»Ich hoffe, dass es hier damals etwas komfortabler für sie war.«

M'cal lächelte schwach, etwas schmerzlich. »Nachdem sie gestorben war, hat mein Vater die Hütte ausgeräumt. Die Einrichtung verbrannte er.«

Kit zögerte, während sie ihm in die Augen sah. »Und wie hast du getrauert?«

Er schluckte und presste dann seinen Mund an ihre Wange, so zärtlich, dass es ihr die Luft nahm. »Ich habe mir schwerste Vorwürfe gemacht. Als ich jung war, bin ich von Zuhause weggelaufen. Kein Abschied, keine Briefe, für eine lange Zeit. Daran ist meine Mutter zerbrochen. Das quälte meinen Vater. Als sie dann starb, hat er mir das nie verziehen.«

»Du sagtest, sie wäre an Krebs gestorben.«

»Das stimmt auch. Aber wenn ich bei ihr gewesen wäre, wenn ich nicht weggerannt wäre … vielleicht wäre sie dann stärker gewesen. Vielleicht wäre sie auch gar nicht erkrankt.« M'cal rollte sich auf den Rücken und nahm Kit einfach mit. »Ich vermisse meine Mutter, Kitala. Es ist schwer für mich, an diesem Ort zu sein. Ich hätte mir bewusst machen müssen, wie schnell die Zeit vergeht.«

»Wie lange warst du fort von deiner Familie?«

»Fast zehn Jahre. Ich hatte eigentlich vorgehabt, früher zurückzukehren. Aber ich hatte Angst davor, ihnen unter die Augen zu treten. Ich war sechzehn, als ich sie verließ.«

»Und die Hexe? Wie lange?«

»Fünf, vielleicht sechs Jahre. Lange genug.« M'cal schob Kits Locken zur Seite und blickte ihr in die Augen. »Mit dir zusammen zu sein, gibt mir das Gefühl, der Mann zu sein, der ich einmal war. Vor der Hexe. Ich hatte es schon vergessen. Ich hatte alles schon längst vergessen.«

»Nein«, flüsterte sie. »Du hattest es nicht vergessen. Wenn es so wäre, hättest du mich nicht gerettet. Du hättest niemals so zu mir gehalten, wie du es getan hast.«

»Nie wieder«, murmelte er. »Ich habe mir selbst geschworen: nie wieder.«

Kit gelang es, eine Hand freizubekommen, und sie berührte ihren Nacken. Sie fühlte Einstichspuren. Sie betastete auch ihre Brust und zuckte zusammen.

M'cals Blick verfinsterte sich. Er legte seine Hand auf ihre, und sie versuchte, nicht an Ivans Mund und seine fetten harten Finger zu denken. Sie legte ihren Kopf in die Beuge von M'cals Hals und sog seinen Geruch und die Wärme seiner Haut in sich ein. Sie zitterte. Er zog die Decke hoch und legte sie um ihren Hals. »Du frierst.«

Kit schüttelte den Kopf. »Das war nur die Erinnerung.«

Seine Hände verharrten. »Ich erinnere mich auch.«

Sie suchte nach Worten. »Ich bin froh, dass du da warst. Auch wenn du ihn nicht aufgehalten hättest, wäre ich froh gewesen.«

»Froh darüber, dass ich dich nicht beschützen konnte?«

»Nein, froh darüber, dass ich nicht allein war«, flüsterte sie. »Ich habe schon eine ganze Menge gesehen, M'cal. Mord, Vergewaltigung, Leute wurden aufgehängt … sogar die eine oder andere Enthauptung. Ich kann keine einzige Gewalttat vergessen. Aber ich selbst bin noch nie das Opfer gewesen. Ich bin noch nie das Ziel gewesen, bis jetzt. Und Gewalt ist eine einsame Sache, M'cal. Ganz gleich, auf welcher Seite man steht.«

Er atmete langsam aus, seine Hände glitten über ihre Schultern. »Vor dir, Kitala, war die Hexe die einzige Frau, die mich berühren konnte, ohne mir Schmerzen zu bereiten. Verstehst du, was das bedeutet? In all den Jahren, in denen sie mich … gefangen hielt, war es das einzige Vergnügen, das ich hatte. Und es war schrecklich, so zu empfinden.«

Kit musste schlucken. Sie erinnerte sich daran, wie ihn die Hexe geküsst hatte, wie er einfach unbeweglich dalag und sein Gesicht nicht mehr als eine leere Maske war. Als wäre er innerlich schon tot, und als berührte die Hexe nur eine leere Hülle.

»Ich war ganz kurz davor, endgültig verloren zu sein«, flüsterte M'cal. »Ich habe nicht einmal gemerkt, wie nahe es bevorstand. Wenn ich dich nicht getroffen hätte, hätte ich mich selbst aufgegeben. Ich hätte nie erfahren, wie es ist, jemanden zu halten und mich selbst nicht dafür hassen zu müssen. Und auch die Person in meinen Armen nicht hassen zu müssen. Ich hätte vergessen, wie man liebt.«

»Unmöglich.«

»Sie hat mich vergewaltigt«, sagte er, und obwohl Kit das ohnehin schon vermutet hatte, war es entsetzlich und schockierend, es laut ausgesprochen zu hören. »Jeden Tag, meinen Körper und meinen Geist. Es ist ein Wunder, dass ich überhaupt noch Interesse für jemanden aufbringen kann.« Er nahm ihr Gesicht in seine Hände und sah ihr mit einer solchen Intensität in die Augen, dass sie zu atmen vergaß. »Aber ich tue es. Ich will dich. Ich wollte dich schon, als ich dich das erste Mal sah, als du auf dieser Bühne deine Geige gespielt hast.«

»Letzte Nacht«, murmelte Kit.

»Letzte Nacht«, wiederholte er. »Entsetzlich.«

Kit schob sich so weit auf seiner Brust nach oben, bis sie ihn direkt ansehen konnte. Die Hitze, die von der Glut des erloschenen Feuers herrührte, wärmte ihre nackten Arme und Schultern. Der Rest ihres Körpers war heiß. Sie wollte nicht reden. Es war einfach zu viel Musik in ihrem Kopf. Zu viele Töne, um sie festzuhalten, aber ihre Geige war nicht da, und sie konnte nicht singen.

Doch es gab einen goldenen Faden zwischen ihren Herzen, einen Haken und eine Verbindungslinie, die sie auf dem Boot geschaffen hatte. Eine zarte Verbindung, für die sie keinen Namen hatte und die sie auch niemals für möglich gehalten hätte. Aber es gab sie, und sie benutzte sie, fügte weitere Streichinstrumente hinzu und spielte in ihrem Kopf eine Sinfonie darauf.

»Ich kann dich hören«, sagte M'cal mit leichter Verwunderung in seiner Stimme. »Ich kann die Musik hören.«

»Gut«, flüsterte sie. »Ich weiß zwar nicht, was das zu bedeuten hat, aber es ist gut.«

Er lächelte schmerzlich und küsste sie, langsam und innig, seine Hände glitten über ihren Körper, so leicht wie Federn oder eine Melodie. Er ging behutsam mit ihr um, und sie reagierte genauso liebevoll. Und obwohl sie nicht so weit gingen, wie sie gekonnt hätten, war es doch schön, so fest gehalten zu werden, es war gut, in ein Gesicht zu blicken, das eine solche Verehrung ausdrückte, wie sie auch das eigene Herz empfand.

M'cal küsste ihren Hals. Er küsste ihre Brust. Er küsste ihre Wange und drückte seinen Mund dicht an ihr Ohr. »Nie wieder, bis ich dich getroffen habe. Nie wieder, nachdem ich dich getroffen habe.«

Kit lächelte. »Das ist ein beunruhigendes Kompliment, M'cal.«

»Aber es entspricht der Wahrheit.«

»Du hast ein größeres Herz.« Mit der Hand machte sie einen kleinen Kreis auf seiner sehnigen Schulter. »Außerdem ist es eine wirklich große Welt. Jede Menge Meere. Es wird dort eine ganze Menge flotter Käfer mit Schwanzflossen geben, die gerne den Bund fürs Leben mit dir schlössen. Du wirst dort jemanden finden, den du mehr magst als meine Wenigkeit.«

Er schob sie etwas von sich, um ihr in die Augen sehen zu können. »Und was ist mit dir? Glaubst du, dass es für dich jemanden gibt, der besser für dich ist?«

»Nein«, antwortete Kit. »Das glaube ich wirklich nicht.«

M'cal nahm ihre Hand, und es ging genug Licht von der heißen Glut aus, dass sie beobachten konnte, wie sich seine Haut veränderte, wie sich Schuppen auf seiner Haut bildeten, die fester und seidenartiger wurden. Schwimmhäute wuchsen zwischen seinen langen kräftigen Fingern.

»Als ich mein Zuhause verließ«, sagte er, »wurde ich zu einem Zigeuner. Ich erledigte Gelegenheitsarbeiten überall in Europa. Obwohl ich für ein paar Jahre in Griechenland blieb, wo ich Meeresarchäologen dabei half, Artefakte im Meer zu suchen. Die Arbeit war… zumindest einträglich. Aber schließlich zog ich doch weiter. Ich bin ein Nomade. Es liegt mir im Blut. Mein Vater war genauso, aber aus Liebe zu meiner Mutter schlug er Wurzeln. Trotzdem war es schwer für ihn. Krackeni treiben immer umher.« M'cal drückte ihre Hand. »Aber ihre Herzen nicht. Wenn etwas von Dauer ist, dann dies.«

Kit studierte sein Gesicht, versuchte sich jede einzelne Linie einzuprägen, die Biegung seiner Augenbrauen, die sanfte Krümmung seines Mundes. »Ich habe kein Zuhause, M'cal. Ich besitze zwar genug Geld, um mir zehn Häuser leisten zu können, aber das einzige Zuhause, das für mich jemals wichtig war, ist meine Familie, und das hat mir immer gereicht. Alles, was ich brauche, ist hier.« Sie legte die Hand auf ihr Herz. »Ich bin fast so lange auf der Straße unterwegs wie du, nämlich seit ich siebzehn bin. Und ich habe nicht vor, daran etwas zu ändern. Ich glaube, das könnte ich gar nicht, jedenfalls nicht lange. Und niemand… niemand hat es bisher geschafft, das durchzuhalten. Oder es auch nur zu verstehen.«

»Und wenn ich es verstünde? Wenn ich es … durchhielte?«

»Dann, glaube ich, würde mein Zuhause etwas größer werden«, flüsterte sie.

Etwas Kämpferisches trat in M'cals Blick. Er löste sich vorsichtig aus ihrer Umarmung und stand auf. Kit versuchte, ebenfalls aufzustehen, doch er legte ihr eine Hand auf die Schulter. Sie hielt still, als er sie fest in eine Schicht aus Decken hüllte, blieb ruhig, als er sie in seinen Armen hochhob und aus der Hütte trug.

Das Wäldchen war dunkel, aber diesmal konnte sie etwas besser sehen. Das Meer schien ganz nah, nur einen Steinwurf entfernt. M'cal trug sie zum Ufer und setzte sie auf einen Felsen. Die Luft wehte ihr kühl ins Gesicht.

»Bist du stark genug, um wieder ins Wasser zu gehen? Es wird nur für einen kurzen Augenblick sein.« Seine Stimme klang ruhig, aber so eindringlich, dass sie nickte, ohne nachzufragen. Sie befreite sich aus den Decken, und M'cal half ihr, sie zur Seite zu legen. Er nahm Kit wieder auf und trug sie ins Wasser. Sie schnaufte, als die Wellen sie trafen. Es war genauso kalt, wie sie es in Erinnerung hatte.

M'cal trug sie den ganzen Weg hinein und verwandelte sich währenddessen. Sie konnte fühlen, wie seine Beine verschmolzen, wie sich seine Haut mit Schuppen bedeckte, die an ihren nackten Beinen rieben. Seine Schwanzflosse bewegte sich behutsam, hielt sie über Wasser.

»Du erinnerst dich noch«, sagte sie zu ihm, während sie einen Schauder unterdrückte, »dass ich gerade erst darüber hinweggekommen bin, mir fast den Arsch abgefroren zu haben?«

»Verzeih mir«, erwiderte er. »Aber ich habe Angst, noch länger zu warten.«

Sie konnte sein Gesicht nicht richtig erkennen, aber sie fühlte schon die Spannung in seinem Körper. »Worauf zu warten?«

»Es ist nur ein Ritual«, sagte er. Seine Stimme war so leise, dass sie von den Wellen fast überdeckt wurde, die gegen den Strand wogten. »Es ist nichts Verpflichtendes dabei, Kitala. Aber es bedeutet viel für mein Volk, und für mich auch.«

»Was denn?«, fragte sie wieder, zitternd.

»Ich gebe dir meinen Schutz«, erklärte er und drückte seinen feuchten Daumen dabei gegen ihre Stirn. »Ich gebe dir mein Lied, damit es dich beschützen kann.«

Er schloss seinen Mund über ihrem. Aber es war kein Kuss. Kit fühlte, wie ein Strom von Luft in ihre Kehle drang, das war wie eine leichte Brise. Und dann folgten Geräusche: seine Stimme, die wie ein Berg in ihr grollte, der sich aus seinen Wurzeln reißt, oder wie ein Tsunami, der bis zum Himmel reicht. Es war keine Melodie, nur Energie, ähnlich der Energie, die sie schon einmal gespürt hatte, als sie dem Lied ihrer eigenen Seele gelauscht hatte, in dem Muschelhorn, das die Farbe von Knochen hatte.

M'cals Seele, flüsterte eine leise Stimme. *Er gibt dir einen Teil davon.*

Sie trank sie, fühlte, wie sie die Kälte in ihren Knochen, in ihrem Herzen zurückdrängte. Es war, als würde sie mit dem Himmel oder mit der endlosen Weite des Meeres ausgefüllt werden. M'cal begann bereits, sich wieder zurückzuziehen, aber Kit griff nach seinem Hinterkopf und zog ihn an sich. Sie konnte ihr eigenes Lied hören, ihr Lied von Sturm und Morgengrauen. Sie wusste nicht, was sie tat, handelte aus einem Instinkt heraus. Sie fühlte, wie die Musik in ihrer Kehle aufstieg, und sie ließ etwas davon in M'cal hineinströmen. Eine Verbindung, ähnlich der, die sie bereits geschaffen hatte. Ihren eigenen Schutz. Ihr eigenes Lied.

M'cal erschauderte, aber als sie ihn losließ, sagte er nichts. Er sah sie nur an. Kit wartete, beobachtete ihn. Er schwieg noch immer, sprach kein Wort.

Sein Kuss war mehr als genug. Er beugte sich vor und bedeckte ihren Mund mit seinem, entlockte ihr einen Seufzer des Vergnügens. Kit schlang ihre Beine um seine Hüften und erwiderte seinen Kuss. Sie schmeckte Salzwasser und spürte Hitze und M'cal. Seine Hände fuhren durch ihr Haar, sie fühlte, wie sich etwas Hartes gegen ihren Unterkörper presste. Kit griff nach unten, um seine Erektion zu berühren. Die Haut war jetzt anders, weich, aber uneben, teilweise durch einen Beutel in seinem Körper verdeckt. Sie sah in sein Gesicht, suchte seine Augen.

Sie fand seinen Blick, erfüllt von Begierde und Verlangen, von einer dunklen Intensität, die sie ungemein erotisch fand. Weil sie ihr galt und weil er plötzlich in ihr war, stark und heiß, weil er so tief in sie eindrang, dass sie aufschrie, keuchend vor Lust. Er blieb einen Moment lang so, atmete heftig und begann dann so langsam, dass sie kaum bemerkte, was er tat, mit seinem Unterkörper zu schwingen. Zuerst waren es leichte Bewegungen, und dann schnellere und schnellere, mit einem steilen Bogen seiner Flosse, die sie an ihren Beinen spüren konnte, als er in sie eindrang, sich wieder und immer wieder in ihren Körper bohrte. Er hielt sie an den Hüften fest, beugte sie nach hinten, während ihre verbundenen Körper durch das Wasser glitten, spritzend und sich umeinander windend. Ihr Vergnügen wurde so groß, heiß und stark, dass es, als sie schließlich kam, heftig, blendend und aufwühlend war.

M'cal hauchte ihren Namen, erschauderte in ihren Armen, und sie sanken ins Wasser, gleitend, während sie sich drehten. Es fühlte sich an, als wäre es für immer und ewig, und Kit hielt die Luft an. Aber dann tauchten sie auf, und sie konnte wieder atmen. M'cal sah sie an, er zitterte, sein Blick war so intensiv, dass sie sein Gesicht berührte und fragte: »Was ist los?«

»Nichts«, erwiderte er, aber sie wusste, dass es eine Lüge war. Kit fühlte M'cals Anspannung, als er sie beide zum Ufer zurückbrachte, sie aus dem Wasser trug und sicherheitshalber wieder in die Decken einwickelte. Sie fühlte die Kälte kaum noch, es war, als glühe ein Ofen in ihr, als wäre das Stück von M'cals Seele eine winzige Sonne, die Hitze ausstrahlte.

Erst als sie wieder in der Hütte waren, vor der Feuerstelle saßen und M'cal neues Holz auflegte und in der Glut herumstocherte, sagte sie: »Erzähl es mir.«

Er zögerte. »Was soll ich dir erzählen?«

Sie berührte seinen Arm. »Was ist da draußen passiert?«

»Ein Ritual …«

»Nein«, unterbrach sie ihn. »Später. Du warst von etwas betroffen.«

Er wandte den Blick ab, sah wieder ins Feuer. »Ich habe nie zuvor … so für jemanden empfunden, niemals so starke Gefühle für jemanden gehabt. Und mir ist nie so viel gegeben worden. Ich habe Angst, dich wieder zu verlieren, Kitala. Ich habe den Verlust gefühlt, dort draußen. Fast so, als wenn es bereits passiert wäre. Und es hat mir Angst gemacht.«

Kit lehnte sich vor, die Decken glitten von ihrem Körper. Sie schlang die Arme um ihn und drückte sich gegen ihn, versuchte mit seiner dampfenden Haut zu verschmelzen. »Hab keine Angst. Bitte, M'cal.« *Bitte. Bitte verlass mich auch nicht.*

»Nun«, flüsterte er, »einfacher gesagt als getan.«

14

M'cals Vater war eigentlich nie besonders sentimental gewesen, es sei denn, es betraf seine Frau. Das war auch der Grund, weshalb M'cal so schockiert gewesen war, als er die ausgeräumte Hütte zum ersten Mal nach ihrem Tod gesehen hatte. Weder eine Gardine noch ein Vorleger waren geblieben, keiner ihrer Lieblingssteine, nicht einmal ein Buch. Alles war verschwunden. Was sich jetzt hier befand, war erst hergebracht worden, nachdem sein Vater schon lange fort gewesen war. Von seiner Mutter war nichts mehr übrig, außer Erinnerungen. Erinnerungen, mit denen er sich seit langer Zeit nicht mehr konfrontiert gesehen hatte.

Kitalas Anwesenheit half aber. Sie lag neben ihm, zusammengerollt auf der Seite, schlief in einem Nest aus Decken. Sie war wieder warm.

Es war töricht gewesen, sie ins Meer zu ziehen, ohne sie zu fragen, ohne über die möglichen Konsequenzen nachzudenken. Selbst nach so langer Zeit noch handelte er, bevor er nachdachte. Aber das war es, was bei einem Mann Furcht bewirken konnte: seinen gesunden Menschenverstand auszuschalten. Ihn zu allem Möglichem zu bringen, um das zu schützen, was ihm lieb war.

Er hatte Kitala angelogen, falls es denn eine Lüge bedeutete, wenn man etwas verschwieg. Was er getan hatte, war mehr als nur ein Ritual gewesen und mit Sicherheit bindend, wenn auch nur bis zu seinem Ende, nicht bis zu ihrem. Sie war frei und würde es immer sein. Aber ob sie es wusste oder nicht, er war nun ein Teil von ihr, und es würde niemand anderen geben, jedenfalls nicht für ihn, nicht bis zum Ende seines Lebens. Und wenn sie jemals andere Krackeni träfe, würden auch diese es fühlen.

Seine Gefährtin. Seine Frau. Sie trug einen Teil seiner Seele in ihrem Herzen.

Genauso wie du einen Teil von ihrer trägst, sagte er sich und fühlte diese kleine Scherbe dabei wie ein Prisma aufglänzen. Auf der einen Seite das Sonnenlicht, auf der anderen der Sturm. Brennend, tobend und singend. Kitala Bell. Sie wärmte seine Seele.

Er schloss die Augen, staunte immer noch und fragte sich, ob sie es wohl verstanden hatte, oder ob es nur Zufall oder Instinkt war, dass sie Anspruch auf ihn erhoben hatte, so wie er auf sie.

M'cal berührte ihr Haar, seine Handfläche glitt behutsam über ihre dicken Locken. Sie bewegte sich, wachte aber nicht auf. Ihre Haut glühte im Schein des Feuers. Sie anzusehen, verursachte einen Kloß in seinem Hals und ließ sein Herz schmerzen. Er dachte über die Liebe nach. Er erinnerte sich daran, wie es sich anfühlte, die Hexe zu lieben. Wenn sie es nicht so eilig gehabt hätte, ihn gefangen zu nehmen, hätte er mit ihr vielleicht das Ritual vollzogen, was allerdings ein verhängnisvoller Fehler gewesen wäre; die Vorstellung allein war entsetzlich. Dennoch, was er für Kitala empfand, war so viel stärker, so viel reiner, dass er sich fragte, ob er nicht ganz tief drinnen immer gewusst hatte, dass die Hexe nicht wirklich *die eine* gewesen war.

Weil es nie so gewesen war wie jetzt. Kitalas Hand zu berühren war, als würde er sie lieben. Als würde er durch ihren Herzschlag leben und atmen.

Aber du gehörst immer noch der Hexe. Kitala mag den Zwang blockiert haben, aber diese Frau wartet auf der anderen Seite. Sie ist nicht tot. Und du gefährdest Kitala mit deiner Anwesenheit.

Sie machte ein leises Geräusch, bewegte sich etwas. Ein Beben ergriff M'cals Herz, eine Unruhe, die nicht seine eigene war, und er legte sich neben sie, legte den Arm um ihre Hüfte. Sie zuckte leicht zusammen, als er sie berührte, und kuschelte sich dann an ihn. Sie schlief noch immer.

M'cal schloss die Augen und ruhte sich aus. Es war ein Krackeni-Trick, ähnlich dem, den auch Delfine und Wale benutzten: Er döste bei vollem Bewusstsein vor sich hin, nahm seine Umgebung halb wach wahr, während sich eine Hälfte seines Gehirns in einem schlafenden Zustand befand. Das war nicht so erholsam wie richtiger Schlaf, aber es würde jetzt reichen.

»Raffinierter Trick«, sagte jemand. M'cals Augen öffneten sich blitzartig, er sah sich um.

Eine alte Frau hockte neben ihm vor dem Feuer. Sie trug ein rotes Kleid und darüber eine weite weiße Bluse. Ihre Haut war dunkel, ihr Haar kurz und grau. Sie hatte schöne Gesichtszüge, aber Alter und Gewicht hatten ihren Tribut gefordert.

»Das Innere ist es, das zählt.« Sie sah ihn mit einem knappen Lächeln von der Seite an. »Nicht, dass es viele gibt, die mit deinem schönen Gesicht mithalten können, obwohl ich vermute, dass es mehr eine Last als eine Hilfe ist. Otter wie du würden friedlicher leben können, wenn sie nicht so schöne Felle hätten.«

M'cal setzte sich langsam auf und sah Kitala an. Sie schlief noch immer. Die alte Frau lachte in sich hinein. »Das war nur ein Test.«

»Wer sind Sie?« M'cal zog die Decke über seinen Schoß. »Wie sind Sie hier hereingekommen?«

Sie lächelte. »Du hast mich hergeträumt, Sohn. Und um herauszufinden, wer ich bin, musst du dir meine Augen ganz genau ansehen. Oder dir vielleicht auch eine Antwort erträumen.«

Es gab nichts offenkundig Gefährliches in ihrer Stimme, also sah er ihre Augen genau an, studierte sie förmlich. Die Antwort lag ihm schon auf der Zunge, aber die dunkle Wärme in ihrem Blick bestätigte seine instinktive Vermutung. Die alte Frau lächelte. »Gut. Das war auch ein Test. Ich wollte nur sehen, wie gut du meine kleine Kitty Bella kennst.«

»Sie sind angeblich tot«, sagte M'cal.

Ihr Lächeln wurde breiter. »Das Herz schlägt nicht mehr, das ist alles. Das Leben besteht aber aus mehr als nur aus Fleisch und Blut. Du solltest das besser wissen als jeder andere.«

Er zögerte. »Ich weiß, dass sich Kitala freuen würde, Sie zu sehen.«

»Oh, sie sieht mich oft genug. Diesmal bin ich aber

wegen dir gekommen. Der Satan lädt seine Kanonen mit großen Wassermelonen, Krackeni. Und genau in diesem Augenblick zielt eine ganze Reihe davon auf deine Rückseite.«

M'cals Augen verengten sich. »Erklären Sie mir das.«

Die alte Frau hielt ihre Hände direkt in das Feuer und seufzte. »Die Welt bildet einen Kreis, dreht sich im Kreis und macht aus unseren Leben ebenfalls einen Kreis. Sie kann nichts anderes hervorbringen außer dem, was es bereits gab. Was in meiner Ausdrucksweise bedeutet, dass die schlechten Zeiten wiederkommen. Zeiten wie vor der großen Flut, bevor die Geschichte zum zweiten Mal begann und die Finsternis vergessen wurde.« Sie sah ihn genau an. »Ich denke, du weißt, wovon ich rede.«

»Die frühen Kriege«, sagte er langsam. »Ich habe die Geschichten gehört. Schlachten der Magie.«

»Grässliche Kreaturen. Dämonen.« Die alte Frau nahm ihre Hände aus dem Feuer. Rauch stieg von ihren Fingerspitzen auf. »Einige von ihnen überlebten.«

Kitala schlief noch immer. M'cal sagte: »Was hat das mit uns zu tun?«

Die alte Frau gab keine Antwort. Sie hielt eine Hand über den Kopf ihrer Enkelin und murmelte ein zärtliches Wort. Ein Kälteschauer lief über M'cals Haut, und er beobachtete, wie sich der starke, rundliche Körper aufrichtete.

Er stand ebenfalls auf und hielt sich die Decke vor den Körper. »Bitte. Erzählen Sie es mir.«

Die alte Frau schüttelte den Kopf. Sie sah immer noch auf Kitala hinab. »Hier ist ein Hinweis für dich, Sohn.

Nimm dich in Acht, wenn du alles bekommen hast, was du dir wünschst. Gemästete Schweine haben kein Glück.«

Und mit diesen Worten verschwand sie. M'cal starrte auf die Stelle, wo sie eben noch gestanden hatte. Ihre Worte klangen ihm noch in den Ohren. Ein beunruhigendes Erlebnis, das ihn nervös machte. Er legte sich auf den Rücken, starrte an die Decke und betastete das Armband – es war kalt.

Als die Sonne aufging, öffnete Kitala die Augen. Sie gähnte, und die Decke rutschte zur Seite. M'cal sah sie an.

»Gefällt dir der Anblick?«, fragte sie.

»Ja.« Er strich mit den Fingern über ihre festen runden Brüste, und sie sah sie an. Ihre Haut war wieder vollkommen. Kein blauer Fleck, nicht ein einziger Kratzer. Kitala brachte ein überraschtes Geräusch hervor, und M'cal streckte eine Hand aus, um ihren Kopf etwas zu drehen. Die Einstichwunden waren ebenfalls verschwunden.

Kitala berührte ihren Nacken, ihre Augen verdunkelten sich. M'cal hockte sich neben sie und umschloss ihre Hand mit der seinen. Er zog ihre Hand weg und ließ seine Finger über ihre geheilte Haut gleiten. Sie schauderte und sah ihn an. »Ich vermute, du erwartest eine Erklärung.«

»Nein«, erwiderte er. »Das ist nicht nötig.«

Verunsichert sah sie ihn an, aber M'cal sagte nichts weiter. Es musste einen Grund gegeben haben, weshalb sich die alte Frau ihrer Enkelin nicht gezeigt hatte. Er wusste zwar nicht welchen, aber er wollte es vertraulich behandeln. So wie viele Dinge in seinem Leben.

»Ich bin glücklich, dass du geheilt bist«, sagte er vorsichtig.

Kitala sah auf ihre Brust hinab. M'cal hob ihr Kinn an, zwang sie, ihn anzusehen. Er sagte nichts, nahm nur ihr Gesicht in sich auf, die kurze Gefühlsaufwallung, die in ihren Augen sichtbar wurde, die Linien und Wölbungen ihrer Wangen, ihrer Brauen und ihres Kinns. Ihre Haut, weich und sanft wie dunkle Sahne und eingerahmt von einer Krone brauner, golddurchsetzter Locken.

»Was?«, fragte sie, aber ihr Mundwinkel wies nach oben, und ihre Augen strahlten Wärme aus. Er küsste sie, dann kam ihm Kitala entgegen und lächelte seinen Mund an.

Sie stand auf, wickelte die Decke um ihren Körper. Hochgewachsen und so schön wie eine Königin. Sie drehte sich langsam im Kreis, betrachtete dabei die Hütte, die, wie Koni gesagt hatte, kaum mehr als ein festes Zelt war. Keine Möbel, außer einem großen Metallschrank in der Ecke, der verschiedene Kleinigkeiten, weitere Decken und Lebensmittelkonserven enthielt. M'cal hatte eigentlich vorgehabt, noch mehr Dinge hier zu lagern, aber die Zeit war ihm davongelaufen, genau wie seine Freiheit.

Kitalas Magen knurrte. M'cal lächelte und stand auf. Als er zu dem Schrank ging, fühlte er, wie ihr Blick über seinen nackten Körper wanderte. Es erregte ihn, aber sein Rücken war ihr zugewandt, als er die Metalltüren öffnete, kurz einen Mäuseschwanz verschwinden sah. Er sagte: »Wir haben Pfirsiche, Spinat und Wasserflaschen.«

»Hast du diese Sachen für dich selbst hier deponiert? Ich habe gedacht, dass du … fischen … könntest, für dein Abendessen.«

»Das stimmt auch«, sagte er. »Nenn es einfach Nostalgie.«

»Aha«, erwiderte sie sanft. »Hast du einen Dosenöffner?«

M'cal fand einen und drehte sich um. Kitala war nackt, die Decke lag auf dem Boden. Sie sah ihn an und lächelte fast schüchtern.

»Weißt du«, sagte sie, »ich kann mich nicht entscheiden, was ich zuerst essen soll.«

Seine Erektion wurde härter, sogar schmerzhaft. Kitala schlich näher und legte den Dosenöffner wieder fort. Sie fasste um ihn herum, um ihn zurück in den Schrank zu legen, wobei sich ihr Körper warm und sanft an seinem Körper rieb. Ihre langen, geschickten Finger glitten an seinem Bauch hinab, streichelten ihn, und ihr Lächeln wurde dunkel und hungrig.

Kitala kniete sich nieder. M'cal hätte sie nicht aufhalten können, selbst wenn er es gewollt hätte – und er wollte es nicht. Ihre Hände waren magisch, glitten wie feste Ringe an seinem Glied auf und ab, streichelten es gleichzeitig in entgegengesetzten Richtungen. Ihr Mund berührte ihn, saugte sanft, verschlang ihn fast vollständig, und die Berührung, die feuchte Wärme, das war zu viel, um widerstehen zu können. Er zog sie zu Boden, Kitala ließ ihn nur einen kurzen Moment frei, bevor er sie auf den Rücken legte. Aber anstatt in sie einzudringen, drehte er sich und kletterte auf Händen und Knien über ihren Körper. Sie spreizte ihre Beine, und als er sich hinunterbeugte, um sie zu lecken, berührte ihr Mund wieder sein Glied, ihre Zunge wirbelte um seine pochende Erektion herum.

Er tat dasselbe mit seiner eigenen Zunge, und Kitala stöhnte, ihr Rücken bog sich. Er tat es wieder und wieder, erregte sich bei jedem Schrei und jeder Berührung mehr. Es wurde zu einem Spiel, bei dem sie sich gegenseitig spiegelten, sich mit ihren Fingern und Mündern gegenseitig höher und höher trieben, bis sie so von der Lust gepackt wurden, dass er gleichzeitig mit Kitala zum Höhepunkt kam und zitternd gegen ihre festen, verführerischen Hände stieß.

Sie brachen mit verschlungenen Armen und Beinen zusammen. Kit lachte erschöpft. M'cal küsste sie lange und feucht, und sie drängte sich gegen ihn, Lachen perlte gegen seinen Mund. Sie klang nach Musik. Sie schmeckte auch so.

Aber ihr Magen knurrte schon wieder. Es gab eine Schachtel mit Plastikbesteck in dem Schrank. Sie aßen aus den Dosen. M'cal war nicht hungrig, aber er zwang sich zu jedem Bissen, sog jeden Moment in sich auf, jedes Geräusch und jeden Atemzug und auch jeden Geschmack. Das Alltägliche fühlte sich auf einmal frisch und unbekannt an, so als würde man das erste Mal einen Regenbogen in allen seinen Farben sehen.

»Bitte sag jetzt, dass es noch ein Nebengebäude und Toilettenpapier gibt«, sagte Kitala plötzlich und stellte die Dose mit den Pfirsichen weg. Er zögerte, blickte sie an, und sie schloss die Augen, als schmerze es plötzlich, ihn anzusehen.

»Okay«, murmelte sie. »Das wird aber schlimm werden.«

Sie raffte die Decke um ihren Körper und marschierte

mit einem kurzen, angespannten Lächeln aus der Vordertür. Er hoffte, dass sie den Brennnesseln nicht zu nahe kam. Oder dem giftigen Efeu.

Diese Gedanken ließen ihn aufstehen und hinter ihr hergehen. Vorsicht ist besser als Nachsicht. Er war gerade auf halbem Weg zur Tür, als er ihren Schrei hörte.

M'cal rannte los. Die Luft war kühl, der Himmel blau. Auf immergrünen Gewächsen glänzten Tautropfen. Er konnte das Meer sehen und den Rand des Ufers, der wie eine steinerne Hand aussah. Aber von Kitala keine Spur. Er hörte auch keine Geräusche. Er rief nicht nach ihr. Er horchte in sein Herz hinein und suchte nach Art der Krackeni nach ihr. Dies war auch dann möglich, wenn viele Meilen des Ozeans zwischen ihnen lagen: Seele zu Seele, weil sie jetzt miteinander verbunden waren. Für immer.

Er fand sie, und es fühlte sich an, als schnitten Saiten in seine Haut. Er rannte los, seine Stimme drang ihm wie eine tosende Flutwelle aus der Kehle. Zwischen den Bäumen sah er eine Bewegung, dunkle Kleidung, und dann schrie Kitala wieder auf; es war ein zorniger Schrei. M'cal sang zu ihr, genoss die Energie, die aus seinem Mund strömte. Es war eine Melodie, dunkler und wilder als früher. Er hatte sich nach der Begegnung mit Ivan verändert. Irgendetwas hatte sich verändert.

Er platzte auf eine Lichtung voller Männer. Es waren mindestens sechs; sie trugen Jagdkleidung und hatten Gewehre. Keiner von ihnen rührte sich, aber ihre Augen bewegten sich in seine Richtung, und ihr Atem rasselte in ihren Kehlen. Es war so einfach, sie zu kontrollieren. Er konnte spüren, wie ihre Seelen flatterten, aber er zerstörte die winzigen Flügel und übernahm die Kontrolle. Wenn die Hexe die Hexe war, war er der Puppenspieler, und sein Lied waren die Fäden, an denen sie hingen. M'cals Stimme brachte einen harscheren Ton hervor, und sie fielen auf die Knie.

Kitala stand am anderen Ende der Lichtung und presste die Decke an ihre Brust. Eine Frau hatte sie am Hals gepackt und drückte ihr eine Pistole gegen den Kopf. Schwarzes Haar, dunkle Augen, eine geschmeidige Figur. Sehr vertraut. Ein Mann stand neben ihr. M'cal kannte auch sein Gesicht. Seine Kehle war von einer rauen roten Linie bedeckt.

Die beiden trugen große Plastikkopfhörer; dünne schwarze Kabel liefen zu Taschen an ihren Gürteln. Keiner der beiden schien von seiner Stimme beeinflusst zu werden oder davon beeindruckt zu sein, dass er noch lebte.

»Schließ deinen Mund oder ich werde sie erschießen«, rief die Frau. *Yu,* erinnerte er sich. Sie sprach mit sonderbarem Tonfall, als könnte sie sich selbst nicht hören. Ihre Stimme zitterte, vielleicht vor Stress.

M'cal sah Kitala an. Ihre Augen waren geweitet, aber ihr Mund schien geschlossen, sie hatte ihre Zähne aufeinandergepresst. *Sing weiter*, schien sie zu sagen, aber dann hörte er die Worte noch einmal, diesmal in seinem Bewusstsein, und es fühlte sich an, als wären sie mehr als nur Einbildung. Fast aufdringlich.

Bitte, flüsterte sie. *Lauf.*

Der Mann neben Yu richtete sein Gewehr auf M'cal. An seiner Seite hing eine Axt. Ein Schuss, ein Schlag.

Das Spiel schien vorbei zu sein. Er glaubte nicht, dass er einen neuen Kopf wachsen lassen konnte.

Aber Kitala in der Schusslinie zurückzulassen, war auch keine Lösung. Es gab keine Möglichkeit herauszufinden, wie gut oder schlecht diese Männer, die auf den Knien lagen, schießen konnten. Er wusste auch nicht, wie schnell Kits Körper wieder heilen mochte. Und es war keine Großmutter in Sicht.

Lauf, flehte Kit. Ihr Blick glitt zur Seite, auf das Gewehr zu, das auf seinen Kopf gerichtet war. *Sie wollen mich nicht töten. Du wirst mich finden. Bitte, M'cal.*

»Dick«, sagte die Frau, und die Finger des Mannes schlossen sich fester um den Abzug. Kitala schrie auf. M'cal variierte sein Lied, zog an einem der Fäden.

Einer der knienden Männer warf sich auf Dick und stieß dabei das Gewehr zur Seite, gerade in dem Augenblick, als es losging. Der Schuss traf einen Baumstamm, unmittelbar neben M'cals Kopf, aber er war schon in Bewegung. Die Männer um ihn herum boten ihm Deckung. Seine Marionetten sprangen wie widerwillige Zombies auf. Mit wilden Blicken legten sie ihre Waffen weg und torkelten auf Dick zu. Ihm wurde das Gewehr aus der Hand geschlagen, er begann zu schreien und seine Fäuste zu schwingen. Yu war blass geworden; sie wich zurück, zog Kitala mit sich.

»Ich werde sie erschießen!«, schrie Yu. »Ich werde sie, verdammt noch mal, erschießen, wenn du nicht sofort stehen bleibst!«

Aber Yus Finger betätigten den Abzug nicht, und sie tat auch nichts, um Dicks Angreifer zurückzudrängen. Dafür war sie zu gerissen. Sie ließ die Pistole an Kitalas Schläfe, ihre beste Versicherung – und die einzige Möglichkeit, sich selbst zu schützen.

Einer der Männer riss Dick die Ohrschützer ab. In seinem Ohr war noch ein dicker orangefarbener Pfropfen, aber M'cals Stimme drang durch den Pfropfen hindurch, und Dick hörte auf zu kämpfen. Yu rief seinen Namen, doch es war schon zu spät. Dick zog den Stöpsel ganz heraus. M'cals Stimme war verzerrt, das Monster in ihm erhob sich mit einem Heulen.

Blut strömte aus Dicks Ohren. Der Mann krachte zu Boden, schlug hart mit dem Kinn auf. Sein Körper zitterte und zuckte, seine Absätze trommelten auf den Boden. Blut quoll aus seinen Augen und seinem Mund. M'cal befahl ihm zu sterben.

Schließlich feuerte Yu ihre Pistole auf ihn ab, aber sie zielte schlecht, und so schrammte die Kugel nur seinen Arm. Er rannte. Er hörte, wie die Männer, die er kontrollierte, bewusstlos hinter ihm umfielen. Als er merkte, dass alle zu Boden gegangen waren, hörte er zu singen auf und hechtete hinter einen umgestürzten Baumstamm. Brennnesseln verbrannten seine Schulter und Hüfte.

»Drecksau!«, schrie Yu fassungslos. »Ich werde dich umbringen!«

M'cal schloss die Augen, versuchte, Kitala zu erreichen, folgte dabei seinen Instinkten und der Verbindung, die er geschaffen hatte. Er hörte Musik in seinem Kopf, einen Schlagzeugwirbel, und rief sehr vorsichtig ihren Namen. Keine Reaktion.

Yu murmelte etwas vor sich hin und sagte dann ein

paar scharfe Worte zu Kitala. Dann hörte er brechende Zweige und spähte über den Baumstamm, beobachtete, wie die beiden Frauen durch das Wäldchen marschierten, zum Strand hinunter. Leise folgte er ihnen und entdeckte plötzlich zwischen den Bäumen etwas, das von der Hütte aus nicht zu sehen gewesen war: ein kleines schwarzes Speedboot, an dem Ruder befestigt waren. Leises Kommen und lautes, schnelles Entkommen. Es gab keine andere Möglichkeit, an diesen Ort zu gelangen, es sei denn man hatte Lust, fünfzehn Kilometer von der Landstraße aus hierher zu wandern. Er hatte keine Ahnung, wie sie sie gefunden hatten. Bei der Hexe hätte er es ja noch verstehen können, aber Yu und diese Männer …

M'cal kroch den Hügel hinunter. Yu trug noch immer ihre Ohrschützer. Kitala wehrte sich nicht, und sie sah sich auch nicht nach ihm um. Er versuchte noch einmal, sie zu erreichen, tastete sich mit aller Macht an ihrer Verbindung entlang, aber nichts geschah.

Yu blieb vor dem Boot stehen und drehte sich um, suchte den Strand und den Wald ab. M'cal hielt den Kopf nach unten und beobachtete sie durch den Farn hindurch. Kitala sah direkt zu seinem Versteck. Sie hielt die Decke immer noch an ihre Brüste gepresst; ihre Schultern waren durchgedrückt, ihr Kinn hochgereckt. Sie starrte ihn direkt an.

Yu stand ruhig da, beobachtete noch immer das Wäldchen. Sie drückte die Pistole fester an Kitalas Schläfe. Niemand sagte ein Wort.

Das einzige Geräusch kam von dem Wasser, das in Wellen gegen das Ufer anrollte. Selbst die Vögel schwiegen.

Die Frau schob Kitala zum Boot. Sie wateten durch das Wasser, kletterten die Bootsleiter hinauf. Dann verharrten sie einen Moment lang und sahen sich an. Sie wechselten ein paar Worte, die M'cal nicht verstehen konnte, aber es endete damit, dass Yu Kitala in den Magen schlug. Kitala lag anschließend auf dem Deck. M'cal fluchte und grub seine Finger so fest in den Boden, dass seine Fingernägel rissen.

Yu kniete nieder. Ihre Hände verschwanden kurz, kamen dann aber mit Handschellen wieder zum Vorschein. Sie ließ ein Ende um Kitalas rechtes Handgelenk schnappen, bog dann ihren linken Fuß zurück und ließ das zweite Ende um den Knöchel einrasten. Yu stieß die Decke mit dem Fuß weg.

Kitala drehte sich herum, bis ihr Gesicht zum Wäldchen zeigte. Sie sah wieder zu M'cals Versteck. Hinter ihr warf Yu die Ruder ins Wasser und lichtete den Anker. Sie ließ den Motor an. Das Speedboot röhrte, schoss wie eine Rakete durch das Wasser und glitt durch die schmale Öffnung aus der Bucht heraus. M'cal lief los, sprintete so schnell zum Strand, dass ihn ein gewaltiger Sprung direkt ins tiefe Wasser brachte. Er verwandelte sich sogleich und schwamm hinter dem Speedboot her.

Er folgte dem Boot in nördlicher Richtung an der Küste entlang. Seine Arme waren an seine Seiten gepresst, um dem Wasser so wenig Widerstand wie möglich zu bieten. Als Teenager war er mit Delfinen um die Wette geschwommen, hatte manchmal gewonnen und manchmal verloren. So oder so, er war schnell. Das Problem war Ausdauer. Es war ziemlich lange her, seit er sich so hart gefordert hatte. Der Fluch der Hexe, der Schmerz, den das Wasser verursachte, hatten das unmöglich gemacht.

Sein Körper wurde müde, die Muskeln in seiner Schwanzflosse schmerzten, aber er wurde nicht langsamer. Er sang, während er schwamm, er sandte große Wellen aus Klang ins Meer hinaus. Er strengte sich noch mehr an, seine Stimme wuchs, Energie strömte durch das Wasser, während er sich streckte und streckte, versuchte, um jeden Preis schneller zu werden oder das Boot langsamer zu machen. Die Orca-Schule war zwar ein ganzes Stück weit entfernt, aber er konnte schon ihre Erwiderung hören.

Er hatte keine Chance, ihnen zu antworten. Etwas Hartes rammte seinen Bauch und schleuderte ihn aus dem Wasser. Er konnte Yus Boot sehen, weiter entfernt, als er es sich vorgestellt hatte. Dann schloss sich das Meer wieder über ihm, und er bekam einen weiteren Schlag, diesmal gegen den Kopf. Schmerz erfasste ihn. Er versuchte seine Stimme zu benutzen, aber Hände hielten ihm den Mund zu. Sie ließen ihn kurz los, um einen Seeschwamm in seinen Mund zu drücken. Er schlug wie wild um sich, kämpfte gegen die starken Finger an, die seine Arme festhielten. Aus dem Augenwinkel sah er Gesichter, wehende Haare, Schuppen. Und dann presste sich ein Netz um seinen Körper, Fäden schnitten in sein Fleisch, und er wurde nach unten gezogen, schrie in seinem Geist, rief nach Kitala.

15

Als Kind von zwei Musikern, für die eine Kinderbetreuung selbst in ihren kühnsten Träumen nicht erschwinglich war, und die als Künstler eine Kinderbetreuung auch nie in Betracht gezogen hätten, selbst wenn sie das Geld dafür besessen hätten, hatte Kit den größten Teil ihrer Kindheit entweder allein zu Hause hinter verschlossenen Türen oder in den Hinterzimmern von Bars verbracht, mit einer Tasche voller Bücher, damit sie beschäftigt war, während ihre Mutter oder ihr Vater auftrat. Ihre Eltern standen so gut wie nie auf derselben Bühne – es gab verschiedene Auftrittszeiten an verschiedenen Orten. Aber alle Bars waren gleich. Kit hatte irgendwann angefangen, in der Isolation den einzigen Weg zu sehen, der Sicherheit versprach. Aus der Notwendigkeit und aus einer reinen Verzweiflung heraus hatten ihre Eltern sie gelehrt, Fremden gegenüber misstrauisch zu sein. Wachsam zu sein, geradezu paranoid. Ihrem Bauchgefühl zu vertrauen. Es war der beste Schutz, den sie zu bieten hatten; die Alternative wäre gewesen zu hungern. Oder sie wegzuschicken.

Kit hatte ihre Lektion gelernt. Und zwar so gut, dass es zu ihrer Lebensweise geworden war. Wenig Freunde, wenig Feinde. Bis jetzt.

Sie versuchte gar nicht erst, mit Yu zu sprechen. Die Frau trug noch immer die Kopfhörer. Zeitweise hatte Kit Musik daraus hervorplärren hören. Heavy Metal in voller Lautstärke. Alles nur, um M'cal zu übertönen.

Irgendjemand weiß, wer er ist. Jemand weiß, wozu er fähig ist.

Gefährlich und entnervend. Genau wie die Tatsache, dass sie überhaupt gefunden worden waren. Das sah nach einem Verräter aus, obwohl Kit außer der Hexe niemand einfiel, und es schien so gar nicht ihr Stil zu sein. Sie musste auch Alice in Erwägung ziehen und das Interesse der Hexe an ihr.

Alles hängt miteinander zusammen. In was für einen Schlamassel war sie hineingestolpert? Sie stand auf einer schwarzen Liste. Ein verworrenes Schicksal.

Es gibt keine Zufälle, würde ihre Großmutter sagen. Nur ineinandergeschlungene Fäden, die sich drehen, und aus denen man etwas weben kann, das freiem Willen und Entscheidungsfreiheit zumindest ähnelt. Aber Kit kam diese Freiheit plötzlich so vor, als säße sie in einem Nadelöhr, und jemand versuchte mit einem Stück Faden immer wieder sie zu durchbohren. Und irgendwo war eine unsichtbare Macht, die diesen Faden hielt, und deren einziges Ziel es war, sie außer Gefecht zu setzen und zu töten.

Sie schaffte es, sich aufzusetzen, reckte den Hals in die Höhe, um über den Bootsrand sehen zu können. Die Fahrt war unruhig, der Wind wehte kräftig. Sie suchte das Meer hinter ihnen ab, konnte aber nichts entdecken, außer einem kurzen Aufblitzen über dem Wasser: eine lange blasse Gestalt, die von der Sonne angestrahlt wurde und wieder verschwand. Kit hielt weiter Ausschau, sah aber nichts mehr.

M'cal, dachte sie und versuchte, Verbindung mit ihm aufzunehmen. Einen Moment lang hatte sie auch das Gefühl, es wäre ihr gelungen, aber die Emotionen, die sie erreichten, waren so wirr, so voller Angst, Zorn und Verzweiflung, dass sie sich nach Luft schnappend davon losriss. Yu drehte sich zu ihr um, ihr Mund öffnete sich, sie schien etwas rufen zu wollen, aber ihre Verrenkungen endeten in Schweigen und in einem wissenden, eisigen Lächeln.

Kit holte tief Luft, wandte ihren Blick ab und zwang sich zur Ruhe. Sie stellte sich vor, sie hätte eine Geige in der Hand, ihre heiß geliebte Geige, und der Bogen machte ein Geräusch wie ein Blitzschlag in den Wolken. Heiß, hell und schnell. Eine Sinfonie strömte in ihre Ohren und ihr Herz, bildete geheime Melodien. Sie erinnerte sich an ihre Großmutter. Erinnerte sich auch an die Zeit, als sie acht Jahre alt gewesen war und ihre Hand ausgestreckt hatte, und daran, wie ihre Großmutter ihre Handfläche berührt hatte. Kit hatte gefühlt, wie ein Funke durch sie hindurchlief, wie sie zusammengezuckt war, als ihre beiden Körper durch Licht verbunden wurden.

Magie, hatte Old Jazz Marie geflüstert. *Magie ist in deiner Seele. In allem, was du tust, kleine Katze. Alles, was du brauchst, ist dort. Öffne dein Herz. Du musst daran glauben.*

Glauben. Das war das Problem. Kit glaubte daran und wollte es gar nicht. Sie hatte sich immer auf das Gradlinige und Begrenzte beschränkt, so gradlinig und begrenzt ein Künstler eben sein konnte. Beruflich war sie ein Wirbelwind, privat nur ein Rinnsal in einem reißenden Strom.

Und diese … Magie, die sie vermutlich wirken konnte, das war etwas vollkommen Neues. Es erschreckte sie. Selbst sich mit M'cal zu verbinden, fühlte sich noch zu frisch und unsicher an, um es als gegeben zu akzeptieren und nicht als Hirngespinst abzutun. Obwohl es ihr so vorkam, als hätte sie es schon oft getan. Der alte Widerstand machte sich wieder bemerkbar.

In einiger Entfernung sah sie Inseln auftauchen. Kleine Hügel aus Felsen und Immergrün, die wie lebende Juwelen aus dem Meer aufstiegen. Es war erst das zweite Mal in ihrem Leben, dass sie eine solche Landschaft aus der Nähe sah. Sie hatte einen Teil ihres ersten größeren Schecks von der Plattenfirma verwendet, um einen Familienurlaub in Neuschottland zu bezahlen. So konnte ihr Vater Mitglieder seiner Familie treffen, die er seit zwanzig Jahren nicht mehr gesehen hatte, und die ebenfalls alle Musiker gewesen waren. Manchmal kam es ihr so vor, als hätte ihre gesamte Familie Musik im Blut, als würden alle schon im Mutterleib Melodien vor sich hinklopfen. Das Land dort war ganz ähnlich. Kits Sinn für Geheimnisse war ebenfalls ähnlich, als sie aufs Meer hinaussah. Es schien gar nicht so verkehrt, sich vorzustellen, dass es unterhalb der Wellen viele Rätsel gab.

Es fuhren noch andere Boote in der näheren Umgebung, aber keines kam nahe genug, um ihre missliche Lage zu erkennen. Yu hielt weiten Abstand von ihnen, blickte jedoch plötzlich scharf nach links. Kit folgte ihrem Blick und sah große schwarze Rückenflossen auftauchen. Luft wurde hoch und laut aus Blaslöchern ausgestoßen. Ein Hoffnungsschimmer keimte in ihr auf, als die Orcas näher drängten. Yu runzelte die Stirn und steuerte von ihnen fort. Das Speedboot erhöhte die Geschwindigkeit, schlug härter auf den Wellen auf. Die Orcas fielen etwas zurück, verschwanden aber nicht. Die Schule schwärmte aus, flankierte sie wie ein Rudel Wölfe auf der Jagd. Kit glaubte, die alte Orca-Dame zu erkennen, auf der sie geritten war, aber vielleicht war das auch nur ein Impuls, ein Bauchgefühl der Leiterin der Schule gegenüber.

Yu sah über ihre Schulter und starrte Kit an. »Was hat das zu bedeuten?«

Die Polizistin konnte von den Lippen lesen. Kit hatte es während ihrer kurzen Auseinandersetzung herausgefunden, nachdem sie in das Boot geklettert waren. Aber sie sah keinen Grund, auf Yus Frage einzugehen. Stattdessen wandte sie sich zu den Orcas zurück und suchte nach einem Zeichen von M'cal. Es war keine Spur von ihm zu entdecken. Das schien zwar vollkommen logisch, es machte sie aber doch beklommen.

Kit schloss die Augen, wiegte ihren Geist in dem zitternden Ton in ihrem Herzen, die leuchtende Scherbe einer Musik, die nicht ihre eigene war, aber ganz zu M'cal passte. Sie tat so, als wäre ihre Großmutter bei ihr, Hand in Hand, ihre Stimme in ihren Ohren. Flüsternd. Geheimnisse erzählend.

Ein Schauer lief ihr über den Rücken. Sie öffnete die Augen. Fast hatte sie damit gerechnet, ihre Großmutter zu sehen, aber es war niemand da. Sie hatte sich schon zu sehr an Wunder gewöhnt.

Kit hielt ihren Kopf in den Wind, sog das Salz und die Kälte ein. Sie sah wieder zu den Orcas, die den Ozean zwanzig Meter hinter ihnen durchschnitten. Einer von ihnen kam etwas weiter aus dem Wasser, das Leittier, dachte sie und stellte sich vor, wie etwas anderes in Kits Herz, dort, wo M'cal wohnte, Wurzeln schlug: Verbindung und Sprache, alles verband sich zu einem Gefühl von Beschützerinstinkt und Treuepflicht.

Bilder durchzogen ihren Geist: wie sie sprang, wie die Orcas sie trugen, ihre Fesseln durchbissen, sie in die Freiheit brachten. Hin zu M'cal.

Komm zu uns. Wir werden dich tragen.

Kit starrte aufs Meer. Sie fühlte sich, als würde sie oberhalb des Wassers ertrinken, ersticken. Zu viele Informationen, zu viele Möglichkeiten. Aber sie zog sich an dem Rand des Speedbootes hoch und sah auf das stürmische Meer, zu den Orcas hinüber. Es würde ein Akt des Vertrauens sein. Sie würde entweder leben oder sterben. Aber sie war verzweifelt genug, und sie glaubte jetzt an die Magie. An Wunder. Kit presste die Zähne zusammen und spannte die Beine an.

Eine Hand griff in ihr Haar und riss sie zurück, warf sie aufs Deck. Kit schlug um sich, zielte mit ihren Fingern auf Yus wilde Augen. Stechen und bohren, so weit erinnerte sie sich an eine der Lektionen ihrer Mutter, aber Yu schlug ihre Hand zur Seite. Mit verzerrtem Mund stieß sie ein Knurren aus, zum Teil aus Wut, aber hauptsächlich aus Unglauben.

Die Frau schubste Kit im Boot nach vorn, wo sie ihre Hand mit einer weiteren Handschelle an der Reling hinter dem Fahrersitz befestigte. Mehrere Orcas kamen gefährlich nahe. Yu zog ihre Pistole und schoss auf eines der Tiere. Kit sah, wie Blut spritzte. Der Orca tauchte weg. Yu drehte sich um und stellte den Gashebel auf Vollgas. Das Boot schlingerte, krachte hart auf die Wellen. Die Orcas fielen zurück. Und mit ihnen verschwand Kits Möglichkeit zu entkommen. Ihre Enttäuschung schmeckte bitter.

Nach einigen Minuten verlangsamte Yu das Tempo, fuhr nah an einen großen Felshang heran, der aus dem Meer aufragte. Was aus der Ferne wie eine winzige Insel ausgesehen hatte, wirkte aus der Nähe wie die Eröffnungsmelodie des Opfertanzes aus *Rite of the Spring*. Oben auf der Klippe bedeckten immergrüne Pflanzen die Insel, hoch und dunkel. In der Morgensonne warfen sie Schatten. Der Wind kreischte.

Yu steuerte sie vorsichtig um den Felsen herum, folgte der zackigen Felsenlinie. Über sich sah Kit eine flache Erhöhung im Felsen. Zuerst hielt sie es für einen natürlichen Vorsprung, aber als sie näher kamen, erkannte sie Liegeplätze für Boote, Stufen, eine herausgearbeitete, polierte Oberfläche, die von Menschenhand geschaffen war. Aber es war eine gute Täuschung.

Yu schaltete den Motor ab und ließ das Boot zu dem steinernen Anleger driften. Kit nahm eine Bewegung am Ende des Anlegers wahr, wo ein Pfad von der Baumlinie herunterführte. Es waren vier Männer in dunkler Kleidung, mit Pistolen an den Hüften. Sie wirkten gedrungen und hatten brutale Gesichter. Sie bewegten sich nicht so geschmeidig wie Yu, aber viel professioneller als Dutch und seine Macho-Freunde.

Als die Männer auf der Kaimauer anmarschiert kamen, klappte Yu einen der Sitze nach vorn. Darunter befand sich ein verborgenes Schott. Sie holte eine Trainingshose und ein T-Shirt daraus hervor und legte die Sachen neben Kit auf das Deck. Sie hockte sich hin, um Kit die Fesseln abzunehmen. Kit stellte keine Fragen, und Yu hatte nichts zu erklären. Kit zog die Sachen schnell an und war gerade dabei, die Hose hochzuziehen, als die Männer sie erreichten.

Sie sahen Kit mit einigem Interesse an, aber keineswegs lüstern. *Profis,* dachte sie wieder. Männer, die solche Dinge gewohnt waren, die einen Job erledigten, der nichts mit Gaffen zu tun hatte.

Yu nahm ihre Kopfhörer ab. Eine elektrische Gitarre kreischte. Die Frau hatte orangefarbene Pfropfen in den Ohren, die sie jetzt herausnahm. Sie drückte auf einen Knopf an ihrer Taille, und die Musik verstummte.

»Bringt sie zu den anderen«, sagte Yu. »Denk an deine Instruktionen, Hartlett. Das gilt für euch alle.«

»Ja, Ma'am«, sagte einer der Männer. Er war blond, hatte einen Stiernacken und Unterarme, an denen die Venen hervortraten. Ausdruckslos sah er Kit in die Augen und hob sie aus dem Boot. Ihre Hände kamen seiner Waffe sehr nahe, was eine Unaufmerksamkeit war – aber sie versuchte nicht, danach zu greifen. Noch nicht. Zu viele Leute umgaben sie hier, und sie waren viel zu nahe. Jeder von ihnen hätte sie erschossen, bevor sie auch nur an den Abzug gekommen wäre. Schließlich war sie nicht Annie Oakley.

Hartlett nahm ihren Arm und führte sie auf dem steinernen Steg entlang. Kit blickte über ihre Schulter zurück und sah, dass ihnen die anderen drei Männer folgten. Yu beobachtete sie vom Boot aus. Ihre Hand lag auf ihrer Waffe. Sie sah aus, als würde sie gerne schießen. Kit dachte an Yus Partner Dick, dessen Gehirn auf den Waldboden geflossen war. Sie fühlte überhaupt keine Reue bei dem Gedanken.

Der steinerne Steg hatte Stufen, die in den Fels gehauen waren. Kit hielt mit Hartlett Schritt, blickte ab und zu zum Meer zurück. In der Ferne sah sie eine Fähre und ein paar Segelboote. Keine Orcas. Und offenbar auch keinen M'cal. Sie versuchte wieder, ihn zu erreichen, und prallte gegen eine Mauer. Und taumelte.

Hartlett grunzte und sah sie von der Seite an. Kit nahm dies zum Anlass zu fragen: »Warum bin ich hier? Für wen arbeiten Sie?«

Hartlett antwortete nicht. Er sah einfach geradeaus und ging weiter. Kit dachte wieder an die Pistole. Sie dachte auch an ihre angebliche Macht. Ihre… Magie. M'cal hatte gesagt, sie könnte außergewöhnliche Dinge tun. Ihre Großmutter hatte ihr dasselbe erzählt, und zwar mehr als nur ein Mal.

Du kannst die Sterne bewegen.

Die Sterne mit einem Lied bewegen, hatte Old Jazz Marie zu ihr gesagt. Und so schön es auch war, das zu hören – es in die Praxis umzusetzen, war eine ganz andere Sache. Könnte sich Kit jetzt selbst befreien? Einen Versuch wagen? Vielleicht das Boot dort unten stehlen oder ein anderes finden? Selbst ins Meer zu springen und an

Unterkühlung zu sterben wäre besser als das Schicksal, das sie erwartete; dessen war sie sich ganz sicher.

Das Gris-Gris baumelte an ihrer Brust. Das Leder war weich und warm wie die Hände ihrer Großmutter. Kit dachte über das Lied nach, das sie gehört hatte, das Lied ihrer Seele, das in ihrem Unterbewusstsein geschlummert hatte, seit dem Traum von der Veranda und dem Muschelhorn. Das Licht der Morgendämmerung und die Donner schliefen unter der Decke ihrer Gedanken.

Als sie aber versuchte, die Musik herauszulassen, geschah nichts. Keine wogende Sinfonie, kein melodischer Aufruhr. In ihrem Kopf war Musik, aber keine, die einen Biss gehabt hätte. Als wäre sie auswendig gelernt, rein mechanisch, ohne Inspiration gespielt. Eine seltsame Empfindung, ganz anders als alles, was Kit je gefühlt hatte. Sie war immer bereit. Immer inspiriert. Und sie konnte fühlen, wie es wartete. Ein Teil von ihr hielt das Feuer zurück.

Nicht der richtige Zeitpunkt, flüsterte eine leise Stimme. *Noch nicht der richtige Zeitpunkt.*

Der Aufstieg war steil. Kits Beine schmerzten, genau wie ihre Lungen. Die Steinstufen wurden zu gestampftem Lehmboden, weich unter ihren nackten Füßen, abgesehen von den vereinzelten Steinchen und Ästchen. Das Gefühl der kalten Erde half ihr, sich zu beruhigen und zu zentrieren. Sie konzentrierte sich auf das Gefühl, stellte sich vor, sie sei ein Stück davon, ihre Wurzeln reichten weit in den Fels hinein, sie wiegte sich mit den Bäumen und dem Meer. Ihre Atmung beruhigte sich, ihr Herzschlag verlangsamte sich.

Der Pfad führte in den dichten und stillen Wald hinein. Keine Vögel. Kein Lufthauch, obwohl kurz zuvor noch Wind geweht und zum Teil kräftig an ihrem Körper gezerrt hatte. Hier war alles still. Gedämpft. Kits Blick schweifte umher, suchte. Sie hatte das Gefühl, es beobachte sie jemand. Aber nicht diese Männer. Die waren nicht annähernd so gefährlich wie jene Augen, die ihr die Haut abzuziehen schienen.

Kit konnte mehrere Gebäude flüchtig erkennen, und Augenblicke später betraten sie eine weite Lichtung. Ein Blockhaus stand in der Mitte. Keine Fenster. Es war sehr groß. Mehrere Nebengebäude waren in der Nähe zu sehen, aber sie hatten keine Bedeutung, sie nahm sie kaum wahr. Kits ganze Aufmerksamkeit war auf das Blockhaus gerichtet. Es sah aus, als wäre es ein zukünftiges Mordopfer … als könnte ein Gebäude sterben. Was sie sah, war ein Schatten, eine Aura, die wie die Hand eines riesigen Geistes über dem Gebäude schwebte. Kit sträubte sich, als Hartlett versuchte, sie näher heranzuführen. Er zog an ihrem Unterarm, aber sie stemmte sich dagegen, kämpfte dagegen an. Einer der Männer packte sie an der Schulter und einem Handgelenk und drehte ihr den Arm auf den Rücken. Kit musste sich zusammenreißen, um nicht vor Schmerz aufzuschreien, machte einen Schritt und ließ sich dann auf die Knie fallen. Die Mistkerle müssten sie schon hineintragen. Sie würde ihnen dabei jedenfalls nicht helfen. Nicht da hinein.

Hartlett sagte kein einziges Wort, seine Begleiter folgten seinem Beispiel. Er nahm ihre Schultern, während zwei andere je einen ihrer Knöchel ergriffen. Sie hoben sie hoch. Trugen sie hinein.

Das Innere des Blockhauses war dunkel, nur eine einzige Kerze brannte in einem Wandleuchter. Das goldene Licht flackerte, warf unheimliche Schatten. Tanzende Gestalten, die zu viel Leben verströmten. Wieder fühlte sich Kit, als würde sie dem Tod begegnen, als würde der Mord auf sie lauern, noch schlafend, und sie selbst stünde in seinem schlagenden Herzen, darauf wartend, dass er erwachte. Oder anfing zu träumen.

Es gab keine Möbel. Hartlett und seine Männer ließen sie auf den Boden herunter. Ihre Füße berührten etwas Weiches, Nachgiebiges. Das Gefühl löste einen Schock in ihr aus, und Kit sah auf den Boden hinunter. Er war mit Sand bedeckt. Mit weißem Sand, feiner als der feinste Sand eines Strandes, sanft wie Seide, zart wie Puderzucker. Einen Moment lang musste sie an Kokain denken, einen ganzen Berg davon, aber das ergab überhaupt keinen Sinn, und sie erinnerte sich plötzlich mit heftiger Klarheit an ihren Traum von M'cal, wie er in einem Kreis aus Sand gelegen hatte, gefesselt und gequält.

Eine eisige Kälte ergriff sie. Sie fühlte sich, als stünde sie auf einem Massengrab, nur dass die Leute unter ihr noch nicht tot waren.

Sie hatte schon lange aufgehört, sich gegen die Männer zu wehren. Drei von ihnen zogen sich zurück und verließen das Blockhaus. Hartlett sah Kit scharf an, aber als sie sich nicht bewegte, zeigte er auf einen langen Gang zu ihrer Linken, den sie bis jetzt noch gar nicht bemerkt hatte. Er gestikulierte ihr, sie sollte vorangehen. Sie folgte seiner Aufforderung und versuchte, gegen ein aufkommendes Schaudern anzukämpfen. Es hatte keinen Sinn, es zurückzuhalten, ihre Reaktion auf den Raum und den Sand unter ihren Füßen war viel zu emotional.

Der Sand reichte bis zum Rand des Raumes. Sie gingen einen Flur hinunter, vorbei an einer Reihe geschlossener Türen. Wie in einem Horrorfilm, dachte Kit, mit einem Ungeheuer hinter jeder Tür. Und vor ihr befand sich am Ende des Korridors, glänzend wie ein geputzter Zahn, eine Metalltür mit Gummidichtungen an den Rändern.

Hartlett holte ein Schlüsselbund aus der Tasche. Er schloss die Tür auf und öffnete sie.

Es war, als öffnete man die Tür eines Hochofens. Heiße Luft strömte ihnen entgegen, brannte auf Kits Gesicht. Noch schlimmer aber war der Geruch. Als stünde man bis zum Kinn in einem Loch voll mit verrottendem Fleisch und Abwässern, von der Sonne ausgedörrt und stinkend.

Hartlett fasste sie um die Taille und schob sie vorwärts.

Kit kämpfte, versuchte an seine Waffe zu kommen. Er ergriff ihr Handgelenk, bis ihre Knie nachgaben und sie wankte.

»Rein da«, sagte er mit angespannter Stimme. Er stieß sie vorwärts, und sie fiel hart auf die Knie, kämpfte gegen den Schmerz an, stand dann wieder auf und drehte sich herum. Jedoch zu spät. Die Tür war schon wieder verschlossen. Es klickte, die Gummidichtungen machten ein schmatzendes Geräusch. Gefangen in der Dunkelheit. Sie fühlte sich wie Aida in der Gruft, nur war kein M'cal hier, der ihr Radames sein konnte.

Die Luft war erdrückend, faulig. Kit musste sich zusammennehmen, um nicht zu würgen. Sie kämpfte gegen das lähmende Grauen an, das wie eine kalte Woge durch ihren Körper ging. Ihre Kehle schnürte sich zusammen, genau wie ihr Herz, das vor Übelkeit zu stocken schien. Kit rang mit sich, auf der Suche nach einem Anker, nach Kontrolle.

Sie fand M'cal. Ein plötzlicher Blitz, ein Splitter seiner Seele, eine glänzende Nadel. Ihr Bewusstsein verband sich fest mit seinem, klammerte sich daran fest, wie ein Kind in der Dunkelheit. Zu fühlen, dass er bei ihr war, wie groß die Entfernung zwischen ihnen auch sein mochte, milderte ihr Entsetzen zumindest ein wenig. Ihre Atmung beruhigte sich. Ihr Herz schlug wieder langsamer.

Aber Kit fröstelte noch immer, trotz der Hitze. Sie stand am Rande eines Nervenzusammenbruchs. Dazu war sie blind wie eine Fledermaus. Sie fragte sich, ob das etwas Gutes sein mochte. Als sie sich beruhigt hatte, hörte sie überall um sich herum das Rascheln von Körpern. Ein leises kratzendes Atmen.

Wieder stieg das Grauen in ihrer Kehle auf. Der schwarze Mann streckte seine hässliche Hand nach ihr aus. Sie ging rückwärts, bis sich ihre Schultern gegen das schwitzende Metall der Tür pressten. Sie dachte an M'cal. Sie sehnte sich nach ihm. Aber in ihrem Bewusstsein war nur Schweigen.

»Hallo?«, rief sie den Körpern leise zu, die sich überall in ihrer Nähe still bewegten. Wie sterbende Schmetterlinge, gefangen in einem Kokon.

Niemand antwortete ihr. Kit versuchte es nicht noch einmal. Sie fürchtete sich vor der Antwort.

16

Weit unten, an Orten, die die Sonne nie erreichte, wo sich Risse in der Erdoberfläche auftaten, die zu den Kerkern und Gräbern verlorener Seelen führten, existierte eine andere Welt. Fremdartig für jene, die oberhalb der Meeresoberfläche lebten, die das Gleichbleibende, Greifbare für selbstverständlich hielten, die Gegensätze von hell und dunkel. Hier hingegen gab es nur das Dunkel, hier herrschte ewige Nacht, weder Himmel noch Sterne weckten Träume. M'cals Kidnapper zogen ihn in den Abgrund, mehr als vierhundert Meter tief. Sein Körper passte sich dem großen Druck des Wassers an, ebenso wie seine Augen. Über seinen Pupillen bildete sich ein zweites Lid, als der Druck immer mehr zunahm. Dennoch begann er, sich körperlich unbehaglich zu fühlen. Tieferes Wasser bedeutete auch weniger Sauerstoff, und das erste Mal seit langer Zeit begann er, einen Hauch von Kälte zu spüren.

Es waren drei Krackeni, zwei Männer und eine Frau. Sie alle waren schnell, schlank und hart. Ihre Gesichter schienen schärfer als Messer zu sein, fremdartiger als dasjenige M'cals. Sein menschliches Blut hatte in seinen Knochen Spuren hinterlassen, ließ seine Schultern breiter und größer erscheinen. Aber er war nicht annähernd so schnell. Durch das Leben an der Küste war er im Vergleich zu ihnen schwach geworden. Verweichlicht. Er hatte es nicht einmal bemerkt. Außer seinem Vater hatte er nur wenige seines Volkes getroffen.

Kitala, bleib am Leben. Kitala, kämpfe. Kitala, ich werde dich finden. Er versuchte sie zu erreichen, über die Verbindung zwischen ihren Seelen. Aber es war schwierig, sich zu konzentrieren; er war zu wütend. Jahrelang hatte er sich gewünscht, mit seinem Volk in Kontakt zu treten, herauszufinden, dass er nicht allein war. Und jetzt das. Gefesselt und geknebelt, in einem Netz gefangen, fortgerissen von seiner Gefährtin, die sie doch in seinem Herzen spüren mussten. M'cal konnte sich keinen Grund dafür vorstellen. Es ergab einfach keinen Sinn.

Am Grund des Meeres befestigten die Krackeni-Männer die Strippen des Netzes an zerklüfteten Felsen und fesselten M'cals Hände über seinem Kopf. Nachdem sie ihn so außer Gefecht gesetzt hatten, glitten sie etwas zurück und betrachteten ihn. Ihr Haar war lang und hell, mit Muscheln und Edelsteinen geschmückt. Schwarze Perlen von der Größe von Augäpfeln waren wie ein Gürtel um die Taille der Frau geschlungen. Daran hing ein Dolch aus Obsidian.

Die Männer waren mit Knochen gepierced. Lange, gebogene Splitter hatte man wie horizontale Spitzen durch die Haut ihrer Unterarme gewoben: eine kunstvolle Verstümmelung. Speere hingen auf ihren Rücken. Alle drei leuchteten mit einem schwachen, blassen Glühen: Biolumineszenz, die im tiefen Ozean äußerst wichtig war. Ihre Augen wirkten groß, ihre Nasenlöcher klein, und ihre Nasen waren fast nicht zu sehen. Es waren keine Mitglieder einer der Kolonien, die sich mit den Menschen vermischt hatten. Die Zeichen reinen Krackeni-Blutes waren zu deutlich. M'cal fragte sich, ob ihre Knochen wohl weich sein mochten, ob sie zu dem Tiefsee-Volk gehörten. Es sah ganz danach aus. Wahrscheinlich war es gar nicht möglich, dass sie sich mit Menschen an Land vermischten, ihre Knochen waren vermutlich viel zu weich, die Hohlräume in ihren Körpern nicht zu verändern.

Die Krackeni schwebten ein Stück von ihm fort, flüsterten mit Pfeif- und Klicklauten miteinander, es war ein komplizierter Tanz von Klängen. M'cal konnte sie verstehen, allerdings war ihr Akzent eigenartig. Er bezweifelte, dass er sich fließend mit ihnen unterhalten konnte. Es war doch viel zu lange her.

Seht sein Haar an, sagte einer der Männer, als er einen Blick auf ihn warf. *Schwarz wie dein Messer.*

So menschlich. Sein Blut ist ganz dickflüssig davon. Die Frau bleckte ihre Zähne mit einem scharfen Zischen und berührte ihren Dolch. *Und auch sein Herz. Er hat eine Menschenfrau zum Weib genommen. Vielleicht sollten wir sie aus ihm herausschneiden?*

Der zweite Mann kam näher heran, betrachtete ihn so prüfend, als wäre er ein fremdartiges Ungeheuer, kaum zu Gefühlen oder Intelligenz fähig. Es war eine beunruhigende Empfindung, dabei aber viel zu vertraut. Die Ironie der Situation entging M'cal nicht. Er war nur ein Objekt, selbst unter seinesgleichen. Immer der Außenseiter. Und der bittere Beigeschmack von Verrat und Verderben, der damit verbunden war, traf ihn unerwartet. Er hatte sich bis zu diesem Zeitpunkt nicht klargemacht, wie sehr er gewünscht hatte, anderen Krackeni zu begegnen.

Er prüfte die Fesseln, aber das Netz war gesichert. Der Schwamm füllte seinen Mund aus. Er dachte an Kitala, versuchte, in seinem Kopf zu singen, aber was bei ihr funktionierte, glückte bei ihm offensichtlich nicht, und er fühlte sich nur noch aufgewühlter. Er musterte die Krackeni. Sah, wie sie zurückstarrten. Bemerkte mit Unbehagen, wie ihre Augen plötzlich zu einem Punkt über seiner Schulter blickten.

Dann nahm er eine Bewegung hinter sich wahr. Eine Hand berührte das Netz, direkt unter seinem Gesicht. An der Hand saß ein Ring aus Gold. Ein Ehering.

M'cal schloss die Augen.

Eine Stimme erfüllte das Wasser. Musik, eine tiefe, klagende Melodie, die wie der Beginn eines endlosen Schluchzers klang. Es war ein schmerzlicher Klang, ohne jegliche Freude, der bis in M'cals Herz drang und ihn festhielt. Ihn so sicher festhielt, wie es die Hexe auch getan hatte. Er fühlte, wie die Stimme seine Seele suchte, versuchte sich dagegen zu wehren. Und gerade als ihn die Stimme in Stücke zu zerbrechen drohte, erstarb sie, zog sich zurück und verklang in der Stille des Meeres.

Er öffnete die Augen und sah durch das Netz ein Gesicht. Blass, blond und stark, eine ältere Spiegelung seiner selbst, obwohl M'cal den Teint seiner Mutter geerbt hatte. Kein Krackeni mit reinem Blut trug schwarzes Haar.

Die beiden Männer starrten sich an. Die anderen kamen näher, beobachteten ihn, aber nicht mehr so distanziert und geringschätzig. M'cal war es gleichgültig.

S'har Abreeni war älter geworden, seit M'cal ihn das letzte Mal gesehen hatte. In seinem Gesicht zeichneten sich noch mehr Falten ab. Tiefe Falten, die seine ohnehin schon kantigen Gesichtszüge betonten. Er war anders gebaut als die anderen Krackeni, seine Ahnen stammten aus wärmeren Gewässern, waren daran gewöhnt, nahe der Oberfläche zu leben: ein Lebensstil, den sein Vater immer noch pflegte, jedenfalls nach dem, was M'cal über ihn gehört hatte. Es gab eine ganze Welt unbewohnter Inseln im Südpazifik, und die sandigen Strände waren wunderbar für Kolonien von Krackeni geeignet, die Land und Meer gleichermaßen schätzten. Diese Krackeni konnten sich auch leichter mit Menschen paaren, wenn sie es wünschten. An diesen Orten waren ihre Merkmale nicht so auffällig.

Sein Vater machte eine Handbewegung in Richtung der anderen. *Lasst ihn frei. Er ist keine Gefahr.*

Vielleicht doch, dachte M'cal. Die Krackeni zögerten. Schließlich folgten sie seiner Anweisung, lösten die Knoten des Netzes, bis er seine Arme bewegen konnte. Er zerrte den Schwamm aus seinem Mund und kämpfte seine aufkommende Wut nieder.

Hierfür bist du verantwortlich, sagte er zu seinem Vater, der ihn mit dunklen Augen ansah. Sein langer, schlanker Körper schwebte in der Strömung, er machte nur wenige behutsame Bewegungen mit den Händen und seiner Schwanzflosse. Seine Schuppen schimmerten in dem Glühen der anderen Krackeni. Sie beobachteten M'cal ebenfalls, aber mit viel größerer Wachsamkeit.

Er schenkte ihnen keine Beachtung, sah nur seinen Vater an, der gelassen blieb, als wäre es nicht zehn Jahre her, dass sie das letzte Mal miteinander gesprochen hatten.

Ich musste mir erst ganz sicher sein, sagte er ruhig. *Ich musste mich vergewissern, dass es keine Falle war.*

Eine Falle?, wiederholte M'cal. Er war wie betäubt, immer noch unfähig, an die Gegenwart seines Gegenübers zu glauben. Der Mund seines Vaters wurde zu einer harten Linie.

Eine Falle. Von der Frau, die dir das angelegt hat. Zorn spiegelte sich in seinem Gesicht, als er das Armband betrachtete. Die Wut war genauso schnell wieder vergangen, wie sie aufgeflammt war; sein Gesicht wurde zu einer kalten Maske. Er sah die anderen Krackeni an und sagte: *Lasst uns allein.*

Nein, erwiderte die Frau. Sie griff zu ihrem Dolch. Die Strömung ließ ihr helles Haar um ihr Gesicht wehen. *Da ist noch eine Angelegenheit, die wir diskutieren müssen, jetzt, da wir unseren Teil des Handels ausgeführt haben.*

Handel. Nach M'cals Einschätzung war das ein verhängnisvolles Wort. Andererseits lief ihm die Zeit davon. Er hatte kein Verlangen, durch noch mehr Worte aufgehalten zuwerden. Auch nicht von seinem Vater. Er blickte nach oben und konnte das Tageslicht nicht erkennen, aber er sah tief in sein Herz und fand Kitala. Wie Sonnenlicht, so warm und süß.

Ich muss gehen, sagte er zu seinem Vater. *Jetzt sofort.*

Du kannst aber nicht, antwortete die Frau und sah ihre Gefährten an. *Nicht, bevor wir das geregelt haben.*

M'cal schloss kurz die Augen; das Ungeheuer in seiner Kehle rührte sich. *Was geregelt?*

Später, sagte sein Vater knapp.

Nein, erwiderte einer der Männer und streifte M'cal mit einem Blick. *Er muss dabei sein.*

Die Frau sah ihn empört an. *Er ist aber unrein. Unser Blut zu vermischen …*

Ich sagte später, knurrte M'cals Vater. *Lasst meinen Sohn gehen. Jetzt.*

Der Ausbruch war heftig und wirkte erschreckend. Vollkommen untypisch für seinen Vater, der immer der Ruhige gewesen war, ganz im Gegensatz zu seiner Frau, die wie ein Hitzkopf gewirkt hatte, impulsiv, beständig zum Kampf bereit.

Die Krackeni sahen S'har an, bis die Frau ein Geräusch machte. Ihr Mund war zu einem höhnischen Lächeln verzogen, das für M'cals Geschmack dem der Hexe zu sehr ähnelte. *Du hättest niemals eine Menschenfrau heiraten sollen, S'har. Rundherum schlecht. Und nun hat er das Gleiche getan. Eine Schande. Keiner von euch hat seine Pflicht erfüllt, wie es die anderen taten.*

Pflicht? M'cal starrte sie an. *Ich habe meine Pflicht getan. Und teuer dafür bezahlt. Die Dinge, die mir angetan wurden …*

… das war dein eigener Fehler. Die Frau entblößte ihre Zähne, die fast so scharf wie Ivans schienen. *Du warst schwach. Dein menschliches Blut hat deine Fähigkeiten verdorben. Wenn du stark genug gewesen wärest, hättest du niemals zugelassen …*

Genug!, zischte S'har. Seine Energie durchdrang das Wasser mit einer solchen Heftigkeit, dass M'cal sie bis in die Knochen hinein spürte. Die anderen Krackeni erstarrten, waren wie gelähmt. Ihre Körper begannen, wie unbewegliche Puppen in der Strömung zu treiben.

Ihr vergesst euch, fuhr M'cals Vater fort. Jedes einzelne Wort klang hart, voller Energie. *Ihr vergesst, wer ich bin.* Er entließ sie aus seinem Bann. Die Krackeni beugten sich ihm, und er glitt nach hinten, machte M'cal ein Zeichen, ihm zu folgen.

Die Frau sagte deutlich weniger heftig: *Du hast es versprochen.*

Und ich werde mein Versprechen auch halten. Später. Er suchte M'cals Blick, mit einem unergründlichen Ausdruck in den Augen – und dann begannen beide schnell aufzusteigen; sie ließen die anderen Krackeni hinter sich.

M'cals ganzer Körper prickelte, er fühlte sich wie eine lebendige Zielscheibe. Doch sie wurden nicht verfolgt.

Über ihnen wurde die Welt allmählich heller. Fische schossen zwischen ihnen hindurch. M'cal nahm den Geruch von Bootsdiesel wahr und horchte nach den Orcas. Er horchte auch nach Kitala. Dabei sah er zu seinem Vater hinüber, betrachtete das längliche, scharf geschnittene Gesicht, die Falten und den Schwung seines Mundes. Er hatte Angst, zu lange hinzusehen. Er fürchtete, sein Vater könnte ihn ebenfalls ansehen. Und all der Schmerz, die Freude und die Furcht, die er in S'hars Gegenwart spürte, fühlte sich wie eine offene Wunde an, in die Gift und Salz hineingerieben wurden.

Was tust du hier?, fragte M'cal schließlich. *Warum jetzt?*

Sein Vater drehte sich so anmutig wie ein Delfin im Wasser. *Du setzt immer zu viel voraus. Ich bin schon seit*

Jahren hier. Seit ich von deinem Unglück erfahren habe. Als M'cal aufhörte zu schwimmen, wurde auch sein Vater langsamer und sah mit müden Augen zu ihm zurück. *Es gibt keine Geheimnisse im Meer. Das solltest du eigentlich wissen. Und ich hatte einen Freund in der Nähe, der dich beobachtet hat.*

Der Seehund, sagte M'cal und dachte an das sanftmütige Wesen, das immer da gewesen war, wenn er ins Meer tauchte.

Ja, sagte sein Vater. *Es war zu gefährlich, in deine Nähe zu kommen. Ich habe es einmal versucht und musste dafür leiden.*

Sie wollte mich isolieren.

Du hast für sie getötet.

Ja, das habe ich getan.

Und nun? S'har streckte seine Hand aus und berührte die Brust seines Sohnes. *Wer ist sie?*

Mein Leben, sagte M'cal. *Sie ist mein Leben.*

Sein Vater blickte zurück. Irgendwo in der Ferne hörte M'cal die Orcas rufen. Ihre Stimmen klangen bekümmert. Einer aus der Schule war verletzt worden. Es war ein Schuss gewesen. M'cal verband sich mit ihrem Bewusstsein und erhielt einen flüchtigen Eindruck von dem schwarzen Speedboot, von Kitala, die bereit war zum Sprung… und von dieser Frau, Yu, die sie zu Boden warf und ihre Waffe abfeuerte.

Sein Vater machte ein leises, klickendes Geräusch hinten in der Kehle. *Du solltest jetzt gehen. Beeil dich.*

M'cal sah ihn an. *Wirst du kommen?*

Sein Vater antwortete nicht, aber M'cal hielt seinen

Blick fest, sein Herz weinte um beide, wegen seiner Mutter und wegen Kitala.

Bitte, vergib mir, flüsterte er und streckte seine Hand aus. Sein Vater sah sie nicht einmal an.

Geh, sagte S'har und tauchte, ohne sich noch einmal umzusehen, wie ein Geist in die Dunkelheit hinab. Verschwunden, wieder einmal. Fast so, als hätte es ihn gar nicht gegeben.

M'cal ließ sich treiben und blickte seinem Vater nach. Er versuchte nicht einmal, ihm zu folgen. Die Orcas riefen nach ihm. Kitala war irgendwo da draußen.

Er schwamm los, spürte einen Strudel hinter sich und wandte sich gerade noch rechtzeitig um, um Schuppen und blonde Haare zu erkennen. Er griff nach dem schlanken Handgelenk, das auf seine Schulter zielte, drehte es um und drückte zu. Die Knochen gaben nach, weiche Knorpelmasse, und M'cal fühlte, wie sie wie Papier zerrissen. Ein Schrei schnellte durch das Wasser. Ein Dolch aus Obsidian glitt nach unten in die Schatten hinein.

M'cal ließ sie nicht los. Er schwang die Krackeni-Frau herum und zog sie fest an seinen Körper. Sie wehrte sich nicht lange, nicht mehr, nachdem sie in seine Augen gesehen hatte. Er wusste nicht, was sie dort sah, aber er wusste, was er fühlte, und das war hässlich und gefährlich.

M'cal knurrte, seine Stimme durchdrang das Wasser mit so viel Kraft, dass sie zurückzuckte. *Ich habe dir nichts getan. Nichts, womit ich dies verdient hätte.*

Sie reckte ihr Kinn nach oben. *Ich wollte dich nicht tö-*

ten. Es sollte nur eine Warnung sein. Du gehörst nicht zu uns und das wirst du auch nie.

Und das macht dir so viel aus? Worte hätten auch genügt.

Nein, flüsterte sie, ihre Augen verengten sich. *Mir ist ein Kind versprochen worden, ein Kind von deines Vaters Blut. Ein Geschwister von dir. Aber wenn es geboren wird, wird es nichts von dir erfahren. Du wirst für dieses Kind nicht existieren. Ich wollte, dass du das erfährst. Ich wollte, dass du dich daran erinnerst, in deinem Fleisch.*

M'cal stieß sie empört weg. Im Augenwinkel nahm er eine Bewegung war, sah, wie sein Vater wieder aus den Schatten auftauchte. Einen Moment lang wollte er schon seine Stimme einsetzen, um sie beide zu verletzen. Sie ebenso zu quälen, wie er selbst gequält wurde. Ihre Herzen brechen. Aber er hielt seinen Mund geschlossen, sah von dem triumphierenden Ausdruck auf dem Gesicht der Krackeni-Frau weg und verließ sie. Schnell schwamm er, blickte sich nicht um, um festzustellen, ob sein Vater ihm nachsah. Er fühlte sich wieder wie ein Kind, und genau das konnte er sich nicht leisten. Jedenfalls nicht jetzt. Hierzubleiben wäre das reine Gift gewesen.

Er folgte dem Gesang der Orcas, glitt so schnell er konnte durchs Meer. Er ging den Segelbooten und den Jet-Skis aus dem Weg, fühlte ihr Kielwasser über seinem Kopf, als er unter den Wellen dahinjagte, um außer Sicht zu kommen. Er drängte seinen Kummer beiseite, konzentrierte sich auf Kitala, fühlte sie in sich, pulsierend. Sein einziges Zuhause. Das Einzige, das von Bedeutung war.

Er traf die Orcas auf halber Strecke. Sie wurden von

einem Touristenboot verfolgt. M'cal schwamm langsamer, weil sie ihn darum baten, und er nahm sich die Zeit, die Wunde der verletzten Orca-Dame anzusehen. Sie tauchte dafür tiefer nach unten, außerhalb des Sichtbereichs der Touristen, die sich über ihnen befanden. Die Kugel war in die äußere Fettschicht eingedrungen. Aus der Wunde sickerte immer noch Blut, aber nicht so viel, dass sie daran sterben würde. M'cal machte sich eher Sorgen, ob es ihm gelang, die Kugel zu entfernen. Das Risiko einer Bleivergiftung und Infektion war groß, selbst für ein so großes Tier.

Seine Fingernägel waren hakenartig, wie Klauen. Er bat um Erlaubnis, erhielt sie auch und legte eine Hand an die Seite des Orca, summte eine beruhigende Melodie. Die Leiterin der Schule führte gerade eine kleine Gruppe von ihnen weg, ein Ablenkungsmanöver für die Touristen, während sich die anderen zusammendrängten und den verletzten Orca stützten. M'cal stählte sich für die anstehende Aufgabe und führte dann seinen Finger in die Wunde.

Der Orca pfiff, zuckte, aber die anderen hielten ihn ruhig, und M'cal arbeitete schnell, suchte nach der Kugel. Sein Fingernagel hakte sich um die plattgedrückte Kugel und zog sie heraus. Noch mehr Blut trieb wie eine Wolke durch das Wasser, aber lebensbedrohende Mengen waren es nicht. Der verletzte Orca füllte sein Bewusstsein mit seinen Gedanken und Erinnerungen. Bilder flossen: Kitala, die an ihren Haaren der Länge nach auf das Deck geworfen wurde. Die Wildheit in ihrem Blick, als sie beobachtete, wie die Pistole abgefeuert wurde, jede Einzelheit wurde mit scharfen Augen aufgefangen.

M'cal glitt rückwärts durch das Wasser. Die Orcas folgten ihm nicht. Er wollte es auch gar nicht. Aber sie verabschiedeten ihn mit einem Lied, und die Wärme, mit der sie ihn umschlossen, als wäre er einer von ihnen, stand in einem so starken Gegensatz zu dem, was er gerade erlebt hatte, dass er einen warmen Stich in seiner Kehle spürte.

Wieder versuchte er, Kitala zu erreichen. Die Verbindung zwischen ihnen war zu neu für ihn, und er war zu unerfahren, um genau zu wissen, was er alles damit machen konnte. Aber er tastete sich an diesem Band entlang, ließ sich genauso davon leiten, wie er von der Hexe geführt wurde: durch Instinkt und Zwang.

Eine Insel wuchs vor ihm in die Höhe. Unter der Wasseroberfläche war es ein felsiger Monolith, der tief ins Meer hineinreichte. Oberhalb davon gab es Felsen, Bäume und glatte Mauern, wie bei einer Festung. Sie waren aber zu hoch, um sie zu erklettern. Es führte nur ein Weg hinein und einer wieder hinaus.

Fische gab es um die Insel herum nicht. Es gab überhaupt kein Leben. Das Wasser war wie leer gefegt. Nach einem kurzen Augenblick begriff M'cal auch, warum. Er konnte einen subtilen Druck im Meer verspüren, wie scheuchende Hände tief in seinem Bewusstsein, die den Instinkt verstärkten umzukehren. Er erkannte das Gefühl wieder. Die Hexe hatte etwas Ähnliches benutzt, um Neugierige von ihrer Yacht fernzuhalten. Es war ein umgekehrter Zwang, willkürlich über ein bestimmtes Areal verhängt, so subtil, dass die meisten die Manipulation überhaupt nicht bemerkten. M'cal hätte es auch nicht erkannt, jedenfalls nicht vor der Zeit mit der Hexe.

Jedoch konnte er Kitala auf der Oberfläche spüren, pulsierend wie ein zweiter Herzschlag in seiner Brust. Er umrundete die Insel zur Hälfte, bis er über seinem Kopf einen Bootsrumpf sah. Das Boot war an einem hervorstehenden Felsen festgezurrt. M'cal tauchte vorsichtig auf und presste seine Wange gegen das schwarze Boot. Er lauschte einen Moment lang und tastete dann die Luft nach einer Seele ab. Er tauchte wieder unter, umrundete das Speedboot und streckte seinen Kopf neben dem steinernen Steg erneut aus dem Wasser. Von seinem Aussichtspunkt aus wirkte das Boot verlassen.

M'cal verwandelte seinen Körper, hatte also wieder Beine und kletterte auf den Steg. Nichts geschah. Niemand schoss auf ihn, keine Alarmrufe waren zu hören. Trotzdem prickelte seine Haut. Er fühlte sich … beobachtet.

Ein Pfad führte von dem Steg weg. M'cal zögerte, lauschte angestrengt, doch seine Wahlmöglichkeiten waren begrenzt, und er begann, die Steintreppe hinaufzulaufen. Er versuchte leise und gleichzeitig schnell zu sein. Die Bäume drängten sich um ihn. Sie vermittelten ihm das Gefühl von Gefahr; Wälder hatten ihn schon immer beunruhigt. Er war sich ihrer Schönheit zwar bewusst, aber ihr Geheimnis war etwas Fremdes für ihn, nicht zu entschlüsseln. Ganz anders als das Meer, in dem man sich auf Chaos, einfache Instinkte und das Fehlen jeglicher Barrieren verlassen konnte. Im Meer gab es keine Mauern. Es war, als segelte man durch Wolken über den Bergen. Schluchten und Schiffwracks. Das Meer gewährte die vollkommene Freiheit von Körper und Geist.

Es sei denn natürlich, man zog den Hass von Artgenossen auf sich. Was M'cal offenbar allein durch das Atmen getan hatte.

Ein Geschwister. Ein Kind versprochen. Eine Absprache und eine Abmachung. Diese Worte rasten durch sein Bewusstsein, bevor er es verhindern konnte. Er wollte nicht gerade jetzt über seinen Vater nachdenken. Oder über das, was sein Vater versprochen hatte. Die Möglichkeit war einfach zu beunruhigend, fast so beunruhigend wie die Erinnerung an die Vergewaltigung durch die Hexe. Es fühlte sich ähnlich an. Er wusste aber nicht, warum.

Musik erklang in seinem Kopf. Er blieb auf dem Pfad stehen, überprüfte die Luft, lauschte intensiv. Er konnte zwar nichts hören, doch von seinem Instinkt getrieben verbarg er sich im Unterholz, wo er sich im dichten Farn versteckte. Seine Zehen berührten weiche schwarze Erde und Moos.

Kaum eine Minute später gingen zwei Männer an seinem Versteck vorüber. Ohne Vorwarnung, sie machten keine Geräusche, bewegten sich vorsichtig, mit gefährlicher Eleganz. Als sie außer Sicht gerieten, öffnete M'cal seinen Mund, um sie zurückzurufen. Er konnte ein paar Informationen gut gebrauchen.

Eine Hand berührte ihn an der Schulter. Er zuckte zusammen und drehte sich herum. Dann holte er tief Luft, bereitete sich darauf vor, ein Gehirn implodieren zu lassen. Bereitete sich darauf vor, es ohne Rücksicht auf die Folgen zu tun, als er erkannte, um wen es ging.

»Hey«, flüsterte Koni, während er über M'cals Schulter auf den Pfad blickte. »Wird aber auch Zeit, dass du endlich mal hier auftauchst.«

M'cal biss die Zähne zusammen. »Kitala?«

Koni schlug ihm leicht auf die Schulter. Auch er war unbekleidet. »Komm mit. Ich werde es dir zeigen.«

Die beiden Männer bewegten sich schnell durch das Unterholz. Brennnesseln brannten, Dornen stachen und spitze Steine schnitten in ihre Füße. M'cal fühlte sich von seinem Körper behindert; er war so schwerfällig, viel zu groß, um ihn zu verstecken. Der Wald war anders als das Meer, und schlimmer noch, er hatte sich an seinen alten Körper gewöhnt, nach Jahren voller Qualen. Beine konnten nicht mit der Anmut mithalten, mit der er durch das Meer zu gleiten vermochte, mit Flossen und Schwanz.

Koni schien sich freier zu fühlen. Er bewegte sich ruhig, leichten Fußes, wie ein Geist.

»Ist sie verletzt?«, fragte M'cal. »Wie viele Männer?«

»Nicht verletzt, aber auch nicht glücklich«, erwiderte Koni knapp. »Ich habe lediglich fünf Personen auf dieser Insel gezählt. Es könnten auch mehr sein, aber das ist alles, was ich bis jetzt weiß.«

»Wie hast du sie gefunden?«

»Die Jungs und ich kamen etwa vor einer Stunde wieder in die Bucht zurück. Wir stellten fest, dass etwas Schlimmes geschehen sein musste. Ich habe mich umgehört, und ein paar Seemöven haben mir den richtigen Weg gewiesen. Ich bin noch nicht wieder zurückgeflogen, um es den anderen mitzuteilen. Hari bekommt wahrscheinlich schon Zustände.«

»Zwei unserer Angreifer waren auf mein Auftauchen vorbereitet«, sagte M'cal. »Kopfhörer, um sich gegen meine

Stimme zu schützen. Ich verstehe nicht, warum die anderen Männer nicht genauso geschützt waren.«

»Bauern, Kanonenfutter.« Koni sah ihn an. Goldene Augen leuchteten. »Vielleicht eine Möglichkeit, deine Stärke zu überprüfen. Oder hast du eine andere Vermutung?«

M'cal wollte nicht darüber nachdenken. Die Implikationen waren zu beunruhigend. Er kämpfte sich weiter vorwärts. Einige Minuten später war ihr Ziel noch immer nicht zu sehen. Er bemerkte: »Die Insel kann doch nicht so groß sein. Bist du sicher, dass wir uns nicht verirrt haben?«

Koni zögerte, blickte sich zu ihm um. »Wir müssten eigentlich schon dort sein. Ich werde es mal checken.«

Goldenes Licht breitete sich auf Konis Haut aus. M'cal streckte die Hand aus und berührte ihn. »Warte.«

M'cal fühlte sich seltsam. Seine Haut prickelte ebenso wie sein Armband. Es war nicht der alte Zwang, sondern etwas anderes. Er verspürte plötzlich den Drang zu singen – ein überwältigendes Verlangen. Er gab ihm nur so viel nach, als er anfing zu summen, schwach und melodisch. Er ließ die Musik sanft aus seiner Stimme strömen und hatte einen Augenblick lang das Gefühl, dass sein Gesang ein Eigenleben führe, intelligent und zielgerichtet, und dass er nach etwas suche.

Die Welt um ihn herum schwankte. Die Bäume wankten kurz in einer Zickzack-Bewegung, die nicht wie Schwindel oder Erschöpfung wirkte, sondern ihn vielmehr an eine B-Movie-Adaption von *Island of the Damned* erinnerte. M'cal hatte genug ferngesehen, um zu wissen, wie das aussah.

Unecht. Primitiv.

»Das ist eine Illusion«, flüsterte M'cal mit entsetzlicher Klarheit. »Das hier ist nicht real.«

»Was?«, fragte Koni. Aber er blieb stehen und starrte einen Baum an. M'cal folgte seinem Blick. Die raue Borke glitzerte, eine schwarze Substanz sickerte daraus hervor, die wie flüssiges Eisen oder dickflüssiges Öl mit Metallsplittern aussah.

»Verschwinde«, flüsterte M'cal. »Verschwinde!«

Goldenes Licht überzog Konis Haut, schwarze Federn kamen aus seinem Fleisch hervor. M'cal fühlte die physikalische Hitze der Verwandlung, als er sich umdrehte und seinen Blick über den Wald gleiten ließ, über die nun entlarvte Illusion. Koni warf den Kopf zurück, sein Gesicht verzerrte sich, wurde kleiner, während seine Seele in einem anderen Körper wiedergeboren wurde.

Als die Verwandlung vollzogen war, warf sich Koni in die Luft … und stieß mit einem dumpfen Knall gegen den Himmel über ihren Köpfen. Es war ein harter, völlig unerwarteter Aufprall. Koni fiel fast zu Boden, rappelte sich aber wieder auf und versuchte es erneut. Ein paar Meter über M'cals Kopf stieß der Gestaltwandler gegen etwas so Hartes, dass er einige Federn verlor. Er stürzte ab, und M'cal fing ihn auf. Koni kreischte. Blut tropfte vom Rand seines Schnabels, seine Augen glühten wutentbrannt.

Die Bäume wankten wieder. Der Himmel flackerte und verschwand dann völlig.

Ein Schwall kühler Luft strich über M'cals Haut. Er sang weiter, tastete mit seiner Stimme umher, suchte nach Seelen. Die Welt wurde durch Dunkelheit ersetzt,

Schatten wurden von dem entfernten Flackern eines natürlichen Lichts erzeugt. Er sah roh behauene Steinmauern. Schmutz auf dem Boden. Eine Höhle. Eine Höhle mit einem engen Metallgitter, das den einzigen Ausgang verschloss. Sie waren in die Falle gegangen, blind – einer Täuschung erlegen.

Auf der anderen Seite stand eine Frau mit Kopfhörern, eine Waffe in der Hand.

M'cal sang lauter, seine Stimme wurde drängender, umhüllte die Frau wie eine Wolke summender Mücken, die einen Platz zum Stechen suchten. Er fand aber keinen. Sie sah ihn weiter unbeweglich an, ihr Mund bildete eine harte, kalte Linie. M'cal setzte Koni in die Schatten hinter sich, hoffte, er würde ein Vogel bleiben, ein kleines, dunkles Ziel, und ging auf das Gitter zu.

Yu blinzelte nicht einmal. M'cal hörte auf zu singen. Er rechnete damit, dass sie ihn erschießen würde, aber sie hielt die Pistole nur mit lockerer Hand, den Finger am Abzug. Hinter ihr entstand Bewegung. Vier Männer. Sie trugen alle schützende Kopfhörer über den Ohren.

M'cal drehte sich zu Koni um, der immer noch die Gestalt einer Krähe hatte. Er gab sich keine besondere Mühe, leise zu sprechen, als er sagte: »Ganz gleich, was auch geschieht, bleib klein und ruhig. Unternimm nichts. Stell dich dumm. Selbst wenn sie es dir nicht abnehmen, es könnte dich retten. Bitte. Gib ihnen keinen Vorwand.«

Jemand musste doch überleben. Jemand musste Kitala helfen.

Konis Augen blitzten, aber er duckte sich tiefer in die

Schatten, zwängte seinen winzigen Körper in einen kleinen Alkoven. Er war ausgezeichnet getarnt.

Das Metallgitter knarrte. M'cal drehte sich herum. Yu schwang das Gitter auf. Die vier Männer gingen voraus, schwärmten in dem kleinen Raum aus. Waffen waren auf seinen Kopf gerichtet. M'cal sang nicht mehr. Er beobachtete ihre Augen und fragte sich, ob er sich schnell genug bewegen könnte, um ihnen die Kopfhörer herunterzureißen, aus denen der tiefe Bass einer dröhnenden Musik zu hören war.

Yu machte den Männern ein Zeichen. Einer von ihnen, der einzige Blonde der Gruppe, nickte kurz. Er zerschoss M'cals Kniescheibe.

Das Mündungsfeuer klang in dem kleinen Raum wie eine Explosion, übertönte auch seinen Schrei. M'cal schaffte es, seine Schmerzensschreie zurückzuhalten, aber der Schmerz verwandelte sein Gehirn in eine Masse aus Fleisch, seine Gedanken reduzierten sich völlig auf seinen Instinkt – und auf Kitala. Sie brannte in seinem Inneren. Er klammerte sich an dieses Feuer und suchte darin Schutz.

Sein Verstand kam dann stückweise zurück. Er dachte an Koni, konnte aber nichts hören. Kein Gefühlsausbruch. Er traute sich auch nicht nachzusehen, ob sich der Vogelmann noch in dem Alkoven befand, konzentrierte sich vielmehr auf das weibliche Gesicht, das vor seinen Augen verschwamm. Stiefel standen auf seinen Handgelenken. Hände hielten seine Knöchel fest. Sein Bein fühlte sich an, als wäre es nicht mit dem Rest seines Körpers verbunden.

Yus Gesicht wurde klarer. Er beobachtete, wie ihre Hand hinter ihrem Rücken verschwand, unter ihrem Shirt. M'cal hörte ein zischendes Geräusch, und ihre Hand kehrte mit einer zwanzig Zentimeter langen gebogenen Klinge zurück. Sie sah M'cal in die Augen, hielt seinen Blick fest… rammte ihm das Messer in die Brust und drehte es darin um. Er musste so hart dagegen ankämpfen, laut aufzuschreien, dass er das Gefühl hatte, etwas in seiner Kehle würde zerbrechen.

»Ich habe noch nie zuvor einen Mann gekannt, der nicht sterben konnte«, sagte Yu schließlich mit belegter Stimme, während ihre Augen kalt und hart blieben. »Aber ich glaube, ich lerne allmählich, es zu schätzen.«

Und sie drehte das Messer noch einmal und zielte nach seinem Herzen.

17

Kit verlor jegliches Zeitgefühl. Und auch ihre Angst, obwohl diese noch weiter im Hintergrund lauerte. Aber da in der Dunkelheit nichts passierte, was sie verletzte, kam ihr das anfängliche Grauen inzwischen etwas lächerlich vor. Sie brauchte jetzt vor allem einen kühlen Kopf.

Schließlich setzte sich Kit hin. Sie wollte es zuerst nicht, da sie nicht wusste, wie schmutzig der Boden war. Aber sie war müde, und ihr Körper schmerzte. Sie erlag der Versuchung und war erleichtert, dass der Boden unter ihr vollkommen trocken war, also auch frei von dem, was den Raum so entsetzlich stinken ließ. Sie konnte sich vorstellen, was es war – sie musste so dringend auf die Toilette, dass es schmerzte. Die Frage war allerdings, wer hier mit ihr zusammen eingesperrt war, und warum.

Sie lehnte sich gegen die Tür und schloss die Augen. Dann vertrieb sie sich die Zeit, indem sie an ihre Eltern dachte. Sie wünschte, sie hätte sie angerufen. Wahrscheinlich saßen sie schon in einem Flugzeug nach Vancouver.

Und die Dunkelheit erinnerte sie an ihren Vater. Als sie zwölf Jahre alt war, hatte er die Musik zeitweise aufgegeben und war zurück nach Kentucky gegangen, um dort in den Minen zu arbeiten: zu verzweifelt für irgendetwas anderes. Es war ein schlechtes Jahr für Kit und ihre Mutter gewesen. Sie machten sich Sorgen um ihn, machten sich auch Sorgen um sich selbst. Sie erinnerte sich daran, nachts mit geschlossenen Augen in einem Bett gelegen und sich vorgestellt zu haben, sie sei ihr Vater und arbeite tief unter der Erde. Und sie ertrage alles – wegen des Geldes. Diese langen, eleganten Hände, diese geschickten Finger, die das Gestein abbauten, statt Musik zu machen.

Aber jetzt war es Kit, die sich in der Mine befand, nach einem Einsturz, allerdings kämpfte sie um ihr Leben, und nicht für kaltes, hartes Geld. Nicht zum ersten Mal wünschte sie sich, sie könnte ihren eigenen Tod vorhersehen, wollte sicher wissen, ob Mord ihr Schicksal war. Nicht, dass es irgendwie geholfen hätte. Sie würde auch weiterkämpfen, wenn es so war. Aber sie wollte es wissen.

Sie hörte jemanden husten. Knapp vor ihr, zu ihrer Linken. Das erste menschliche Geräusch, seit sie hier war. Es war leise, fast wie ein Ringen nach Luft. Es klang nach einer Frauenstimme.

»Hallo?«, fragte Kit.

Stille. Und dann, kaum ein Flüstern: »Miss Bell.«

Kit schloss die Augen, ihr Herz zog sich zusammen. Nach allem, was sie durchgemacht hatte, schien dies doch völlig unmöglich. »Alice. Sie sind noch am Leben!«

»Bin ich das wirklich?« Die Frau klang erschöpft, krank. »Wie schade.«

Kit stand auf, fühlte sich unbehaglich. »Wo sind Sie denn?«

»Bleiben Sie, wo Sie sind. Hier ist… eine Schweinerei… hier drüben.«

Sie ignorierte die Warnung, tastete sich Stück für Stück vor, als ginge sie an einem Abgrund entlang, umgeben von Gespenstern. Alice war nicht mehr als ein Geist, der aus der Leere sprach. Kit versuchte, durch den Mund zu atmen. Ihr Fuß berührte etwas Feuchtes, schaudernd blieb sie stehen.

Kit schluckte. »Sprechen Sie mit mir. Ich muss wissen, wo Sie sind.«

»Bitte, tun Sie es nicht.«

»Sind Sie festgebunden?«

»Sie sind jetzt nahe genug.«

»Wenn Sie gefesselt sind, kann ich vielleicht etwas für Sie tun.«

Kit hörte Metall klirren. Alice sagte: »Das glaube ich nicht. Bitte. Lassen Sie mich wenigstens so tun, als ob ich noch etwas Würde hätte.«

Würde. In diesem Wort lag eine Macht. Kit presste die Zähne zusammen und tastete sich wieder zurück, auf demselben Weg, den sie auch gekommen war. Sie versuchte, ihren Fuß auf dem harten Boden zu trocknen. Als ihr Rücken wieder gegen die Tür stieß, fragte sie: »Was ist dies für ein Ort, und wer ist hierfür verantwortlich?«

Alice antwortete nicht. Kit schloss die Augen, bewegte sich unter Schmerzen. Wenn sie sich nicht erleichtern konnte, würde es gleich ein Unglück geben.

Würde, dachte sie. *Es war würdevoller, sich nicht in die Hose zu machen, oder?*

Die einzige Alternative war der Boden. Aber Kit hatte das Gefühl, dass es hier keine Möglichkeit dazu gäbe, und sie hatte auch keine Ahnung, wie lange sie hierbliebe.

Sie ging vorsichtig nach rechts, bis sie die Wand berührte. So bewegte sie sich fort, bis sie das Gefühl hatte, jeder weitere Schritt würde sie mit etwas zusammenstoßen lassen. Sie wiegte sich etwas vor und zurück, zog ihre Hose herunter und presste. Ihre Blase wollte nicht mitmachen. Jedenfalls nicht sofort. Aber endlich gelang es, und das Geräusch war so laut wie ein Pistolenschuss. Röte schoss ihr ins Gesicht, sie fühlte sich schwindelig vor Scham.

»Tut mir leid«, sagte Kit, als sie fertig war. Ihre Füße waren feucht.

»Das muss es nicht«, erwiderte Alice sanft. »Wenigstens können Sie sich davon entfernen.«

Kit antwortete nicht. Sie konnte nicht. Ihr Körper fühlte sich missbraucht an, obwohl sie versuchte, nicht auf diese Art daran zu denken. Wenn dies die schlimmste Misshandlung war, die sie aushalten musste, dann war das ein Segen. Alice hatte offensichtlich mehr aushalten müssen. Kit musste annehmen, dass die anderen, die in diesem Raum eingesperrt waren, Ähnliches hatten erleiden müssen. Dennoch beunruhigten sie die Stille und der Geruch nach Tod.

»Sie haben meine Frage nie beantwortet«, sagte Kit mit bebender Stimme.

»Ich hatte Angst davor«, erwiderte Alice und sagte dann leiser: »Ich habe Sie gesehen. In meinen Träumen. Sie kamen zu mir.«

Kit zögerte. »Sie sagten, ich wäre die Nächste. Und dann war ich es tatsächlich. Alice, erzählen Sie mir, um was es hier geht. Ich brauche Antworten.«

»Sie haben es nicht verdient, hier zu sein. Und es ist allein mein Fehler. Ich war so töricht, Sie mit hineinzuziehen.«

»Nein«, sagte Kit. Alice schwieg, und Kit hatte nicht die Energie, sie zu drängen. Erschöpft vom Scheitel bis zur Sohle, trafen sie der ganze Stress und die ganze Anstrengung so hart, dass sie am liebsten geweint hätte. Aber sie hielt die Tränen zurück. Erwog alle Möglichkeiten zu entkommen. Betete ein wenig. Wünschte sich ihre Großmutter und M'cal herbei. Sie hielt das Gris-Gris fest in den Händen und stellte sich vor, es sei ihre Geige.

Irgendwann schlief sie ein. Sie wusste nicht, für wie lange. Sie wusste nur, dass sie nicht träumte. Sie wachte von dem Geräusch von Schritten auf.

Alice flüsterte: »Vorsicht. Seien Sie ganz vorsichtig.«

Schwankend stand Kit auf. Sie hörte Schlüssel klappern, beobachtete, wie sich die Tür langsam öffnete. Sie sah den Umriss einer weiblichen Figur, den Umriss eines Bobs. Officer Yu.

Zwei Männer standen hinter ihr. Hartlett war nicht dabei, nur zwei seiner Kollegen. Yu stand etwas abseits, rümpfte die Nase und machte Kit Zeichen, sie solle vorangehen. Ihre Hände waren blutverschmiert. Kit bemerkte, dass überall Blut war, selbst auf Yus Gesicht. Flecken davon bedeckten ihre Wangen wie Sommersprossen.

Kit starrte sie an. Yu lächelte. Es lag etwas Wildes, Kaltes in ihren Augen, anders als Kit es von dem Boot her erinnerte. Als wäre ein Teil der Frau weit auf einer dunklen Straße gegangen, so weit, dass sich etwas Entscheidendes in ihrem Herzen geändert hatte, so weit, dass sie es nicht länger verstecken konnte. Es war eine körperliche Verwandlung. Finstere Gedanken und Taten hatten ihre Gesichtszüge verändert. Es war beängstigend, das zu sehen.

Die Männer wirkten wie Soldaten: unbewegt, ungerührt. Trotzdem verzogen sie wegen der Hitze und des Gestanks die Gesichter. Sie gingen um Kit herum in den Raum hinein. Kit beobachtete sie. Taschenlampen wurden eingeschaltet, flüchtig sah sie blasses Fleisch, zusammengekrümmt, steif und verdreckt. Leichen lagen zwischen den Lebenden, die sich kraft- und lautlos bewegten. Augen funkelten im Lichtschein auf und verschwanden wieder in den Schatten.

Das Licht der Taschenlampen traf an einem Punkt zusammen. Kit sah einen Augenblick lang blondes Haar, bevor die Männer die Sicht verdeckten. Ketten rasselten. Alice stöhnte schwach.

Und dann kamen die Männer zurück. Sie trugen Alice zwischen sich. Sie hatte noch das weiße Kleid an, aber die untere Hälfte davon war beschmutzt und feucht. Ihr feines Haar schien vollkommen verfilzt, und ihr Gesicht war eingefallen und so rot, als hätte man sie in der Wüste ausgesetzt.

»Sie helfen ihr«, sagte Yu zu Kit und warf den Männern einen harten Blick zu. Sie ließen Alice sofort los, und Kit musste sich anstrengen, um Alice vor dem Hinfallen zu bewahren. Alice stank entsetzlich, aber Kit achtete gar nicht darauf. Sie hielt sie an der Hüfte fest und legte einen der mageren Arme über ihre Schulter, hielt sie so auf den Beinen.

Yu ging los. Die Männer standen hinter Kit und beobachteten sie unbewegt. Sie hätte sie am liebsten angeschrien und versucht, an ihre Pistolen zu kommen, aber dann riss sie sich zusammen und machte einen Schritt vorwärts. Alice ging mit ihr, ihre Augen waren schwer, ihr Mund schlaff. Sie war nur ein Schatten der Frau, mit der sie gerade gesprochen hatte. Kit dachte an ihr Verhalten in dem Polizeifahrzeug vor einer halben Ewigkeit und fragte sich, ob Alice jetzt wieder eine Rolle spielte. Die Schwache, Hilflose.

Verstohlen betrachtete Kit Alice' Gesicht. Niemand außer ihr konnte Alice' Augen sehen. Sie drückte ihre Taille, und Alice blickte sie mit einem scharfen, durchdringenden Blick voller Klarheit ganz kurz an.

Kit sah weg, bevor sie etwas Dummes tun konnte, und starrte fest auf Yus schlanken Rücken und ihre blutverschmierten Hände. Sie fühlte, wie die Türen zu beiden Seiten auftauchten, als hätte das Holz Gesichter und sähe sie hungrig an. Kit stellte sich Kreaturen vor, die hinter den Türen atmeten. Eingesperrt. Wartend.

Vor ihnen war Sand. Kits Seele schreckte bei dem Anblick zurück, aber ihre Beine bewegten sich weiter. Es war, als rase sie in einem Zug einem Unglück entgegen, ohne die Möglichkeit, die Notbremse zu ziehen. Mit voller Geschwindigkeit auf Kollisionskurs. Sie blickte wieder zu Alice hin und sah das Messer in ihrem Auge. Blut quoll aus ihrem Gesicht. Kit atmete tief ein und sah sich nach den anderen Männern um. Einer von ihnen hatte ein gebrochenes Genick. Der andere Mann war blau angelaufen, sein Haar wehte wild herum. Er ertrank, versank.

Die Vision ging vorüber. Die beiden Männer sahen sie sonderbar an, und sie blickte in eine andere Richtung. Yus Rücken schien nicht verändert. Falls sie ermordet werden würde, konnte Kit es nicht sehen. Sie fand erschreckend, dass sie es gerne gesehen hätte.

Sie betraten den Hauptraum, in dem der Boden ganz und gar mit dem weißen Sand bedeckt war. Die Männer stießen sie und Kit immer weiter auf die Mitte des Raumes zu. Ein großer Kreis war dort gezogen worden. Die Linie schimmerte im flackernden Kerzenlicht und stammte von einer dunklen Flüssigkeit.

Blut schoss Kit durch den Kopf. Blut als Tinte. Blut als Linie, die überquert werden sollte oder auch nicht.

Sie dachte an M'cal, an ihre Vision von ihm, wie er in einem solchen Kreis gefangen war, schreiend. In diesem hier war nichts, noch nicht jedenfalls, aber Kit spürte bereits das Nahen des Ereignisses. Es war nur eine Frage der Zeit. Sie wünschte, sie hätte jetzt ihre Geige.

Yu ließ Kit und Alice nahe an dem Kreis anhalten. Am entgegengesetzten Ende des Raumes, in den Schatten, dort bewegte sich jemand. Ein massiver Körper. Ein runder Körper. Ein Körper, den Kit sofort erkannte, sie musste das Gesicht gar nicht sehen.

Ivan trat in das Licht. Alice keuchte. Und dann machte sie ein anderes Geräusch, tiefer, rauer, als die Hexe hinter ihrem Gefährten hervortrat. Sie trug eine makellose silberne Robe, einen Kimono mit wehenden Seidenbändern. Ein grauer Seidenschleier war lose um ihr Gesicht drapiert. Er ließ nur ihre blassen Augen frei. Ihre Haare flossen lang und glänzend bis zu ihrer Hüfte hinab.

Alice täuschte jetzt nicht mehr vor, fast besinnungslos zu sein. Sie machte einen Schritt vorwärts, heraus aus Kits Armen; ihre Augen waren geweitet, ihr Blick gequält. »Nein.«

»Alice«, sagte die Hexe mit dumpf klingender Stimme. Der graue Seidenschleier blähte sich an ihrem Mund. »Alice, wie konntest du nur? Und warum?«

Die junge Frau schloss die Augen. »Ich musste es tun. Ich habe versucht, das hier zu verhindern.«

Die Hexe schwankte vorwärts, nur einen einzigen Schritt, und hielt dann so abrupt an, als würde sie von Bändern zurückgezogen werden. Ihr Blick war wund, wirkte sehr menschlich. Der ganze Hass, all der kühle Charme, an den sich Kit erinnerte, all dies war vollkommen verschwunden, als sie Alice anblickte. Es war, als sähe Kit eine andere Frau. Eine ganz normale Frau. Eine Frau ohne ein Mal auf ihrer Seele.

Und plötzlich dämmerte es Kit, trotz der unheimlichen Gegenwart der Hexe, dass diese Alice nichts angetan hatte. Was auch immer hier geschah, über diese Tatsache war sich Kit auf einmal im Klaren. Sie hasste die Frau zwar, aber dieser Hass machte sie nicht blind. Sie war vielleicht vollkommen verwirrt, aber das war etwas ganz anderes.

»Nur du«, murmelte die Hexe und sah dabei Alice an. »Nur du würdest glauben, dass ich Gnade verdiene.«

»Weil sie dich liebt«, sagte eine neue Stimme irgendwo hinter Kit. »Und man kann sich nur über die erstaunlichen Tollkühnheiten, die im Namen der Liebe vollbracht werden, wundern.«

Alice wurde sehr still. Kit drehte sich um. Hinter Yu, auf der anderen Seite des Raumes, gab es eine weitere Ecke voller Schatten. Und tief in diesen Schatten bewegte sich etwas. Niemand musste Kit erzählen, was jetzt bevorstand; sie wusste sofort, was dies jetzt bedeutete.

Das Finale. Jemand Entsetzliches.

Kit schauderte. Die Stimme kam ihr bekannt vor. Sie hatte einen krächzenden Klang, der ihr den Rücken hinunterlief und sie an Ivans Zähne erinnerte: scharf, hungrig und zum Einsatz bereit. Sie wollte nicht hinsehen, hatte Angst davor, aber sie zwang sich, fest in die Dunkelheit zu blicken. Sie sah einen rundlichen Körper, aufblitzende lange Ohrringe, den Saum eines Kopftuches, der um eine breite Stirn geschlungen war.

Und dann passten sich ihre Augen den Gegebenheiten etwas besser an, und sie sah plötzlich klar.

Die alte Frau trat in das Kerzenlicht; die Katzen mit den Cowboyhüten schwangen an ihren Ohren. Sie sah noch genauso aus, war genauso gekleidet wie am Tag davor, aber als sie dann ihre getönte Brille abnahm, nahm Kit eine so tiefe Schwärze wahr, dass sie fast aufgeschrien hätte.

»Edith«, hauchte Kit, während Übelkeit in ihrer Kehle hochstieg. Die alte Frau hatte eine Aura, die wie der Kern aller Mordtaten wirkte und auf ihren Schultern kauerte, als wäre sie ein Teil ihrer Kleidung. Ihre Augen waren schwarz, vollkommen schwarz. Unmenschlich, außerirdisch. Ein scharfer Gegensatz zu den blassen Augen, die sie am Vortag gemustert hatten. Die Anwältin. Eine exzentrische alte Frau. Alles war Täuschung.

»Was für ein Anblick«, murmelte Edith. »Frauen der Macht, die sich versammeln. Es ist lange her, Luanna. Viel zu lange.«

»Lange genug«, entgegnete die Hexe, während ihre Augen auf diese gefährliche Weise blitzten, an die sich Kit sogleich erinnerte. Als bestünden ihre Augen aus Diamanten. »Wir haben uns alle zu sehr verändert, um jemals wieder so zu sein, wie wir waren.«

»Wir haben uns verändert«, stimmte Edith zu, blickte Ivan an. »Einige mehr als andere. Ich vermute, unser Vater wäre stolz auf uns. Seine verstreuten Töchter, auf dem Weg zur Erfüllung. Wir folgen seinen Fußstapfen.«

Die Hexe kniff die Augen zusammen. »Ich bin nicht hierher gekommen, um zu reden. Ich will Alice. Ich will Kitala. Ich will bekommen, was mir gehört.«

Edith warf einen Blick auf Yu, die nickte und zu der Vordertür ging. Dort lag ein schwarzer Sack auf dem Boden. Sie griff hinein und holte ein blutiges Stück Fleisch heraus. Es sah aus wie ein Herz. Yu trug es zu Edith, die es wie einen Pokal in die Hand nahm. Sie sah erst Kit und dann die Hexe an.

»Dies«, sagte die alte Frau sanft, »gehört euch beiden, glaube ich.«

Kit brauchte einen Moment, um zu verstehen. Und dann verwandelte sich ihre Furcht in kalten, harten Zorn. Sie zog sich in sich zurück, suchte nach M'cal, dessen Gegenwart wie ein Stern in ihrem Herzen aufging, sofort und wahrhaftig. Er war noch am Leben.

Edith schüttelte den Kopf, studierte Kits Gesicht mit beunruhigender Eindringlichkeit, unbewegt und kalt.

»Oder vielleicht auch nur dir. Ich denke, Luanna hat ihre Beute verloren.«

Kit schüttelte den Kopf. »Was ist das hier? *Was* … bist du?«

»Nein«, sagte die Hexe und bewegte sich vorwärts. Ivan folgte ihr auf dem Fuß. Sie ergriff Alice' Arm. »Genug, Edith.«

»Genug?« Edith lächelte. Es sah grausig aus, ihre Lippen waren hochgezogen, die Zähne entblößt, wie ein Mund, der einen Schrei ausstoßen wollte. »Der Kreis ist fertig, Luanna. Die Zeit ist gekommen. Alles, was ich tun muss, ist die Tür zu öffnen.«

Die Hexe machte einen weiteren Schritt. »Das bist nicht du, Edith.«

»Blut von meinem Blut«, flüsterte die alte Frau. Sie hielt ihre angewinkelte Hand so, dass sie die Handfläche im Kerzenlicht betrachten konnte. »Blut der Macht.« Sie hielt inne und sah die Hexe an. »Ich wollte dich verschonen, Luanna.«

»Nicht, indem du mich durch Alice ersetzt«, sagte die Hexe. »Nicht sie.«

»Sie kam so unschuldig zu mir. Sie hatte keine Ahnung, wer ich war.« Edith richtete ihren Blick auf Kit. »Und du. Du kamst genauso. Du und dein Mann aus dem Meer.«

»Ich«, sagte Kit mit harter Stimme, »ich habe keine Ahnung, was zum Teufel hier vorgeht, aber jetzt ist es zu Ende. Du bist am Ende.«

Edith schnippte mit den Fingern. Kit fühlte, wie sich Hitze in ihrer Kehle ausbreitete, und dann Druck. Sie versuchte zu schlucken, konnte es aber nicht. Sie versuchte zu atmen. Begann zu keuchen. Panik stieg in ihr auf. Sie umklammerte ihre Kehle, während sich ein Teil ihres Bewusstseins in einen kleinen ruhigen Ball verwandelte. Geigentöne summten in ihrer Seele. Kit hielt sich an der Musik fest, fühlte, wie sie in ihrem Herzen wie Donner anschwoll. Der Druck auf ihre Kehle ließ nach, sie atmete tief ein. Edith wich zurück, starrte sie an.

Und dann war die Hexe da, zog Kit mit einem Knurren zur Seite. Sie hob die Hände, und ein Licht blitzte so hell auf, dass es bis in Kits Gehirn hineinstrahlte. Eine grobe Hand griff nach ihrem Arm und zog sie fort. Das war Ivan. Er zerrte heftig an ihr, versuchte Alice zu erreichen. Sand stob zwischen ihren Füßen auf, die Furchen hinterließen. Kit sah hinunter und entdeckte in dem fein gekörnten Sand einen roten Fleck. Einen Fleck, der wuchs, der sich ausbreitete, als käme er aus einer Ölquelle oder aus einer Wasserader.

Blut. Sie standen auf Blut.

Kits Vision flackerte, Saiten zerrissen in ihrem Kopf. Ivan zerrte immer noch an ihr. Sie leistete keinen Widerstand. Sie hatte keine Kraft übrig, da sie ganz auf die Schatten und Geister und die klagende Musik konzentriert war. Es gab ein bestimmtes Muster, sie konnte es fühlen. Wie eine Tanzmelodie, ansteigend und wieder fallend, als hätte dieser Ort Sinne und einen Herzschlag. Leben, Atmen, Dunkelheit. Etwas rührte sich. Etwas wuchs. Der Bauch des Ungeheuers.

Und Kit fühlte, wie sie antwortete. Sie fühlte auf ihrer Zungenspitze einen Schauer von Musik, so kraftvoll, dass sie sich daran schneiden wollte. Sie wollte ihr eigenes Blut vergießen, als könnte dies den Geist vertreiben, der über diesem Ort hing. All die Morde, die sie gesehen hatte, all der Schmerz, den das Schicksal bereithielt; hier, jetzt, was sie gerade fühlte, das war der Ursprung all dessen. Es war fast greifbar.

Alice schrie auf. Kits Aufmerksamkeit kehrte zurück, wandte sich von dem Spirituellen wieder zum Körperlichen, zu dem Sand, der Hitze, dem Blut und den Schreien. Die Hexe lag vor Edith auf den Knien, die eine Hand auf ihre Schulter gepresst. Rauch stieg von der Stelle auf, wo sie sie berührte, eine Spur von Funken. Die Hexe schrie und schrie, mehr aus Auflehnung als vor Schmerzen, und Kit hatte eine Vision, sah sie tot, ausgestreckt auf dem Boden liegend, mit geöffneten, starren Augen.

Yu tauchte vor ihnen auf, in der einen Hand eine Pistole, in der anderen ein Messer. Das Messer war klebrig von Blut. Kit wusste, wessen Blut es war. Sie machte einen Satz nach vorne, aber Ivan riss sie zurück, stand zwischen ihnen und blockierte ihre Sicht auf die Polizistin. Sie konnte nicht an ihm vorbeisehen, erhaschte aber einen flüchtigen Blick auf die beiden Männer, die mit ihr gekommen waren und zu beiden Seiten der Tür standen. Pistolen in den Händen. Eiskalte Augen. Vollkommen unberührt von den Ereignissen um sie herum.

Alice schrie Edith an, bemühte sich freizukommen, bis sie plötzlich herumschnellte und ihre Zähne in Ivans Handgelenk schlug, fest zubiss. Er musste abgelenkt gewesen sein, überrascht. Er ließ los, und Alice bewegte sich schnell. Kit versuchte hinterherzuspringen, aber

Ivan hielt ihr Handgelenk fest. Hilflos beobachtete sie, wie sich Alice auf Edith warf.

Alice hatte Courage, aber sie kämpfte ungefähr so gut wie Kit. Edith, trotz ihres offensichtlich hohen Alters, bewegte sich wie eine Schlange. Die junge Frau ging schwer zu Boden, die Hexe schrie auf und streckte die Hand nach ihr aus. Edith stieß sie zur Seite.

Schließlich ließ Ivan Kit los. Sie sah sich nicht um, sprang über den Sand und rammte die alte Frau, die sich gerade über Alices hingestreckten Körper hocken wollte. Edith knurrte, ihr Mund öffnete sich viel zu weit für ein menschliches Wesen und packte Kit an der Kehle.

Die Zeit blieb stehen. Kit fühlte sich, als treibe sie. Ediths Hand war an ihrem Hals, aber das war ihr gleichgültig. Sie saß wieder mit ihrer Großmutter auf der Veranda und beobachtete, wie Old Jazz Marie mit kräftigen Fingern den Beutel eines Gris-Gris nähte. Ihre alten dunklen Augen brannten strahlend und heiß.

Ediths Hand explodierte an Kits Kehle. Im wahrsten Sinne des Wortes.

Es geschah so schnell, dass man es nicht sehen konnte, aber Kit fühlte die Hitze, die Explosion, und plötzlich war ihr Gesicht mit heißem Blut bedeckt. Edith lag am Boden, wiegte ihren Arm, der am Handgelenk endete. Blut schoss aus dem gezackten Stumpf, aus dem der Knochen hervorstand. Die alte Frau machte kein Geräusch, aber ihre Augen absorbierten das Kerzenlicht, als sie Kit ansah.

Kit verschwendete keine Zeit damit, verblüfft zu sein. Sie zerrte die Hexe auf die Füße, und sie beide packten

Alice und zogen ihren besinnungslosen Körper zur Tür. Ivan folgte ihnen. Er blutete, aber einer der Soldaten lag mit völlig verdrehtem Kopf ausgestreckt auf dem Boden. Schicksal. Yu und der andere waren verschwunden.

Edith streckte die verbliebene Hand aus und zischte ein langes Wort. Alice erstarrte. Kit zog mit aller Kraft, schrie vor Anstrengung, aber es war, als versuche man, eine zwei Tonnen schwere Stahlbetonplatte zu bewegen. Ballast. Kit musste sie zu Boden lassen. Die Hexe hatte die Hände um Alice' Handgelenke gelegt. Sie stemmte ihre Hacken in den Boden, die Adern an ihrem Hals traten hervor. Edith entblößte ihre Zähne und lächelte.

Die Hexe gab auf. Sie starrte Edith an, und Kit konnte die Macht spüren, die in Wellen von ihr ausging. Trotzdem reichte es nicht aus. Was auch immer, wer auch immer Edith war, auf jeden Fall war sie zu stark. Die Hexe blickte auf Alice hinunter, knurrte wütend und ergriff Kits Arm.

»Gut«, sagte Edith, als die Hexe Kit mit sich zog. »Gut, Luanna! Sie hat mir sowieso schon gehört.«

Die Hexe erwiderte kein einziges Wort. Ivan öffnete die Tür, und innerhalb von Sekunden taumelten sie in die kühle Luft hinaus. Es war Nacht. Kit war von der Dunkelheit überrascht, von der langen Zeit, die verstrichen war, aber Ivan stieß ein grunzendes Geräusch aus, und die Hexe zog Kit in den Wald hinein. Ihre Füße schmerzten, als sie auf dem harten Waldboden lief. Aber das war immerhin besser, als durch Blut, Fäkalien oder diesen grauenhaften Sand zu gehen.

»Alice«, keuchte Kit, während sie über die Schulter

zurückblickte. Sie konnte nichts sehen. Ohne jegliches Licht war es unmöglich, etwas in der Dunkelheit zu erkennen.

»Wir werden sie retten«, sagte die Hexe grimmig, und Kit fühlte, wie der Blick der Frau über ihr Gesicht glitt. »Die ganze Zeit über hast du versucht, ihr zu helfen. Und du weißt immer noch nicht warum.«

»Ich muss es einfach tun«, sagte Kit atemlos. »Was bedeutet sie dir?«

Eine ganze Weile herrschte Schweigen. Kit stieß sich den Zeh an einer Wurzel, fluchte und taumelte. Die Hexe fing sie auf, bevor sie stürzte. »Meine Enkelin. Alice ist meine Enkelin.«

Zu viel war bereits geschehen, als dass Kit noch überrascht werden konnte. Sie fühlte sich wie betäubt. »Und Edith ist deine Schwester?«

»Wir hatten denselben Vater«, antwortete die Hexe. Sie atmete abgehackt. »Es gibt viele von uns, die dieses Privileg für sich in Anspruch nehmen können. Er hatte ein sehr langes Leben. War unsterblich.«

»War?«

»Er ist tot. Ermordet worden. Aber er hat Zeichen hinterlassen, auf verschiedene Art und Weise. Ich bezweifle, ob er jemals den vollen Umfang erfasst hat. Er war eben … auf andere Dinge fixiert.« Die Hexe drückte Kits Hand. »Die Welt ist größer, als du es dir vorstellst. Wenn du überleben willst …«

»Hör auf mit diesem Schwachsinn«, schnappte Kit. »Du bist die letzte Person, von der ich etwas über das Überleben lernen will. Du würdest ein Baby in einen Vulkan werfen, wenn deine Augenlider dadurch straff blieben.«

»Aber nicht mein Baby. Und nicht meine Enkelin.«

Ivan war verschwunden, doch das schien die Hexe nicht zu beunruhigen. Sie bewegte sich ohne zu zögern durch die Nacht. Kit wurde von Zweigen im Gesicht getroffen, verletzte sich an Dornen und Steinen. Ihre Füße fühlten sich an, als würden sie bluten. Der Schmerz ließ sie an M'cal denken, an sein Herz, an das Blut an Yus Händen. Sie biss die Zähne zusammen. »M'cal.«

»Wir sind auf dem Weg zu ihm.« Die Augen der Hexe glühten einen kurzen Moment lang auf. »Er hat das, was wir brauchen.«

»Du willst immer noch meine Seele in deine Gewalt bringen«, sagte Kit. »Mein Gott. Wie kann sie dir wohl nützen?«

Die Hexe gab keine Antwort darauf. Stattdessen sagte sie: »Deine Großmutter hat dich geliebt. Sie hat dich genug geliebt, um dich heute Nacht zu beschützen. Kennst du den Preis dieses Geschenks, Kitala? Verstehst du, was der Preis für diese Liebe ist?«

Kit schwieg, berührte aber das Gris-Gris unter ihrem T-Shirt. Die Hexe blickte sie wieder an und sagte mit entsetzlich ruhiger Stimme: »Ich werde es dir beibringen, Kitala Bell. Heute Nacht. Du wirst lernen, was der Preis für die Liebe einer Großmutter ist.«

18

Ins Leben zurückzukommen war immer ein langsamer Prozess, der von der Wunde abhing. Als M'cal endlich wieder die Augen öffnete, nachdem er sein Herz verloren hatte, war das erste Gesicht, das er sah, zerklüftet und hager, mit golden glühenden Augen. Er spürte einen heißen Atem, der nach Knoblauch roch.

»Koni«, krächzte er. »Was ist geschehen?« Er sah sich um. Offenbar befand er sich immer noch vor dem Gitter, vor der Höhle.

Der Gestaltwandler atmete aus. »Verdammt. Du bist ja noch am Leben.«

»Was ist passiert?«, fragte M'cal noch einmal und versuchte sich aufzusetzen.

»Das Miststück hat dich wie einen Truthahn aufgeschlitzt. Ich habe so etwas nie zuvor gesehen. Habe nie jemanden gesehen … der es so genossen hätte wie sie. Als ließe sie sich das Gefühl auf der Zunge zergehen.« Koni lehnte sich zurück und streckte sich aus. Er fuhr sich mit einer Hand durchs Haar und bedeckte seine Augen damit. »Ich habe auf dich gehört, Mann. Ich habe mich ruhig verhalten. Aber es war verdammt hart.«

»Ich danke dir«, sagte M'cal, »ich danke dir dafür, dass du am Leben geblieben bist.«

»Deine Liebe hat die Kraft gegeben«, erwiderte er.

M'cal grunzte angesichts des Sarkasmus. »Es sind einfach schon genug Leute wegen mir gestorben, das ist alles.«

Jetzt grunzte Koni und rollte sich auf die Füße. Er prüfte das Gitter, rüttelte daran. »Auf Partys bist du bestimmt sehr beliebt.«

M'cal seufzte. »Ich vermute, du hast keinen Satz Dietriche bei dir?«

Der Gestaltwandler glotzte ihn nur an und sah dann demonstrativ an seinem nackten Körper herunter. »Ich werde so tun, als wenn ich das gar nicht gehört hätte.«

M'cal stand auf. Seine Brust schmerzte. Er berührte die Haut und fand eine Einkerbung über seinem Herzen. Dann holte er tief Luft, klärte seinen Kopf und konzentrierte sich auf Kitala. Sie war immer noch in der Nähe und – immer noch am Leben. Aber er konnte die Melodie eines furchtbaren Stresses spüren, fast wie einen Geschmack auf der Zunge. Etwas Entsetzliches war geschehen.

Er ging zu Koni, beide rissen kräftig an den Stahlstäben, deren Enden an den Seiten im Felsen versenkt waren. Das Licht, das durch die Öffnung der Höhle gefallen war, war verschwunden. Inzwischen war es Nacht geworden.

»Eine Falle«, murmelte Koni. »Ich bin noch nie so ausgetrickst worden.«

Das galt auch für M'cal. Er schob seine Finger durch das Gitter und presste die Stirn gegen den kalten Stahl, atmete langsam und tief. Die Lücken zwischen den Stäben waren zu eng, um selbst Koni in seiner anderen Gestalt durchzulassen. »Wer auch immer uns geschnappt hat, besitzt eine beachtliche Macht. Aber auch der sind Grenzen gesetzt.«

»Weg mit den Handlangern?« Koni kniete sich hin und stocherte im Boden herum. »Das hier ist nur Erde. Wenn wir ein Loch graben, kann ich mich verwandeln und hinauskriechen.«

M'cal kniete sich ebenfalls hin, verwandelte seine Fingernägel wortlos in lange Haken und grub in dem festgestampften Erdreich los. Einige Minuten harter Anstrengung schufen ein Loch, das groß genug war, eine Krähe hindurchschlüpfen zu lassen. Als Koni genau das tat, schob M'cal ihn weiter. Es war ein kurzer, aber unwirklicher Augenblick.

Koni schüttelte seine Federn aus, sah noch einmal kurz zu M'cal zurück, schlug dann mit den Flügeln und flog davon. Es gab keine Zeit zu verlieren.

M'cal grub weiter. Seine Finger bluteten, aber er ließ nicht nach. Er entfernte die Erde, kraftvoll und schnell, kämpfte darum, für seinen Körper ein ausreichend großes Loch unter dem Gitter zu schaffen. Er achtete nicht darauf, wie die Zeit verging, sondern auf Kitala, die in seinem Inneren pulsierte.

Bis er ganz plötzlich eine Veränderung in ihrer Verbindung spürte. Etwas ließ ihn aufhören und sich aufsetzen. Er konzentrierte sich. In der Nähe raschelte es im Dickicht. M'cal hielt den Atem an und stand so schnell auf, dass ihm schwindlig wurde. Er ergriff die Gitterstäbe, starrte in die Dunkelheit und versuchte etwas zu erkennen. Sein Armband prickelte.

Eine riesige Gestalt erschien vor der gezackten, schiefen Öffnung der Höhle. Ivan war unverwechselbar. M'cal wusste nicht, wie der Mann die Insel erreicht haben konnte, wie er dem sinkenden Boot entkommen war, aber seine Anwesenheit war eine unwillkommene Überraschung. Ivan betrat die Höhle nicht. Er trat zur Seite – und die Hexe kam zum Vorschein. Ihr Gesicht war teilweise verhüllt. Eine Brandwunde in der Form einer Hand bedeckte ihre rechte Schulter. Nicht, dass M'cal lange hingesehen hätte, nachdem er erkannt hatte, wer ihr folgte.

Kitala. Lebend. Blutbedeckt, aber bei genauer Betrachtung offensichtlich unverletzt.

M'cal atmete erleichtert aus, schloss ganz kurz die Augen. Warme Hände strichen über seine Finger, und er gab einen leisen Laut von sich. Es war Kitala, die das Gitter blind berührte. Sie tastete wieder nach seinen Händen, und er zog sie nah an das Gitter heran. Sie sah an seinem Gesicht vorbei, ihr Blick war kummervoll.

»Du lebst noch«, flüsterte sie. »Ich wusste es zwar, aber ich habe dein Herz gesehen ...«

»Schhhh«, unterbrach er sie sanft, blickte über ihre Schulter hinweg die Hexe an, die offenbar keine Probleme hatte, im Dunkeln zu sehen. Sie blickte ihm in die Augen. »Was ist passiert?«

»Ich habe Alice gefunden«, sagte Kitala und betrachtete nun über die Schulter die Hexe. »Ihre Enkeltochter.«

M'cal starrte sie an. Die Hexe sagte: »Wir haben keine Zeit. Edith wird schnell handeln.«

»Edith?«, wiederholte er, war sich aber nicht sicher, ob

er richtig gehört hatte. Ivan schob Kitala zur Seite, die Hexe trat vor und kniete sich vor das Schloss.

Sie blickte M'cal kurz an. »Trotz allem, was ich dir angetan habe, lass uns für den Augenblick den Groll zwischen uns vergessen.«

»Nein«, sagte M'cal. »Das werde ich nicht versprechen.«

Die Hexe nahm den Schleier ab, der ihr Gesicht bedeckte. Ihr Gesicht schien zwar größtenteils geheilt, aber ihre Nase war und blieb verschwunden. Er suchte in seinem Inneren nach einer Spur des Bedauerns darüber, fand jedoch keine, obwohl ihn das Fehlen von Zorn in ihrem Blick sonderbar berührte. Ihre Augen waren klar und ruhig.

»Du wirst schön sein, wenn du stirbst«, bemerkte sie so ruhig und nachdenklich, dass es ihm vorkam, als wäre jedes einzelne Wort eine Meditation, eine Art Versprechen. Auch eine Rückbesinnung auf etwas, das sie nicht länger haben konnte. Ihr Gesicht war so hässlich wie ihr Herz, was richtig war, soweit es M'cal betraf.

Aber die Art, wie sie ihn ansah, beunruhigte ihn. Ihre Hand berührte das Schloss, er hörte ein geflüstertes Wort, und ein lautes Klicken hallte durch die Höhle. Das Gitter schwang auf. M'cal griff sofort nach Kitala und zog sie vorsichtig an sich, war sich ihrer Blindheit in der Dunkelheit bewusst. Ihr Körper fühlte sich warm und gut an. Sein Herz gab auf.

Die Hexe beobachtete ihn und trat an Ivans Seite. »Du musst etwas für mich tun, M'cal. Ein Letztes, und du wirst für immer frei sein.«

»Nein«, sagte er. »Ich werde dir Kitala nicht geben.«

»Nein, das nicht«, erwiderte sie sanft. »Aber wirst du mich … ? Wirst du mich töten, M'cal?«

Er starrte sie an. Kitala wurde sehr still. Selbst Ivan sah die Hexe mit einem Blick an, der einer Bestürzung nahe kam. Die Frau sah sie alle an, obwohl ihre Augen am längsten auf Kitala verweilten. Sie streckte die Hand aus und berührte Kitalas Gesicht. Kitala zuckte zusammen.

»Ich unterwerfe mich euch«, sagte die Hexe und hielt die andere Hand hoch. Sie trat einen Schritt zurück und nahm die Ringe ab, hielt sie in der Handfläche. Sie drehte sich zu Ivan um.

»Ich lasse dich frei«, sagte die Hexe und hielt ihm einen Ring hin. Ivan schüttelte den Kopf. Sein Mund öffnete sich, er röchelte, konnte aber kein einziges Wort hervorbringen. Er war nicht imstande, etwas zu äußern. Die Hexe berührte seine Brust und stellte sich auf die Zehenspitzen. Sie küsste seinen Mund. Sie drückte den Ring in seine Hand. Ivan schloss die Augen, und die silberne Manschette um sein Handgelenk fiel herunter.

Die Hexe wandte sich M'cal zu und hielt ihm den zweiten Ring hin. Er nahm ihn, ohne zu zögern, und sein Armband öffnete sich und fiel mit einem dumpfen Aufschlag zu Boden. Er starrte es an, war unfähig, sich zu bewegen oder zu sprechen. Er konnte nicht glauben, was hier geschah. Es war zu viel, alles lief viel zu schnell ab und wirkte einfach zu unglaublich. Nicht einmal in seinen wildesten Träumen hatte er sich das vorstellen können.

»Warum?«, stieß er hervor.

»Weil ich meine Enkeltochter liebe«, flüsterte die Hexe.

»Und ich kann ihr in diesem Körper nicht helfen. Das ist mir klar geworden. Kitala ist… auf irgendeine Art und Weise geschützt, wie ich es nie sein werde. Sie ist das geeignete Gefäß.«

M'cal wurde kalt. »Nein.«

»Was?«, fragte Kitala.

»Nein«, wiederholte er. »Sie möchte, dass ich ihre Seele nehme und sie dir gebe.«

Wie vom Blitz getroffen richtete sich Kit auf. »Was hat das zu bedeuten?«

»Es bedeutet, dass du mein Wissen besitzen wirst.« Die Hexe schloss die Augen. »Es bedeutet, dass ich dir alle meine Geheimnisse, mein ganzes Leben übergeben werde, bevor ich mich auflöse.«

»Du wirst sie infizieren«, sagte M'cal scharf. »Du wirst versuchen, sie zu kontrollieren.«

Kitala berührte seinen Arm. »Was wird passieren, wenn Alice getötet wird? Was hat Edith vor?«

»Ich denke, das weißt du«, flüsterte die Hexe. »Du kannst die Verheißung fühlen.«

»Tod und Dunkelheit.« Kitalas Blick wirkte gehetzt. Ihre Finger schlossen sich um M'cals Arm. »Aber warum gerade ich? Warum glaubst du, ich hätte eine Chance?«

»Ich glaube, dass du auch das weißt.« Das Gesicht der Hexe verhärtete sich. »Tu es, M'cal. Nimm meine Seele. Gib sie Kitala.«

Er zögerte. Kitala drückte seinen Arm. »Ich bin bereit.«

»Du verstehst nicht, um was du mich bittest.«

»Ich werde *ich* bleiben«, sagte sie zu ihm, ihre Stimme wurde leise und sanft. »Ich werde nicht *sie* sein, M'cal.

Ich weiß das mit Sicherheit. Ich kenne mich. Ich kenne auch … uns.«

Er begann noch Einwände vorzubringen, hielt dann aber inne. Die Hexe wollte sterben. Kitala wollte kämpfen. Und es gab nichts, das er sagen konnte, um die Dinge aufzuhalten. Er konnte es in ihren Augen sehen.

Er näherte sich ihr schnell, und die Hexe zuckte zusammen. Ivan legte ihr eine Hand auf die Schulter. Sie schmiegte sich daran, und die Verletzlichkeit in ihrem Gesicht erinnerte M'cal an eine Zeit, die lange zurücklag und längst vorbei war, damals, als er noch an sie geglaubt hatte. Es war eine Lüge gewesen. Er glaubte nicht, dass es jetzt auch eine war. Er stählte sein Herz und lehnte sich vor.

»Danke für meine Freiheit«, sagte er im letzten Moment. Er fühlte sich dazu verpflichtet, obwohl er nicht wusste, warum. Vielleicht lag es an der Furcht in ihren Augen. In seinem Herzen suchte er nach der Freude darüber, fand jedoch keine.

Die Hexe hielt seinem Blick stand. »Es war unvermeidlich, M'cal. Das Schicksal nimmt seinen Lauf, immer.«

Er zögerte, aber sie hatte recht. Das Schicksal rief.

Er antwortete mit einem Lied.

Kit konnte zwar nichts sehen, aber ihr Gehör arbeitete ohne Einschränkung. Sie hörte, wie M'cal die Seele der Hexe nahm. Sie konnte die Veränderung in seiner Stimme hören, das Gift, die Verlockung. Sie erinnerte sich daran, wie es sich anfühlte, auf der anderen Seite zu sein und zu fühlen, wie die Seele von ihrem Anker gelöst wurde. Nur dass keine Furcht mit der Erinnerung verbunden war. Es schien, als hielte sie ihr Ohr an die Seele der Welt und hörte ihr Wiegenlied, das unheimlich und mitreißend klang.

Es war schnell vorüber. Kit hörte die Hexe seufzen, Ivan machte ein würgendes Geräusch. Dann war M'cal bei Kit, legte die Hände auf ihre Schultern und sagte mit angestrengter Stimme: »Du kannst deine Meinung noch ändern.«

Aber sie konnte es nicht, sagte ihm dies auch und spürte seine Traurigkeit wie einen Stich in ihrem Herzen. Sie spürte es in dem kleinen Stück seiner Seele in ihrem Herzen. Ihre Verbindung zu ihm wurde immer stärker, als wenn sie zu einem Spiel der Muskeln würde.

M'cal fragte nicht noch einmal. Er presste den Mund über den ihren. Kit hatte keine Zeit zu reagieren. Sie fühlte das Eindringen, wie schon zuvor im Meer, als sie ein kleines Stück seiner Seele erhalten hatte. Nur dauerte es diesmal viel länger. Es strömte und strömte, als wäre ihr Körper ein Krug, der bis zum Rand gefüllt wurde.

Einen Augenblick lang war Kit beunruhigt. Da war so viel Angst, dass sie erbebte, doch schließlich verstand sie M'cals Bedenken. Ihre eigene Seele fühlte sich überfüllt und eingeengt an, aber sie kämpfte mit Leib und Seele dagegen, schob die Hexe weg, die versuchte, sich in ihr auszubreiten und die Kontrolle zu übernehmen.

Du musst mir zuhören, sagte die Hexe. *Alles ist umsonst, wenn du mir nicht zuhörst.*

Dann musst du lernen, wo dein Platz ist, erwiderte Kit. *Dies ist mein Körper. Nicht deine zweite Chance.*

Aber Kit fühlte trotzdem die Dringlichkeit und ergriff M'cals Hand. Sie konnte ihn sehen, als umgäbe sie ein glühendes Licht. Einfach weil in ihrem Kopf ein Schalter umgelegt worden war – sie hoffte, sich später daran erinnern zu können.

Du wirst dich an alles erinnern, sagte die Hexe. *Lauf jetzt endlich los.*

Kit tat genau das und zog M'cal hinter sich her. Sie sah sich nicht um, um festzustellen, ob Ivan ihnen folgte, sondern konzentrierte sich auf Edith und Alice, ertrug einen schizophrenen Tumult von konkurrierenden Worten, Bildern und Charakteren, während sie darum kämpfte, im Kern ihres Herzens ganz sie selbst zu bleiben. Es war zwar hässlich und chaotisch, aber die Musik schwoll wie eine Gewitterwolke an, und diesmal war es echt, es gab kein Zurück.

Sie rannten durch den Wald. Kits Körper fühlte sich so leicht wie Luft. Sie hatte keine Schmerzen in den Füßen, stolperte nicht. Sie stellte sich vor, sie würde fliegen, und in ihrem Herzen wusste sie, dass sie nahe daran war, genau das zu tun. Es war kaum ein Unterschied.

Sie führte sie zu der Lichtung zurück, gelenkt von der Hexe. Dort stießen sie auf eine wartende Gruppe. Kit erkannte Hartlett, und in ihrem Kopf sah sie seinen Tod deutlich genug, um zu erkennen, dass er schon mit einem Bein im Grab stand. Bei den drei Männern neben ihm sah es auch nicht besser aus. Und ganz rechts stand Officer Yu, die Kits Blick mit einem triumphierenden Ausdruck in ihren Augen begegnete – bis sie M'cal sah.

Ohne Kopfhörer. Keiner von ihnen war geschützt.

Yu versuchte gar nicht erst zu kämpfen. Sie rannte los und war schon im Wald verschwunden, ehe M'cal auch nur den Mund öffnen konnte. Er tat es, gerade als Hartlett und die anderen ihre Waffen zogen. Seine Stimme war scharf und beißend. Die Männer schrien auf, griffen sich an die Köpfe. M'cal veränderte die Melodie, und sie brachen alle zusammen. Sie fielen wie Marionetten, deren Schnüre man durchtrennt hatte. Schnell, sauber und einfach. Weiter atmend, ansonsten aber völlig ruhiggestellt.

Die Hexe dachte, dass es dumm war, sie am Leben zu lassen. Kit ignorierte sie jedoch. Die dunkle Aura, die das Blockhaus umgab, fühlte sich wie ein Abstrich von Hass an, ansteckend und tödlich. Als sie das Gebäude erreichten, lösten sich Schatten aus der Nacht. Große, schlanke Gestalten, die wie Papierpuppen wirkten. Sie scharten sich wie dünne Halme zusammen, wie das Echo von Kreaturen, die hätten menschlich sein können. Und obwohl es dunkel war, stachen sie wie etwas hervor, das viel dunkler war als die Nacht.

M'cal brachte Kit dazu, langsamer zu laufen. Seine Augen wirkten hart und gefährlich. Er starrte die dunklen Geister an. Ivan, der dicht hinter ihnen war, tat das Gleiche. Sein Blick glitt über die Lichtung, verharrte schließlich mit einer Intensität auf Kits Gesicht, das weniger mit ihr zu tun hatte als mit der Frau, die zurzeit in ihrem Körper wohnte.

Die Schattenmänner kamen näher. Kit konnte sich jedoch nicht vorstellen, dass sie wirklich einen Schaden anrichten könnten. Die Abwesenheit von Licht war etwas anderes als Fleisch und Blut.

Du täuschst dich, sagte die Hexe. Ihre Stimme ertönte so laut, als stünde sie neben Kit. *Edith hat mit dem Ritual begonnen. Jeder Augenblick, in dem sie damit fortfährt, wird diese Kreaturen stärken. Sogar jetzt schon könnten sie dich mit einem einzigen Hieb töten.*

Wie können wir sie aufhalten?

Ihr müsst Edith töten. Sie hat das Ritual noch nicht beendet. Solange sie noch dabei ist, ist ihr Körper die einzige Verbindung zu dieser Welt. Wenn du sie tötest, wirst du sie zurückschicken.

»Kitala«, sagte M'cal mit warnender Stimme.

»Ich muss Edith töten«, erklärte sie. »Sonst kannst du die Dinge lediglich hinauszögern.«

»Wir müssen dich dort hineinbringen«, sagte er. Bevor er seine Stimme einsetzen konnte, hatte Ivan Kit auf seine Arme genommen, drängte sich durch die Schattenmänner und schleuderte sie in seinem Kielwasser zur Seite. Es waren mehr, als Kit erwartet hatte, und obwohl sich Ivan schnell bewegte, fühlte es sich an, als würden sie auf Treibsand laufen, jeder Schritt verursachte ein saugendes, ziehendes Geräusch. Schatten klammerten sich an sie, Arme, die die Gestalt von Krallen aus Tinte besaßen, prasselten hart auf sie nieder. Sie fühlte jeden Schlag wie eine Ohrfeige mit offener Handfläche. Ihr Gesicht brannte.

M'cal erschien, Musik floss aus seiner Kehle. Die Schatten fielen zur Seite. Nicht weit, nicht wie Hartlett und seine Männer, aber doch weit genug, um einen Weg bis zu der Tür zu öffnen.

Ivan ließ sie herunter, und M'cal sang weiter. Er versuchte sich an der Tür, aber sie blieb verschlossen. Kit konnte die Barriere in ihrem Bewusstsein spüren, eine Projektion von Edith. Sie stutzte sie zurecht, wie den eindrucksvollen ersten Chor von *Dies Irae* in Verdis *Requiem*, zerschnitt eine weitere Illusion, die Edith schuf: Bilder von noch mehr Schattenmännern, groß wie Bäume. Die Hexe prüfte ihre eingeschränkte Kontrolle, versuchte sie dazu zu bringen, ihre Macht mit rücksichtsloser Härte auszuüben. Aber Kit folgte ihren eigenen Instinkten, als die Musik hektischer wurde, immer höher und höher anschwoll.

Du musst den Teufel niedertanzen, erinnerte sie sich an die Worte ihrer Großmutter. *Du musst das Biest direkt in die Hölle zurücktanzen.*

Kit stieß die Tür auf. Die Zeichen des vergangenen Kampfes waren noch zu erkennen, aber der Kreis im Sand war unversehrt geblieben. In der Mitte lag Alice. Sie war nackt. Edith kauerte über ihren Körper gebeugt, mit einem Messer in ihrer unversehrten Hand. Den anderen Arm trug sie in einer Schlinge fest an ihre Brust gepresst, in blutige Verbände gewickelt. Die alte Frau schien von der riesigen Wunde nicht beeinträchtigt zu sein. Sie hatte bereits einen Schnitt in Alice' Arm gemacht. Ihr Blut tropfte in den Sand.

Eine Leitung, hörte Kit, gefolgt von einem Wirrwarr von Bildern, die keinen Sinn ergaben, aber so beunruhigend waren, dass sie sie verjagte.

Edith sah über die Schulter und knurrte. Kit trat ein, machte zwei Schritte über den Sand und hörte, wie die Tür hinter ihr zuschlug. Sie ging zurück, hielt aber inne. Keine Zeit. Sie musste das hier allein machen.

Sie drehte sich um und sah Edith an. Sie wurde von einem Gefühl von Grauen und Tod überwältigt, zusammen mit einem furchtbaren Hunger, einem wartenden Hunger, wie von einem verhungernden Mann, der auf ein dickes Steak hoffte, um sich darauf zu stürzen und es zu zerreißen. Er ging sogar noch tiefer – es war ein Hunger der Seele. Der Hunger nach Leben.

Dieses Leben, sagte die Hexe. *Diese ganze Welt.*

Ediths Gesicht verzerrte sich in den Schatten des Kerzenlichts. Sie hob den Dolch hoch über Alice' Brust. Die Augen der jungen Frau öffneten sich.

Kämpfe, sagte die Hexe. *Kämpfe jetzt.*

Macht erfüllte Kit. Musik toste. Sie kam auf Edith zu und durchbrach den Kreis.

Als die Tür hinter Kitala zuschlug, hörte M'cal auf zu singen. Es war nur für einen kurzen Augenblick, so lange, wie es dauerte, sich mit der Schulter gegen das harte Holz zu werfen und ihren Namen zu rufen. Aber das war lange genug. Die Schatten, diese Männer aus Nacht und Dunkelheit, schwärmten um ihn herum. Und während sich ein Teil von ihm noch fragte, ob dies nur eine weitere Illusion war, fühlten sich die Schläge doch real genug an, genau wie die Hände, die sich um seine Kehle schlossen und seine Stimme abschnitten.

Dämonen, dachte er und fiel auf die Knie. *Die Schatten von Dämonen.*

M'cal war sich undeutlich bewusst, dass Ivan in seinem Rücken seine eigene aussichtslose Schlacht gegen die erhebliche Überzahl schlug. Der einzige Vorteil, den der große Mann ihm gegenüber hatte, war, dass er unsterblich war, was von M'cal mit Sicherheit nicht mehr gesagt werden konnte.

Goldenes Licht zuckte durch die Luft: eine von Feuer umgebene Krähe. Und plötzlich war ein weiteres Paar von Fäusten da, das auf die Schatten, die ihn festhielten, einschlug. M'cal kam frei, seine Stimme rollte wie der Schrei des Windes über den Wellen des Meeres durch die Luft. Er veränderte seinen Gesang um einen Ton, und die Schatten taumelten noch weiter zurück. Er sang, versuchte die Tür hinter sich zu öffnen. Ivan griff die Schatten an, seine riesigen Fäuste schlugen nach allen Seiten. Koni stellte sich neben M'cal. Weiter entfernt, am Rande des Waldes, sprang ein Gepard zwischen den Bäumen hervor und warf sich in das Kampfgetümmel, gefolgt von zwei Männern. Er kannte beide. Der Anblick des einen versetzte ihm einen Schock.

Der Blick von M'cals Vater traf den seines Sohnes über die Schatten hinweg. Er öffnete den Mund und sang. Seine Stimme wand sich durch die Luft, voller Macht. Ihre beiden Melodien verflochten sich ohne eine Spur von Missklang, es waren nur weiche, tiefe Töne, die die Dämonen hart zu Boden warfen. Als M'cal mit seinem Vater sang, hatte er das erste Mal in seinem Leben eine Vorstellung davon, wie es in den alten magischen Kriegen, den historischen Schlachten gewesen sein musste. Als die Armeen seiner Vorfahren mit vereinten Stimmen durch die Reihen der Feinde gefahren waren. Es war eine aufregende, eine berauschende Macht.

Sein Vater rannte zwischen den Schattenmännern hindurch auf ihn zu, sein Gesang war mit Pfeif- und Klicklauten durchsetzt. Worte und Sinn wanden sich durch seine Melodie.

Geh zu ihr. Ich werde hier aufpassen.

M'cal zögerte nicht. Er wandte sich der Tür zu, seine Stimme wurde zu einem ohrenzerreißenden Kreischen, das Koni, der sich die Ohren zuhielt, zur Seite taumeln ließ. Das Holz vibrierte. M'cal krallte sich verzweifelt an ihre Verbindung, kämpfte sich daran vor, mit seiner Stimme und seinem Willen, um Kitala zu erreichen.

Sie war noch am Leben, kämpfte um ihr Leben. M'cal nahm die Hexe in der Verbindung wahr. *Öffne die Tür,* sagte er. *Schnell.*

Einen Moment später hörte er ein Klicken und versuchte erneut, den Türknauf zu bewegen. Diesmal gelang es, und er stürzte durch die Tür in einen Raum aus Schatten und weißem Sand. Goldenes Kerzenlicht brannte wie ein verschwommenes Feuer. Überall war Blut. Kitala stand in der Mitte eines großen Kreises, zu ihren Füßen lag eine nackte Frau, und eine andere stand ihr gegenüber. Einer ihrer Arme endete in einem zerfetzten Stumpf. Doch ihr Gesicht …

Edith. Endlich verstand er, wovon Kitala und die Hexe gesprochen hatten. Zuvor hatte ihm der Name nichts gesagt, obwohl er sich an die ältliche Anwältin erinnerte. Er konnte die beiden in seinen Gedanken einfach nicht zusammenbringen … nicht so.

Er rannte vorwärts, betrat den Kreis. Seine Stimme bebte. Edith knurrte ihn an. Ihre Augen waren pechschwarz, und seine Macht glitt an ihrer Seele ab wie Wasser. Kitala stand neben ihm, die Anspannung auf ihrem Gesicht schien groß genug, um daran zu zerbrechen. Schweiß rann von ihrer Stirn. Beide Frauen standen unbewegt da, starrten sich an. Ein Kampf der Willenskräfte, der die Luft zwischen ihnen zum Glühen brachte. Edith hielt ein langes Messer. Die Frau am Boden war blond, hatte zwar ein hübsches Gesicht, sah aber wie die Hexe aus. Die Ähnlichkeit war frappierend. Sie blickte M'cal an. Er entdeckte die Panik in ihrem Blick. Ihr Körper war bewegungsunfähig. Er kannte auch dieses Gefühl. Er war selbst schon in einem solchen Kreis gewesen.

Also ließ er sich von seinem Instinkt leiten; blutige Erinnerungen an vergangene Schlachten erwachten in seinem Unterbewusstsein. Er stellte sich hinter Kitala und legte die Hände auf ihre Schultern, ließ sich tief in ihre Verbindung fallen, glitt in ihre Seele. Sie schrie in ihrem Bewusstsein auf, er spürte die Musik, aber auch Zurückhaltung und Zweifel. Dann entdeckte er in ihrem Bewusstsein den Wunsch nach der Geige, den Wunsch nach etwas, das sie in der Hand halten konnte, wenn ihre Hände *den Teufel niedertanzten*, wenn sie *das Ungeheuer in die Hölle jagte.*

Schaff dir deine eigene Geige, sagte er, und seine Hände glitten ihre Arme hinunter bis zu den Handgelenken. Er nahm ihre Hände, führte sie vor ihr Gesicht. *Spiel, Kitala. Spiel deine Musik.*

Und sie tat es. Er fühlte, wie sich ihre Finger bewegten, erst langsam, dann schneller. Er hörte in seinem Kopf, wie die Macht mit jedem mentalen Ton stärker pulsierte. Die Hexe war nie so stark gewesen; ihre Macht war groß, aber Musik war ein wesentlich komplexerer Leiter, voller Leidenschaft, und Kitala war in beidem eine Meisterin.

Zwischen Kits Händen formte sich reines weißes Licht, eine Geige aus Sonne und Blitzen. M'cal lieh ihr seine Stimme, eine neue Erkenntnis führte ihn, als sich das Monster in seiner Kehle regte. Es drang tief in Ediths Körper ein. Die Frau schrie auf, die Haut ihres Gesichtes kräuselte sich. Sie starrte ihn bösartig an, er fühlte Finger an seiner Kehle, Finger, die in seine Augen zu stechen versuchten, aber die Musik in Kitalas Kopf kreischte und schnitt, und der Druck löste sich auf. Edith schnappte mit den Zähnen, schwarze Augen verdrehten sich in ihrem Schädel. Ihre Haut schrumpfte, zerriss und platzte auf. Blut rann über ihre Wangen, aus ihren Ohren und Nasenlöchern.

Es reicht nicht aus, sie nur zu töten, flüsterte die Hexe. *Ihr müsst den Geist fangen, der sich in ihr verbirgt.*

Ja, hörte M'cal Kitala sagen, und er fühlte, wie das Haus um sie herum erzitterte, als sie in ihrem Kopf eine Solo-Sinfonie spielte. Eine Macht lag in ihrer Musik, als würde sie für den Tod bis zum Inferno spielen. Er fühlte, wie sie einen Kokon um Edith wob, ihn fester und fester zusammenzog. Aber während sie spielte, bemerkte er eine Veränderung an der alten Frau, und schließlich konnte er sehen, gegen was sie eigentlich gekämpft hatten: gegen einen Schatten, der durch ihre Haut sickerte, wie Öl aus den Poren der Erde, und der sich gegen Kitalas Fesseln aus Licht sträubte. Ein Dämon, erkannte M'cal. Aber nicht von der Art, gegen die sie vor dem Blockhaus gekämpft hatten. Diese Kreatur war wesentlich stärker, unbeschreiblich, eine Kraft aus uralter, verzweifelter Wut.

Du kannst mich nicht aufhalten, krächzte der Dämon. *Wenn nicht dieses Tor und nicht dieses Gefäß, dann eben ein anderes. Wir sind wieder stark geworden. Wir werden zurückkommen. Es ist nur noch eine Frage der Zeit.*

Zeit, sagte M'cal zu Kitala. *Bist du bereit?*

Ja, sagte sie, und es fühlte sich an, als würde sich seine Seele in das geeignete Gegenstück verwandeln, als er seine Stimme um ihre Musik schlang. Er riss den dunklen Geist von seiner Verbindung zu Edith los, als stehle er eine Seele, und warf ihn in den Ball aus Licht zwischen Kitalas Händen. Energie fuhr durch sie hindurch, jagte neben der Musik her, und der Dämon, der Geist, die Dunkelheit – alles kreischte. Auch Edith kreischte, griff nach der sterbenden Kreatur, die ihren Körper übernommen hatte. Ihre Hand berührte das Licht, M'cal drang mit seiner Stimme in sie ein. Edith explodierte. Ihre Brust, ihre Wangen, ihre Kehle; ihre ganze Haut zerriss mit einer solchen Macht, dass die Fetzen durch die Luft flogen. Sie schrie nur einmal auf und sackte zusammen. Ihr Herz ragte aus einem Loch, in dem Knochen zu sehen waren. M'cal sah, wie es noch ein einziges Mal schlug, dann setzte es aus.

Kitala stürzte auf die Knie. Auch M'cal fiel hart zu Boden. Seine Beine fühlten sich wie Gelee an, seine Kehle war rau. Er versuchte ihr etwas zu sagen, brachte aber nur krächzend ihren Namen hervor. Er kroch zu ihr, legte den Arm um ihre Taille und zog sie zu sich.

Alice setzte sich auf, rutschte etwas zur Seite. Sie

hatte einen gequälten Ausdruck in den Augen, als sie auf Ediths verstümmelten Körper blickte, und dann richtete sie ihren Blick auf Kitala. »Großmutter«, sagte sie, und der Ausdruck in ihren Augen machte klar, dass sie die Wahrheit kannte, dass sie erkennen konnte, was geschehen war.

»Liebe hat ihren Preis«, flüsterte Kitala heiser. »Und sie hat dich mehr als alles andere geliebt.«

Eine beunruhigende Feststellung, dachte M'cal. Aber er war bereit, damit zu leben … und er glaubte, dass er es auch konnte.

19

Ivan war verschwunden. Es gab Überlebende hinter der Metalltür, obwohl sie dem Tode so nahe waren, dass es kaum einen Unterschied machte.

»Sie wurden hier gefangen gehalten, weil sie ihr Blut brauchte, als Opfer«, sagte Alice geradeheraus. Und das war alles, was sie sagte. Es waren ihre einzigen Worte für den Rest der Nacht, selbst als M'cal und Kit sie zu der Höhle führten, wo sie ihre Großmutter zurückgelassen hatten. Sie stellten fest, dass ihr Körper und auch Ivan verschwunden waren.

»Die Hexe ist noch am Leben«, raunte M'cal Kit zu, als Alice außer Hörweite war. »Das heißt, ihr Körper. Aber das wird nicht lange dauern.«

»Und du kannst sie nicht zurückholen?«

»Nein«, erwiderte er. »Es ist ... eine Einbahnstraße.«

Ich wusste das, sagte die Hexe, noch immer eine kühle Präsenz im Hintergrund von Kits Bewusstsein. *Es war ein annehmbares Opfer*.

Kit nahm ihr die unerschütterliche Gelassenheit nicht ganz ab, aber wenn die Hexe ihre Geheimnisse für sich behalten wollte, so war das in Ordnung. Tatsächlich wollte Kit ohnehin nicht viel über diese Frau wissen.

Die Überlebenden von Ediths Folter waren zu schwach,

um allein gelassen zu werden. Hari hatte mit seinem Arbeitgeber Vorbereitungen getroffen und verkündete, dass er und Amiri zurückbleiben würden, und schickte den Rest auf den Weg. Kit hatte das stark ausgeprägte Gefühl, dass die Polizei nichts von dieser Geschichte erfahren würde. Oder falls doch, dass Dirk & Steele Möglichkeiten hatten, die Geheimnisse für sich zu behalten, ohne allzu viele Fragen gestellt zu bekommen. Genau wie im Zusammenhang mit der Hexe wollte Kit es gar nicht zu genau wissen.

Unten am Anleger war das schwarze Speedboot verschwunden. Yu lief also noch frei herum. Kit versuchte, sich deswegen keine Sorgen zu machen und betrachtete stattdessen das andere Boot, eine Yacht, die an dessen Platz festgemacht war. Auf dem Deck stand Rik und wartete auf sie. Er trug kein Hemd, seine Rippen waren bandagiert. Kit war sehr glücklich, ihn zu sehen. Aber an seiner Seite stand noch ein anderer Mann. Er war so groß wie M'cal, hatte fast das gleiche Gesicht, wenn es auch älter schien, und war blond. Sein Körper wirkte schlank und kräftig, seine schmalen Hüften waren mit einer engen Badehose bekleidet. Kit zögerte, als sie ihn sah. Genauso wie M'cal.

Koni, der irgendwo eine Trainingshose gefunden hatte, führte Alice unter Deck, vermutlich, um dort sauber zu machen. Rik übernahm das Steuer, gab Gas und fuhr vom Anleger weg. M'cal und Kit standen auf dem Deck. Nach einigen Augenblicken des Schweigens wurde sie S'har Abreeni vorgestellt.

Sie bemerkte, dass M'cals Vater noch immer seinen

Ehering trug, was ja ein menschlicher Brauch war, vermutlich um die verstorbene Frau zu ehren. Sie sagte trotzdem nichts. Die Spannung zwischen M'cal und seinem Vater wirkte so stark, dass ihr übel wurde.

»Danke«, sagte M'cal schließlich. »Ich weiß, dass es schwer für dich gewesen sein muss, an Land zu gehen.«

»Ich habe eine Wahl getroffen«, erwiderte sein Vater. »Genau wie du.«

Kit sah M'cal an und bemerkte seinen angespannten Ausdruck. »Und die andere Geschichte? Dein Versprechen?«

S'hars Maske zerbrach. »Die ganze Zeit wollte ich ihre Gewässer nicht verlassen. Ich musste in der Nähe sein, um... über dich zu wachen. Mein Versprechen war das Einzige, was ich ihnen anbieten konnte, während ich gewartet habe. Ich glaube, deine Mutter würde es mir nicht übel nehmen, wenn man das Ziel und den Preis dafür betrachtet.«

M'cal erwiderte nichts. Kit hatte keine Ahnung, wovon sie überhaupt sprachen, aber jetzt war nicht der richtige Zeitpunkt, um zu fragen. Innerlich wappnete sie sich, als S'har seinen blassen Blick auf ihr Gesicht richtete und sie mit einer so unverwandten Intensität musterte, dass es schwer fiel, nicht wegzusehen. Kit erinnerte sich mit einiger Verlegenheit, dass sie mit Blut bedeckt war, aber sie blickte ihn fest an, und nach einer ganzen Weile nickte er.

»Sie würde dich mögen«, sagte er, und die aufrichtige Schlichtheit dieser Bemerkung ließ angesichts dessen, was M'cal über die Liebe seines Vaters zu seiner Mutter erzählt hatte, ihre Augen brennen und ihr Herz bis in den Hals pochen.

S'har wartete nicht auf eine Antwort. Der Wind blies sein helles Haar zurück, während er zur Reling der Yacht ging. Er sah M'cal über die Schulter an. »Wenn ich hier meine Pflicht erfüllt habe, werde ich zurück in den Süden gehen. Vielleicht… werdet ihr beide mich dort eines Tages besuchen.«

»Ja«, sagte M'cal leise. »Danke.«

S'har nickte kurz und sah dann Kit lange und fest an. »Pass auf ihn auf.«

»Ja«, flüsterte Kit. »Das werde ich tun.«

Er zögerte. Ein Schweigen folgte, das um weitere Worte zu bitten schien. Es kamen aber keine. M'cals Vater sprang vom Heck der Yacht und verschwand zwischen den Wellen. Kit sah auf das kabbelige Meer, verloren in der Dunkelheit der Nacht. Eine andere Welt war das, dort unter ihnen. Eine ganze Zivilisation, die nichts als ein Märchen war.

M'cal hielt Kit fest an sich gedrückt. Sie sprachen eine ganze Zeit überhaupt nicht.

Rik brachte die Yacht nicht nach Vancouver zurück. In dieser Nacht ankerten sie vor einer anderen Insel, wo Hari und Amiri lange nach dem Abendessen zu ihnen stießen. Es war eine kühle Nacht, aber alle saßen mit ihren Drinks auf dem Deck, auf dem Dessertteller verstreut waren. Sie unterhielten sich ruhig, genossen die Freiheit zu atmen und das Gefühl, am Leben zu sein. Keine Erwähnung von Gewalt und Tod, nur angenehme Dinge. Leben.

Alice leistete ihnen nicht Gesellschaft. Sie war unter Deck und ruhte sich aus. Kit ging, um nach ihr zu sehen.

Sie klopfte leise an die Kabinentür, war darauf vorbereitet, sich wieder zurückzuziehen. Doch Alice sagte: »Herein!« Kit trat vorsichtig ein.

Alice lag auf dem Bett, einen Arm über ihre Stirn gelegt. Sie trug eine Trainingshose und ein T-Shirt, ihr Haar war feucht. Alles weggeschrubbt, mit Ausnahme des Schmerzes. Kit verstand es, obwohl sie nichts als Müdigkeit empfand, als sie die junge Frau ansah. Sie war ihr noch immer ein Rätsel, die Enkelin einer verdorbenen Frau und zweifellos jemand, der selber beträchtliche Macht besaß. Kit wusste nicht, ob sie ihr gegenüber misstrauisch sein oder sich mit ihr anfreunden sollte – dieses eine Mal.

Sie könnte eine Freundin gebrauchen, murmelte die Hexe. *Sie hat so wenige gehabt.*

»Es tut mir leid«, sagte Alice leise. »Ich wollte, dass du das weißt.«

»Es war nicht deine Schuld.« Kit sah in Alice' Augen, suchte nach Zeichen des Todes. Sie hatte keine Angst davor, die Wahrheit zu sehen. Den Dämon anzublicken, war schlimmer gewesen als jede Mordtat, und sie erinnerte sich, würde sich immer erinnern, wie die Kreatur versucht hatte, sie zu berühren, wie sie einen kurzen Moment lang versucht hatte, in ihren Körper zu gelangen in dem Augenblick vor ihrem Tod. Die Berührung hatte sich wie ein Mund angefühlt, der die Sonne verschluckte.

Du warst stark. Stärker als ich, sagte die Hexe. *Wahrscheinlich wussten Edith und ihr Dämon das auch. Des-*

halb hat sie M'cals Herz genommen. Sie hätte es gegen dich eingesetzt, hätte deine Verbindung zu ihm ausgenutzt, aber sie hat ihre Chance vertan.

»Edith hat uns alle ausgetrickst«, sagte Alice. Kit fragte sich, ob die junge Frau wohl ihre Gedanken lesen und die Hexe hören könnte. »Vielleicht hast du recht, was die Schuld betrifft. Aber ich war naiv und dumm. Sie lockte mich hierher unter dem Vorwand, meine Großmutter zu retten, erzählte mir, dass sie in Gefahr sei. Ich glaubte ihr. Sonst hätte ich dir die Visitenkarte gar nicht gegeben. Die Wahrheit habe ich erst später entdeckt.«

»Du musst dich nicht entschuldigen«, sagte Kit. »Ich verstehe es schon.«

»Wirklich?«, fragte Alice. »Ich stamme aus einer langen Linie von sehr schlechten Menschen. Mein Onkel John war noch der freundlichste unter ihnen. Der … normalste. Ich habe versucht, genauso zu sein. Ich habe ignoriert, was ich bin und tun kann. Ich habe darum gekämpft, in jeder Hinsicht das Gegenteil von meinen Verwandten zu sein. Aber es schien, dass ich dennoch jedes Jahr etwas noch Fürchterlicheres, Abscheulicheres herausfand.« Sie schloss die Augen. »Ich mochte Edith nicht, aber ich vertraute ihr. Ich liebte meine Großmutter zwar, aber ich traute ihr nicht.«

Alice setzte sich auf und sah Kit an. »Letztlich wollte Edith dich. Die Kreatur, die sie übernommen hatte, wollte dich. Du solltest Edith als neues Gefäß ersetzen. Sonst hätte sie mich schon früher geopfert. Aber als sie dich getroffen hat, änderte sie ihre Pläne. Sie entschied sich zu warten, bis sie dich übernehmen konnte.«

»Oh«, sagte Kit. »Nun, es ist ohnehin schon etwas überfüllt hier drin. Ich glaube, dieser Dämon hätte seine Schwierigkeiten gehabt, sich anzupassen.«

Ein schwaches Lächeln umspielte Alice' Mund. »Ist sie wütend auf mich?«

Nein, flüsterte die Hexe.

»Nein«, sagte Kit. »Überhaupt nicht.«

Alice nickte und holte tief Luft. »Gut. Das ist … gut so.«

Gut, dass du dir die Liebe einer Sadistin und Mörderin wünschst? Dass du eine Sadistin und Mörderin ohne Einschränkungen lieben kannst? Oder weißt du es überhaupt? Weißt du alles, Alice, was deine Großmutter getan hat?

Die Hexe klopfte gegen Kits Herz. *Sie weiß es nicht. Ich war sehr vorsichtig, damit sie nichts merkte.*

Lügnerin.

Überlebende, war die Antwort der Hexe.

Alice sagte: »Du hast also meinen Tod vorhergesehen. Und glaubst du, dass wir ihn jetzt vermieden haben?«

»Ich denke schon. Du solltest durch das Auge erstochen werden.«

Kit bereitete sich darauf vor zu gehen. Als sie die Tür erreichte, sagte Alice: »Es gibt da ein Problem, weißt du.«

»Ja?«

»Edith hat nicht auf mein Auge gezielt.«

»Oh«, flüsterte Kit. »Also dann.«

»Ja.« Alice lächelte kläglich. »Genau.«

Nach diesem Gespräch ging Kit in ihr Zimmer. Es gab viel, über das sie nachdenken musste. Sie war nicht lange allein. M'cal gesellte sich zu ihr, ihren Geigenkasten in den Händen. Sie konnte sich keinen schöneren Anblick vorstellen, obwohl es das erste Mal in ihrem Leben war, dass sie glücklicher war, einen Mann zu sehen als ihr geliebtes Instrument.

Die Geige war unversehrt geblieben, ohne einen einzigen Kratzer. Kit ließ ihre Fingernägel über die Saiten gleiten und zupfte eine schnelle Melodie. Es klang wie Gelächter und fühlte sich genauso gut an.

»Mit besten Empfehlungen von Rik. Er wollte sie dir eigentlich schon eher geben«, sagte M'cal, hielt inne und berührte ihr Gesicht. »Was ist los?«

»Alice«, sagte Kit und erzählte ihm von ihrem Gespräch. Es dauerte nicht lange, aber schließlich lagen sie eng umschlungen auf dem Bett. Sie ließen sich jeweils in die Köpfe des anderen sinken und folgten dabei dem Band zwischen ihren Seelen. Kit nahm die flüchtigen Eindrücke der langen Nacht wahr: Yu, die ihn aufschlitzte, Koni, der unter dem Gitter durchschlüpfte, ihr blutverschmiertes Gesicht, als sie die Höhle betrat, und seine Freude und tiefe Erleichterung darüber, dass sie noch lebte.

»Du liebst mich«, sagte sie erstaunt, geradezu ehrfürchtig.

»Und du liebst mich«, erwiderte er.

Kit berührte sein Gesicht, legte all ihre Gefühle in ihre Finger und Augen, als sie ihn ansah, in ihre Lippen, als sie ihn küsste, in seine Seele und in das Band, das zwischen ihnen bestand. Ihr ganzer Körper war zum Bersten gefüllt, und die Hexe flüsterte: *Ihr seid beide Narren, so viel von euch selbst an ein Herz zu binden. Es ist unmöglich, die Liebe zu finden ohne den Schmerz.*

Das würde ich auch gar nicht wollen, erwiderte Kit, und M'cal sagte: *Alles, solange sie es ist.*

Und mit diesen Empfindungen schlossen sie die Augen, blieben aber in den Köpfen des anderen und schliefen ein.

Kit öffnete die Augen in Louisiana, am Rand des Sumpfes. Frösche quakten, die Luft war so warm wie der Dampf, der aus einer Tasse Tee aufstieg. Die Abendsonne schien auf die Veranda und ihre Großmutter saß auf einem Stuhl. Der Beutel war fertig genäht, voll und rund, und nur die ganz Törichten kämen auf die Idee, ihn zu öffnen, um nachzusehen, was darin enthalten war.

Links von sich nahm Kit eine Bewegung wahr: M'cal öffnete die Augen. Seine schwarzen Haare waren zerzaust, seine Mundwinkel nach oben gezogen. Mit Neugierde und voller Anerkennung blickte er über die Veranda. Als er Kits Großmutter entdeckte, verbreiterte sich sein Lächeln, wenn auch mit überraschender Reue.

»Lass mich raten«, sagte Kit. »Sie hat dich schon einmal besucht.«

Die alte Frau kicherte. »Mach nicht so viel Getue um ihn und komm her. Die Zeit schwindet ja schon dahin.«

Kit nahm M'cals Hand und zog ihn aus dem Korbstuhl. Ihre Großmutter beobachtete sie. Ein Lächeln spielte um ihren Mund. »Bezaubernd, so süß und bezaubernd. Alles, was sich eine Frau wünschen kann – für die, die nach ihr kommen.« Sie neigte sich vor, ihre Augen glänzten wie Sterne. »Schätze es hoch. Betrachte es nie als etwas Selbstverständliches.«

Mit einer Geste gab sie M'cal zu verstehen, dass er um den Tisch herumkommen sollte, und hängte das frisch angefertigte Gris-Gris um seinen Hals. Sie drückte es gegen seine Brust. »Um dich zu beschützen.«

»Wie du auch mich beschützt hast«, sagte Kit und fügte leiser hinzu: »Die Hexe, Luanna, hat mir gesagt, dass du mich mit deiner Liebe beschützt hast. Aber du musstest einen Preis dafür zahlen. Was hat sie damit gemeint?«

Die alte Frau schüttelte den Kopf und schlug mit der Faust auf den Tisch. »Sie hat die Wahrheit gesagt, aber es wäre nicht nötig gewesen, sie auszusprechen. Ich habe gesehen, was auf dich zukam. Ich wusste, was kommen würde, habe es von früh bis spät und in meinen Träumen gesehen und auch genauer, als ich es mir gewünscht hätte. Die Dunkelheit, die Gefahr… ich war bereits am Ende meiner Kräfte. Ich hätte sowieso nur noch ein Jahr zu leben gehabt, und ich sah es als ein akzeptables Opfer für ein ganzes Leben an. Neun Leben für eine kleine Katze. Meine Kitty Bella. Deshalb habe ich alles in das Gris-Gris, das du trägst, hineingelegt. Meinen Schutz, meinen letzten Atemzug. Genauso wie M'cal dir alles gab. Wir sind alle ein Teil voneinander, für immer. Etwas, woraus jemand hätte etwas lernen können.« Old Jazz Marie blickte zur Seite. »Du kannst jetzt herauskommen, Luanna.«

Eine große silberne Frau erschien in der Fenstertür. Sie war nicht die Hexe, an die sich Kit erinnerte. Diese Frau war alt, und obwohl ihr Rücken noch gerade und aufrecht war, bestand ihr Gesicht von der Stirn bis zum Hals aus tiefen Falten. Der einzige Teil, den Kit wiedererkannte, waren die Augen: bleich, scharf und klug.

»Jazz Marie«, sagte die Hexe.

»Luanna«, sagte Kits Großmutter. »Es ist höchste Zeit, dass du … den Löffel abgibst.«

»Mein Herz schlägt aber immer noch. Irgendwo.«

»Widersprich mir nicht. Du bist schon so gut wie tot, und nun wird es Zeit, dass du dir das auch klarmachst.«

»Ich kann weiterleben.« Sie sah Kit an. »Deine Enkelin und ich kommen gut miteinander aus.«

»Nicht gar so gut«, erwiderte Kit trocken. »Ich wäre lieber allein.«

Die Hexe seufzte und richtete ihren Blick auf M'cal. »Keine letzten Worte?«

Er zuckte die Schultern. »Verbrenne? Verrotte?«

»Gut genug, nehme ich an.« Die Hexe sah Kit an. »Und du?«

»Danke«, sagte Kit grimmig. »Danke dafür, dass du mich töten wolltest. Sonst hätte ich M'cal niemals getroffen.«

Die Hexe schüttelte den Kopf. Kits Großmutter lächelte und glitt aus ihrem Stuhl. »Nun, dann komm jetzt mit. Ich bin hier, um dich dorthin zu bringen, wo du hingehörst.«

»Ich vermute, du wirst mir keinen Hinweis geben?«

»Oh«, sagte Old Jazz Marie, »ich denke, es wird eine Überraschung werden.«

Sie hielt die Verandatür auf, die Hexe ging in den Sumpf hinunter. Kits Großmutter zögerte und blickte zu

Kit und M'cal zurück. »Es wird nicht einfach werden, wisst ihr. Es wird immer irgendetwas geben.«

»Rituelle Opfer?«, fragte Kit.

»Dämonische Armeen?«, fügte M'cal hinzu.

»Noch mehr sexuelle Sklaverei?« Sie tippte ihm an den Arm. »Oh, du bist nun vollkommen mein.«

Ihre Großmutter schüttelte den Kopf. »Macht euch keine Sorgen. Es wird euch beiden gut gehen.«

»Ja«, sagte M'cal. »Wenn ich etwas weiß, dann dies.«

Old Jazz Marie lächelte und verließ die Veranda. Sie drehte sich nicht mehr zu ihnen um, hob aber ihre Hand, um zu winken, während sie in den Sumpf hineinmarschierte. Luanna wartete auf sie. Die beiden Frauen verschwanden hinter einem indischen Feigenbaum. Kit fühlte keinen Verlust – ihre Großmutter würde zurückkommen. Der Tod war nicht immer auch das Ende. Das wurde ihr jetzt klar.

Sie sah M'cal an und bemerkte, wie er das Gris-Gris mit nachdenklichem Blick berührte. Sie fragte: »Was denkst du?«

Ein schwaches Lächeln umspielte seinen Mund. »Ich dachte gerade …«

Kit lehnte sich an ihn. »Bedauerst du etwas?«

»Ja«, stimmte er zu. »Aber nichts, was mit dir zu tun hat.«

Die Sonne ging hinter den Sümpfen unter, die Wolken wurden rot und golden, wie Honig mit Träumen gemischt. M'cal atmete langsam aus, legte ihr den Arm um die Schultern und sah auf den Tisch herab, der neben ihnen stand. Kit folgte seinem Blick. Ihre Geige lag auf der abgenutzten Oberfläche, umgeben von getrockneten Hühnerfüßen, Knochen und Steinen.

Er lächelte. »Spiel ein Lied für mich.«

»Nur wenn du auch singst.«

»Magie wird entstehen, wenn wir es zusammen tun.«

Kit stellte sich auf die Zehenspitzen und berührte mit ihren Lippen seine Wange. »Dann lass uns Magie treiben.«

M'cal lachte. »Nur mit dir, Kitala. Nur miteinander.«

Sie nahm ihre Geige, um das plötzliche Brennen in ihren Augen zu verstecken. »Für immer, M'cal. Du und ich, wir sind gesegnet.«

Das sind wir wirklich, sagte er in ihrem Bewusstsein, griff zwischen ihre Seelen, hielt sie mit einer Liebe, die so wild wie ein Wirbelsturm und tiefer als das Meer war. Es gab etwas Mystisches zwischen ihnen, eben Magie. Genug, um die Sterne zu bewegen.

Kit lächelte und schlug einen Ton an.

ENDE

DANKSAGUNGEN

Wie immer möchte ich meiner Agentin, Lucienne Diver, für ihre unendliche Unterstützung und ihren inspirierenden Mut danken; Chris Keeslar danke ich dafür, dass er ein wunderbarer (und geduldiger) Herausgeber ist; und ich danke den drei Damen aus Dorchester: Brianna Yamashita, Brooke Bornemann und Diane Stacy, die hart für ihre Autoren arbeiten – mit großem Herzen.

Schließlich sende ich einen herzlichen Dank auch an meine Leser, schon einfach darum, weil sie meine Texte lieben. Mögen wir uns noch viele weitere miteinander teilen!